三國風雲之

曹賊

第二部

卷之玖

庚新(風回) 著
超合金叉雞飯 繪

二部 卷玖

目錄

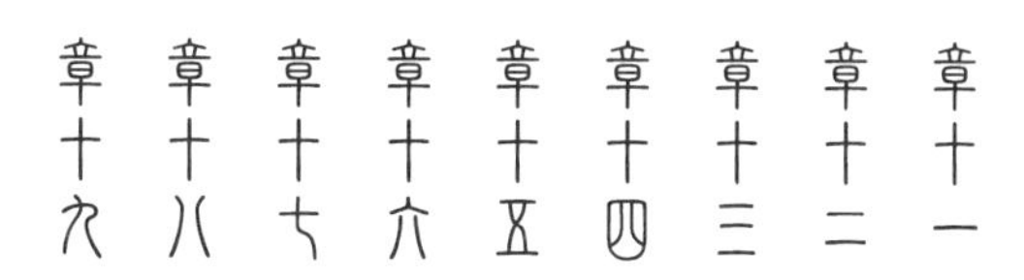
章十一
章十二
章十三
章十四
章十五
章十六
章十七
章十八
章十九

人物

曹朋

曹朋

甘寧

龐統

龐德

黃忠

曹操

魏延

典韋

許褚

陳群

劉備

諸葛亮

趙雲

馬超

關羽

呂布

貂蟬

袁紹

章一　三十六計走為上

沅南，為武陵十二縣之一，毗鄰沅水之南，故名沅南。

這也是武陵郡最南面的一座縣城。如果說，武陵以沅水為州界的話，那麼沅南就是武陵郡在南部的橋頭堡。

而今，武陵十二縣當中，曹操只得六縣，分別是孱陵、作唐、零陽、漢壽、臨沅和沅南。剩餘六縣，則為劉備所奪。不過充縣、遷陵、酉陽、辰陽、鐔成和沅陵，大都位於武陵西南，毗鄰零陵，且這六縣的人口加起來還不足二十萬。鐔成位於最南部，只有兩萬餘人……廣袤的土地，綿延的群山，以及出沒於山中的山民蠻族，也就是武陵西南部的概況。

劉備收買五溪蠻，使武陵西南趨於穩定。

但五溪蠻只是武陵西南部眾多山民中，實力較為強橫的一支，尚無法完全取代整個武陵西南山民。所以，劉備在占領了長沙十一縣後，對武陵西南六縣並沒有投注太多的關注。

除了充縣和沅陵之外，遷陵、酉陽以及辰陽和鐔成不但沒有駐紮兵馬，劉備甚至將鐔成和辰陽的人口大規模遷移，集中在西南四縣當中。可以說，在取得長沙的控制權後，劉備就開始著手此事，把鐔成和辰陽讓出，最大限度的緩解山民矛盾，取得更多山民和蠻族的支持。
對此，諸葛亮也頗為贊成！
他當然清楚，這樣做於日後發展不利。
可是面對曹操大軍壓境，劉備這樣做，也是無奈之舉。
只不過如此一來，也造成了辰陽和鐔成兩縣近三成百姓離家，投入深山峻嶺之中，成為當地山民。
但大多數人還是服從了命令，遷移遷陵和酉陽兩地。
建安十三年二月初八，曹朋抵達沅南。
同行者，還有武陵郡太守賴恭，以及聽命於曹朋的龐德、魏延、文聘和王威四人。黃忠沒有過來，而是留守漢壽，負責督設都督府。而荀彧也沒有前來，雖然之前和曹朋說好要隨同視察，但不成想在曹朋離開作唐的第二天，他便接到了曹操命令，讓他前往竟陵，商討事宜。
雖然荀彧有監督荊南的職責，但他終究是曹操手下的謀主，須聽從曹操調派。
而曹朋呢，本身也有謀主隨行。無論是法正的多謀、龐山民的穩重，以及張松的能言善辯，都足以滿足曹朋目前的需求。
蔣琬隨同曹朋在抵達臨沅時，被曹朋推薦給了賴恭。可別小看這同鄉之情……事實上，在東漢末年，這鄉土之情的重要遠非後世那種老鄉見老鄉、背後捅一刀可比。那是真的親熱！
賴恭祖籍零陵郡零陵縣，位於零陵西南。而蔣琬則是湘鄉人，位於零陵郡東北，說起來並不算太近。可兩人相見之後，竟是極為親熱。
曹朋向賴恭推薦了蔣琬，意思是讓蔣琬為長史。
哪知賴恭二話不說，以蔣琬為臨沅長、武陵司馬，手中三千兵馬盡數交由蔣琬統領……這一方面是同鄉之誼，另一方面也有向曹朋表明心跡的想法。說起來，歷史上的賴恭，後來是歸降了劉備；如今因黃忠說項，他投靠了曹操。但如果從派系上而言，賴恭歸屬於曹朋一系。

這一點，被曹朋疏忽了！

古人有從一而終的說法，賴恭因曹朋而歸降曹操，從某種程度上，他身上已經有曹朋系的烙印。若是貿然再改換門庭，未必被人接受。而且，曹朋也極為清楚的表示了他對賴恭的尊敬，否則按道理說，賴恭雖然手握一校兵馬，但這一校兵馬應該歸於曹朋這個都督荊南軍事的橫野將軍、虎豹騎大都督的手下。曹朋沒有收取兵權，並釋放了足夠的善意，那麼作為賴恭，自然也會有所表示。

蔣琬的到來，是一個極好的引子。賴恭把兵馬交給蔣琬，也沒人說三道四。畢竟蔣琬是賴恭的同鄉，有這一層同鄉之誼，賴恭不信蔣琬，又相信誰？

問題是，蔣琬又是曹朋的手下。這樣一來，賴恭就等於是把他手中的兵權釋出，還給了曹朋。投桃報李，曹朋則表示，政務之上當尊重賴恭的意見，他雖都督荊南，卻不會插手荊南事務。荊州事，荊人治。

曹朋向賴恭再一次表明了他的態度，而賴恭也正是荊州人，自然滿意曹朋的這個舉措……

「令明，此以後，沅南就交給你了！」

策馬沅水河畔，曹朋勒馬而立，手指河對岸道：「我會命公琰在北岸設立一寨，為你保證後方。十日後，伯侯將進駐洞庭。到那時候，我將使伯侯以舟船往來沅水之上，運送物資，為你守住側翼，以防劉備自沅陵出擊。而你的任務，就是要把劉備的注意力吸引過來，至少益陽兵馬定要給我死死拖住。」

駐守益陽的，是劉磐。

龐德聽聞，立刻在馬上躬身道：「請公子放心，但德一息尚在，絕不令益陽分出一兵一卒。」

曹朋點點頭，撥轉馬頭，舉目眺望。

但見遠處，山巒隱現，薄霧瀰漫。長沙郡如今尚屬蠻荒，遠非後世魚米之鄉可以相提並論。

沉吟片刻後，他突然開口：「賴太守！」

「大都督。」

「這武陵治下，山民眾多，若不能設法解決，終究是一大隱患。我知伯謙大才，還須早些想出辦法解決這件事情。若能平定了山民之患，一來可以安心發展，二來也能為武陵增添人口。此關係荊南未來之大事，朋拜託太守，能多費心思，早日解決……若能成功，他日我必在丞相面前，為伯謙請功。」

賴恭頓時大喜，「大都督放心，恭必竭盡所能，為大都督免去後顧之憂。」

曹朋笑了笑，以示感謝。

他翻身下馬，徒步登上一座土丘。

前世，他沒有去過湖南，但如今，卻領略到了最為原始的湖南風情。兩湖的開發，是在魏晉南北朝時期，蓋因當時大量的人口遷徙，彌補了南方人口的缺憾，才造就了後世兩湖人才濟濟的局面。

有心來個填湖開發？

問題是，兩湖人口基數擺在那裡，根本不需要進行大規模的填湖開發。

要想發展兩湖，只能腳踏實地的前進。孫權在江東的舉措，為曹朋打開了一條思路。江東人口同樣不多，但是在歷經近百年的征戰中，卻能夠保持住和北方人口相差不多的數量。其中，固然有長江天塹，令江東戰事相對較少的緣故。可是孫權在江東大肆征伐山越，擄掠山民以填充人口的舉措，也是江東後來人口基數能超越巴蜀的一個重要原因。

擄掠山民？這和曹朋在河西推行買賣羌胡為奴的政策，有異曲同工之妙。

而荊楚之地的山民數量，不見得比江東稀少。

任何一個地區，乃至一個國家的發展史，都不可避免的沾染著斑斑血淚史。

曹朋不知道該不該向賴恭提出這樣的一個建議。但這個想法，卻已經刻入了他的腦海之中……

在適當的時機，曹朋會提出建議。若賴恭不能執行，他也不會介意向曹操建議罷免賴恭，換上一個有著鐵血手腕的太守。

不過於目前而言，為時尚早！

「文長！」

「末將在。」魏延連忙上前。

雖說在私下裡，曹朋會尊魏延一聲兄長，但是在人多的時候，他還是會保持橫野將軍的威嚴。

「你駐守零陽，須留意一件事。我記得早年間文長率義陽武卒的時候，常深入荒山，與山民作戰？」

「正是。」

「而今，你部兵卒多以刀盾為主，須時常操演。」

魏延聽聞，連忙答應。

曹朋的這個安排，說穿了就是要魏延牽制住五溪蠻兵馬，適當之時可以將其圍剿，乃至徹底消滅。同時，他還擔負著阻止充縣陳到的責任。而夷道的文聘，則會給予適當支持，協助魏延平靖山蠻之禍。

魏延帳下有五千兵卒，其中兩千人皆為刀盾兵，所配備的都是剛從河一工坊運送來的橫刀，最適於與山蠻作戰。輔以一千五百名鉤撓手和一千五百名弓箭手，想必問題不大。

不過曹朋也知道，和山蠻之間會有一次長期的戰鬥，也許兩、三年，也許五、六年，甚至更多時間。如果這種裝備能夠適應山地作戰的話，他會向曹操提出建議，加強山地演練。也就是說，從現在開始，魏延和文聘，將會有很長一段時間駐留在荊南地區。對此，曹朋已經和魏延打過招呼，魏延也表示願意聽從命令。

荊南八校？

曹朋走下山丘，翻身跨坐馬背之上。

「咱們再往前走走，觀察一下地形地貌。」

富春，孫府——

外表看去，孫府似乎有些殘破。不過作為江東孫氏崛起之地，這座祖宅內部還是相當華美。

在後宅的演武場上，一個少年手持盤龍槍，翻飛舞動，勁氣逼人。

一旁，幾個魁梧的家丁默默肅立，看著那演武場中的少年，眼中卻沒有太多尊敬之色，反而透著一抹不屑。隨著少年一聲大喝，將盤龍槍收起。他渾身上下被汗水濕透，在原地休息片刻，把大槍放回兵器架，大步流星離去。從頭到尾，少年都沒有理睬那幾個魁梧家丁。

就如同家丁眼中的不屑，少年更無視他們的存在。

幾名家丁忙跟上去，卻見少年在月亮門下突然停下腳步，猛然回身，目光中閃爍一抹冷芒：「怎麼，要隨我入後宅嗎？」

家丁露出尷尬之色，連忙道：「公子誤會，我等只是……」

「哼！」

不等家丁說完，那少年已走進了月亮門內。

當少年的身影完全消失之後，家丁突然朝著地上啐了一口唾沫，「若非吳侯看護，焉有你這小子囂張！」

「老三，住嘴！」

看上去似乎是頭領的家丁，沉聲道：「那是大公子，是烏程侯的公子，也是主公的姪兒。你怎可口出不敬之言，若是被人聽去，少不得惹來殺身之禍。主公讓我們好生保護，不是讓你在這裡牢騷。只要大公子在這宅院裡，你我何必管他許多？就讓他罵兩句，也並非不可。」

章一 三十六計走為上

「知道了，哥哥！」

幾名家丁轉身離去，那頭領看了一眼月亮門，卻輕輕嘆了口氣。

他非常清楚主公為何把他們派來這裡。那少年年紀雖小，奈何有著非凡的家世。這江東六郡，是孫氏的天下，卻不是主公打下來的江山。這是烏程侯孫伯符打下來的江山，雖說如今主公已經坐穩了位子，但是對方才的少年仍極為忌憚。

原因？非常簡單，只因這少年的老子，便是那位有著顯赫聲名，被尊為江東小霸王，前江東之主，孫策孫伯符。

孫策雖然死了，但是他的影響力仍舊存在。

哪怕已經過去了八年，許多人仍記得孫伯符當年的威風。

那些江東老臣，如程普、韓當、黃蓋自不須贅言；當年追隨孫策打天下的將領，如今更在江東有著舉足輕重的地位。周瑜就不用說了，那是江東水軍大都督，更是孫紹的姨父。其餘諸如賀齊、蔣欽、太史慈，也都是孫氏重臣，手握大權。文臣當中，也有許多孫策提拔起來的人物，比如張昭、張紘，哪一個不是孫策當年的心腹？

內事不決問張昭，外事不決問周瑜！

這是孫策臨終之前的叮囑。但實際上，也是為他的兒子孫紹保存實力。

這也是孫權把周瑜派往柴桑，同時又大力招攬賢能，提拔魯肅、諸葛瑾等人的用意。如果孫紹長大了，誰又敢說周瑜那些人不會扶立孫紹？只要有一個人跳出來，就會有半數以上的江東臣子表示支持。孫權豈能沒有防備？

這位孫紹孫公子若是個沒本事的，也就罷了，偏偏又是個有本事的，而且頗有乃父之風。前些時候，老將程普曾來探望，看到孫紹之後，竟忍不住老淚橫流，只說孫紹長得像孫策。偏偏這孫紹武藝不凡，也就更讓孫權擔心。

把孫紹軟禁於富春，也是不得已而為之的事情。

如果有可能，孫權不會介意殺了孫紹以絕後患。但是孫紹的後娘，對孫紹極為看護，更有吳國太寵愛，讓孫權無從下手。如果真的殺了孫紹，孫權也要擔心周瑜、賀齊這些人的想法。

無奈之下，也只有將他囚禁富春，任其自生自滅……

「母親！」

孫紹走進後宅，就看到一個美婦人正在園中刺繡。

在美婦人的身邊，還有兩個小女孩兒，是孫紹的兩個妹妹。長女名孫琰，次女名孫禮。其中，那長女孫琰，也就是歷史上陸遜的妻子。不過而今，孫琰只十歲，尚懵懂而不知人心險惡。

美婦人，正是孫策的妾室，大喬。

孫策的妻子死得早，只留下了孫紹這個骨血。孫策娶來了大喬，還未等他把大喬立為正室，便死於非命。而兩個女兒，則是大喬和孫策的骨肉。孫紹雖非大喬親生，但是對大喬的尊敬卻發自於肺腑。他知道，若非大喬拚命的護佑，說不定他現在已經成了一個死人……

孫策死後的第二年，孫紹也差一點死掉，幸虧救助及時，才挽回了性命。而之所以發生這種事，卻是中毒引起……孫權對外說，是那些逆黨所為，為此還砍了十幾個人頭。

可大喬心裡明白，孫紹身在太守府，守衛森嚴，從內到外全都是孫權的人，怎可能有逆黨投毒？之後，大喬便找了吳國太，懇請返回富春。再加上孫紹的小姑姑孫尚香保護，才使得孫紹能安全的成長。

這裡面，可少不得大喬費盡心思……

大喬年不過二十四、五，相貌極為美豔，看上去端莊而賢淑。

她溫言道：「紹，練完槍法了？」

「嗯！」孫紹看著門廊上那一排箱子，突然眉頭一蹙，輕聲問道：「母親，這些箱子，又從何而來？」

「你叔叔派人送來。」

大喬笑了笑，突然道：「對了，你小姑姑今天會來探望。一會兒讓人準備些酒菜，晚上也好款待你小姑姑……至於這些箱子……紹，也許不用太久，你就可以離開這裡，自由自在了。」

「什麼？」

「你叔叔為你應下一門婚事，便是當朝丞相之女。曹丞相此前派人前來求婚，希望把女兒嫁於你……你已十三，也算是大人了……你叔叔的意思，是讓你去許都，到時候也能求一功名。我思來想去，與其待在這裡，倒不如去闖闖。許都那邊……終究沒有性命之憂。」

就如同大喬所言，孫紹已經長大。

很多事情，他心裡很清楚，只是沒有說出來而已。

前些日子程普前來探望，詢問孫紹『過得可如意』。孫紹回答說很好，可實際上呢？在這座祖宅當中，他只是名義上的主人，那些下人全都是孫權派來的，說是服侍，其實是暗中監視。

可他不能對程普說，因為他知道，說出來也沒有用處。

如今聽聞大喬說，他要離開這裡，前往許都……孫紹先是一陣驚喜，可旋即臉上便透出了凝重之色。

「母親，我聽人說，曹操老兒乃漢賊，何故要同意婚事？」

「紹，曹操是好人還是壞人，與你我無關。其實，這好壞又豈是那麼容易說清楚？我只知道，你若是能離開這裡，終歸能安全許多。若久居此地，我擔心有朝一日，你會有性命之憂。」

「母親，妳和妹妹呢？」

「我們……」大喬猶豫了一下，輕聲道：「是你成親，我和你兩個妹妹，又豈能離開？不過，你只管放心，我們會很安全。你姨丈尚在，而且過些時候，等你走了，我打算帶你兩個妹妹搬去盧江老家。雖說盧江而今戰亂，但家中還算安全，也好過在這裡舉目無親。」

大喬的父親喬國丈仍在世。

盧江而今一分為二，一半歸江東，另一半則歸於曹操。

如今的盧江太守，名叫董襲，也是孫權的心腹。不過呢，董襲和喬國丈關係不錯，大喬若是帶著兩個女兒回家居住，倒也沒有什麼麻煩。合肥的甘寧，最近很沉默，也沒有什麼行動。所以，盧江那邊相對還算是安全。

「母親，我不去許都。」

「為什麼？」

孫紹猶豫了一下，輕聲道：「母親難道看不出叔叔的心思？」

「哦？」

「叔叔這是想要借刀殺人啊。」

「什麼借刀殺人？」

孫紹說：「前些日子，我看了那曹三篇所著的《三十六計》，其中有一條計策，便是借刀殺人。我留在江東，雖然危險，但叔叔終究有所顧忌。可我若是去了許都，名為成親，實則為質子。將來萬一有什麼變故，孩兒必死無葬身之地，叔叔也正好藉此機會將我除掉，且不留半點破綻。況且我一走，母親和兩個妹妹怎麼辦？姨丈雖在，可畢竟是叔叔臣子……他這兩年，甚少與我們走動，焉知會保護母親周全？」

「可你不答應，豈不是更危險。」

大喬輕輕嘆息一聲，「你叔叔的心思，你難道不明白嗎？你在江東多留一日，他就對你多一分忌憚。現在他尚有顧忌，可一旦找到了機會，絕不會留你性命。你父親離去時，要我對你多加照顧。這些年來，娘雖竭盡全力，但大勢所趨……你叔叔的位子越穩固，他對你的殺心就越重。留在江東……紹，你就唯有死路一條啊！」

「這是我爹打下來的江山，我為何不能留在這裡？」

「正因為是你父親打下來的基業，你叔叔就更不放心……」

孫紹沉默了！

半晌後，他突然開口：「母親，我們一起離開這裡吧。」

「啊？」

「帶著妹妹，咱們一起離開。哪怕外面的日子再淒苦，總好過這籠中之鳥的滋味……更不要說，隨時會有性命之憂，孩兒實在是不想再留在此地。前些日子，我在讀《三十六計》時，看裡面有一計，名叫『走為上』。左次無咎，未失常也。既然江東非久居之所，何不另尋出路？」

「妳也說，叔叔的地位越穩固，就越是對我忌憚。既然如此，咱們就離開這裡，憑我一身武藝，總能得安身落腳之所。母親，若妳和妹妹繼續留在江東，早晚也會被叔叔設計，何苦來哉？」

孫權，絕對是一個不擇手段的主兒！

這一點，大喬夫人也不是不知道。只是，這天下之大，又有何處能容身？孫紹不願意去許都，想要帶著她母女離開，談何容易……

「紹，而今天下大亂，又有何處能令咱們母子容身啊？」

孫紹沉默了！

半晌後，他輕聲道：「母親，我有一個去處，怕叔叔就算知道了，也奈何不得……只是不知母親是否願往？」

大喬一怔，忙問道：「那是何處？」

孫紹笑了……

章二 紈褲女

「你想走？」

孫尚香面露詫異之色，看著孫紹。

她是在傍晚時抵達富春，到了祖宅之後，大喬夫人便旁敲側擊的試探口風。

孫紹想離開江東，另謀出路，做一番事業。心情可以理解，但難度很大。大喬夫人非常清楚，莫說離開江東，哪怕是離開這座祖宅，也是非常困難……孫權如今地位穩固，這祖宅上下幾乎都是他的耳目，若不是後宅重地，加上吳國太的堅持，孫權無法安插耳目，否則恐怕連說話睡覺都不踏實。

偌大後宅，不過十幾名奴婢。而且這些奴婢，大都是當年隨大喬夫人一起嫁入孫家的人，無須擔心她們的忠誠。

不過，想走出這扇門，必須要有外力相助。於是才有了大喬夫人對孫尚香試探口風的舉動。

孫尚香，方過雙十。

依照東漢的習俗，十六不嫁人，那就算是大齡女了。

偏偏這孫尚香甚得老夫人吳國太的寵愛，而且又好舞槍弄刀，性情頗為剛烈，竟無人敢娶。

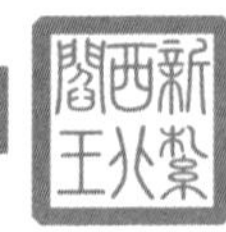

當然了，也是孫尚香不願下嫁，所以到如今，仍小姑獨處，平日裡帶著一群婢女家丁，全部依照著軍營中的規矩。在吳郡，幾乎所有人都知道孫尚香之名，其家丁女婢之驕橫，甚至連吳侯府的人也不得不退避三舍。

氣焰囂張！

這是很多人對孫尚香的評價。

不過也有人認為，孫尚香有鬚眉之風、大丈夫之氣，頗有當年孫伯符的氣概……

孫尚香並不住在富春，而是在吳縣另有宅邸。吳國太寵愛，孫權懶得管她，也就讓孫尚香更加驕橫。每年，她都會返回祖宅住上一段時間，一來是遊山玩水，二來也是陪伴大喬母子。

孫尚香驕橫，但並不愚蠢。她敏銳的從大喬夫人口中捕捉到了一點資訊，隨後抓住孫紹盤問，輕而易舉便得到了答案。

孫紹勇烈，夫人賢慧。可如果比起孫尚香，似乎又少了幾分見識。

孫紹挺害怕這個姑姑，不免臉色發白，卻仍舊倔強的點點頭。

一旁的大喬夫人透出慌張之色，默默的一言不發。孫尚香看著眼前母子四人，半晌後卻長嘆一聲。

「那你可想好，要往何處去？」

「我、我……我想去涼州。」

「涼州？」

「我聽說，涼州如今繁華富庶，而且不斷擴張。去年，河西郡越過石嘴山，深入漠北草原；而酒泉郡更接連西進，三十六國紛紛上表歸附。此正是男兒大丈夫建立功業之時，我欲北上，謀取功勳，方不墜父親威名。」

每一個男兒，都希望能揚威異域，建立功勳。

哪怕是曹操，當年的理想也只是如定遠侯那般，名留青史。

孫紹雖然被囚禁於富春祖宅，但也並非與世隔絕。這些年涼州的發展，時常傳入他耳中。身為武將，他更希望能像霍去病那樣，開疆拓土，消滅胡虜。只是，他不過是籠中鳥，也只能想想罷了。如今既然和孫尚香說開，他倒也不怕孫尚香為難，因為他知道，孫尚香其實和孫權之間也不算太和睦。

孫尚香，是個有鬚眉氣概的女子。

與孫權的情況不同，孫尚香可說是從小被兄長孫策照顧長大，在她心目中，孫策猶如父親一般，所以在不知不覺中，她也就沾染了孫策的脾氣，比如剛烈，比如豪爽……

而孫權呢？則是在孫堅身邊長大。孫堅死後，作為孫策的助手，孫權從很小便獨當一面，自有他自己的心思。孫策死後，孫權接掌江東。哪怕這是孫策的遺命，可孫尚香仍覺得不服氣。特別是孫權囚禁孫紹，拚命的抹消孫策在江東的影響力，也使得孫尚香非常不滿……

孫紹母子這些年的遭遇，她怎能不知？只是，她無力進行改變，也只能暗中的照拂。

每年在富春居住幾個月的時間，說穿了也是希望能讓大喬和孫紹母子能過得輕鬆一點。這也是她能給予孫紹最大的幫助。

可是她卻沒有想到，孫紹突然生出逃離之意，想要北上涼州。

江東在東南，涼州在西北，兩地相隔千萬里。孫尚香眉頭一蹙，露出為難之色。

「紹，你可知道這樣子做，以後可就再難回頭？」

「回頭？」孫紹冷笑一聲，「有何值得回頭？父親故去，江東已非我母子容身之所。而今雖說有祖母與姑姑照拂，可又能照拂多久？叔叔要我去許都，不過是借刀殺人之計而已。我年紀雖小，卻不呆傻。我若是去了許都，難道就能回頭嗎？到頭來，還不是成為叔父手中的一顆棋子？」

「姑姑，此非我所願，亦不願留居此地。我與母親、妹妹如果繼續在這裡生活，到頭來未必能得善

終。姑姑，請看在我父親的面子上，幫我們一把……助我們逃離這囚籠，也算是給我們一條生路。」
孫尚香沉默了！
良久，她輕聲問大喬：「嫂嫂亦如此想？」
既然話已經說到了這個地步，大喬也就豁出去了。
孫紹說的不錯，留在江東，死路一條。大喬就算是不為自己考慮，也必須要為孫紹和兩個女兒著想。沒錯，如今有老夫人吳國太照顧，妹妹嫁給了周瑜，也能多一層保障。但這保障又能持續多久？誰又能說的清楚……
孫紹是孫權的親姪子，結果還被如此猜忌。姐妹之間再親密，又能持續多久？畢竟，嫁出去的女兒如潑出去的水！小喬雖說是自己的妹妹，但她畢竟是周夫人，所要考慮的也是周瑜和他們兒子女兒的未來。至於周瑜，真的會為自己母子做主嗎？自己母子四人被幽居富春已多年，周瑜來的次數一隻手就能數過來。
周瑜是孫紹的姨丈，但所作所為，甚至比不得程普那樣的老將軍……
當然了，站在大喬的立場上，有足夠的理由埋怨周瑜。可若是站在周瑜的立場上，他這樣做，也是為了保全孫紹。畢竟，他身為江東水軍大都督，孫權之下少有人能及。這樣的身分和地位，加之又非孫權心腹，本就受到猜忌，如果他再經常探望孫紹，只怕孫權對孫紹的猜忌也會越發強烈。弄個不好，孫權甚至會不顧一切設法幹掉孫紹……
孫權有這樣的手段，也有這樣的能力。當初他能做出毒殺陸遜的事情，如今為東吳之主，殺孫紹易如反掌。
可正因為這樣，周瑜也背負了巨大的壓力。
程普、韓當等老將，之所以一直對他心懷不滿，固然是他年紀輕輕，卻居於程普等人地位之上，但周瑜對孫紹的疏於照拂，也是一大緣由。總之，這江東看似一派和睦，內裡卻是複雜無比。

大喬既然豁出去了，這多年來的不滿之情，也一下子爆發出來。

「紹說的沒錯，如果繼續留居，死路一條。妾身生死，無關重要，可紹卻是伯符唯一骨血……妹妹，妳也看到了，我和紹生活在這裡，名義上是這宅院的主人，但這宅邸中幾百人，又有幾人當我們是主人？哪怕是這小小內宅的方寸之地，也要小心翼翼說話。如果不是妹妹今天到來，我們甚至連心裡話都不敢說。」

「妳說我有怨言，沒錯，我的確是有怨言。這江東六郡，是伯符一手打下來。伯符臨終，把江山託付給了叔叔，我沒有意見。可是現在，紹已經長大了，卻連這宅邸的大門都難走出去。我們究竟是主人，還是這裡的囚徒？」

大喬說著，淚水奪眶而出。

兩個女兒眼見母親流淚，也不由得哭了起來。

孫尚香心裡一陣發痛，連忙上去把兩個女娃摟在懷中，「嫂嫂，妳看妳……把琰和禮都嚇到了！嫂嫂心裡的苦，尚香如何不知？奈何……」

孫尚香話到嘴邊，卻化為一聲幽幽長嘆。

半晌後，她伸出手，把孫紹也拉過來，自言自語道：「一眨眼，紹已經長大成人，哥哥若活著，必然會很開心。」

「姑姑……」

「紹，你要我怎麼幫你？」

「我……我要帶母親，離開這該死的地方。」

「去涼州？」

「嗯！」
「不後悔？」
「絕不後悔……」
孫尚香苦笑道：「你的心思我能理解，可是……你要明白，就算我能助你離開，可你前腳走出富春，你二叔那邊必然會有所行動。不等你走到江水，必然會被二哥抓到，那時候……」
孫尚香閉上眼睛，沉默良久之後道：「紹，你想要離開，我會幫你。只是這件事，要從長計議，絕不可貿然行事。而且你就算逃離江東，到了北方也是寸步難行。我聽人說，而今北方有許多新規矩，比如咱們所使用的錢帛，到了北方，就難以使用。而且一路上關卡重重，沒有關牒，只怕不等你到了涼州，就已經被人抓到……」
「去涼州，須得引薦之人。你在這裡雖說沒了自由，可終究衣食無憂。難不成，你帶著你母親和妹妹，去風餐露宿？所以，這件事還是要有個詳細計畫。嗯，必須要好生計較才好。」
孫尚香這一番話，讓孫紹喜出望外。他哪會聽不出孫尚香並不是在敷衍他，而是真心實意的想要幫助他。
扭頭看了一眼母親，見母親那張蒼白的臉上浮現出一抹笑容。這一笑，卻是千嬌百媚！自孫策過世之後，孫紹從未見過母親笑得如此燦爛。他深吸一口氣，努力的把激動的心情平息下來，恭敬問道：「敢問姑姑，可有主張？」
「去涼州……」孫尚香微微一笑。「也許，那個人能予以幫助。」
「誰？」
孫尚香笑了笑，「你莫問這些……這樣，明日一早，你隨我一同前往山陰，咱們去拜會一下賀齊。」
「啊？」

「我相信，賀公苗不會似你姨丈那般，袖手旁觀。」

「可是，我想要出去，恐怕很難。」

孫尚香冷笑一聲：「有什麼困難？我倒要看看，究竟是哪一個敢阻攔我帶你走出這個大門！」

正如孫尚香所言，這富春孫氏祖宅裡，還真沒有人敢攔她。

孫尚香蠻不講理的名聲，誰人不知？更不要說她身邊那些婢女，個個剽悍。惹怒了這位江東長公主，那可是會死人的！這幾年，死在孫尚香手裡不長眼的貨色也不是一個兩個……

可是，她如今依舊張狂跋扈。

不過，不阻攔是不阻攔，卻不會妨礙這些家臣火速通知孫權。

只是孫權此時卻顧不得其他，曹操的第十三批使團已抵達江東。為首的，對江東上下而言也不算陌生，便是蒯越蒯異度。

蒯越此行，有兩件事情，一個是確定孫紹和曹操女兒的婚事，另一個則是加孫權大司馬之職。

這大司馬，可是三公之一。

雖說如今曹操重置丞相府，把三公職權削減得一乾二淨，可是對許多人而言，包括孫權，也是一個巨大的誘惑。三公，那可是至高無上的榮耀！莫說孫權，就連那位遠在益州的皇親國戚、漢室帝胄出身的劉璋，同樣是虎視眈眈，否則他也不會主動向曹操討要封賞，求大司徒之職。

而這大司馬的職務，尤勝大司徒。

孫權本就算不得世族子弟，孫堅的出身也不過是商賈而已。如果能得了這大司馬的頭銜，對於孫氏家族，絕對是一件光耀門楣的事情。面對這樣的誘惑，孫權又如何能夠拒絕？

加之，他內心裡已經同意了和曹操聯姻，所以當富春的消息傳來時，孫權並未在意。

「既然是尚香帶著他出去，就隨他吧。」

還有一句潛臺詞，他老娘和妹妹都在我手裡，又能折騰出什麼花樣？

至於賀齊……孫權倒是有些顧慮。賀齊是孫策一手提拔起來，而且戰功顯赫。可以說，會稽山越如今能這麼老實，就是因為賀齊坐鎮山陰。孫尚香帶著孫紹去拜訪賀齊，倒也不是什麼大事，難不成賀齊真就敢為了孫紹而造反？

賀齊是世族出身，雖比不得吳縣顧氏、松江陸氏那麼大，卻也有一大家子。因此，孫權並不擔心。孫紹早晚是要去許都的……且讓他在富春逍遙幾日。

所以，孫權非但沒有過問此事，反而派人告訴富春那邊：「紹乃兄長嫡子，更是孫氏長孫……出入家門，本為常事，何須呈報？爾等在祖宅服侍，知上下尊卑。嫂嫂一家之用度，切不可缺少，若有怠慢，定斬不饒。」

聽上去，似乎是孫權對孫紹一家關愛至極。可仔細琢磨，就能聽出他的另一個意思：給我盯死大喬和她兩個女兒！

有道是，帝王之家無親情。

孫氏雖非帝王之家，可是孫權對孫紹一家的忌憚，卻比帝王之家更冷酷、更加無情……

吳侯府外，諸葛亮情緒低落。

在他的身邊，魯肅和諸葛瑾也是面帶苦澀笑容。

「孔明，休這般模樣……今日吳侯雖然未曾答應，但畢竟召見於你，說明吳侯心中並不反對。」諸葛瑾拍了拍諸葛亮的肩膀，輕聲安慰。

對於自家這個兄弟，諸葛瑾既埋怨，同時又非常贊同。

對於諸葛亮『三分天下，孫吳聯手，抵禦曹操』的策略，諸葛瑾也非常讚賞。不僅是諸葛瑾，包括魯肅也格外看重諸葛亮的這個策略。『三分天下』與魯肅的『榻上策』有異曲同工之妙，甚至在某種程度上，『三分天下』比之『榻上策』更加細化，也更加周詳。同時，這著眼點，也比『榻上策』要高妙幾分。以至於魯肅在聽聞諸葛亮『三分天下』之後，竟悵然長嘆：「我不如孔明多矣！」

魯肅在私下裡，更埋怨諸葛瑾，「子瑜為何不舉薦孔明於主公？卻使劉備平添臂助。」

諸葛瑾唯有苦笑……

自家這個兄弟，不是他能夠勸說的。從小，諸葛亮就有他自己的主張和見解。莫說是諸葛瑾，即便是叔父諸葛玄在世，也不見得能勸說諸葛亮。

諸葛亮認為，江東雖有長江天塹，可守一方，卻不可逐鹿天下。

原因？非常簡單！

江東的格局，實在太小了……

在某種程度上，諸葛亮贊成曹朋的『東西爭雄，南北逐鹿』的說法。這也是諸葛亮助劉備奪取了荊州、占領了西川之後，為什麼拚死拚活六出祁山、攻取關中的一個原因。從戰略上而言，西川也好，荊楚也罷，可以作為跳板，卻不足以為根基。若真要奪取天下，就必須占領關中。

無他，南方的資源，實在是太少了！

試想，以江東加上荊州，連帶著西川的人口總和，也不過堪堪與北方持平。

憑藉大江天塹，也只能偏安一隅。

前些時日，諸葛亮渡江遊說東吳，更舌戰群儒，堪稱風光無限。可是諸葛亮也知道，這樣做的結果，固然是能夠把自己的觀點告訴孫權，但同時也會把東吳大部分的人得罪狠了。

歷史上，諸葛亮舌戰群儒，令黃蓋出面引介。

可如今呢？

由於曹操的克制，非但沒有出兵江東的意思，反而大加安撫，令江東上下的危機感隨之削弱。加之荀衍等人的拜訪，也使得江東人安下心來。

武將不怕死，並不代表他們會莽撞。若是以長江而水戰，江東不懼曹操，但如果棄長取短，登陸荊楚和曹操陸戰，卻不是一個好主意。沒有了武將們的支持，諸葛亮名聲雖然響亮，卻畢竟勢單力薄。哪怕有魯肅和諸葛瑾的幫襯，也沒有讓諸葛亮的局面產生太多變化。

今日，魯肅帶著諸葛亮前來拜會孫權。哪知道孫權正忙著接待蒯越，商議著出任大司馬的事宜……如此一來，諸葛亮的位置也就顯得更加尷尬。在吳侯府中停留片刻後，他只得告辭離開。

「兄長放心，亮並未氣餒。只是嘆息，江東上下竟無一人知曉而今危局……子敬，若繼續下去，只怕劉皇叔滅亡之時，也就是江東覆滅之日。吳侯不曉輕重，為一大司馬之虛職而沾沾自喜，絕非善事，絕非善事。」

魯肅露出了尷尬之色。

「孔明，慎言！」

「我……」

諸葛亮猛然醒悟，這裡並非長沙，而是江東。自己剛才的那一番話，有些過了！但也可以理解，諸葛亮而今尚不到三旬，在屢屢遭受打擊之後，難免有些氣急。他拱手，與魯肅道歉。魯肅則微微一笑，表示不會介意諸葛亮方才的言語。

「孔明方才的話，雖有些過了，但也不是沒有道理。脣亡齒寒，我何嘗不明？然則曹操老兒狡詐，竟然突然收兵。這一番利誘，卻讓江東上下失了本心。不過，吳侯也非昏庸之主，必然有所覺察，只是一時間仍無法下定決心……若要吳侯決斷，單憑你我，恐尚有不足。孔明，你我須再去拜會一人，只要此人出面，說不得會使吳侯改變主意。」

諸葛瑾聽聞一怔，旋即醒悟，「子敬所言，莫非是他？」

「正是！」魯肅道：「昔日伯符故去，臨終前曾言『內事不決問張昭，外事不決問周瑜』。今曹操大軍臨近，正屬外事。子布畢竟老了，少了幾分當年的果毅。但公瑾猶在，想來心中知曉輕重。」

「如此，我這就帶孔明去柴桑。」

「嗯，也好！」

三人一邊走，一邊商議對策。

可沒想到了家中，就見一個家臣匆匆而來。

「老爺，剛得到消息，周都督已離開柴桑，正在返程路上。」

魯肅聽聞大喜，笑著對諸葛亮道：「孔明，看起來公瑾也得到了消息……他既然回來，必然是勸說吳侯。這樣，你明日一早，與子瑜前往烏程，在中途攔阻公瑾。到時候與他說明利害，必能使吳侯做出決斷。我留在吳郡，為你們穩定局勢。若有變故，我會立刻通知你們。」

諸葛瑾和諸葛亮相視一眼，點頭應下。

「如此，我先回驛站準備。」

諸葛亮拱手告辭，匆匆返回官驛。

周瑜回來了！想必這件事情，還有轉機……

站在銅鏡前，看著鏡中模糊的影子，諸葛亮亦不由得長嘆一聲，俊朗面容上閃過落寞之色。

沒想到曹操居然能有如此巨大的克制力。在奪取了荊楚之後，面對江東如此巨大的誘惑，卻不肯出兵征伐。

此人，真梟雄也！

一夜無事，第二天諸葛亮早早起來，換好了衣裳，正要準備出門。卻不想，諸葛瑾急匆匆跑進驛館。見到諸葛亮後，諸葛瑾慌慌張張上前，一把拉住了諸葛亮的手，「孔明，大事不好了！」

「兄長，發生何事，竟使你如此慌張？」

「曹操、曹操、曹操……」諸葛瑾好不容易喘過一口氣來，結結巴巴道：「曹操他，出兵了！」

章三 益陽之戰（上）

沒錯，曹操出兵了！

準確的說，不是曹操出兵，而是曹朋出兵……

曹軍出擊，在諸葛亮而言，本應是一件好事。畢竟，曹軍出動，勢必會讓江東緊張起來，對於諸葛亮遊說江東的計畫來說，是一件不可多得的好事。偏偏，諸葛亮卻始終無法興奮起來。

因為曹朋打的，是益陽！

益陽之得名，據東漢長沙太守應劭言：居益水之陽，故名益陽。

《尚書．禹貢》記載：早在遠古時期，益陽便屬古之九州的荊州。春秋時為楚地，戰國時隸屬楚國黔中郡。西元前二二一年，秦國滅楚，置長沙郡，下設益陽等九縣。到西漢時，郡縣和封國兩制並行，故而益陽又隸屬長沙國、武陵郡，統歸荊州刺史部。到了東漢，廢封國，而立郡縣，於是長沙國又改為長沙郡，而益陽也就從武陵郡劃分出來，成為長沙十一縣之一。

然則，武陵郡和長沙郡對益陽的歸屬，一直爭論不休。畢竟益陽縣曾歸屬武陵郡，但又同時在長沙國的治下，如今劃分出去，武陵郡自然不同意。

這個官司，從東漢初一直到東漢末，也沒能做出結論。反正大家都知道，益陽歸屬長沙郡，但長沙郡對益陽的掌控力又受到武陵郡影響，導致非常薄弱。劉表進駐荊州，把益陽劃分長沙郡，而且以其假子劉磐為長沙郡太守，才算是了結了這一段公案。

益陽北近江水，東北便是煙波浩渺的八百里洞庭；西面和西南部，有綿延千里的雪峰山為屏障，是進入長沙郡的咽喉鎖匙。一旦益陽攻破，則長沙郡門戶大開。不過，益陽也不好打，不僅僅是因為其地勢不易於大軍征伐，更因其距離羅縣很近，使得難度隨之增加不少。

羅縣，而今為江東所有。

孫權命太史慈屯紮羅縣，與泊羅淵水軍遙相呼應。

如果曹軍攻打益陽，勢必要驚動江東兵馬。而今江東和劉備雖然沒有達成統一戰線，可彼此間的協作卻始終保持著。這也是為什麼說攻打益陽難度較大的原因，畢竟牽扯到了方方面面。

諸葛亮對此是既欣喜，又有些緊張……

建安十三年二月中，在經歷了短暫的熟悉和休整之後，曹朋終於有所行動。

十三日，曹朋命龐德率本部出擊，逼近益陽。同時，由於杜畿率領水軍進駐洞庭湖，也使得曹朋心裡多了一分把握。杜畿在抵達洞庭湖後，立刻向東逼近，在距離泊羅淵百里之處，紮下三十里水軍營寨。水軍主帥周泰、徐盛大驚，嚴陣以待，同時又與太史慈聯絡，以泊羅淵和羅縣為防線，形成了一道防禦體系。太史慈更命人過洞庭湖，指責曹朋，輕啟戰端。

虞翻，字仲翔，年四十四歲。會稽餘姚人，是日南太守虞歆之子。曾為會稽太守王朗部下功曹，後歸降孫策，入仕江東。此人是經學大家，又精通《易》。此前，朝廷曾辟虞翻為御史，卻被虞翻拒絕；如今在孫權帳下，任騎都尉之職。此次隨同太史慈進駐羅縣，為軍師祭酒，地位頗為崇高。

他親赴漢壽，指責曹朋。

「今曹公頻繁出使江東，所為者，不過兩下和平。而大都督卻調動兵馬，莫非是要開啟戰端？若如此，江東上下必不退縮，還請大都督三思。」

這也是一個留名青史的人物。

曹朋端坐於都督府大堂之上，上上下下打量這位江東名臣。

虞翻是典型的江東人氏，身材不高，大約在一百七十公分上下，卻生得頗有儀容，相貌不凡。

「仲翔先生此言差矣。」曹朋笑咪咪道：「某何曾要與江東衝突？」

「呃？」

「此不過例行操演而已，先生又何必驚慌。先生當知，今丞相收復荊楚，乃奉天而行……只是荊楚水軍混亂不堪，故而才命杜伯侯進駐洞庭。既然是水軍，少不得要有些訓練。杜伯侯方入洞庭，對這裡的情況又不甚瞭解，所以才有設立水寨之行為，於子義並無任何惡意。」

子義，便是太史慈。

曹朋說得是合情合理，讓虞翻也不知如何指責。

人家只是訓練水軍，操演人馬，順帶著熟悉地形而已。曹軍並未攻擊江東兵馬，這輕啟戰端、挑起衝突，自然也就無從談起。可虞翻卻知道，曹朋那都是藉口，並不足以讓他相信。

虞翻沉吟片刻道：「可是，大都督當知，我江東水軍駐紮泊羅淵，距離丞相水寨不過百里之遙。我水軍亦須操演，萬一不小心引發衝突，豈不有不必要的麻煩？」

「那先生要我如何？」

「這個……」虞翻有些為難了。

難不成要他對曹朋說，你們撤退吧……恐怕這樣一來，就激怒了曹朋。

虞翻是經學大家，同樣也是江東名士。對於曹朋，他也做過瞭解。特別是當他聽說，十年前曹朋曾隨荀衍出使江東，更與張昭、周瑜、孫策等人有過接觸之後，就大為後悔。若那時候幹掉曹朋，豈不是斷曹操一臂？

不過，他也知道，這種責備毫無道理。

十年前曹朋不過是個小孩子，默默無聞，甚至少有人聽說過他的名字。當時，曹朋以荀衍的書僮身分而至江東，誰又能想到，十年後那個默默無聞的小書僮，已成為當今矚目之人。

三篇蒙文，令天下為之讚嘆；兩篇文章，更使世人知曉其風骨卓絕。

涼州三年，使馬騰授首，羌胡歸附。如今西北之地，重現當年八百里秦川之富饒，令無數人為之嚮往。而歸結其原因，卻是當年曹朋打下的基礎。乃至於曹汲赴任，數載延續曹朋之政策，開啟西域商路，連接關中世家，才有如今之西北局面，更為曹操打下了一個穩固後方。

面對這樣一個人，虞翻雖然年長許多，卻也不敢怠慢。

整個江東，八成書院取曹朋三篇蒙文而授。在去年，曹朋新著《三十六計》問世，就連周瑜這種傲氣非凡的人物，也稱讚曹朋可為當時兵法大家。

虞翻名聲雖大，卻不得不小心翼翼。

這年月，你得罪了官員沒有關係，可你如果惹怒了名士，必然會被天下人指責。

哪怕雙方處於敵對，誰又敢輕易指責曹朋?就算是孫權，也對曹朋稱讚不已，不敢開口冒犯。三篇蒙文，足以令天下讀書人尊曹朋一聲『先生』。

虞翻心裡暗自叫苦，卻不知該如何開口。

沒想到，曹朋卻突然道：「仲翔先生所言，也並非沒有道理。你我兩家，相距甚近，若有衝突，確實不美，會影響到你我兩家的情義。不如這樣，我兵退六十里，大家恪守規矩，你看如何？」

兵退六十里？

這他娘的和不退，又有什麼區別！

可是，人家給足了你面子，讓虞翻更難開口。

這洞庭，本就是曹操的地盤。而你江東屯紮泊羅淵，進駐羅縣，已經撈過界了。六十里，是給你們一個面子。如果真要開戰，只怕江東那邊未必贊同。這責任，誰也不敢去承擔……

六十里的面子，你還要如何？

想當年，晉文公與楚王相約，退避三舍，也不過九十里而已。曹朋這六十里就是兩舍之地，你我之間並無交情，我給你這六十里的面子，已經足夠……

虞翻知道不好再要求什麼，他同時也清楚，所謂談判，就是還有商量。

於是沉吟片刻後，虞翻拱手道：「大都督之情義，翻記下了。不過此事，非翻可做主，待翻返還羅縣，與子義商議，再與大都督答覆。此次貿然前來，若有得罪，還請大都督見諒。」

曹朋給了你虞翻面子，那麼你虞翻也必須要有足夠的禮節。

曹朋微微一笑，「那，恕朋不遠送。」

「告辭！」

虞翻匆匆而來，又匆匆離去。曹朋在送走了虞翻之後，與法正和張松一起，登上了漢壽城頭。

蔣琬如今，駐紮沅水之北。

龐山民則留居臨沅，負責協助賴恭。身為襄陽名士，又是荊州四大家之一的龐氏子弟，賴恭哪怕是再高傲，可對待龐山民也是極為尊敬。人家出身擺在那裡，又豈是他一個零陵名士可比？

這名士，又分三六九等。

有那種縣郡名士，比如賴恭、劉先，都隸屬此類；有州郡名士，如蒯越、蒯良、龐山民這樣的人；

在州郡之上，又有天下名士，似鍾繇、荀彧、衛覬，皆歸屬此列。龐山民是州郡名士，而賴恭不過縣郡名士，檔次就低了一頭。有一個州郡名士為他服務，賴恭還能有什麼不滿嗎？

張松問道：「公子，何以退讓？」

人前，張松和法正皆稱呼曹朋為『大都督』；人後，包括黃忠等人，則稱呼曹朋『公子』。可不是什麼人都能尊曹朋『公子』。這兩個字，也是一種身分的象徵，代表著你屬於曹朋這一系。

別看魏延和曹朋那麼熟悉，但大多數時候，還是要以大都督為稱呼。

同樣，王威倒是想要稱呼曹朋『公子』，卻不能得償所願。原因很簡單，一來王威曾是鄧稷的上官，曹朋對他存有一絲尊敬；二來，則是王威的荊州痕跡太重，曹朋不敢接納王威。不過不接納，卻不代表沒有照顧，如果按照遠近來區分，王威只能屬於曹朋系的周邊人物。

曹朋微微一笑，「永年，今日我之退讓，只為來日大踏步前進。」

「哦？」

「八百里洞庭，終究是小了些。總有一日，我會馬踏江東，到時候便是他們退讓……而今，我們要做的並非是與江東計較，而是……」

曹朋說罷，突然笑了。

「想來令明，已經準備好了！」

益陽城頭，劉磐面沉似水。

遠處，曹軍已紮下營寨。旌旗招展，刀槍林立，雖距離尚遠，卻能感受到那瀰漫著蒼穹的殺機。

「是何人領兵？」

「回稟將軍，曹軍主將，名叫龐德。」

益陽之戰（上）

「龐德？」劉磐眉頭緊蹙，目光森冷。「曹友學，欺我太甚！」

如果是曹朋率部前來，劉磐說不得會緊張一下，畢竟曹朋的威名擺在那裡，自出世以來，未有敗績，可謂常勝將軍。劉磐也是個心高氣傲的主兒，一般人根本就入不了他的眼。之前，他就有意和曹朋掰掰腕子，卻苦於沒有機會。如今，他駐守益陽，而曹朋都督荊南軍事，雙方總算是有照面的機會。劉磐摩拳擦掌，想要和曹朋分個高下，哪知道卻來個無名之輩。

也難怪，如今的龐德，還真是一個無名之輩。

或許在西北涼州，他曾經有些名望，而在曹軍之中，除了少數人之外，更多人知曉龐德，是因為當初龐德不惜放棄前程，隨同曹朋到滎陽服刑。所以，在大多數人眼裡，龐德是一個忠烈的好漢，也許武藝高強，但並不足以擔當重任。甚至在曹朋外放龐德出去的時候，樂進就有些顧慮，直至烏林之戰，龐德立下戰功，才使得樂進對龐德有了瞭解，頗為稱讚。

龐德的本領究竟如何？恐怕連曹操也說不清楚……那就別說劉磐了！他甚至沒有聽說過龐德的名字，更不要說他對龐德有什麼特殊的瞭解。

心高氣傲的劉磐焉能不怒？

你曹朋派了一個無名之輩，就想要攻取益陽？未免也太看不起我劉磐了！

就在劉磐惱怒曹朋的『無禮』之時，忽聽城外曹營之中，傳來一陣陣悠長的號角聲。緊跟著，隆隆戰鼓聲響起，迴盪於天地之間。一隊隊、一列列曹軍從營中殺出，瞬間在大營外組成了一個雁行陣的陣勢。長兵在前，短兵在後，兩隊騎軍游離於兩側，氣焰極為囂張。

鼓聲止息，就見從曹軍旗門下，飛馳一員大將，胯下一匹踏雪烏騅，掌中一口虎咆大刀，頂盔貫甲。看年紀，在三旬左右。

他在城下勒住了戰馬，橫刀厲聲道：「城上反賊聽真，某乃橫野將軍帳下大將龐德。今奉天討逆，

征伐長沙。若聽明的，立刻開城獻降，否則待城破之時，雞犬不留！」

好大的口氣！

劉磐勃然大怒：「無名之輩，焉敢張狂？劉皇叔貴為帝冑，乃天子親口所言。曹賊把持朝綱，挾天子以令諸侯，國賊也，何故顛倒黑白？今狗賊犯我邊境，那休怪我心狠手辣。來人，誰與我取那狗賊首級？」

「末將願往！」

劉磐話音未落，就見身後站出一人。此人名叫高沛，長沙人士，原本是肆虐於雪峰山的山賊，後為劉磐所收服。他掌中一口大環刀，縱橫荊南，少有人能敵。

劉磐一見，頓時喜出望外，立刻命高沛出城迎戰。那高沛二話不說，走下城頭後，扳鞍認鐙，翻身跨坐馬上，領著八百健卒，在隆隆戰鼓聲中，衝出益陽縣城。

在劉磐看來，龐德無名小卒，高沛就算勝不得龐德，也足以抵擋一陣子。

他站在城頭上觀戰，就見高沛縱馬衝出縣城。

按照慣例，雙方應該通名報姓，而後才會廝殺一處。哪知道，高沛剛擺好陣勢，走到陣前，連話都未來得及說出，龐德已催馬衝了過來。好一匹踏雪烏騅，就如同離弦之箭飛向高沛。

龐德跨坐馬上，身體微微向前傾，掌中大刀看似無力低垂，可是當他到了陣前時，猛然長身而起，雙腳猛的一蹬馬鐙，扭腰發力，掄刀就砍。那高沛嚇了一跳，連忙舉刀相迎。只聽鐺的一聲響，虎咆刀劈在高沛的大環刀上，巨大的力量震得高沛兩臂發麻，耳根子嗡嗡直響。

藉著高沛這一崩之力，龐德身體微微後仰，旋即再次傾身揮刀。

「連山刀！」

口中傳來一聲如雷怒喝，龐德手中的虎咆刀猶如閃電般劈出。交擊，收勁，再劈，再收勁……說時遲，那時快，龐德在瞬息間劈出了十三刀。可是在旁人眼中，卻猶如一刀而已。

一刀快似一刀，一刀強似一刀，刀刀相連，勁力相合。龐德根本不打算和眼前這傢伙糾纏太久，決定要速戰速決。他也知道自己聲名不顯，雖憑藉曹朋親信之名而為荊南八校之一，可在曹軍之中，有不少人不服氣。

很多人都覺得，龐德是憑著曹朋的信賴，才能坐到荊南八校的位子上。

只不過，曹朋都督荊南戰事，也就是荊南最高軍事統帥。他要用什麼人，根本不會和任何人商量，而且他也有這個資本，獨攬大權。連荀彧都不過問，誰又能夠過問？曹操？他敢委派年僅二十六歲的曹朋獨領荊南軍政大權，本身就已經表明了態度。如此情況，就算有人心裡不滿，也只能憋著。

「我就是要用龐德，其他人我不熟！」

曹朋毫不隱晦，直接說出了理由。

這也是他對龐德的力挺！雖說軍中沒有人說三道四，卻不能否認有許多人心懷不滿。

龐德也很清楚這種狀況……可越是如此，他就越是要展現出足夠的本領，以證明曹朋的言語。

十三刀匯聚一刀，連山刀下，高沛慘叫一聲，被龐德一刀劈成了兩半。

那無主的戰馬拖著半截殘屍落荒而走，龐德走馬盤旋，刀指城頭，「逆賊劉磐，可敢與某一戰！」

益陽城上，劉磐面沉似水……

羅縣，縣廨——

周泰大步流星，闖上了大堂，用帶著極具特色的吳越口音破口大罵。不得不說，吳越之地的方言，罵起人來頗有一種用絲綢擦屁股的感覺，軟軟的，但言語用詞卻又是非常惡毒。

「幼平，你這又是怎麼了？」太史慈頓感頭大。

他是東萊人，說的是青州話。雖然走南闖北，口音早已發生變化，甚至在江東生活多年，卻始終是偏官話口音更多一些。平日裡和周泰他們講話還成，可一旦是周泰這些人話說得快了，他就有點不知所措了。

周泰是下蔡人，可久居江上，常年生活在江東，故而說的是純粹吳越方言。東漢末年的吳越方言，和後世的吳儂軟語還是有些區別。蓋因在歷史上，中原人幾次南遷，東西兩晉、還有北宋南遷，造成了大批北方人南下，使得吳越方言發生了許多變化。但在東漢時期，吳越方言裡夾帶著許多山越土語，如果不是純粹的江東人，很可能聽不太明白。

周泰道：「曹賊，欺人太甚。」

「哪個曹賊？」

周泰臉通紅，大聲咆哮：「還有哪個曹賊？自然是那漢壽的小賊！」

「怎麼了？」

周泰怒道：「今日文向領軍在湖中巡視，不想遭遇曹軍戰船。你也知道，巡視之時都是小船，可是曹軍卻全都是大船。逼得文向不得不讓路，還有兩艘艨艟，險些被曹賊水軍撞翻……子義，你說，這是不是欺人太甚？」

聽上去，似乎是有點過分了！

不過太史慈並沒有動怒，而是似笑非笑的看著周泰，半晌後突然道：「幼平，文向的船隻，是不是過了那條百里界線？」

「這個……」

在虞翻出使漢壽之後，曹朋下令，水軍後退六十里。不過，他同時還與太史慈定下了一條分界線，雙方不能擅自越過，否則便視為是率先挑釁。

太史慈沒有見過曹朋，卻久仰大名。他覺得曹朋沒有必要去主動挑釁，如果發生了衝突，十有八九便是周泰等人在偷偷作祟。周泰是個水賊出身，而徐盛同樣起於飄萍微末之中。建安五年，孫策故去，孫權徵召兵馬，時為吳縣市集上地痞流氓的徐盛加入軍中，並很快以卓絕戰功得到了孫權賞識。

如果說，周瑜、賀齊、朱然這些人，是孫策一手提拔起來，那麼如周泰、徐盛、蔣欽以及蘇飛這些在孫權執掌大權後崛起的將領，則屬於孫權的親信。

太史慈是孫策降伏，所以並不被孫權當成心腹。而他也是個聰明人，從不拉幫結派，更不與任何人發生衝突，故而能執掌大權。周泰和徐盛，改不了的匪氣！在江東時，仗著孫權賞識，頗有些張狂。而今屯紮泊羅淵，名義上是歸於太史慈節制，可實際上，並不聽從調遣。

這幫傢伙是閒不住的主兒，必然是越過了那道分界線，否則曹軍不可能無緣無故的就衝撞船隻。這種時候，這樣的行為可是很容易引發衝突。

周泰臉一紅，「某自出世以來，縱橫大江之上，何曾讓過他人？」

「幼平，你可以不聽調遣。可你當知道，而今正是主公受封大司馬之職的關鍵時候。若因為你的原因，令主公錯失良機，到時候又如何向主公交代？且先忍忍，曹軍勢大，實不可以正面與之衝突。那曹朋，也非等閒之輩，今坐鎮漢壽，都督荊南軍事，手中權柄甚大，實非你我現在可以前往挑釁。你當約束部曲，不得擅自與曹軍衝突。至少在目前的狀況下，不能夠如此……日後，有的是機會。」

太史慈聲色俱厲，讓周泰也不禁低下了頭。

就在這時，忽聽大堂外腳步聲響起，一名小校踉蹌奔行，跑進堂上後單膝跪地：「將軍，大事不好！」

「什麼事？」

「曹軍於昨日，向益陽發動了攻擊。」

太史慈聽聞，大驚失色。他連忙站起身來，厲聲喝問道：「可曾確定？」

「已經確定……曹朋命龐德為先鋒，以蔣琬為軍中長史，同時正在漢壽調兵遣將，向益陽增援。益陽劉磐昨日連戰連敗，如今已緊守城池，不敢應戰。劉磐派人前來，向將軍求援，言脣亡齒寒，請將軍早發援兵，救助益陽。」

只一天，就抵擋不住了？

太史慈眉頭緊蹙，露出沉吟之色。

這龐德，似乎聲名並不響亮。至少對太史慈而言，他從未聽說過龐德的名號。這也難怪，太史慈常年居住於江東，很少和北方有接觸；而龐德呢？雖同曹朋回滎陽，一路跟隨至今，但許多人根本就不清楚他是什麼人。不過，太史慈卻不敢掉以輕心，龐德能被曹朋委以先鋒之職，必然有不凡之處。

此人，亦不可小覷。

太史慈又有些頭疼了……但周泰卻不顧許多。

「子義，那小賊既然打上門來，自不能與他善罷甘休。」

太史慈沒好氣的說：「他打的是劉備的門，卻不是我們的門。脣亡齒寒的道理固然沒有錯，可問題是，咱們能否抽調出兵力？此前我還奇怪曹朋為何要水軍進駐洞庭。現在我明白了，他就是要用這水軍拖住我們，而後奪取益陽，打開長沙門戶。我敢肯定，如果咱們一動，洞庭湖上的水軍必然逼近岸上。」

哪知周泰聽了卻毫不在乎，大聲道：「怕他們什麼？主公命我等駐紮汨羅淵，本就是為了協助那劉玄德。若袖手旁觀，如何與主公交代？至於小賊水軍……哈，子義又何必擔心？荊州水軍那些傢伙有什麼本事，你我心裡清楚。就算那小賊有通天之能，也無法在短短時間裡讓荊州水軍有太大的變化……這樣，我率水軍出擊，將小賊水軍打回去，則子義便可高枕無憂，馳援益陽。」

周泰說得信心滿滿，讓太史慈也不禁連連點頭。

投降江東多年，和荊州軍馬也交手無數，對於荊州軍的戰鬥力，太史慈也是心知肚明……用他的話說，荊州軍就是一群廢物。除了少數幾人之外，根本不足以讓他正視。而這少數幾人當中，也包括劉磐、劉虎、文聘和王威，陸戰將領也就這些個對手；至於水戰，只有一個黃祖可堪對戰。不過，黃祖早已戰死。

荊州水軍的戰鬥力，在江東眾將眼中，就是一個笑話。

太史慈想了想，也認為周泰所言沒有錯誤。孫權派他們過來，就是要他們協助劉備。這個時候若袖手旁觀，只怕會被人恥笑。而且周泰說的也沒錯，荊州水軍根本算不得什麼……

「既然如此，幼平立刻調遣兵馬，入洞庭湖逼走小賊水軍。」話說到一半，太史慈又突然道：「不過幼平，你要注意，莫打得太狠。畢竟曹操與主公正在交好，打得太狠，弄不好會惹怒曹操，反而不美。把他們打回去就是，我這就準備調兵遣將。」

周泰聽聞，嘿嘿一笑：「子義放心，我自有分寸。不過也不知那小賊被我打回去之後，會不會哭鼻子……哈哈，我這就回去，與文向出兵作戰。」

周泰二話不說，就跑出大堂。

可是太史慈心裡面卻有一種莫名的不安感受，他總覺得這件事有點詭異。曹朋才到漢壽十幾天，就貿然開戰，與他之前的習慣頗有不同。

根據太史慈的瞭解，曹朋每每用兵，必先蟄伏，而後攻其不備，出其不意。不動手是不動手，可一旦動手，那就是如同雷暴一般的攻擊，極為凶狠。可是這一次，曹朋為何要突然攻打益陽？難道他不知道，荊州水軍不足以為依持？

想到這裡，太史慈突然改變了主意。

「立刻派人前往益陽，就說請劉巨石再堅持一日，我這邊會儘快出兵援助。再派人到臨湘，告訴劉皇叔，就說我這邊雖可以馳援，但兵力不足，恐難以派上用場，請他再謀其他出路。」

先等等，先等一等再說……至少，要看一看水軍的動作，而後再做決斷。

出兵是一定要出兵，但卻不能大張旗鼓，還是小心一點為妙……

在前來羅縣之前，太史慈曾拜訪了周瑜和賀齊，以及江東本土世族的青年俊彥，陸遜。

周瑜和賀齊給太史慈的建議，是如履薄冰，謹慎小心。既要保住劉備的利益，又不可以觸怒曹操。

可是陸遜給太史慈的主意卻是：曹朋這個人，有大丈夫氣。對於這個人，可以交好，盡量不要得罪。所以，你到了羅縣，最好是能約束周泰、徐盛這些人的行動。曹朋素來是人敬我一尺，我敬人一丈。如果真的激怒此人，他絕對敢破釜沉舟。

這也是在江東眾將中，唯一一個提醒太史慈要留意曹朋的建議。

陸遜似乎很瞭解曹朋，同時言語中，對曹朋頗有好感。相反，如周瑜和賀齊二人，則顯得有些輕視，並未把曹朋放在眼中。不過，如果站在他們的角度而言，無論周瑜、賀齊還是陸遜，都沒有錯。

周瑜是江東水軍大都督，賀齊是會稽太守，兩人的地位擺在那裡，看問題的高度自然不一樣。也許在他們眼中，真正的對手是曹操！

但陸遜而今不過是一個縣令，所以更注重細節。

陸遜對太史慈說：「劉備居荊南，曹操必不會善罷甘休。然則曹操不可能親自對付劉備，所以會派遣心腹之人都督荊南。若我猜測不錯，他十有八九會讓曹朋前往，一來曹操對曹朋寵信無比，二來這曹朋和劉備也算是老對手……子義到時候，要多小心。」

伯言，真神機妙算！

太史慈在內心中發出一聲感慨，旋即收回思緒，調兵遣將。

泊羅淵，即後世泊羅江。它勾連洞庭，接通江水，位於羅縣之畔。

江東水軍的水寨，就設立於泊羅淵岸上。

周泰急匆匆返回水寨，立刻找來了徐盛，說明情況。

如今泊羅淵，共大船三十艘，艨艟百餘艘。水軍人數雖不過萬，卻都是江東水軍的精銳。這也是周泰之所以恣意驕狂的一個主要原因……

徐盛道：「而今天光正亮，不易出兵。荊州水軍雖說不堪一戰，但畢竟有人數上的優勢。以我之見，當密令兒郎做好準備，天黑以後殺入洞庭，直衝曹軍水寨，可一戰功成。幼平以為如何？」

周泰聽聞，喜出望外：「就依文向所言。」

當下，周泰和徐盛密令江東水軍樓船二十艘、艨艟五十艘，做好出擊準備，同時又命人做出休整的假象，迷惑洞庭曹軍耳目。待天黑之後，酒足飯飽的江東水軍整裝待發，隨著周泰一聲令下，艨艟在前、樓船居中，呈雁行陣陣法展開，緩緩駛入了洞庭湖。

夜色很重，八百里洞庭漆黑一片。

遠遠的，可以看到曹軍水寨中燈火星星點點，不時傳來模糊的刁斗之聲。江東水軍慢慢的逼近，盡量避免發出聲音。舟船破水，劃出一道道水線，距離和曹軍的那條分界線越來越近。

當駛過了分界線後，周泰和徐盛不約而同的長出一口氣。

距離曹軍水寨，也就是幾十里的路程。看天色，卻是烏雲密布，星辰無蹤……

月黑殺人夜，風高放火天。好一個偷營劫寨的好日子，連老天都幫助我們！

此時為陰曆二月，驚蟄之後，洞庭湖的雨水就會變得很多，經常是十幾天看不到一絲陽光……

就在周泰暗自高興的時候，忽聽湖面上傳來一陣陣鼓聲。

從蘆葦蕩中，飛出一艘艘樓船，把江東水軍包圍起來。遠處的曹軍水寨，更燈火通明，一艘艘艨艟衝出了水寨大門，分列於湖面之上。三艘巨型樓船緩緩駛出水寨，向江東水軍逼來。

「周幼平，早知爾等非道義之輩。當初訂好了協約，在湖上劃下界線……可是爾等一而再、再而三越界挑釁，莫非以為我水軍無人？」

當先一艘巨型樓船，體積比之江東樓船要大了一半。

這也是荊州水軍的裝備和江東水軍的區別。江東水軍講究靈活性，所以樓船體積相對較小；而荊州水軍則注重船隻的戰鬥力，所以建造樓船時更注重加厚、加大，使樓船的撞擊力增加。

周泰一怔，不由得嚇了一跳。不過，他並未驚慌……比眼前局面更窘迫的也不是沒有見過。加之，從心眼裡看不起荊州水軍的戰鬥力，因此周泰非但不緊張，反而大笑不止。

「爾等，也敢稱水軍乎？」說著話，他拔刀厲聲吼道：「衝過去！」

三艘樓船，在艨艟的配合之下，迅速逼近曹軍樓船。

而在那帥船之上，杜畿命人點燃燈火，頓時把湖面照得通通透透。

帥船緩緩行出，當數艘艨艟從側翼逼近之時，杜畿突然下令，命樓船在原地打橫。體積巨大的樓船，在水面上緩緩劃出了一個弧形，幾艘艨艟隨著帥船轉動，頓時被撞得四分五裂。

船上的軍卒落水，沒等他們掙扎，就見十幾艘曹軍艨艟衝上前來。船上皆是手持利刃的水軍軍卒，抓住落水的江東水軍，手起刀落，砍下了首級。

徐盛在後，頓感有些不妙。他想要喝止周泰，可是周泰已命樓船朝著曹軍樓船衝撞過去。距離帥船越來越近，周泰看到，在曹軍樓船的船舷上扣著一排排物器，全都用黑布遮蓋起來。

當江東樓船距離曹軍帥船隻有六百步的時候，杜畿再次下令，命人掀起了黑布。

帥船兩邊船舷，各設置有十架八牛弩。不過，這些八牛弩的結構比之當初舞陰初顯威風的時候，又有了很大的變化，其弓弦加粗，弩機加大，並且在弩機旁邊增加了絞盤，可以輕易張開弓弦。經過改制的一槍三劍箭，也變了模樣，那箭桿粗若兒臂，箭鏃也更長、更加鋒利。

杜畿大喝一聲：「放箭！」

弓弩手立刻敲擊機括，十支槍矛呼嘯著直奔周泰樓船而去。

箭矢發射出去的一剎那，產生了一種古怪的後座力，巨大的樓船竟不由得在水上微微一晃。

經過改良的八牛弩，可以在六百步之內穿透厚牆。

周泰的樓船正在全速行進中，當八牛弩發射的時候，周泰也意識到了不妙，可巨大的慣性讓他無法躲閃，只能下令樓船打橫，試圖躲避。

可是，那一槍三劍箭的速度實在是太快了！只聽轟的一聲，船身被一槍三劍箭射透，在船身之上留下了一個巨大窟窿。十支槍矛，有三支正中目標。而其餘七支，又有兩支正中樓船旁邊的艨艟之上，那巨大的穿透力直接把艨艟的船板震斷，整個船身也隨之向下一沉。船上的軍卒驚慌失措，大聲呼喊起來。

徐盛連忙下令出擊，試圖救援周泰。

哪知兩邊的樓船卻在這時候緩緩行動，向徐盛的座船逼近過來。

艨艟穿梭於湖面之上，火光沖天而起。

三艘巨型帥船輪番出擊，六十具八牛弩不斷發射。江東水軍的樓船本就不占什麼優勢，此時在八牛弩的攻擊之下，更顯得有些慌張。身下座船已開始進水……周泰大聲呼喊，讓軍卒穩住心神。可是面對槍矛凶狠的攻擊，江東水軍早就已經亂成一團，舟船不斷發生碰撞，陣型早就變得混亂不堪。

帥船上，杜畿不斷發出命令，水軍凶猛的攻擊，使得江東水軍節節敗退……

「周幼平輸了？」

當天將大亮時，已開拔離開羅縣，以蝸牛速度行軍的太史慈，得到了水軍戰敗的消息。

初聞，太史慈嚇了一跳，而後仔細詢問，才知道江東水軍不僅僅是輸了，連帶著周泰也被杜畿捉拿，成為階下之囚。徐盛拚死突圍，才算逃得生天。

也幸虧杜畿保持克制，當徐盛率領船隊退到界線之後，便停止了攻擊。

二十艘樓船，損失了五艘；五十餘艘艨艟，完好無損的返回水寨時，只剩下三十餘艘而已。太史慈立刻下令，命兵馬停止行進。

「仲翔，而今如何是好？」

虞翻苦笑道：「我昨日就反對將軍出兵，更不同意幼平貿然挑釁。我見過那曹友學，此人外柔內剛，不可以將之激怒。須以懷柔之法，與他說明道理，自然也就相安無事。可是現在……」

虞翻閉上了嘴巴。

太史慈也是極為頭疼，看著虞翻，半晌後突然道：「能否請仲翔，再辛苦一趟？」

周泰是孫權的愛將，更是心腹。太史慈也不敢擅做決斷，只能讓虞翻再次前往漢壽，至少要保住周泰的性命……至於馳援益陽，還是要去。但怎麼馳援，卻需要換一個思路。

脣亡齒寒，若益陽有危險，則羅縣亦將捲入其中。

如果劉備被幹掉了，那麼江東兵馬就成了一支孤軍，到時候不得不退回江東……

虞翻倒也沒有拒絕和推辭，在思忖了片刻之後，便答應下來：「我這就前往漢壽，爭取能與曹朋討回幼平。不過，子義前往羅縣，卻要多加小心，最好不要參與其中，能予以威懾，還是威懾為好。」

太史慈想了想，點頭答應。隨即，他再次派人前往臨湘，把情況告知劉備，自己則督帥兵馬，緩緩逼近益陽……

章四

益陽之戰（中）

「江東，水軍失利？」

劉備眉頭緊蹙一起，在大堂上負手徘徊。

「季常，你覺得，這會不會是江東的推託之詞？」

諸葛亮不在劉備身邊，馬良便承擔起了謀主的責任。聽聞劉備的問話，馬良搖了搖頭。劉備如此想，也不是沒有原因。曹操如今和孫權打得火熱，又是封爵、又是聯姻，讓劉備心中壓力甚大。

「主公，孫權並非不知輕重之人。曹操而今所為，他也不是不清楚奧妙，只是尚未做出決斷。所以，太史慈當非是推脫之語，十有八九是確有難處。太史慈能繼續出兵，已經表明了態度，不過主公卻不能寄予厚望。良有一計，或可以解益陽之危。主公莫非忘記了，那壺頭山中，五溪蠻人？主公以重金厚利將之收買，而今正是用他們之時。」

劉備聽聞，恍然大悟：五溪蠻，我怎麼把他們忘了？

五溪蠻，亦稱『武陵蠻』。

自光武中興以來，就一直生活在湘西、黔、川、鄂三省交界地，沅水上游地區。武陵蠻，是一個極為籠統的概括，幾乎涵括了整個荊南地區的蠻夷部族；而五溪蠻，則是其中的一個部族，因生活在雄溪、辰溪、西溪等五條溪水之間，故而得名。人言武陵蠻，必以五溪蠻代之，其主要原因便是五溪蠻受漢家習俗影響頗深，自光武時便以農耕和染織業為主，故而與外界聯繫最為頻繁，接觸到的新生事物也最多，所以發展的速度在各部落間最快。

至東漢末，五溪蠻本部部落，已有人口多達十餘萬。而整個武陵蠻，則有數十萬之多。其中比較強盛的蠻族部落，比如位於武陵郡和零陵郡交界處的飛頭蠻，也有近十萬之眾。

自東漢以來，五溪蠻不斷興兵造反，以期獲取更大的生活空間。其中，聲勢最為浩大的一次，莫過於建武二十三年的造反，武陵蠻族盡起精兵，占據險隘關卡，大寇郡縣。當時對東漢朝廷造成的影響非常巨大……雖然後來被平息下來，但是卻未能徹底摧毀武陵蠻族的力量，反而因為那一次的造反，令武陵蠻族的氣焰更加囂張。

劉表最初也是個很強硬和鐵血的人！可是隨著他年齡的增長，特別是在占領了荊州之後，提倡文治荊楚，使得武陵蠻族的實力非但未受到壓制，反而從某種程度上得到了巨大的提升。比如，劉表的文治，開放了自建武二十三年以來，朝廷對武陵蠻族的物資封鎖。

荊州本就是一個富庶之地，勾連江東西川，又聯繫南北。大批的物資，包括武器輜重，透過不同的方式流入武陵蠻族手中，使他們的力量更加強大。在開放禁運的同時，劉表還派出了不少教書先生進入荊南荒蠻之所，試圖透過教化的方式將武陵蠻族收服。

但遺憾的是，劉表的理想很豐滿，現實卻格外骨感。

未等他親眼看到他那些政策產生結果，便一命嗚呼。反倒是他多年推行的政策，最終便宜了劉備，使得劉備和武陵蠻族勾結一起……

益陽危急！

而江東又無力救援……

劉備在思忖之後，最終拿定主意，請五溪蠻出手相助。所謂養兵千日，用兵一時。平日裡劉備對武陵蠻族可算得上是仁至義盡，如今正是他們給予回報的好時候。

一封封書信，如雪花般飛向壺頭山。

位於雄溪之畔的蠻王寨中，五溪蠻小王沙摩柯正信誓旦旦，向五溪蠻老蠻王求戰。

「父親，劉皇叔待我等不壞，而今他既然有難，我們自當出兵相助才是……若不然，是不是被別人恥笑？」

沙摩柯年二十六歲，正值年少氣盛，誰也不服氣。

他身高約在兩百一十六公分左右，生得膀闊腰圓，黑面紅鬚，外貌猙獰可怖。天生的神力，一桿鐵蒺藜骨朵重達一百多斤，在荊南之地無人可敵。似他這樣的年紀，練得一身好武藝，再受人吹捧幾句，難免就會有飄飄然的感受。至少在沙摩柯看來，天老大，地老二，他就是老三。

只是，老蠻王卻不這麼看。活了一甲子之多，老蠻王什麼事情沒有見過？他很清楚，如今荊南的局勢是兩國之戰，絕非他五溪蠻可以參與其中。

劉備給些好處，受了就是。若是幫一些小忙，比如早先出兵虎牙山之類的事情，也算不得大事，幫就幫了；可一旦陷入到這種逐鹿天下的遊戲當中，想要出來，就麻煩許多。

漢人狡詐，以為些許小恩小惠便可以讓我們賣命？

老蠻王心裡面並不太願意參與到這種事情裡，可是沙摩柯卻好像興致勃勃。

「沙沙，你可要想清楚了。之前咱們幫著那劉備，是因為收了他的好處。一些小事情，幫一幫倒也無甚大礙。可現在，朝廷派出兵馬征伐荊南，那劉備明顯是走投無路。一旦咱們捲入其中，想要跳出來可就難了……五溪蠻十餘萬性命，可全在你一念之間。如果那位曹丞相真的容易對付，劉備會被打得連個容身之所都沒有？」

「你剛才說什麼渾水摸魚，我只怕你魚沒有摸到，反而會惹上一堆麻煩……我覺得，這件事，咱們還是該拒絕為好。」

沙摩柯一聽就急了！

「父親，何必長他人志氣，滅自己威風？那曹丞相不過是仗著人多勢眾而已，算不得什麼英雄。再說了，劉皇叔待咱們不差，前兩年阿娘病倒，苦於找不到先生診治，還是劉皇叔幫忙，才救了娘的性命。你不是常對我說，受人滴水之恩，當湧泉相報嗎？娘如今雖已經走了，但這份恩情仍在……劉皇叔現在有了危險，咱們卻坐視不理。若是被飛頭蠻的井蛇兒聽到，必然會恥笑咱父子，日後如何在這荊南抬頭挺胸的做人？」

「若父親擔心出兵會給大夥兒惹來禍事，孩兒有一個主意。請父親給孩兒一支人馬，而後待孩兒離開，就宣布將孩兒逐出部落。這樣一來，不就沒了干係？如果將來劉皇叔得勢，孩兒也算是功臣。但如果不幸……那麼孩兒和兒郎們，不也還有一個容身之處？」

沙摩柯一番言語，讓老蠻王有些心動。

半晌後，他輕聲道：「沙沙，你想好了，真要出兵？」

「嗯，孩兒已經想好了！」

「也罷，你持我的鳳頭杖，去各部徵兵吧。我會派人與劉皇叔那邊知曉，請他務必堅持住……你有三天……不，五天時間，能徵調多少人，就算多少人。爹年紀大了，已經拚殺不動，就在這壺頭山上，為你守住咱這份祖傳的基業。不過沙沙，有一件事你必須要答應我……」

「請父親吩咐。」

「事若可為，且為之；若不可為，切不可以強求……他們漢家兒的事情，還是讓他們漢家兒自己解決。咱們不管怎樣，於他們來說都是外人，不要牽連太深。總之，到了長沙，一切自己小心，不要魯莽衝動。」

這是一個慈父的諄諄教誨，更是一個老蠻王六十年的智慧結晶。

只是對於此刻一心想要建功立業的沙摩柯而言，老蠻王的話，他聽進去了多少？恐怕只有他自己知道了。

目送沙摩柯興沖沖的離去，老蠻王心裡卻有一種強烈的不安寧。他沉吟片刻，沉聲喝道：「藤摩！」

「小人在。」

「你立刻前往充縣，求見陳到將軍。就說我已派人前往益陽馳援，請他務必在充縣，為我拖住零陽曹軍兵馬，萬不可掉以輕心。」

益陽城下，曹軍枕戈待旦。

三千人組成的鐵甲箭陣，隨著隆隆的戰鼓聲響起，萬箭齊發。嗡……三千張強弩弓弦震顫，三千枝利矢沖天而起，直衝九霄。鋪天蓋地的飛蝗呼嘯而來，遮天蔽日，令人怵目驚心。

劉磐嘶聲大吼：「穩住，穩住！」

城頭上的軍卒高舉盾牌，拚命阻擋著襲來的箭矢。可即便如此，密集的箭雨仍舊造成大量的傷亡。

曹軍的箭陣讓人感覺窒息，只一個晌午，至少有十萬枝鵰翎箭飛入城中，給城中的守軍造成了巨大的心理壓力。最可怕的是，曹軍的箭枝好像無窮無盡，這五、六天的工夫，向城中射出的箭枝多達幾十萬枝。面對如此凶猛的箭陣攻擊，劉磐雖然能憑藉益陽城牆堅守，但每天所產生的傷亡數字仍讓他感到心驚肉跳。

可恨曹賊，哪兒來的這麼多箭枝？

莫非，他們把江陵的武庫都搬過來了不成？

劉表在荊州十幾年，除了最初幾年之外，基本上很少動用兵馬。但他對武備並沒有放鬆，一直保存著數量驚人的箭矢，只是當時大部分的箭矢都用於江夏和江東的戰事。黃祖死後，雙方漸趨平和，自然也就少了許多消耗。曹軍瘋狂的以箭陣襲擊，讓劉磐甚至以為，曹軍把整個江陵武庫的箭枝全都搬到了益陽。

不過，劉磐又感覺奇怪。曹軍除了以箭陣攻城之外，並沒有投入人力強攻。按道理說，箭陣過後，必是強攻。可曹軍一改這種模式，反覆的箭陣攻擊，讓劉磐頭疼不已。

「將軍，快看！」一名親軍突然大聲叫喊。

劉磐順著他手指的方向看去，只見從曹軍大營中，推出了近百架奇形弓弩。那弓弩頗有些類似於車弩，但體積更大，所使用的弩箭也全都是標準的一槍三劍箭的槍矛，迅速的在陣前鋪設開來。

箭陣突然停止下來，可是劉磐心裡的壓力，卻絲毫沒有半點減少……

龐德催馬在陣前盤旋，厲聲喝道：「劉磐，再問你一次，降是不降？」

劉磐臉色鐵青，怒視龐德，恨不得衝出去和對方決一死戰。但是，他不敢……在龐德第一天圍城的時候，於一日間，斬殺劉磐手下大將高沛等八人之多。劉磐更率部出擊，結果險些被龐德所殺，當時若非親隨拚死護衛，他甚至可能已死在城外。這傢伙是一員悍將，有萬夫不當之勇。劉備手下眾將，估計也只有關、張可以勝之，其餘眾人皆非此人的對手。

也不知那曹朋從何處招攬了這麼多的好手！

若黃漢升在，我何懼此人？

劉磐此時想起了黃忠，心裡不免感到後悔。當初黃忠歸降曹朋的時候，劉磐對黃忠惱怒不已，可後來打聽了情況，才知道是劉虎一直壓制黃忠，險些讓黃忠喪命。最後不得已，黃忠才歸降了曹朋……

早知如此，老子就不該聽李珪李文德的話，把漢升送給劉巨岩。這廝分明就是個成不得氣候的混蛋，白白令我失一上將！

「狗賊安敢張狂！可知我荊州只有斷頭將軍，無投降將軍！」

劉磐也是個狂傲的人，破口大罵。

龐德冷笑一聲，「既然如此，那城破之日，定要益陽雞犬不留！」說罷，他高舉虎咆刀，狠狠向前一劈，「放箭！」

八十架八牛弩機括啟動，八十支槍矛呼嘯射出。槍矛夾帶著巨大的力量，竟發出轟鳴之聲，狠狠的射在了益陽那夯土築成的城牆上。站在城頭，劉磐甚至可以清楚的感受到腳下城牆的顫抖。每一支槍矛，凶狠沒入城牆，只露出一半的身子。眨眼間，益陽城牆被射成了刺蝟般模樣，微微的顫抖不停。

城上的軍卒驚慌失措，劉磐的臉色更加蒼白。

「穩住，休要慌張，休要慌張……弓箭手！弓箭手還擊！」

在益陽城東，不遠處的一座土丘上，太史慈面沉似水，橫槍觀戰。

由於洞庭湖水戰的失利，令太史慈處於下風。他率部馳援益陽，但是在距離益陽城東還有三十里的地方，就止步不前。他給劉備的解釋是：我會給曹軍以壓力，但我不能真的出兵。至於能不能牽制住曹軍，我也不敢保證。我所能做的，也只有這些，還請你多多的原諒。

沒辦法，失去了水軍的護佑，曹軍隨時可能跨湖而擊，直逼羅縣。

太史慈一方面要協助劉備，另一方面還要顧全自身。同時，他不能太過於激怒曹操，特別是在孫權

尚未表明態度之前，他有太多的顧慮。能做到這一步，在自家尚面臨危險的時候，仍率兵前來益陽。不管是否參戰，這個態度已經足夠了！太史慈和劉備有一面之緣，所以也是能幫就幫。

這太史慈是東萊人。早年間，孔融在太史慈學藝的時候，對太史慈的母親頗有照顧。後來管亥兵犯北海，孔融請太史慈尋找援兵，太史慈就找到了劉備。之後，他們趕走了管亥，解除了北海的危機，但劉備不知是出於什麼考慮，沒有招攬太史慈，以至於太史慈後來遠赴揚州，為劉繇效命。不管怎麼說，兩人曾並肩作戰，也算有些交情。這一次太史慈能出兵益陽，也正是這個緣故。

同時，太史慈也希望藉此機會，窺探一下曹軍的虛實狀況。

「那個，就是八牛弩嗎？」

「又叫月英連弩……不過在曹軍裡，更多人稱之為公子連弩，據說是曹朋和他的妻子黃月英聯手所造。」虞翻連忙解釋。

太史慈又問道：「文向，你們當日在洞庭與曹軍水戰，他們所使用的，就是這種連弩？」

徐盛連忙回答：「有些相似，但又好像有些不同……當晚亂戰，事發突然，我著實看不太清楚。」

「儘快設法搞來一具連弩，送回去請人研造。他娘的，這玩意兒的殺傷力太驚人，夯土都能穿透……也虧得益陽城牆堅厚，否則非被他們轟塌了不可。這若是用在船上，必然威力巨大。到時候萬一和曹軍開戰，他們只需要在每艘船上裝配上十具連弩，就能對我們造成巨大的傷害……仲翔，把這個情況儘快通知公瑾。」

「喏！」

太史慈點了點頭，不再言語。

虞翻和徐盛也露出苦澀的笑容。洞庭一戰，讓他們盡落下風。最可恨的是，曹朋俘虜了周泰之後，卻遲遲不肯放人……虞翻前往漢壽說情，但是連曹朋的面都沒有見到，與上次所受到的禮遇完全是一個

益陽之戰（中）

天上，一個地下。

也難怪，洞庭一戰，是他們率先開啟了戰端，偏偏最後獲勝的是曹朋……這就讓虞翻沒有了底氣，也怨不得曹朋無禮。

好在曹朋派出接見虞翻的使者張松說：「今江東無信，實令我家公子不安。大都督假節征伐，都督荊南，乃是奉天討逆。荊南本就是朝廷治下，我們打益陽也是情理之中，與你江東有何干係？偏你們要開啟戰端，如今兵敗被俘，還要我們放人？未免說不過去。」

「不過，大都督有好生之德，對周幼平將軍也非常讚賞。所以請不必擔心幼平將軍有性命之憂，且在漢壽盤桓些時日，待事情平息了，自然送回……」

盤桓？

說穿了，就是讓周泰做人質。

虞翻甚至連周泰的面都沒有見到，就被趕出了漢壽。這也使得太史慈心裡又多了幾分顧慮。

好在曹操水軍在洞庭湖大勝之後，並未得寸進尺，進而攻擊汨羅淵。但那個危險猶在，讓太史慈投鼠忌器。

「不對！」太史慈突然自言自語。

「子義，怎麼了？」

「仲翔、文向……你們難道就不覺得有些古怪？」

「什麼古怪？」

太史慈手指益陽戰場，「曹軍圍城以來，不停以箭陣襲擊。而今，又以那公子連弩攻擊，可是卻遲遲不見攻城。這些日子來，他們向益陽射箭，足有數十萬枝，卻沒有投入半點兵力……我怎麼覺得，曹朋這舉動好像並非是要真的攻擊益陽，而是別有用心。」

「什麼用心？」

「說不清楚……對了，曹軍還在增調人馬？」

「是啊，每天清晨，都可以看到有曹軍進駐曹營。而且曹營的面積，也在不斷的擴張……我估計，益陽城下而今至少聚集了一萬多兵馬。」

「可每天攻城的，都是那些人！」太史慈眉頭緊蹙，連連搖頭，「不對，這裡面必有文章……曹朋不是要打益陽，只怕那曹營之中的兵力也沒有咱們想的那麼多。曹操在荊南有八校兵馬，除了夷道和夷陵兩校之外，其他六校按道理說應該輪番出戰才是，何以每天出現在城下的，都是那龐德龐令明？」

虞翻心裡驀的一震。

「子義的意思是……」

「曹朋，恐怕別有用心！」

虞翻的眼前，突然浮現出那張總是帶著溫和笑意的面龐。

他和曹朋的正面接觸不多，真真正正的接觸也只有一次……也就是那一次，總讓他覺得曹朋是個有些單純的傢伙。可是現在，虞翻卻感覺到，在那單純溫和的笑容下面隱藏著深沉的心思。

「我想，子義你最好還是提醒一下劉皇叔。」

「嗯？」

「若我猜的不錯，曹朋這一次所為的並非益陽，而是……反客為主，調虎離山，聲東擊西！好一個三十六計，好一個曹友學！他這是要斬斷劉皇叔在荊南的臂膀……五溪蠻，危矣！」

「五溪蠻？」太史慈聽聞先是一怔，旋即臉色大變。「仲翔所言，莫非那曹朋真正要對付的，是五溪蠻？」

章五 益陽之戰（下）

益陽，打得如火如荼。

至少從表面上，或者外行人的眼中，這場戰事打得是相當熱鬧。可是隨著時間的推移，許多人開始覺察到了其中的詭異。曹朋表面上不斷向益陽增兵，但是對益陽實質性的攻擊卻遲遲不肯發動……這樣一來，激烈的戰事更像是一場遊戲，讓坐鎮臨湘的劉備感覺有些不妙。

曹朋莫不是另有圖謀？

沙摩柯在壺頭山召集八千名五溪蠻戰士，浩浩蕩蕩開拔出來。

八千人，聽上去似乎並不是很多。五溪蠻十餘萬族人，卻只有八千人參戰？

可事實上，這八千人已經代表了五溪蠻的全部精銳。十萬族人，有多少老弱病殘？又有多少未成年的孩子，還有那些不懂戰鬥的婦孺女人？如果刨除這些，五溪蠻真正的戰士，可能也就是兩萬到三萬人。沙摩柯一下子抽調出八千人，對五溪蠻人而言，已經是一個極限。

用老蠻王的話說：「沙沙，你帶走的是五溪蠻的現在和未來。如果劉皇叔將來能成就大事，五溪蠻說不得會有壯大的機會。可是如果輸了，你就是一手斷送了五溪蠻的現在和未來……所以，到了益陽之後，你要多加小心，切不可以事事爭先，給別人充當馬前卒。有危險，先考慮保存自身。這八千兒郎，是咱五溪蠻人立足荊南的根本。」

沙摩柯有沒有把老蠻王的話聽進去？也許只有他自己清楚。

不過此時，沙摩柯卻是意氣風發。

出壺頭山後，一路北進，很快便抵達沅水。按照沙摩柯的計畫，他將率部順沅水而下，直逼沅南。一旦沅南遭遇攻擊，則曹軍必然慌亂，到時候他擾亂了沅南的局面後，北進可渡水攻取臨沅，南下可遁入雪峰山，與益陽遙相呼應。如此一來，益陽之危自然而然便被解除。

這是沙摩柯的想法，同時也派人飛報劉備，請他到時候設法配合。

這次出兵，若成功了……五溪蠻人必然可以進一步發展壯大，成為整個武陵蠻的領袖。那時候，他也就是名正言順的武陵蠻王！

老蠻王的警告，他倒是記下了，卻沒有往心裡面去。在他心裡，曹朋不過是一個小娃娃，何必如此緊張？如果遇到了自己，必取他項上首級……

五溪蠻大軍浩浩蕩蕩行進，兩日後抵達虯龍灘。這虯龍灘，位於沅水的中上游。沅水在這裡陡然兩轉，猶如虯龍盤錯，形成了一個極為奇特的地勢，南高北低，灘頭平坦。流水在這裡突然變得平緩起來，是一處駐軍紮營的好地方。由此向東繼續行進，兩日後就能看到沅南縣城。

抵達虯龍灘時，天已經黑了。沙摩柯於是下令，在虯龍灘紮營，休息一晚後，繼續前進。

有人對他說：「小王，此地地勢平坦，視野開闊，最適合騎軍出擊……若曹軍在這裡進行偷襲，恐怕會對咱們造成不利。」

沙摩柯聽聞哈哈大笑，「我難道不知道，曹軍有騎軍之利嗎？可你看，這裡南高北低，咱們正好扼守在高處。而曹軍若偷襲，就必須要渡河而來……這裡地勢雖然平坦，但土地鬆軟，騎軍根本無法進行衝鋒。若他們真要偷襲，定要他們來得去不得。」

五溪蠻雖地處蠻荒，但是由於劉表十餘年來的文治，沙摩柯也深受其利。他讀過一些兵書，甚至在五溪蠻的部落裡，還有很多為躲避戰亂的漢家人，有識文斷字之能。這也使得沙摩柯與很多蠻人不同，一方面鄙薄漢家文化，另一方面又受漢家文化薰陶。

他侃侃而談，自信滿滿，使得身邊的人倒也無話可說。既然沙摩柯已經拿定了主意，他們也就不好再說什麼，於是五溪蠻人在虬龍灘上紮下營寨，安頓休息。

沙摩柯是個好酒之人，安頓好了之後，便命人取來酒水，開懷暢飲。這一頓酒，直喝到了戌時，沙摩柯喝得酩酊大醉，躺在榻上鼾聲如雷。

夜，越來越深。到子時，下起了淅淅瀝瀝的小雨。

這也是荊南獨特的氣候，白天晴朗，晚上細雨靡靡，天氣變幻莫測。

沙摩柯做了一個美夢！他夢到自己在益陽城下，大展神威，生擒活捉了曹朋，大敗曹軍……所有的漢家兒郎，莫不以敬佩的目光仰視他，劉備甚至親解衣袍，為他披在了身上。在益陽城裡，劉備大擺酒宴。酒席宴上，更有無數漢家女兒在他面前輕歌曼舞，流露曼妙風姿，只看得沙摩柯是哈哈大笑……

「沙沙，可敢飲酒？」劉備滿面春風，笑咪咪的問道。

沙摩柯一手挽著一個美姬的小蠻腰，一手舉杯，豪邁道：「皇叔有請，沙沙焉能不從？」

「這樣，待我為你擊筑，請沙沙滿飲。」

錚錚錚！激昂的擊筑聲響起，沙摩柯端起酒碗，一飲而盡，而後大笑不止……

「小王醒來，小王醒來！」

耳邊突然傳來一陣急促的呼喚聲，驚擾了沙摩柯的美夢。

他驀的睜開眼，翻身坐起。只見幾名親隨神色慌張站在榻前：「小王，有曹軍偷襲！」

「什麼？」沙摩柯一怔，酒勁兒一下子清醒過來。

只聽大帳外隱隱約約傳來了喊殺聲，更有隆隆戰鼓聲不斷響起……

沙摩柯驚怒道：「狗賊既然找死，那就休怪本王不客氣！」

說著話，他跳下了床榻。只是這宿醉未完全醒來，讓他腳下一個踉蹌。幸虧身邊人手疾眼快，將他攙扶住，才沒有摔倒在地上。

「速與我披掛！」

幾名親隨連忙為沙摩柯取來了衣甲，為他穿戴妥當。沙摩柯披頭散髮，赤足大步流星往外走，在大帳門旁一把抄起那根沉甸甸的鐵蒺藜骨朵，就衝出了營帳。

此時的五溪蠻大營，已亂成了一片。遠處，沅水河面上船隻川流不息！有數十艘大船在河上縱橫，將源源不斷的兵卒送到虬龍灘上。這些曹軍，清一色黑甲長刀，臉上還抹著黑灰，在夜色中格外猙獰。

河對岸，燈火通明！一隊隊兵馬，正列陣在河灘。船隻往來穿梭，將曹軍從河對岸接送過來。

這些曹軍一下船，便立刻向五溪蠻人的營地發起了衝鋒。一員大將，手持一口百鍊龍雀大環刀，在人群中奔行而走，大刀舞動，刀雲翻滾，只殺得五溪蠻人狼狽而走。沙摩柯雖然讀過兵書，卻算不得兵法大家，在設立營寨的時候，甚至沒有設置鹿角拒馬等防禦物品，以至於曹軍一下子就衝進了營地。

五溪蠻人悍勇好戰！但更多時候，他們的戰鬥方式沒有任何章法。

在山中，五溪蠻人藉助他們長年生活在山裡的優勢，所以常常能大獲全勝。可是一旦失去了地理的優勢，五溪蠻人的戰鬥方式就顯得極為原始。他們的武器、衣甲都非常落後，攻擊的時候完全是憑氣血之勇，一旦遭遇危險，就會迅速失去鬥志，而後四散奔逃……如果是在山裡，他們能藉助對地形的熟悉，拖垮對方，而後反身一擊。但是在虬龍灘，五溪蠻人就亂成了一鍋粥。

章五
益陽之戰（下）

沙摩柯赤足在地上奔行，手中鐵蒺藜骨朵揮舞，每一次揮擊，必有一人喪命。

他大聲吼道：「休要慌張，給我頂住！」

他武藝雖然高強，卻無法穩住局面。而且，宿醉之下，他雖然一連轟殺十數名曹軍士兵，卻非但沒有令曹軍後退，反而激起了曹軍的怒火。曹軍蜂擁而上，令沙摩柯漸漸有些抵擋不住。

這時候，那曹軍將領健步衝到了沙摩柯跟前，二話不說，掄刀就砍。

沙摩柯連忙舉鐵蒺藜骨朵相迎，只聽鐺的一聲巨響，他迸開了那員曹將的大刀，可是那刀上巨大的力量卻震得他蹬蹬蹬連退數步。他兩腿微微有些發軟，但腦袋一下子清醒了許多。

「曹將，可敢通名？」

那員曹將，身高近九尺，體格魁梧壯碩。面如重棗，臥蠶眉，丹鳳眼，威風凜凜。剛才和沙摩柯交擊一次，他雖然沾了主動出擊的光，卻沒占到太大的好處。相反，沙摩柯鐵蒺藜骨朵上巨大的繃勁兒，險些讓他手中大刀脫手。

聽聞沙摩柯詢問，曹將厲聲道：「某家零陽校尉魏延，再吃我一刀！」龍雀大刀掄開，刀光閃閃。

沙摩柯不知道魏延是誰，但也不敢小覷。他抖擻精神，舞動鐵蒺藜骨朵和魏延打在一處。

如果單從武力上而言，魏延不是沙摩柯的對手，或者說要遜色半籌。這沙摩柯的武藝，已近超一流武將的水準，加之天生神力，還真不是一般人能夠對付。可是，沙摩柯晚上喝得酩酊大醉，匆忙間應戰，宿醉未醒，加之鐵蒺藜骨朵勢大力沉，打得久了，沙摩柯也不免感到氣虛力乏。

魏延知道，比力氣，他不是對手！但他又豈是善與之輩？

魏延早年間也是一員猛將，雖然一直沒能達到超一流武將的水準，也已經是準超一流的高手。他刀法精妙，加之這些年來保養得當，氣脈悠長。既然力氣上比不過，那就用刀法取勝……於是乎，魏延刀法猛然一變，一改先前大開大闔的路數，盡走那小巧狠辣的招數。龍雀大刀翻飛，卻不與鐵蒺藜骨朵硬碰硬，刀刀盡走詭譎之路，把個沙摩柯殺得漸漸抵擋不住，喘息不止。

沙摩柯口中不時發出如雷怒吼聲，卻奈何不得魏延。隨著魏延不斷把距離縮短，猛然間把龍雀大環反手插在地上，從腰間拔出佩刀，貼身肉搏。沙摩柯的鐵蒺藜骨朵長而沉，可是一旦失去了空間的優勢，立刻變得束手束腳。

不過，魏延想要幹掉沙摩柯，顯然難度不小。蓋因這沙摩柯雖然身形龐大，卻步伐靈活，更兼之皮糙肉厚，魏延幾次砍中了沙摩柯，都未能達到目的，反而被沙摩柯幾次反擊，險些身受重傷。兩人刀來棍往，打在一處，魏延勝不得沙摩柯，但沙摩柯也奈何不得魏延。只是如此一來，五溪蠻人群龍無首。

而在河對岸，又一支兵馬渡河而來。一員大將站在船甲板上，指揮兵馬衝上河灘。

此人，正是駐守夷道的大將，文聘。

「公子以為，平荊南，當從何處著手？」法正悠悠然問道。

曹朋想了想，便立刻回答：「自然是奪取長沙。」

「哈哈，長沙自然要奪取，可是總要有一個突破口。劉磐經營長沙多年，根基穩固。而今他把長沙拱手送與劉備……看上去，劉備根基不穩，然則只要用好了劉磐，劉備便可以統帥長沙。況乎那劉備乃是一個手段高妙、很善於拉攏收買人心的傢伙。他在荊州這麼多年，雖說最後敗於公子，可依舊打造了屬於他的力量。」

「荊南，地勢複雜，有山蠻作亂。而劉備能招攬五溪蠻人，一方面固然是因為五溪蠻人容易拉攏，另一方面則是劉備藉五溪蠻人，向荊南山蠻表明了他的態度。如果被他徹底收服了荊南山蠻，則公子欲平荊南，必困難重重。」

「江東，不足慮！劉磐，亦非公子之敵。若定荊南，先平山蠻……唯有讓那些山蠻老實下來，公子

章五
益陽之戰（下）

再征伐劉備，必可以事半而功倍。」

初至漢壽，法正便向曹朋獻出了荊南三策。而這三策之中的第一策，便是要令荊南山蠻臣服……

在這一點上，劉備已搶了先手。他重金結好五溪蠻，又在武陵進行大移民，讓出了辰陽兩縣於飛頭蠻居住，釋放了足夠的善意。問題是，同樣的方法，曹朋肯定不屑於使用，那該怎麼辦？

法正說：「劉備而今結交山蠻，頗有成效。但若公子現在出手，也不算太晚……山蠻多疑而狡詐，不會輕易臣服。而且，山蠻大多趨利避禍，有好處的時候會奮勇爭先，一旦遭遇危險，必然止步不前。所以，正以為欲定荊南，先取山蠻；欲取山蠻，先定五溪蠻。打了五溪蠻，山蠻自然動搖，而後止步而觀望。到那時候，公子再以懷柔之法，予以小利，則山蠻必然歸附。」

「可是，五溪蠻人狡詐。」曹朋苦惱的說：「這些人長年在山中生活，入山圍剿，難有效果……但不知孝直如何教我？」

「既然入山不好打，那就把他們引出來……只要打了五溪蠻，就算是斷去了劉備一隻臂膀。到時候他在荊南，單憑劉磐留下來的那點根基，又如何與公子對抗？」

法正的思路非常清晰，那就是先打山蠻，斬其臂膀。想想，也頗有道理。劉備有山蠻相助，如果在交鋒的時候，這山蠻不停的襲擾，必然會給曹朋帶來巨大的損失。

引出來打！這就是法正的謀略……

與此同時，曹操已集結好了兵馬，隨時準備出擊。曹朋也不想山蠻在這種時候拖住曹軍的後腿。既然如此，那索性謀劃一局大棋！

曹朋把這個想法與荀彧商議之後，荀彧立刻表示了贊成。為了保證曹朋這一次戰鬥的順利進行，荀彧甚至自作主張，從路招和樂進兩人手中又各自抽調了五千兵馬，合計萬人交與曹朋指揮。

也只有荀彧有這樣的權力！

在這一次的行動中，荀彧在最大程度上放權給曹朋，他只負責調派輜重和兵員，供曹朋指揮……

隨著文聘兵馬渡河，五溪蠻人再也無法堅持。沙摩柯也驚慌失措，與魏延纏鬥了三十多個回合後，猛然跳出圈外，拖著鐵蒺藜骨朵就走。有親隨拚死攔住了魏延，又為沙摩柯牽來了坐騎。

「小王，休要戀戰，突圍再說！」

沙摩柯答應一聲，翻身上馬，催馬就走。

魏延連殺六名五溪蠻人，卻見沙摩柯在火光中已朝著南面遠遁而去，不由得惱怒萬分，頓足怒吼。虯龍灘不適合騎軍衝鋒，的確是一樁頭疼的事情。若有戰馬在，焉能讓那沙摩柯逃走？

不過……你真的能逃走嗎？

魏延冷笑一聲：「友學設下十面埋伏，為的就是要把你們這些蠻子一網打盡……既然來了，想走？嘿嘿！」想到這裡，他嘴角一翹，而後轉身重又殺入戰場。

沙摩柯騎著馬，狼狽而逃。在他身後，五溪蠻戰士緊緊跟隨，一路朝著壺頭山方向退走。身後的喊殺聲漸漸的弱下來，沙摩柯這才如釋重負的長出一口氣，勒住了戰馬。回頭看，只見跟著他逃離戰場的五溪蠻戰士，甚至不足千人！沙摩柯不由得悲由心生，甚至有一種回身再殺入戰場的衝動。

「小王，咱們怎麼辦？」

沙摩柯看著一個個精疲力竭的五溪蠻戰士，咬了咬牙，沉聲道：「去雪峰山！劉皇叔已派人在雪峰山接應，到時候咱們會合了劉皇叔，再殺回來，報今日之仇！」

回壺頭山？哪有那個臉啊！當初老爹就不同意出兵，是他一力堅持。可沒想到，還沒有抵達益陽，

章五 益陽之戰（下）

就幾乎全軍覆沒。這時候若回去了，再想要報仇，不知要何年何月。

以老蠻王的脾氣，是斷然不會再出兵。畢竟五溪蠻人的人口就那麼多，八千人沒了……哪裡還有餘力繼續出兵？唯有請劉備幫忙，才能報仇雪恨。

沙摩柯想到這裡，撥轉馬頭，厲聲道：「兒郎們，今日奇恥大辱，若不得報，焉有臉面回鄉！咱們去雪峰山，到時候與那些漢家狗拚死一戰，方能洗刷今日恥辱！」

「報仇雪恨！」

「洗刷恥辱……」

五溪蠻戰士不由得群情振奮，振臂呼喊。

沙摩柯點點頭，剛要下令出發，就在這時，忽聽遠處傳來隆隆戰鼓聲，如雷鐵蹄聲響起，從黑暗中，猛然殺出了一隊騎軍。那騎軍清一色的西涼大宛良駒，馬上騎士輕甲短弩長刀。

為首一員大將，金盔金甲，掌中一口大刀。火光照映下，他一馬當先衝向五溪蠻人，頜下一部灰白鬍鬚，隨風而動。

「山蠻小賊，竟敢犯我家公子威風！你家黃老爺在此候爾等多時，還不與我下馬投降！」

沙摩柯大吃一驚，忙舞動鐵蒺藜骨朵而上。但見那老將軍人如下山猛虎，馬似出海蛟龍，眨眼間就來到了沙摩柯的近前。

黃忠端坐馬上，虎目圓睜，手中大刀掄起，掛著一股罡風厲嘯，口中一聲如雷巨吼，唰的就朝著沙摩柯迎頭劈下。沙摩柯舉鐵蒺藜骨朵相迎，鐺……一聲巨響！沙摩柯只覺得兩臂發麻，兩耳嗡鳴，兩眼直冒金星。

這老兒好大的力氣！

一雙手，虎口迸裂，鮮血淋漓。而胯下的戰馬，更希聿聿慘叫著，連連後退。沙摩柯拚命勒住了戰馬，可是沒等他回過神來，黃忠再次到了跟前。

「小蠻子，好本事，再吃我一刀！」

說話間，黃忠在馬背上猛然間長身而起，大刀劈落，罡風更盛。大刀撕裂空氣，竟發出一種刺耳的銳嘯，一抹淡淡的殘影出現在沙摩柯的眼角。沙摩柯嚇得連忙再次封擋，只聽鐺鐺鐺，在眨眼間黃忠連劈三刀，而沙摩柯使盡了吃奶的力氣，才算是將那三刀擋住。

擋是擋住了……可是沙摩柯的腦袋都已經木了。手臂好像不再屬於自己的一樣，鐵蒺藜骨朵再也拿捏不住，一下子脫落在地上。

「老頭，好力氣！」

「小子，你也不差……」

黃忠大笑，催馬上前。二馬錯蹬的一剎那，他猛然反手推刀回斬。

沙摩柯這時候已經沒了力氣閃躲，眼睜睜看著那口明晃晃的大刀照著他的面目砍過來，可身子卻無力閃躲，心中暗叫一聲：我命休矣！

哪知道，黃忠臉上突然閃過一抹不忍之色，大刀便推為拍，啪的一下子，便將沙摩柯拍翻馬下。

沙摩柯摔得眼冒金星，掙扎著想要爬起來。可是黃忠已撥轉馬頭到了跟前，手中大刀一落，刀背壓住了沙摩柯的肩膀，往下一壓，硬生生把沙摩柯按在了地上。

「小子，若識相的，還是老實一點，否則休怪某家，刀下無情！」

那冰冷的刀鋒貼在脖頸上，讓沙摩柯頓時清醒過來。

「只這點本事，也敢助紂為虐……」黃忠冷笑一聲，突然間氣沉丹田，厲聲吼道：「五溪山蠻聽真，爾等小王已落入我手，還不立刻棄械投降，更待何時？」

章六 序幕

長沙郡，臨湘——

劉備一臉驚訝的看著面前小校，半晌後才開口道：「你是說，曹朋退兵了？」

「是！」小校風塵僕僕，自益陽趕來。他喘了口氣，大聲回答：「昨夜曹軍營地中徹夜擊鼓，至寅時也未止息。劉將軍感覺詫異，於是派人打探。沒想到偌大曹營，竟成了一座空營！曹軍懸羊擊鼓，悄然撤離……劉將軍感覺有些不正常，所以命小人前來稟報主公。他已通知了太史慈將軍，聯手查探敵人行蹤。」

懸羊擊鼓！

劉備突然間倒吸了一口涼氣。

自得知益陽被圍的消息後，劉備就徹夜難寐。按道理說，如今曹軍撤走，他本應高興才是，可不知為何這心裡面沉甸甸的，讓他很不舒服。他已命呂吉和向條二人各領一支兵馬，馳援益陽，沒想到這援兵剛派出，曹軍便撤兵離去，而且走的是如此詭異和匆忙。

這件事裡面，透著一絲陰謀的氣息。

劉備讓小校下去，命人把馬良找來，將事情告知馬良。

「季常以為，那小賊究竟在耍什麼手段？」

馬良聽聞後，也不禁濃眉緊蹙。

諸葛亮不在長沙，所有的重擔都壓在了馬良的身上。這段日子，馬良過得並不輕鬆，整個人顯得清瘦了許多。他沉吟片刻後，突然露出一抹驚駭之色：「主公，我們上當了！」

劉備先是一怔，旋即醒悟過來，脫口而出道：「你是說，五溪蠻？」

「正是！」

劉備畢竟是戎馬半生，在大局觀上雖略微薄弱，但在戰術方面，絕對是一位大家，否則他也不可能憑藉著薄弱的力量，和曹操周旋了十幾年。所以，馬良一提醒，劉備就立刻發現了不妙。

為緩解益陽的壓力，劉備請出五溪蠻參戰。可如果曹朋的目標並不是益陽，而是五溪蠻……

劉備倒吸一口涼氣，立刻站起身來，大聲道：「速請翼德前來。」

「主公，此時讓三將軍前往，恐怕已經晚了……曹朋小兒既然自益陽撤兵，說明他已經達成了目標。五溪蠻，危矣！若再貿然令三將軍出馬，弄個不好，反而會中小賊埋伏。」

「當務之急，咱們還是應該儘快與五溪蠻取得聯繫，打探清楚消息，再做決斷。同時，主公當立刻派人往辰陽兩地，安撫當地飛頭蠻。如果五溪蠻真的敗了，恐怕整個荊南山蠻都會隨之改變態度。那小賊最擅長敲山震虎……他這次耍的好手段，主公還須儘快補救，否則必有變故。」

「可是……」

「主公，事到如今，已沒有別的選擇。我有一計，也許能令損失降至最低。飛頭蠻和五溪蠻之間素有恩怨，只礙於五溪蠻強勢，飛頭蠻不得不退至零陵。而今五溪蠻若敗，不如鼓動飛頭蠻出動，將五溪蠻吞併下來……那飛頭蠻的蠻王，也是個貪圖財貨的傢伙。可命我大兄前往遊說，令飛頭蠻王出兵，不知若何？」

劉備沉默了！

半晌後，他低聲道：「此時，再等等，再等等。」

畢竟和五溪蠻打了這麼久的交道，若說放棄就放棄，實在是有悖道義。而且，與飛頭蠻的交情相對淺薄，對方並不是一個很好的合作夥伴。如果五溪蠻有救的話，那麼最好還是繼續與五溪蠻聯手。

劉備背著手，在大堂上徘徊。

夜色漸漸深沉，就在他猶豫不決、難以拿定主意的時候，忽聽堂外步履聲匆匆。緊跟著一個斥候跌跌撞撞衝上了大堂，撲通一聲就跪在了地上，顫聲喊道：「主公，大事不好……剛得到消息，五溪蠻小王沙摩柯，於昨夜在虬龍灘遭遇曹軍伏擊，全軍覆沒！沙摩柯，生死不明！」

果然如此！

劉備驀的轉過身來，凝視那斥候。半晌後，他突然對馬良道：「季常，就依你之計。」

五溪蠻恐怕是很難再有用處了……虬龍灘一戰死傷了多少人？目前還不清楚。但可以肯定，對於五溪蠻而言，絕對是傷筋動骨，元氣大傷。再想讓五溪蠻幫忙，估計不太可能。那老蠻王是一個非常狡詐的老傢伙，吃了這麼大的虧，絕不會再跳出來協助他，倒不如讓飛頭蠻……

劉備同樣是一個果決的主兒，立刻做出了決定。

馬良二話不說，拱手退下。

而劉備站在大堂上，看著堂外黑漆漆的庭院，突然呢喃自語道：「生子，當若曹友學……生子當若曹友學啊！」

虬龍灘一戰，五溪蠻八千戰士，全軍覆沒。

曹軍士氣大振，在沅水河畔紮下了營寨。在蚪龍灘之戰結束之後，文聘立刻率部返回，直奔夷道而去。他還有一個任務，就是配合王威，攔截充縣的陳到。如今五溪蠻已經敗了，接下來就是充縣陳到。

武陵長史蔣琬，率部與魏延、黃忠會合。

當晚，大家在營中歡慶，直至深夜。

黃忠喝罷了酒，押解著沙摩柯等一干俘虜，趕往漢壽。魏延呢，則率領本部兵馬，退過沅水紮營，準備在天亮後返回零陽。蔣琬負責打掃戰場，清理後續。

蚪龍灘一夜鏖戰，五溪蠻人戰死過兩千多人，屍體橫陳荒野。馬上就要夏天了，這天氣會一日比一日炎熱，加上荊南氣候潮濕，屍體若不能儘快處理，說不定就會引發一場疫病。曹朋對這種事情一向是非常重視，所以他命蔣琬在這邊處理打掃戰場，以防止發生疫情。幾千具屍體要鋪灑石灰，而後焚燒入土。這工程不算小，沒個幾日工夫，休想結束。

說實話，幹這種活不討好，但蔣琬卻毫無怨言……他本是一個被罷了官職的小吏，如今卻一下子成了一郡長史。武陵郡治下，除了曹朋和賴恭之外，便排得上他了。

曹朋對他的這份厚愛，蔣琬已決心要用性命報答……

送走了魏延，蔣琬感到有些疲憊。

為了這場大戰，蔣琬也算是費盡了心血。看上去，這場戰爭的勝利和蔣琬沒有多大關係，可實際上，從船隻的調動到輜重的運輸，以及兵員的安置，幾乎是蔣琬一力完成。

魏延、黃忠和文聘，除了交戰時動手之外，幾乎不費半點力氣，近兩萬大軍的物資供應，完全由蔣琬一人負責。在這場戰事中，蔣琬的才幹也表現的淋漓盡致。所有人都知道，待荊南之戰結束，蔣琬必有大用。

卸下了身上的甲冑，蔣琬正準備休息。

忽聽帳外小校低聲道：「長史，營外有一老者，說是要求見大人。」
「呃？」蔣琬坐起來，沉聲道：「是什麼人？」
「那老者不肯說，只說要見到大人才肯表明身分。」
「請他進來。」
蔣琬心中，不免有些疑惑。他立刻披上長衫，撥亮了帳中火燭。
不一會兒的工夫，帳簾一挑，幾名軍卒簇擁著一位老人走進了大帳。那老人頭髮烏黑，略有些捲曲，眼窩深陷，塌鼻梁，大嘴巴，長著一部灰白鋼鬚。看衣著，是一個普通的老人，不過赤足而行，身上沒有攜帶武器。
走進大帳後，這老人二話不說，撲通一聲，就跪在了蔣琬面前。
「老人家……」
「化外山民，不曉天朝威嚴，冒犯將軍，實乃死罪。沙騰自知罪該萬死，可是為不孝犬子，還是冒死前來……請大人看在野民年邁的分上，放犬子生路，小老兒願代犬子一死，請大老爺高抬貴手。」
老人說著一口荊南土話，若非蔣琬也是荊南人，甚至可能聽不明白。而且，他說話間顛三倒四，讓人有些摸不著頭腦。蔣琬在愣了一下之後，忽然直起了身子。
「你是沙騰？」
「正是。」
沙騰是誰？
便是那沙摩柯的父親，五溪蠻的老蠻王。
蔣琬沒有見過這位老蠻王，但是聽說過他的名字。他瞪大眼睛，看著眼前這個有些憔悴而虛弱的老人……片刻後，他突然道：「來人，給老蠻王看座。」

有小校搬來坐榻，蔣琬嘆了口氣，上前把老蠻王攙扶起來。

老蠻王眸光渾濁，看上去似乎失去了生氣。他鬍鬚顫抖，眼角閃爍著晶瑩淚光，臉上透出哀求之色。

蔣琬說：「老蠻王，我在很小的時候，就聽說過你的英雄事蹟。當年太平道黃巾賊肆虐荊州，是你帶著山民出戰，保護了武陵郡一方安寧。你是個了不得的好漢，為何如此糊塗？竟然幫助那劉備逆賊，抵抗朝廷大軍？而今，天下大勢已經明朗，你卻要螳臂擋車，實在是……你來了，我很高興，也不會為難你。但你的要求，恕我難以答應。非是我不憐惜你父子情深，實在是……我做不得主啊。」

蔣琬用荊南土話，與老蠻王交談。這也讓老蠻王感覺到非常的親切，連連點頭。

「大人……」

「老蠻王，我可不是什麼大人。在這荊南之地，能稱之為大人的只有兩個，其中還不包括賴恭太守。這兩人一個是我家公子曹朋，另一個乃朝廷尚書令，侍中荀彧。沙摩柯沒有死，被生擒活捉。不過他此刻也不在這裡，被送往漢壽。老蠻王，想來你也清楚，沙摩柯這次犯下的，是大罪！能饒他性命的人，或者說能給你五溪蠻活路的人，只有荀侍中和我家公子，我實在是做不得主。」

「那，那怎麼辦？」

蔣琬在帳中徘徊，片刻後沉聲道：「老蠻王，而今之計，要想救出沙摩柯，唯降而已。你十萬五溪蠻，久居山中，入為山民，出則為寇，已影響到這荊南的格局。若老蠻王願意歸降……我所說的歸降，與以前的歸降不同，而是真真正正的歸降。」

「想必老蠻王不知我家公子厲害。他曾治理西北，令苦寒之地，而今為富庶繁華之所，猶勝於荊州。在他治下，羌胡各族和平相處，官府視漢民與羌胡為一家人，大家過得好不快活……如果老蠻王歸降，就必須要率五溪蠻出山而居。不過老蠻王不必擔心受到欺辱，我家公子會給與你們最好的生活。這樣一來，你們歸附了，便是朝廷的人，沙摩柯非但不會有性命之憂，說不定還能得到我家公子賞識，日後能出將入相，光宗耀祖。」

「老蠻王，你可以考慮一下。若同意，我會派人前往漢壽，與我家公子呈報。」

歸降，出山？

沙騰愣了一下，心中不免感到忐忑。

誰不願意過好日子！

誰又願意祖祖輩輩生活在深山老林裡，過那茹毛飲血的生活？

事實上，武陵蠻世世代代都想要走出大山，像那些正常人一樣的生活，奈何背負著山蠻之名，受盡欺凌，每次走出來，到最後又不得不退回去。一次、兩次……次數多了，山蠻們也就失去了信心。他們寧願靠自己的拳頭搶占地盤，攻取縣城。但每一次，也都是以失敗告終。

真的可以走出大山嗎？

老蠻王有些心動，卻又無法相信蔣琬的那些話……

「老蠻王，我知你現在一下子也拿不定主意。不如這樣，我這裡還有大約八百名五溪蠻兵俘虜，你帶回去，好好想一想。如果有了決定，就派人告訴我一聲。我會在這裡駐紮十日。十日之後，我將返回臨沅縣……不過呢，我也會派人去漢壽，請我家公子高抬貴手，暫留下沙摩柯的性命，等候你的答覆。」

蔣琬盡可能的釋放出自己的善意。而老蠻王在三思之後，決定聽從蔣琬勸說，先回去與族人商議。

送別老蠻王的時候，蔣琬突然想起來一件事情，「老蠻王，還有一件事你要多加小心。你五溪蠻此次大敗，必然會遭人窺探。回去之後，最好早做打算，小心提防，以免被人乘虛而入。」

老蠻王聽聞，連連道謝。他在蔣琬的親自護送下，離開曹軍兵營，趕往壺頭山五溪蠻的營地。

送走了老蠻王，蔣琬再也無法睡下。他在大帳裡左思右想，突然做出了決定！他連夜派人渡河，在河對岸的兵營中，找到了魏延。

「文長將軍，我有要事，須立刻趕回漢壽，呈報於公子。不過這邊的事務，還須有人主持。所以琬冒昧懇求將軍能滯留幾日……時間不會太長，三天！三天之內，我一定趕回來，不知將軍可否……」

蔣琬的態度非常謙卑，讓魏延也頗為得意。

「都是公務，何來麻煩之說。既然公琰有要務，那只管去就是。仲業已返回夷道，與王威會合，想必零陽那邊也沒什麼大礙，我就暫時留在這裡。不過說好了，只有三天……三天一至，我必須要返回零陽。」

魏延非常爽快的答應下來，讓蔣琬喜出望外。他甚至顧不得休息，天還沒亮，便匆匆登上舟船，順水而下，直奔沅南。

天亮後，蔣琬在沅南河對岸下船。換上了馬匹，一路緊趕慢趕，在天黑時，終於抵達漢壽。可是蔣琬沒想到，他並沒有見到曹朋，卻在大都督府中意外的看到了本應該坐鎮於作唐的荀彧。

「荀侍中。」

「公琰，你怎麼來了？」荀彧有些詫異，但是對蔣琬卻非常的客氣。

蔣琬道：「敢問侍中，大都督何在？」

「大都督？」荀彧看了蔣琬一眼，猶豫了一下後道：「友學而今不在漢壽，公琰有什麼事嗎？」

「不在漢壽？」蔣琬頓時急了，「那敢問大都督，何時能夠回來？」

「這個……」荀彧笑了笑，「這件事，你就不要問了！大都督估計要過些時候才能返回。若是有什麼要緊的事情，你可以先告訴我。我若能做主，就先為你做主，若做不得主，我自會稟報丞相。」

話說到這個分上，蔣琬又怎可能聽不出裡面的含意？

不是不告訴你，而是你現在還沒有這個資格知曉曹朋的去處！

有行動！

蔣琬立刻明白過來：這是有大動作啊……看起來，這益陽之戰只是一個開始，還遠遠沒有到結束的時候。

於是，蔣琬猶豫了一下，便把壺頭山老蠻王沙騰的事情，與荀彧說了一遍。

「我知大都督荊南三策中，山蠻為重中之重。而今那沙騰既然服軟，想來是一個極好的機會。若五溪蠻能夠歸附，則荊南山蠻可定……故而琬連夜趕回，就是希望大都督能夠留沙摩柯一條性命，並儘快和五溪蠻取得聯絡。」

荀彧眼睛一亮，輕輕點頭，表示讚賞：「公琰所言極是，而今正是收服沙騰的最好時機。我想友學若在這裡，也會同意你的主張。這樣吧，此事就由你來安排，儘快與沙騰取得聯絡。我會命賴恭全力配合你。這荊南之地，能少些殺戮，就少一些殺戮吧。」

「嗯……五溪蠻歸附一事，各項條陳，你可以參照當初友學在河西郡制定下來的章程，自己靈活把握。五溪蠻的安全，一定要予以保障，必要時，可以讓文長和仲業出兵協助你行事。公琰，你可敢擔此重任？」

蔣琬聽聞，頓時大喜：「卑職，必全力以赴。」

「如此，你先去歇息……我隨後會派人把友學當初在河西郡制定的章程給你送去，你好生琢磨。」

「喏！」蔣琬連忙躬身應命，退了出去。

荀彧目送蔣琬離去，突然笑了……

「友學，你這傢伙果然是好運氣，不管走到哪兒，都能找到合適人選。」

他一邊自言自語，一邊負手走出房間。

站在臺階上，荀彧仰望蒼穹，半晌後長嘆一聲：「不過也好，如此也恰恰說明，斗轉星移，這朝廷的氣數，只怕是真的快要到頭了……可惜，可惜，可惜！」

說罷，他搖了搖頭，轉身又返回屋中。

建安十三年二月二十三日，曹操突然下令，對江夏發起攻擊。他兵分三路，以于禁和李通為左路軍，自平春攻擊西陽，由北而南，向江夏治所西陵逼近；命徐晃和蔡瑁為右路軍，水陸並進，直撲州陵和沙羨；曹操自領中軍，以許褚為先鋒，攻克雲杜，逼近安陸。安陸是西陵縣西面門戶，若安陸告破，則西陵將成為孤城一座，江夏必亡。

劉琦大驚失色，忙命令劉虎死守西陽，阻擋于禁和李通兵馬，而後又使廖化駐守州陵，抵擋徐晃和蔡瑁的攻擊。劉琦本欲親自領兵督戰安陸，奈何身體孱弱，自去年年末病倒之後，一直未能痊癒。關羽於是勸阻劉琦，領關平前往安陸抵禦。

江夏大戰，拉開了序幕。

一時間，江東震盪，長沙郡更是人心惶惶。

劉備顧不得再去找曹朋的麻煩，忙調兵遣將，準備支援劉琦。江夏、長沙，是脣亡齒寒的關係。如果江夏一旦有失，則長沙郡也將面臨巨大威脅。同時，劉備再次派遣使者，前往江東和西川懇求援兵。在馬良的建議下，劉備又書信一封，送往武都郡，希望馬超能夠自武都郡出兵，在關中和西北製造一些麻煩。而後，他又命人前往並州，懇請高幹出手。

只不過，高幹如今頗有些自身難保的味道。

鄧稷在出任河東太守之後，便聯合衛覬等河東大族，仿效當年曹朋對漠北的舉措。他先是命人越過通天山，在通天山腳下設立了四個軍鎮，並且大肆招攬流民，圍剿當地的異族胡虜為軍奴，駐紮軍鎮之中。而後，鄧稷又啟用了曹朋在河西郡的府兵制度，實行兵農合一、兵牧合一的政策。

在西北龐大的財力支持下，同時又有關中、河東豪族的協助，在短短一年時間裡，鄧稷就把他的治下範圍向北部擴張了八百里，令整個並州都為之恐慌……

高幹自顧不暇。

馬超是否出兵，還又受張魯的節制。

劉璋？遠水解不了近渴。

唯一的希望，便是江東的孫權。

可問題是，在如今這種局勢下，江東又能給予多少幫助？更不要說劉備在支援江夏的同時，還要防備武陵的曹朋。益陽雖然沒有丟失，但五溪蠻的失敗，卻使得劉備憑空斷了一隻臂膀。

曹朋此時，又在何處？

江夏之戰的規模，算不得什麼。比之官渡之戰、蒼亭之戰，乃至於後來鄴城之戰、涿郡之戰、柳城之戰等規模，也不過是中等水準。雙方調動兵馬的總和，約十五萬人，其中江夏五萬，曹軍十萬。十五萬人的戰爭規模不是很大，可如果集中在區區一郡之地，那就顯得擁擠不堪。同時，江夏之戰吸引了無數人的關注，更牽動了許多人的神經。這其中包括了江東孫權、長沙劉備和西川劉璋……

建安十三年二月末，也就是江夏之戰拉開序幕的第三天。

西川劉璋突然下令出兵，命巴郡太守嚴顏屯兵魚復。而作為回應，曹操立刻命令樂進率部西進，與王威、文聘換防，接收了夷陵、夷道兩地防務。在出兵的同時，曹操又下令放棄巫縣和秭歸駐軍，表明了他對西川的態度：我不想和你打，但如果你硬要打，那我也不害怕。

樂進三萬兵馬進駐夷陵，使得西川頓時感受到了巨大壓力。

與此同時，從夷陵、夷道撤出的王威和文聘二人，率部進駐零陽，相互依持，對充縣陳到形成了極

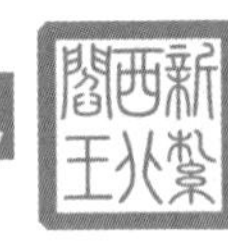

為有效的壓制。原駐守零陽的守將魏延，則南渡沅水，駐紮壺頭山。五溪蠻老蠻王沙騰親自帶人為魏延修築營地，表現出了極大的善意。

也正是魏延所部的南下，使得剛準備行動起來的辰陽飛頭蠻二話不說又縮了回去，繼續觀望局勢。龐德駐紮沅南，與臨沅所部兵馬合兵一處。背靠沅水，依託洞庭湖水軍，在沅水一線築成了一道強有力的防線。

劉備本身因為要關注江夏戰事的發展，也無力北上武陵郡。於是乎，雙方在沅水和雪峰山之間形成了短暫的對峙。誰也不敢輕舉妄動，誰也不會去挑動對方的神經，武陵局勢突然變得格外平靜，不復之前那種劍拔弩張、火藥味十足的緊張局面。不過，所有人都清楚，這局面只是暫時……一旦江夏之戰分出勝負，接下來的荊南局勢必然變得更加緊張。

建安十三年二月末，于禁率部攻破西陽縣。西陽縣守將劉虎，倉皇撤退，而後收攏殘兵敗將，扼守在距離西陽縣以南一百二十里處的咽喉要道。與此同時，曹操攻破雲杜，占領南新，兵進安陸；而右路軍，也就是南路軍的徐晃和蔡瑁，則攻克州陵，直逼沙羨。

短短時間裡，也就幾天的工夫，江夏十五縣被曹操連克八縣，只餘下沙羨、安陸、西陵等七座縣城。曹軍兵鋒強盛，幾乎是摧枯拉朽。江夏告破，似乎已變成了無法逆轉的事實。

江東孫權再也坐不住了！他接連派出三批使者前往荊州，企圖勸說曹操。可是事到如今，曹操又怎可能半途而廢？孫權無奈之下，只能下令水軍大都督周瑜前往援救。

但曹操以陸戰為主，江東水軍雖然強盛，卻怎可能奈何曹操？

江夏，下雋——

這下雋縣，位於江夏西南邊緣，與長沙郡接壤。其縣名，源於古水雋水之名，早在西漢年間，便已經設置。總體而言，下雋縣地處平原地帶，地勢開闊。縣城所治頗為險要，於暇心畈築城，分東西兩關，側依風城嶺，縣城東西長約二里。

整個下雋縣的地形，好像一個葫蘆。下雋以東，地勢開闊，但到了縣城，就變成了葫蘆口，地勢頗為狹窄，不適宜大軍拉開作戰。

這裡，在古時是一處驛站，後來演變成荊楚大地上的一個關隘，是荊東和荊南的咽喉要道。

自江夏之戰拉開序幕以後，下雋的氣氛也隨之變得緊張起來。劉備的援兵，以及從長沙運送往江夏的輜重，必須經由下雋方可進入江夏郡。如今下雋縣，守衛森嚴，進出百姓都要經過極為嚴格的盤查才能夠放行。

建安十三年二月二十八，江夏之戰開始後的第六天。

適逢一個難得的好天氣，豔陽高照，令人感到非常舒適。從下雋西邊，緩緩行來一行車隊，大約有三十多輛牛車，還有二百餘人的護衛。車上插著一面旗，上書『長沙・劉』三個大字。

這是長沙豪族，劉氏家族的車隊。

長沙劉氏，說起來也算是皇親國戚，不過是屬於那種早已經沒有記載族譜的分支。

他們原本是長沙國的王族旁支，王莽篡漢後，長沙國滅亡，王族幾乎被屠殺殆盡，剩下的這些王室宗親倖免於難，可是卻再也無法恢復祖宗的榮耀。東漢以來，長沙國被長沙郡取而代之，昔日的王室宗親更沒有了希望。於是他們聚集一處，憑藉著在長沙郡多年建立起來的一點基業，重新開始，並且很快的成為當地豪強，在長沙郡站穩了腳跟。

長沙劉氏的代表人物，便是那位劉巴。

不過，相比起其他荊襄世族，長沙劉氏的地位並不算太高。

宦途無望，長沙劉氏於是轉而經商，頗有成就。劉備在占領了長沙郡以後，對當地豪強頗為拉攏……

長沙劉氏也因此沒有受到太大的打擊，反而得到了長沙和江夏之間的商路。

「停車！」

眼見著車隊就要進入下雋西關，忽有軍卒上前阻攔。

一名管家連忙跑過去，笑呵呵說道：「老喬，是我啊！」

「劉管事。」

很顯然，劉家的人和下雋的官吏頗為熟悉。攔阻的軍伯，更一眼認出了對方的身分，臉上旋即也露出了一抹笑容。

劉管事走上前，「老喬，幹嘛這麼緊張，一個個好像如臨大敵……怎麼，我這車輛也要檢查？」

「不是檢查，是不准通行。」

「什麼？」

老喬見左右無人，壓低聲音道：「還不是江夏戰事發生！上峰有令，封閉關隘，除軍中物資，不得通行。老劉，這可不是我要為難你，實在是上命難違。你若是進了城，可就難以出去。」

「這怎生是好？」劉管事聽聞，頓時急了，「我這批貨物要送往下雉，客人們可在那邊等著……若是耽擱了，只怕賠不起啊。」

「下雉？」老喬眉頭一蹙，「是往江東的貨物？」

「正是。」

下雉，位於江夏郡東面，毗鄰江水，可直達江東。此時，孫、劉正商議結盟，倒也是一樁大事。理論上而言，對於送往江東的貨物並不會盤查，但如今……

老喬想了想，「這個我可做不得主。我這邊是可以給你放行，但若是進去了，可就不知道什麼時候能夠出去……」

「老喬，想想辦法。」

「辦法也不是沒有，只是要上下打點才好。」

話音未落，老喬的手中就多了一個袋子。頗為熟練的捏了一下，老喬眼中立刻閃過一抹喜色。不是銅錢，倒好像是金餅。掂量分量，至少也有一斤左右。

「老劉，實話和你說，我與東關門伯關係不錯，可以設法為你疏通。我這邊是許進不許出，東關那邊，只許出不許進。你要真的著急，我幫你聯繫一下那邊，若是能找到機會，便送你出去。不過，這可真是要看機會，我也說不準什麼時候能放行，你可要想清楚才好啊……」

「咱們打了這麼多年的交道，我還能不信你？」劉管事笑著，神不知鬼不覺間，又塞了一個袋子在老喬手中。「你盡量幫忙，我這邊呢，就等你的消息……反正，越快越好，哥哥這身家性命，可就全拜託你了。」

「好說，好說！」老喬眉開眼笑，連連點頭。「這樣，你入城之後，就住在喬家馬驛。我兄弟開的，價錢公道，地方也寬敞……有什麼事情，我也能幫你照應，方便咱們聯繫。」

「那就這麼定了。」

老喬又清點了一下車隊人數，而後便下令放行。他甚至沒有登記造冊，因為這裡面，還牽扯到要私自放行的事情，最好是不要留下什麼證據。

車隊重又行駛，緩緩駛入下雋縣城。

劉管事似乎對下雋很熟悉，輕車熟路，直接便來到了那處所謂的『喬家馬驛』。其實就是一個大雜院，車馬鋪子。位置很偏僻，也不見什麼客人，偌大的一個院子空蕩蕩的……不過當車隊進入之後，便立刻熱鬧起來。

老喬的兄弟張羅著安頓眾人。其實所謂的上房，也就是一間間簡陋的棚子，好在如今春暖花開，氣溫也漸漸的回升，倒不必計較許多。這種車馬驛，簡陋得根本不會有人居住，若不是劉管事要儘快出城，恐怕也不會選擇在這裡安頓。

從車上，走出一個青年，一襲白裳，直裾大袖，頗有氣度。劉管事連忙帶著青年和一干隨從走進了一間乾淨的上房，而後房門緊閉，屋外留有護衛把守。

「大都督……」

「老劉，和你說過多少次，我們現在是在外面，休要稱呼我什麼『大都督』，而該尊我為『公子』。」

「看我這張嘴。」老劉虛拍了自己一個嘴巴子，而後笑道：「公子，這裡條件有些簡陋，還請將就一下。」

「無妨。」

「那我下去安排吃食，公子這一路奔波，想來也已經餓了！」

「你不說還不覺得，你這一說，確是真的有些餓了……老劉，那就辛苦你。對了，出去告訴大家，所有人要隱藏蹤跡，盡量少說話，以免露出破綻。此次若能成事，你老劉當記首功。」

「謝大……公子提拔。」

青年微微一笑，擺手示意老劉退下。

待老劉離去之後，一旁一直默不作聲的護衛，突然輕聲問道：「公子，咱們下一步當如何行動？」

「王雙，你一會兒吩咐劉聰，讓他帶上幾個可靠的人，出去轉一轉。把城裡的情況給我打聽清楚，而後立刻回報……咱們盡量儘快行動，以免夜長夢多。」

「喏！」護衛拱手，退出了房間。

章七 關門打狗

這青年，正是曹朋。

不過此時，他化名『劉朋』前來下雋，卻是為了一樁緊要的事情。

在益陽之戰開啟之後，曹朋把所有人的注意力都吸引在了益陽和五溪蠻上面。而杜畿在洞庭湖上意外的勝利，則使得曹朋一下子掌控了洞庭湖的水上通路。就當所有人都把注意力集中在益陽的時候，曹朋率三千健卒，帶著法正、王雙和寇封、劉聰四人，悄然登上了杜畿的舟船。

如果沒有洞庭水戰，曹朋還真有些麻煩，畢竟江東水軍游弋湖上，始終是一個威脅……

可是現在，江東水軍慘敗，而周泰更成為了階下之囚，這使得江東水軍不敢再輕易出泊羅淵水寨，整座洞庭湖被杜畿掌控於手中，根本沒有任何阻攔。就這樣，曹朋帶著兵馬，悄然穿過了洞庭湖。當虬龍灘之戰拉開序幕的時候，他領著兵馬繞過羅縣，直撲下雋。

藉助長沙劉氏的力量，曹朋抵達下雋。

按照他原來的計畫，就是要混入城中，而後奪取下雋。只不過下雋守衛森嚴，想要強攻並不容易，於是曹朋命法正率領兵馬藏於風城嶺，他則親率二百闇士喬裝打扮成劉氏家族的商隊，混入了下雋。

能不能出去？並不重要！

重要的是要奪取下雋，切斷長沙和江夏之間的聯繫。這也是曹操最初給曹朋的一個命令。

曹操要全殲江夏之敵，不放走一個……若要達到這個目的，下雋縣城就必須要奪過來，鎖住這兩地的門戶。

本來，曹朋大可不必親身涉險。但思來想去，曹朋還是覺得這件事他必須要親自出馬。龐德和黃忠，這都是可堪大用的將才，可如果調動他們，就很容易被人覺察。反倒是曹朋，從益陽之戰開始就沒有再露面，當所有人都把目光投注在益陽的時候，他正可以渾水摸魚……

站在屋中，曹朋環視這間簡陋的房舍。恍惚間，他彷彿又回到了當年中陽鎮的那座老宅子，和眼前這間屋子相比，似乎也強不到哪兒去。

一晃，十二年！

自己陪伴家人的時間，實在是太少了……母親、妻兒，如今都還留在滎陽老家，等待他回去。

一種莫名的疲憊感油然而生。曹朋想了想，下定決心：待荊南之戰結束後，定要向丞相討一個清閒的差事，回家陪伴家人。細想，幾個孩子都已經到了就學的年紀，可他這個做父親的，卻從沒有真真正正的陪伴過他們，這算不算是一種罪過？每每思及，這心裡就有些沉重。

用罷了飯食，曹朋在屋子裡小憩。

一覺醒來，天色將晚。劉聰和王雙也帶著人返回馬驛。

「縣城裡守衛雖然森嚴，但是兵力並不算多。我打聽了一下，整個下雋而今兵力當在八百人左右。其中東西兩關，各有三百鄉勇，城中只二百兵卒。縣廨駐守大約有百人，屬於私兵，其餘兵馬皆住在北校場。這幾日，從長沙轉運來了許多輜重，以兵械為主，也都堆放在北校場。所以，城裡的二百兵卒不會輕易出校場，威脅不大。城中巡兵人數約五十人，但多以老弱殘兵為主，不足為慮。」

「下雋長廖中，可曾打聽了？」

「廖中？」劉聰頓時笑了，「此人我知道，是襄陽廖氏族人，乃沙羨守將廖化族弟。廖中是個武將，有些氣力。其人好酒，每日無酒不歡，逢飲必罪……我們回來的時候，途中還遇到了廖家的家人，為廖中買酒。據說，那廖中每晚都會飲酒，而且喝得酩酊大醉方歇。」

「卻是個酒囊飯袋之輩。」曹朋不由得冷笑一聲，「如此也好，倒也省了我不少的麻煩。」

他示意劉聰取來一張下雋縣的地圖，而後開始進行安排。這地圖，早已經準備妥當。劉氏家族經商，路過下雋並非一次、兩次，對於下雋的地勢和地形極為清楚，所以曹朋在出發之前便已經得到了這下雋的地圖。如今他打聽清楚了狀況以後，心裡面便有了明確的主意。

「咱們今晚行動。」

「今晚就要行動？」

「孝直和從之在山中藏身，終究不是個辦法。三千多人，很容易就露出破綻，萬一被察覺了，反而會令咱們更費手腳。反正這下雋的情況已經打聽清楚，沒什麼大問題，今晚咱們就動手……我負責解決那廖中。孟明，你帶上一百鬮士，給我奪了西關，而後依照之前約定，在關頭上點起烽火，協助孝直他們奪取城門。」接著，曹朋指向地圖上的另一區域，「王雙！」

「末將在。」

「給你五十鬮士，給我把校場裡的那些傢伙解決掉。一對四，可有把握？」

王雙聽聞，不由得笑了：「公子也忒小看了鬮士……區區二百兵卒，不過土雞瓦狗。幹掉他們，易如反掌耳……」

跟隨曹朋多年，王雙早已經不再是當年那個說話做事畏畏縮縮的小犬奴，舉手投足之間，隱隱有大將之風。

曹朋頗為欣慰的點頭，而後對王雙道：「你休要大意！你的任務可是不輕。不但要解決那二百兵卒，在解決了那些人之後，你還要帶著人在第一時間趕到這裡……東關橋。孟明在西關動手，東關兵馬必然察覺。我要你做的，便是給我堵死東關橋……孝直他們入城，至少要半個時辰。也就是說，在這半個時辰裡，你必須要憑此數十人攔住三百敵軍。這一點，你可有把握？」

王雙傲然一笑，「若有一人能通過東關橋，雙願獻上人頭。」

「好！」曹朋大笑，連連點頭。

一旁，劉聰顯然有些緊張，同時又有些興奮。在此之前，他只是一個商人，雖然暗地裡為賈詡效力，卻從未上過戰場。如今跟隨曹朋，卻是他主動要求。他一心想要建立功業，光耀門楣，可礙於他出身庶房，雖為長子，卻不得重要。這一次若做得好了，誰敢再小瞧他？

很興奮！

但同時，又萬分緊張。畢竟這是他第一次上戰場，若說能做到似曹朋這般平靜，斷無可能。

曹朋拍了拍劉聰的肩膀，微微一笑，「孟明不必擔心，更無須緊張。不過是一場小小的衝突……對，只不過是衝突而已。想當年，某方十四，帶著兩千人，與數倍於我的敵人鏖戰曲陽多時，依然能保得曲陽固若金湯。而今小小下雋，於你我而言，根本就算不得什麼危險。」

「公子乃天賜於丞相之臂膀，自可馬到功成。」

「哈哈！」曹朋大笑點頭，「藉你吉言，馬到功成……不過現在，下去用飯。吃飽了肚子，好好休息一下，子時動手，咱們奪取下雋。」

「喏！」

天色，漸漸暗下來。黑夜在無聲無息間，籠罩了荊南大地。

曹賊

章七

關門打狗

下雋城中，一派寂靜，所有人家都關門落鎖，早早的歇息。

曹朋依舊一襲白裳，內罩一件皮甲，把兵器和暗器都準備妥當，而後便帶著人，悄然離開馬驛。王雙和劉聰，都已經提前出發。

此刻，已快子時，曹朋等人從馬驛走出，沿著黝黑寂靜的街道，直奔縣廨的方向行去……

下雋縣廨，座落在下雋縣城的西部。往東，有雋水流淌，一座高橋就橫跨水面。橋，名為東關橋，也是勾連城中兩條主幹道的樞紐所在。

此時，長約二里的街道上，不見半個人影。

縣廨大門緊閉，兩個氣死風燈籠在風中搖曳飄擺，看上去有氣無力。

曹朋來到縣廨門前停下，舉目看了一眼那緊閉的大門。而後，他突然一擺手，只見身後五十闇士忽然散開，迅速來到縣廨的牆角下，取出繩索飛爪朝著牆頭一扔，旋即猶如鬼魅，迅速攀沿上前，沒入了庭院當中。那猶若靈猴般的動作，令人看上去賞心悅目不已……

曹朋輕輕點頭，暗自讚嘆一聲：史阿，果然是個人才。

別看史阿的腿斷了、手廢了，可是那一手劍術，還有多年來行走江湖的經驗，絕非等閒人可以比擬。在聽了曹朋的設想之後，史阿便明白了曹朋的意圖。當他接掌闇士之後，重新整理，訓練出了一批暗殺死士。這些闇士，經過嚴格而殘酷的訓練，個個都是殺人的好手。

莫說這縣廨裡百名私兵，就算再多出一倍，也不是這些行動猶若鬼魅般的闇士對手！

曹朋登上門階，來到了縣廨大門外。他深吸一口氣，探手抓起了門環，而後用力拍擊大門。

砰砰砰！

隨著三聲門環響，打破了縣廨的寧靜……

擾人春夢，絕對是一樁可惡的事情。

當門丁罵罵咧咧的走出門房開門的時候，一定不會想到，這將是他最後一次打開縣廨大門。

把小門打開了一條縫，門丁一邊用下雋土話咒罵，一邊向門外看去。

就在這時，碰的一聲悶響，那小門被一股巨力撞開，直接將門丁拍飛出去，狠狠的摔落在天井地面，口中鮮血狂噴。沒等他站起來看清楚狀況，就見一個白色的身影出現在視線當中，一抹寒光掠過，抹開了他的哽嗓咽喉。血霧噴濺，門丁捂著脖子，驚恐的看著站在面前的青年男子，口中發出『咿咿呵呵』的聲音，卻說不出一句話……

那青年目光平靜如水，甚至沒有理睬門丁的表情，拖刀而行，朝著縣廨的後宅，飄然而去，恍若一個白色鬼魅。

是鬼魅！我是被鬼殺了……

這也是門丁的最後一個念頭，旋即便栽倒血泊，氣絕身亡。

鮮血從他身下流淌出來，很快的便染紅地面，身子猶自一抽搐一抽搐，看上去是那麼的詭異！

大門口的動靜，引起了一些家丁的注意。當曹朋沿著碎石鋪成的天井小路往裡面走的時候，一群家丁蜂擁而來。

「什麼人！」

「什麼人敢夜闖縣府……」

曹朋微微一笑，根本沒有理睬。

從院中的黑影裡，突然竄出十幾個鬼魅般的身影，啪啪啪……一連串的機括聲響，十餘枝鋼弩飛出，凶狠的洞穿了那走在最前面家丁的咽喉。緊跟著，十幾枚飛爪射出，鋒利的鐵爪一下子扣死在那些家丁的身上，而那纖細卻又堅韌的繩索，順著他們的脖子繞住，黑影同時發力，將那十幾個家丁的身體一下子拖進了低矮的灌木叢中。

黑影消失，彷彿從未出現過。

三十多名家丁，在瞬間便死去了二十餘人，剩下的那些家丁還沒有反應過來，曹朋卻突然加速，鐵流星連發，破空發出厲嘯，瞬間將五個家丁砸翻在地。旋即，他衝進了人群，身體在人群中騰挪閃躲，一口利刃，劃出一道道、一條條詭異的弧線。待曹朋收刀離去，天井院落中只剩下一具具屍體，橫七豎八倒在血泊中，毫無半點生息。

說時遲，那時快，這凶狠的搏殺，甚至不足二十息！

曹朋那一身雪白大裳，已沾染了斑斑血跡。鮮血順著他手中那口百鍊鋼刀的刀冂無聲滴落，在他身後，留下了一個又一個醒目的血滴子。

五十名闇士的殺傷力，在這個時代，無疑非常驚人。

在曹朋和史阿的聯手調教下，他們擅長刺殺，知道如何隱藏蹤跡，猶如鬼魅般的行動不停。

偌大縣廨，有百餘名家丁奴僕。可除了曹朋剛開始遇到的三十多人之外，一路走過來，竟然看不到一個人影。

在一個月亮門外，五十名闇士會合一處。所有人的身上都顯得非常整潔，沒有沾染半點血跡。

「乾淨了！」為首的闇士頭領，在曹朋面前躬身稟報。

乾淨了？

就是說，這縣廨中，除了眼前這個跨院裡面，再也找不到半個活人。

這就是闇士的本領，殺了百餘人，竟然沒有半點聲息，更沒有驚動旁人。

「十個人，看住門口。估計王雙和孟明他們，馬上就要開始行動了！」

「喏！」

曹朋說罷，逕自走進了跨院。

這是下雋縣長廖中的住處，只有他一人居住。

整個縣衙的人，都死光了，可這位縣長大老爺依舊醉得不省人事，躺在榻上酣然入睡……

不過，當曹朋走進屋中的時候，武人的本能還是讓廖中生出一絲警覺。他猛然睜開了眼睛，卻見屋中燈火通明，一個青年就坐在他身邊，臉上帶著一絲古怪笑容。

「你是誰！」廖中立刻大聲問道。

其實，他也知道這是廢話。眼前這青年，渾身染血，一口血淋淋的鋼刀架在他的脖子上，顯然不是什麼親朋好友的關係。

「我是曹朋，今日前來，是想請廖縣長行個方便。」

「什麼方便……啊，你說，你是曹朋？」

廖中沒來由的激靈靈打了個寒顫。他睜大了眼睛，結結巴巴的問道：「橫野將軍，曹朋？」

「正是。」

廖中頓時倒吸一口涼氣，酒勁一下子全都醒了。只是，他不敢輕舉妄動，因為脖子上那口鋼刀傳來的濃濃血腥氣讓他心驚肉跳。只要曹朋手上一用勁，他這項上人頭，必然落地。

「曹將軍此來，何意？」廖中的聲音很大。

曹朋道：「縣長休要耍花招，你這縣廨裡，而今只有你一人能夠喘氣。我把話說清楚一點吧……我來下雋，非是為了殺人，只是想要借下雋一用。廖縣長是個聰明人，當知道我來意。我不想多造殺孽，所以希望廖縣長能夠予以配合，助我穩定局面。」

廖中還能聽不明白？可惜，他空有一身武藝，此時卻動彈不得。

曹朋接著說：「中盧廖氏，也是荊州數一數二的家族。我曾說過，荊州事，荊人治……可你廖氏族人，實在是太不知好歹，一意與朝廷為敵。我該說你們什麼好呢？那劉琦不過是個外來人，可你廖氏卻死心塌地的幫他；如果只是幫劉琦也就罷了，還要幫那國賊劉備……放著大好前程不要，非要弄個家破人亡。」

「有一句話這麼說：卿本佳人，奈何為賊？」

「說起來，我們也算半個同鄉，所以我願意給你一個機會。若你能為我平靖下雋戰事，我會向丞相擔保，保你廖氏重新建立。你好好想想，就算你們幫劉備取勝，還能在荊州立足嗎？當年的麋竺、麋芳，也算東海大戶，可現在……」

「我知道，這也許並非你的主意。可你好好想想，為你廖氏一族好好考慮，再做一個決斷。」

曹朋這一番話，軟硬兼施、威逼利誘，無所不用其極。

你廖家是荊州的廖家，為什麼不好好維護荊州的利益，卻要幫助一群外來人，奪取荊州？

我也知道，你未必願意，只是迫於無奈。那我現在給你一個機會，你可以做出選擇，是讓廖家繼續在荊州生根發芽，茁壯成長，還是繼續冥頑不化？如果你願意幫我，我可以助你坐上廖氏族長，並保你廖氏在荊州榮華富貴。

廖中之所以歸附劉備，並非他本意。

只不過，廖化身為族中長者，受馬氏五兄弟的蠱惑，決定協助劉備成就大業。當時廖中就表示反對，卻無法令廖化改變主意。內心裡，他對劉備並沒有什麼歸屬感。特別是在曹操進駐襄陽之後，昔日也算是荊襄豪門的廖氏一下子分崩離析，大部分人甚至是背井離鄉，這讓廖中非常不滿。

曹朋說的沒錯，於世家豪強而言，其家族所在，便是根基。

若離開祖籍，背井離鄉，豪強難為……這一點，麋家表現最為明顯。當年麋家在東海郡，雖非世家，卻也是當地數一數二的豪強。數代經營，使麋家的基業根深蒂固，勢力龐大，即便是後來曹朋斷了麋家的鹽路，麋家元氣大傷，可是在東海郡，依舊有著極大的影響力。
但後來，麋家隨著劉備離開東海，也就算是徹底沒落。哪怕他們和劉備是親戚，也難以發展壯大，到最後，甚至不得不看他人臉色……
麋竺之所以後來能下定決心，聽從甘夫人和麋夫人的勸說，遠赴西北，一方面固然是有些失落，另一方面他也知道，以麋家如今的能力，想要保住他們的地位，其難度之大，甚至難以想像。沒有財力，也非地頭蛇，更沒有超強的武力作為支持，如何能夠面對來自各方面的傾軋？妹妹雖然嫁給了劉備，卻未必能得到寵愛。
你看，甘夫人生了孩子，向夫人生了孩子，偏偏麋夫人沒有一點動靜，豈不是也說明了狀況？劉備對麋家的寵愛，在一天天的減少。今天是麋家，他日就有可能是廖家。失去了根本的廖家，真的可以如廖化所說的那樣，建立不世功業，光耀門楣嗎？
廖中不是小孩子，他心裡面自有一本帳，把這未來算得清清楚楚、明明白白……這也是為什麼廖中接掌下雋後，無酒不歡，逢飲必醉的一個原因。他心裡難受，看不清楚未來，這心裡面如何不苦悶？又如何不去以酒澆愁呢？
「將軍所言當真？」
「當真！」
「你真的可以保證，丞相不會追究我廖家過錯？」
「可以！」
廖中閉上眼睛，半晌後開口道：「東關長史，乃我族姪。我可以歸降將軍，並為將軍說服族姪，放棄抵抗。只是希望將軍能夠信守諾言，保我廖氏一家，重歸中盧，廖中必感激不盡。」
「當初我答應夫人，保他們母子一世富貴。而今琮公子為關內侯、青州刺史，雖無甚權力，可是卻平安快活。我曾與琮公子說過，未來的事情只能看他自己的本事，我難以給他太大的幫助。而今於你廖家，我也是同樣態度。廖家未來的造化，要看你們廖家自己，我現在能做的，是保你廖家在中盧重建……」

話音未落，忽聽外面傳來一陣騷亂聲。

一名闇士在門口稟報：「公子，西關烽火已經燃起，王雙將軍想必此時已經占領了西關。」

廖中一怔。

曹朋猛然起身，將鋼刀收好，說道：「廖縣長，何去何從，須早決斷。我也不怕你知道，風城嶺上還有我三千兵馬，半個時辰以內，定能占領縣城。我和你說這麼多，只不過是為了盡量避免無謂殺戮。現在，我需要知道答案，你廖縣長究竟是降還是冥頑不化。」

曹朋負手榻前，目光炯炯。

廖中緩緩坐起身來，看著曹朋，半晌後苦澀一笑，輕聲道：「廖中非不識好歹之人，將軍苦心，我自然能夠明白。將軍是個實在人，廖中也就不再廢話。廖中願降，助將軍占領下雋。」

說著，廖中俯伏地上，向曹朋表示臣服。

曹朋笑了！

他上前一把將廖中攙扶起來，長出一口氣道：「如此一來，下雋百姓必會感激縣長今日決斷。」

既然降了，那也就不必再繼續糾纏。廖中連忙換上了衣甲，隨著曹朋一同走出了縣廨。

一路走過來，只見遍地屍體，整個縣廨鴉雀無聲，只讓人心驚肉跳。

廖中暗自慶幸，自己做出了一個正確的決定。曹朋既然敢這麼做，想必已做好了萬全對策。西關被奪，可是北校場方向卻安安靜靜，只有一個可能，那就是北校場的軍卒已經完了……

隨著曹朋走出縣廨大門，卻見西關城門上，烈焰沖天。而東關方向，顯然也得到了消息，傳來一陣陣悠長的號角聲，顯然是在集結兵馬，準備馳援西關。

東關橋頭，劉聰已經準備妥當。

五十名閻士手持刀槍，藏於長街兩面，準備在東關援軍抵達時，給予致命伏擊。長街上，擺放著各種障礙物，可以有效的阻攔援軍前進速度。當曹朋一行人抵達東關橋的時候，劉聰不由自主的鬆了一口氣，連忙跑上前來，給曹朋見禮。

「讓大家做好準備，我會帶人正面阻敵。」曹朋神情自若，吩咐劉聰下去安排。

這時候，從東關方向傳來一陣密集的腳步聲。隱隱約約，可以聽到兵器碰撞的聲音，以及軍卒的呼喊聲。遠遠的，可以看到一條火龍，正迅速逼近東關橋。

曹朋站在橋頭，舉目眺望，而後扭頭對廖中道：「廖縣長，接下來，就要看你的了！」

廖中忙躬身應命，大步流星迎著那援軍而去。

「我乃下雋長廖中，可是季昌姪兒領兵前來……」

東關橋上，劉聰突然來到了曹朋身後，有些不太放心的問道：「公子，這傢伙，可以相信嗎？」

「哦？」

「萬一他是詐降……」

曹朋一笑，「難道孟明連半個時辰都堅持不到？」

「當然可以堅持。」

「那麼，又怕他什麼？」

信心，自古是建立在實力之上。你有那麼強的實力，便可以有多麼大的信心。

曹朋一席話，讓劉聰緊張的心情頓時得到了舒緩。是啊，就算他詐降又如何？半個時辰之內，我大軍勢必入城。到時候，區區東關三百守軍，又如何能與我大軍相爭？此戰，必勝！

而曹朋，則手扶橋欄站立。他順著雋水向遠方眺望，目光閃閃……

下雋，神不知鬼不覺，被曹朋奪取。

由於廖中歸附，也使得縣城在第一時間被控制起來，沒有走漏半點風聲。

這樣的一個結果，自然是曹朋所希望看到的。在法正、寇封、羅蒙和文武四人率部入城之後，曹朋立刻下令整頓軍紀，而後繼續封鎖關城。

第二天，天亮時，城中百姓走出家門，卻發現這下雋已經改朝換代。

守衛城門的軍卒，依舊是漢軍裝束，但在街頭巡邏的士兵卻清一色黑衣黑甲，是曹軍裝束。

曹軍表現出了極大的友善，特別是在軍令之下，對下雋秋毫不犯。

所有的一切，似乎和從前沒有太大的改變，該做買賣的繼續做買賣，該出門走動的繼續出門走動。除了不能走出縣城，一切正常。而事實上，早在數天前，下雋就已經封閉關卡，嚴禁百姓隨意進出。所以在這一點上，也沒什麼變化，下雋的百姓一如平常過著自己的生活。

而曹朋則端坐縣廨，翻閱剛剛呈送過來的卷宗。

這是北校場的輜重清單，數目極為驚人……其中，弓三萬，箭矢四十七萬，槍矛萬支，刀六千口，衣甲三千套。除此之外，尚有糧草輜重不計其數，全都是從長沙郡運送過來，囤積下雋，隨時準備發往江夏。不過，這些東西看起來，估計是無法再送到劉琦手中。這恐怕是長沙郡如今所能夠給予江夏最大限度的支援，劉備對江夏的重視，倒是讓曹朋多多少少感到有些吃驚。

不過，最讓曹朋吃驚的，還不是這些武器和糧草。他吃驚的，是隨同這些輜重送來的三百輛衝車，頗有些稀奇……

衝車的形狀，和傳統的衝車不同。根據廖中的介紹，這種衝車的主要目的，不是為了攻擊城門，而是作為防守時使用的利器。

曹朋立刻帶著法正，趕奔北校場查看，只見偌大的校場中央停放著三百輛奇形衝車……這些衝車以鐵皮包裹，形若扁舟，兩頭尖，中間寬，呈一個奇異的弧形。如果單從外形來看，好像一枚梭子。中部中空，可以往裡面填放重物，而衝車前部還鑲嵌倒鉤，在陽光下，閃爍著一抹抹令人心悸的冷芒寒光。

「這個，如何使用？」

廖中連忙介紹：「此諸葛孔明親手設計，在年初時，才打造成功。先把衝車填滿，重量可達八百斤。而後由高處，順車道往下推行，可以產生巨大的衝擊力……如果敵軍由低處向高處衝鋒，一輛衝車，可以將這條車道上的敵軍碾壓乾淨，威力巨大。只是這玩意兒的使用有許多限制，我是覺得有些……」

這哪裡是他媽的衝車！這分明就是鐵滑車……

曹朋腦海中，一下子閃過了前世聽評書《說岳全傳》裡，高寵槍挑鐵滑車的段子，不由得笑了。沒錯，這玩意兒聽上去威力巨大，可是限制太多，說穿了，不免有些華而不實的感覺，用處似乎不大。

他心裡頗有些失望，正要轉身離去，卻意外的看到法正盯著那三百輛鐵滑車，眼珠子滴溜溜直轉，也不知道在思考什麼。

「孝直，咱們回去吧。」

法正猛然醒悟過來，臉上卻露出一抹詭異笑容。

他走到了曹朋身邊，在他耳邊低聲細語幾句，曹朋聽聞一愣，愕然問道：「果真如此嗎？」

法正笑而不語！

章八

殤（上）

建安十三年三月初二，于禁攻占羊腸嶺。

西陵北面最後一道關隘告破，從此曹軍可長驅直入，在一日之間，兵臨西陵縣。羊腸嶺守將劉虎戰死，兩萬兵卒全軍覆沒。羊腸嶺失守，也代表著江夏之戰進入尾聲，劉琦再也無力反抗。

與此同時，安陸險情不斷。

面對著曹軍瘋狂的攻擊，關羽父子拚死抵擋。奈何手中兵力不足，雖然劉琦將三萬大軍盡數託付關羽，可是比之曹軍，依舊遠遠不足。

曹操親自督戰，以郭嘉、荀攸為軍師，連出詭謀。

在強行堅持了八天之後，安陸守軍已呈現出疲憊態勢。而羊腸嶺的失守，不僅僅使西陵縣北面門戶大開，更令安陸軍心浮動。一旦曹軍攻占西陵，則安陸勢必將成為江漢平原上的一座孤城，到時候曹軍四面合圍，安陸必破……

關羽不敢繼續堅守，在三月初五率部突圍，棄守安陸，逃奔西陵縣。曹軍旋即占領安陸，西陵縣西面門戶洞開，再也無法阻攔曹軍前進。

然而就在這時，劉琦和關羽之間，卻產生了分歧。

西陵不可守！

這已經成為一個事實。

隨著安陸的失守，西陵縣早晚告破。如此一來，劉琦手中所掌握的縣鎮，將只剩下郴縣、沙羡、鄂縣、下雉、下雋五座城池。依照關羽的意思，當儘快退入長沙郡，與曹操進行周旋。

但劉琦卻不這麼認為！

他不願意放棄江夏，甚至表示可以歸附江東，而後憑藉江東的協助，死守下雉、沙羡和鄂縣，阻攔曹操的腳步。如此一來，可以把江東拉進這場戰爭，同時背依長沙，也可以得到有力支援。孫權對江夏的野心，由來已久。從孫堅開始，江東對江夏就不斷攻擊，所為者正是荊楚之地的一個跳板。

而今，孫權猶豫不決，無法下定決心。乾脆就以江夏為誘餌，吸引孫權參戰……以劉琦對孫權的瞭解，他很有可能無法抵禦這份誘惑。

只有把孫權拉進來，才可以暫時穩住腳跟。

不過，這需要時間，所以就必須先守住沙羡、鄂縣一線，而後與孫權商議……如果江夏徹底丟失，也就代表著他劉琦再無半點資本。所以，這鄂縣、沙羡、下雉和下雋四縣說什麼都不可以放棄，必須要堅守住才可以。

偏偏，關羽是一個極其高傲的人，他又怎可能容忍劉琦投降孫權？保存實力才是目前要做的事情，至於劉琦的未來如何，關羽又怎可能在意？

於是，雙方發生了激烈的爭吵，甚至可以用衝突來形容。劉琦堅持認為，應該投降孫權；而關羽則堅持，要率部撤回長沙。雙方一時間爭執不下，只好派人前往長沙，請劉備決斷，而後再做決定。可這一來一回……

下雋淪陷的消息，尚不為關羽等人知曉。所以他們更不知道，他們派出的信使在下雋被殺，而他們送給劉備的書信被曹朋查獲。

三月初十，曹操在占領了安陸之後，突然向西陵縣發動攻擊。

關羽和劉琦倉皇應戰，在曹軍的猛攻之下，最終狼狽撤離，往南逃去……按理說，曹操在占領了江夏的郡治以後，理應休整一下，而後再繼續追擊。哪知曹操得了西陵，卻馬不停蹄，旋即便命令于禁、許褚、張郃兵分三路，追擊劉琦和關羽。

「自即刻起，不得軍令，三路兵馬不得畏戰不前，不得停止追擊，不得放棄攻擊，不得因任何原因止步不前。」

這一道命令發出，也就表明了曹操的決心。

他絕不給劉琦和關羽任何喘息的機會。於是，三路兵馬緊追不捨，關羽和劉琦方抵達江水，還沒來得及喘息一口氣，曹軍便從後方追來。江北一場鏖戰，劉琦和關羽再次大敗，兩人在亂軍中失去了聯絡，各奔東西。關羽拚死殺出血路，帶著殘兵敗將，強渡江水逃生。

哪知道，他剛渡過江水便得到消息：沙羨失守！

廖化率部在沙羨死守十日，終於抵擋不住曹軍的猛攻，沙羨城破。

徐晃率部先登，占領沙羨；水軍大都督蔡瑁則領水軍東進，向鄂縣逼近……廖化率部逃至鄂縣，與剛剛渡江而來的關羽會合一處。好在，雙方兵力加起來仍有八千餘眾，而鄂縣毗鄰江水，有險可守。依照關羽的意思，是留守鄂縣，打探一下劉琦的下落，再做決斷……

可是，廖化卻不同意。

「君侯，不可！」

關羽在隨劉備為袁紹效力的時候，被袁紹拜為漢壽亭侯。雖然說這個爵位並沒有得到朝廷的認可，但是關羽卻頗為贊成。

聽聞廖化反對，關羽臥蠶眉一擰，臉一沉，眼睛一瞇，沉聲問道：「元儉何以反對？」

元儉，是廖化的表字。

他連忙道：「君侯，而今沙羨告破，曹操水軍憑藉荊州水軍之便利，在大江之上，無人可以阻攔。若留守鄂縣，只怕會耽擱了時辰……試想，徐公明乃曹操愛將，頗為知兵，萬一他率部偷襲下雋，切斷了咱們的退路，那咱們到時候就算會合了大公子，恐怕也難以退回長沙。」

「這個……」關羽聽聞，頓時眉頭緊蹙。

廖化說的不是沒有道理，如果在這裡逗留，只怕會讓局勢變得更加危險。

「可大公子而今下落不明……」

「君侯，如今形勢，即便找到了大公子，於大局又有何補益？再說了，曹軍凶猛，亂軍之中，大公子身體本就不好，如何能逃出生天？依我看，而今大公子不是戰死，恐怕就是被曹軍俘虜。咱們這麼等下去，一點用處都沒有，倒不如……如果君侯掛念大公子安危，化願留守鄂縣，一方面可以阻攔曹軍，令君侯撤回下雋；二來也能聯絡大公子，打探他的生死。」

「君侯，切不可猶豫下去。你多留一日，便多一分危險，還是儘快趕奔下雋為好。沙羨失守，荊州水軍可以隨時抵達鄂縣，接應曹軍渡江作戰，到時候再想撤離，恐非易事。」

廖化說的頗有道理，讓關羽也是連連點頭。

他猶豫了一下，沉聲道：「既然如此，那我便留下兩千兵馬與你，我先行前往下雋。元儉也休要死戰，若事不可為，便即刻退往下雋。三天，最多三天，你莫要耽擱太久，以免身陷重圍。」

關羽本就打算撤回長沙，對於堅守江夏，興趣不大。

和廖化又商議了片刻，關羽便率部離開了鄂縣，直奔下雋而去……

與此同時，本打算派兵接應江夏的劉備，卻忽然遭遇到曹軍猛烈攻擊。荀彧親自督戰，命龐德、黃忠二人聯手攻擊益陽。緊跟著，荀彧又命杜畿率水軍朝羅縣方向移動，迫使太史慈不得不率部返回羅縣嚴陣以待。零陽文聘，攻占洈山，逼近充縣。

同時，壺頭山五溪蠻老王沙騰宣布歸附朝廷，願率五溪蠻大軍出山安置。蔣琬立刻接手此事，並命人在壺頭山一帶築城，以方便五溪蠻人出山居住。如此一來也使得魏延得以抽身而出，他率領八千兵馬（其中三千人是五溪蠻老王沙騰所獻），詐稱萬人向益陽開拔。一時間，益陽城下風聲鶴唳，草木皆兵。

這一次，曹軍是真的要強攻益陽。

劉備只得下令，全力抵禦曹軍攻擊……同時，命人前往江夏，試圖抽調兵馬返回，堅守長沙。

建安十三年三月十三，曹軍藉蔡瑁水軍之助，強渡江水。

徐晃自沙羨出兵，直逼鄂縣城下。廖化只堅守一日，就再也無力撐下去，最後只得開城獻降。

鄂縣，失守！

下雋，風城嶺——

曹朋縱馬登上一座高岡，舉目向遠方眺望。但見遠處，塵煙滾滾，似有大隊人馬正向下雋逼近。他絲毫不顯慌張，反而回身下令：「傳我命令，三軍隱蔽，不可輕動。若無關頭命令，不可以擅自出擊，更不可以走漏了行藏。」

寇封在馬上拱手應命。

旋即曹朋策馬衝下高岡，率部潛入風城嶺中，等到敵軍到達。

占領下雋，已有半月。隨著江夏戰事的發展，戰局日趨明朗……當關羽率部退過江水，曹朋就知道一場惡戰不可避免。不過，他倒也不太擔心。憑藉他手中兵力，加上之前的各種準備，足以讓他在下雋堅守十日。十天工夫，想必曹軍就算爬，也能爬過來，又有什麼好擔心的？

與此同時，關平率前鋒軍，已抵達風城嶺下。

遠遠的看去，就見下雋城頭一片肅靜，看不到半個人影。

一面大纛，在城頭上飄擺，透出一抹肅殺之色。關平勒住戰馬，橫刀而望，臉上不禁閃過一抹怒色。他立刻縱馬而行，來到下雋城下。

「城上，可有人嗎？」

好半天，一個軍卒有氣無力的探頭出來，「城下何人？皇叔有令，封閉關城，不許閒雜人等通行。」

「混帳東西！」關平勃然大怒，厲聲喝罵道：「睜大你的狗眼，看清楚我是誰！」

「我管你是誰……若無縣尊之命，我等無權開城。」

「我乃二將軍，漢壽亭侯之子關平，立刻叫廖中過來搭話。」

城頭上，軍卒明顯一怔，旋即露出驚恐之色，連聲道歉：「少君侯息怒，我不認得……你等等，我這就去通稟縣尊。」

說罷，軍卒頭一縮，便不見了蹤影。

關平原本焦躁不安的心情也隨之一鬆。他撥馬回身，看著那些疲憊不堪的軍卒，於是開口道：「傳令下去，讓大家再堅持一下，馬上就要入城了，到時候大家可以好生休整，飽食一頓。到了下雋，已經沒有危險，不必太過緊張。」

也正是這一道命令發出，原本雖疲憊，卻保持著幾分警戒的兵馬，立刻鬆了一口氣。長途跋涉，更別說還有追兵逼近，將士們早已經不堪重負，疲憊至極，只不過提著一口氣，所以大家還算能堅持住。此時聽關平這麼一說，不少人往路邊一坐，就再也不願意起身。

總算是安全了！

城頭上，法正站在旗門下，靜靜的觀察著江夏兵的狀態。當闞平下令後，他臉上頓時閃過了一抹詭異的笑容，猛然回身，沉聲道：「傳令，擊鼓！」

劉聰立刻點頭，舉手揮動。

剎那間，寂靜的下雋城頭，鼓聲大作……咚隆隆！一百面牛皮大鼓同時被敲響，二百名赤膊大漢揮動鼓槌，敲擊戰鼓。鼓聲如雷，響徹天地。

而城下的闞平正等著廖中出現，哪料到城頭突然間擂鼓，不由得嚇了一跳，忙回身手搭涼棚，舉目向城頭上眺望。卻見先前空蕩蕩的城關上，突然湧出無數兵卒。旌旗林立，刀槍劍戟在陽光的照映下，折射出森冷寒芒。

怎麼回事？

闞平一怔，剛要開口，卻聽城頭上傳來一個沉冷的聲音：「放箭！」

剎那間，萬箭齊發。闞平嚇得連忙舞刀磕擋，連連後退。他暗叫一聲不好，剛準備下令手下迎戰，卻聽身邊一名親軍突然間顫聲叫喊道：「少君侯，曹軍！」

啊？在哪裡？

闞平連忙回頭觀望，卻見從一側的風城嶺上，突然出現了一支人馬，從灌木叢、樹林中衝出，身背刀盾，手持短弓，呼嘯著便衝下山來。下雋的官道，就建在風城嶺腳下。許多兵卒剛才放鬆了心情，正坐在地上休息，這突如其來的敵軍出現，也讓軍卒們措手不及。

特別是經過了這片刻休息之後，當兵卒們再次拿起刀槍時，竟發現這刀槍變得格外沉重……

曹朋跨坐獅虎獸，手持方天畫戟，一馬當先，殺入敵陣。但見他舞動畫桿戟，那方天畫戟猶如開山巨斧一般，所到之處只殺得江夏兵抱頭鼠竄，根本無心抵擋。而在他身後，寇封和文武一左一右，緊隨而至。一千名養精蓄銳多時的曹軍，如狼似虎，闖入亂軍之中。

要說兵力，雙方其實相差不多。可是，曹軍以逸待勞，而江夏兵卻是疲憊不堪。

他們從西陵一路敗退，被曹軍死死追擊，幾乎未有片刻的歇息。雖然在渡江之後，於鄂縣進行了短暫的休整，但對於早已精疲力竭的江夏兵而言，無疑是杯水車薪。特別是從鄂縣撤退，又一路急行，更如雪上加霜，使得江夏兵馬已達到了極限。而今一休息，非但沒能緩解疲乏，反而變得更加疲憊，許多人甚至連兵器都拿不起來，便被迎面而來的曹軍射倒在地上。

雙方距離越來越近，曹軍在經過三輪箭雨襲擊之後，棄弓拔刀，便殺入戰場。

寇封在亂戰之中和曹朋分散，但他卻絲毫沒有慌亂，反而拍馬舞刀，左衝右突，猶如入無人之境。

正當寇封殺得興起，忽聽有人高呼他的名字。匆忙間，他回身順著聲音看去，卻見關平手持大刀從人群中創出，直奔他衝來……

「寇從之！」

提起寇封，關平便忍不住咬牙切齒。

當初謀取襄陽，若非這寇封突然投敵，何至於失利？對於叛徒，關平素來敵視，更不要說寇封曾拜劉備為義父，說起來在最初時，關平和寇封的關係還是非常的親密，對於當時寇封所遭遇的一切，關平也覺得對寇封而言不公……可不公歸不公，卻不代表關平能原諒寇封的所作所為。

所謂仇人見面，分外眼紅。

關平在亂軍中認出寇封，頓時勃然大怒。他舞刀衝上前來，照準寇封就是一刀。而寇封倉促應戰，舉刀相迎，卻險些被關平一刀劈中。

論武藝，寇封比不得關平。

關平畢竟是關羽的長子，雖然小時候與父親分離，並未得到真傳，可是平日裡卻極為用功刻苦。關羽的本領，關平也學了個四、五成，算得上是一流武將。

「寇封，爾一背主家奴，還不受死！」

關平破口大罵，頓時令寇封大怒。

當初在新野、在樊城的事情，你關平關坦之難道不知嗎？如今卻罵我背主……劉玄德何時又當我是自己人？沒錯，在你們眼裡，我寇封就是一個家奴！既然如此，休怪我寇封無情！

各有各的道理，寇封舞刀相迎。

兩人馬打盤旋，戰了十餘個回合之後，寇封就有點抵擋不住。他虛晃一招，撥馬就要敗走，可是關平又怎可能放他離去？就見關平大喝一聲，催馬追上寇封，猛然在馬上長身而起，拖刀劈斬。寇封剛要封擋，卻不想關平刀勢一變，橫裡向前一抹……

就是這一抹，便分出了勝負。寇封慘叫一聲，被關平一刀劈成了兩半，屍首跌落馬下。

關平雖然獲勝，卻絲毫沒有感受到半點喜悅。他剛要撥轉馬頭，卻聽身後馬掛鑾鈴聲響。一聲龍吟獅吼般的長嘶，在戰場上空迴盪，獅虎獸怒吼，令萬馬為之心驚。關平的坐騎雖然不差，但終究是普通戰馬，聽到獅虎獸這一聲長嘯，嚇得希聿聿一聲長嘶，一下子把關平從馬上掀翻在地。

關平被摔得頭昏腦脹，盔歪甲斜，手中的大刀也不知飛去何處……他甩了甩頭，掙扎著從地上爬起。可還沒等他站穩，卻見一匹雄壯的高頭大馬已經到了他的跟前。馬上將領，正是曹朋……關平嚇得激靈靈一個寒顫，轉身就要逃走。

曹朋在馬上輕舒猿臂，畫桿戟撲稜稜探出，一式青龍探爪，狠狠斬向關平……

「吁！」關羽突然勒馬駐足，停止行進。

幾名親隨忙縱馬上前，緊張問道：「君侯，有何事故？」

「也不知怎地，今日我眼皮子跳個不停，總有些心神不寧……對了，鄂縣那邊可有消息嗎？」

「尚未有消息傳來。不過聽人說，蔡瑁已率水軍向鄂縣逼近。想必這一、兩日就會抵達，也不知元儉將軍能否擋得住曹軍攻擊。」

「唔！」關羽點了點頭，撚美髯陷入沉思。

廖化必難擋住曹軍，這一點關羽心知肚明。

當初他鎮守沙羨，手中有五千兵馬，依舊被徐晃擊敗。如今，徐晃、張郃、許褚、于禁，哪一個是善與之輩？廖化手裡不過兩千兵馬，偏偏鄂縣又無險可守，怎可能抵擋住曹軍腳步。

廖化留在鄂縣，說穿了就是給關羽爭取時間。

關羽早一日抵達下雋，就可以憑藉下雋的地勢從容布防。說起來，廖化也算是忠心耿耿，恐怕在他決定留下來的時候，已經抱著必死之心。可惜了一條好漢，若早知此人忠義，也可以留在兄長身邊效力。如今他死守鄂縣，其下場已經能預見出來，絕無倖免的道理……

莫非，這心神不寧，就為鄂縣之事？

想到這裡，關羽倒是平靜了許多。他在馬上擺了擺手，而後縱馬登上一個低矮的土崗，看著隊伍從土崗下行進，點了點頭，便對親隨吩咐：「傳我命令，三軍加快速度，務必在天黑之前抵達下雋。」

「喏！」

坦之這時候，應該已經到了下雋，估計也安排妥當。到了下雋之後，讓兒郎們好生休息一下，再派人前往臨湘，通知兄長。

關羽為人傲慢清高，但是對部下卻極好。與張飛動輒鞭打軍卒不同，他對部曲頗為愛護，故而也甚得部下的擁護。

說起來也真是怪異，劉、關、張三人出身各不相同，卻意氣相投。劉備號稱帝冑，師從盧植，本能有個大好前程，可因為種種原因，最後被趕出師門，淪落到織席販履的走卒商販。不過，計較起來，劉備當屬於士人範疇。

關羽呢，則是平民出身，沒什麼好家世。說起來在三人當中，他出身最差，甚至連張飛也比不得。人言張飛是個殺豬的，可事實上，張飛卻是涿郡的土豪，即便算不得豪門世族，也能稱之為豪強，與屠戶還是有很大區分。至少在家產上，張飛就遠比劉備、關羽強百倍。

落魄的帝胄、行走江湖的殺人犯、還有一個家境殷實的土豪，三個人的身分千差萬別，卻又奇異的聯繫在一起，成為後世所稱讚的典範。

隨著關羽這一聲令下，隊伍行進的速度驟然加快。

而關羽在觀察了片刻之後，也隨即帶著親隨，縱馬衝下土崗，隨著大隊人馬朝下雋方向行進。

天將晚時，隊伍抵達下雋城外。

可是，關羽卻沒有看到關平設立的營寨，反而看到在下雋緊閉的城門兩側，疊摞著兩堆屍體。城頭上，吊著一具屍身，在空中隨風晃動。由於光線昏暗，所以關羽也看不太清楚那屍體的面貌。不過，久經戰陣的關羽，立刻覺察到情況不太對勁，忙命兵卒列陣，他縱馬上前。

斜陽夕照，那城頭上的屍體，在空中轉動。

關羽突然間睜大了眼睛，臉色變得煞白，脫口而出道：「坦之！」

他終於認出，那屍體赫然正是關平。

與此同時，下雋城頭燈火通明，一隊隊曹軍出現在下雋城牆之上，利矢上弦，對準了城下的關羽。

「二將軍，別來無恙。」

一面女牆後，出現了一張極為熟悉，卻又有些陌生的面容。

關羽一見此人，不由得咬牙切齒，從牙縫中擠出兩個字來，「曹朋！」

下雋失守了？曹軍如何出現在這裡，卻沒有人知曉？

而更讓關羽難受的，莫過於那懸掛在城頭上的關平屍體。

關羽怒吼一聲，「曹朋，出來受死！」

曹朋聽聞，哈哈大笑，「二將軍遠道而來，想必非常辛苦。我若此時出戰，卻有些勝之不武。還是請二將軍好生歇息一晚，來日再戰。對了，令郎今日抵達，我本想邀請他入城歇息。只是令郎實在是太執拗，以至於我一不小心，壞了他的性命。既然二將軍來了，就將令郎屍身完璧歸趙，還望二將軍莫要太難過了。」

「狗賊，焉敢欺我如斯！」

曹朋一番話，讓原本還保持著幾分冷靜的關羽，再也按捺不住心頭怒火。

與此同時，曹朋拔刀砍斷拴在女牆上的繩索。關平的屍體從空中筆直墜落，碰的一聲砸在地上，蕩起一蓬塵煙。

關羽怒不可遏，縱馬就衝向城下。

而這時候，曹朋眸光一閃，舉手做出一個劈砍的動作，厲聲喝道：「放箭！」

剎那間，城頭上三排弓箭手，輪番上前，朝著城下射去。關羽的部將連忙大聲呼喊危險，帶著人衝上前去，想要保護關羽。面對那如雨箭矢，關羽巍然不懼，只見他舞刀而行，胯下的盧馬希聿聿長嘶，兩口大刀在他手中上下翻飛，刀光閃閃，刀雲翻滾。任憑箭雨如何密集，卻奈何不得關羽半分。

在親隨的護衛下，關羽衝到了城下，將關平屍體搶回了本陣之中。可是，為了這具屍體，卻在城下留下了近百具屍體。

曹朋在城頭上定睛觀瞧，不由得輕聲一嘆。

「大都督何故嘆息？」文武上前，輕聲詢問。

這文武，便是文聘的養子。

文聘在荊州歸降後，便讓他的養子到曹朋帳下效力。於文聘而言，這也是一個和曹朋拉近關係的好機會。而曹朋手裡，也著實沒人，所以便讓文武跟在身邊。之前，一直是寇封執掌飛駝兵。不過現在，寇封死了，文武便遞補上來，成為曹朋身邊的親隨牙將，統領飛駝。

曹朋道：「可惜了！」

「可惜什麼？」

「費這麼大的周折，卻未能傷到關羽，著實可惜。此人果然不愧是上將，若非敵對，倒真希望能與之把酒暢飲。當年虓虎之死，雖說有投機嫌疑，可卻不能否認，此人確實厲害。」

文武點點頭，向遠處關羽看去。

他認得關羽，甚至對關羽也頗為欽佩。當年劉備帶著一大家子避難荊州，文聘對劉備也頗為推崇。只是，這立場不同，也就註定了文聘不可能追隨劉備。而文武雖然敬佩關羽，可畢竟當時劉備和荊襄世族處於對立的關係，所以也沒有過多的拜訪。

「二將軍雖勇，卻終究難逃一死。」

曹朋聽聞，微微一笑，卻不再糾結此事。

「傳我命令，讓兒郎們做好準備，抵禦敵軍進攻。」

「喏！」文武立刻轉身下去，進行安排。

而下雋城下，關羽雙目充血，凝視下雋。

關平的屍體就擺放在他面前，身上還插著幾枝流矢……關羽心中悲慟，難以言表。他只有兩個兒子，次子關興死於南就聚，已經讓關羽傷心不已。他把所有的希望都寄託在關平身上，所以不管做什麼，都把關平帶在身邊。原以為下雋平安無事，所以才讓關平為先鋒，統軍前來。哪知道，這個自幼受盡磨難的大兒子，偏偏就死在這下雋城下，關羽又怎能不難過？

兩個兒子，都死在曹朋手裡。關興雖說不是曹朋所殺，卻是被曹朋部將所害，也有密切關聯。所謂仇人見面，分外眼紅。

關羽突然仰天一聲怒吼：「曹朋，若不殺你，誓不為人！」

說著話，他跨坐馬上厲聲道：「傳令三軍，給我攻城，攻城……若不能攻破下雋，我誓不收兵！」

說話間，鼓聲隆隆。

江夏兵雖然疲乏，卻也知道他們此時正面臨生死存亡。不僅僅是關平之死激怒了關羽，同樣江夏兵也知道，如今曹軍占領下雋，等於是封死了他們退往長沙的歸途。若不能攻克下雋，待曹軍追擊上來，他們將面臨全軍覆沒的危險。

所以，在關羽一聲令下之後，疲憊的江夏兵立刻發動起凶猛的攻擊。

密密麻麻的軍卒，冒著如雨箭矢，向下雋衝去。好在，此次撤退時，關羽為了不給曹操留半點好處，將鄂縣武庫中的輜重和軍械幾乎全部帶走，在這些軍械當中，不乏雲梯、衝車等物品。只是，由於鄂縣武庫的規模，所以沒有井闌這樣的攻城器械，否則必然會給下雋造成巨大的威脅。

饒是如此，當一架架投石機架起，向下雋城頭發起攻擊的時候，依然聲勢驚人。

曹朋站在城頭上，大聲呼喊道：「弓箭手，穩住，穩住！」

下雋的地形，也造成了關羽無法把人馬鋪開，發動攻擊。可是三軍拚命，在江夏兵悍不畏死的衝鋒下，下雋城關還是面臨巨大的衝擊。一排排箭矢飛射而出，一塊塊巨大的礌石呼嘯著飛落城頭。江夏兵的雲梯不斷靠近城牆，曹朋的臉上也透出了幾分凝重之色……

「拋石車，準備。」

曹朋做了一個手勢，文武立刻傳令下去。

「發射！」

嘎吱吱……一連串的機括聲響從城下傳來。十餘具拋石機同時啟動，十餘枚包裹著乾草等引火之物的礌石越過城頭，向城外砸落。礌石上的乾草被點燃，變成了一個又一個巨大的火球。

兩枚礌石在空中撞擊，發出轟鳴巨響，火星四濺……

曹朋在城頭上，眉頭緊蹙。

而在城下，關羽則怒視下雋城頭，恨不得背生雙翅，飛上城去將曹朋千刀萬剮。

「君侯，這樣打下去，兒郎們死傷太過嚴重。」

關羽回頭，怒視身邊扈從，手下意識的握緊了刀柄。

那牙將鼓足勇氣道：「兒郎們已經趕了一天的路，水米未進。而今匆匆應戰，只能是徒增傷亡。再說了，大公子也需好好安置，總不成就這麼擺放陣前啊！」

「那你說怎麼辦？」

牙將也知道，此時勸說關羽非常危險，可是，他必須要阻止關羽……

因為此時江夏兵的攻擊雜亂無章，看似一個個悍不畏死，可實際上對下雋造成的威脅並不是太大。下雋作為長沙和江夏之間的輜重轉運中樞，有極其豐富的資源。如果一味強攻，只怕用不了幾個回合，江夏兵就要士氣低落，甚至不戰自潰。

當務之急，還是要穩住軍心。

牙將於是斗膽建議：「以末將之見，當暫停攻擊，先穩住陣腳，而後再做計較。末將覺得，下雋失守，竟無人知曉，必是曹軍偷襲所致，否則大規模的兵馬調動，主公和江東方面又豈能沒有察覺?所以，這下雋城中的曹軍，人數不會太多……估計也就是兩、三千人而已。君侯手中尚有兵馬數千人，只要安排得當，足以攻破下雋。到那時候，生擒了曹朋，為大公子報仇！」

「二將軍，我們現在還有充足時間。廖化將軍鎮守鄂縣，而曹操水軍也不是短時間就能抵達。如此一來，我們至少能有三至五天的時間，難道還攻不下這小小的下雋嗎？再說了，下雋烽火一起，主公豈能沒有覺察？看似曹軍堵住了咱們的歸途，實則於他們來說，未嘗不是一次冒險。」

「我聽人說，那曹朋也是個知書達理之人！以往每次大戰結束，他都會命人安置屍身。可這一次，卻偏偏不顧一切的激怒君侯，不就是為了讓君侯亂了方寸嗎？」

關羽聽聞，漸漸冷靜下來。他仔細打量這牙將，卻見牙將的年紀不大，也就是在十七、八歲的模樣，生得齒白唇紅，相貌堂堂。

「你，叫什麼名字。」

「末將馬謖，為軍中主簿。」

馬謖！

關羽立刻想到了他的來歷。

馬氏五常，白眉最良。但五常之中，又以幼常最為聰慧……

這馬謖，便是馬氏五常之中的幼常，甚得諸葛亮看重。自馬氏五兄弟歸附劉備之後，諸葛亮便請馬謖在關羽帳下效力。只是，關羽平日裡忙於軍務，對馬謖並沒有太過留意。若不是他今天主動站出來，恐怕關羽都忘記了自己身邊還有這麼一個人物。

不得不說，馬謖的提醒非常及時。

關羽在沉吟片刻後，冷靜下來：「既然如此，暫且收兵。」

馬謖答應一聲，忙下令鳴金收兵。

江夏兵，如潮水般退下。而在下雋城頭上的曹朋，卻不由得眉頭緊蹙，露出了凝重之色。

兒子死了，又被人如此赤裸裸的羞辱。依著關羽那高傲的性子，應該是不顧一切的發動攻擊。可是，關羽竟然忍下了，讓曹朋頗有些驚訝。

就因為這一鳴金，曹朋對關羽不由得高看了幾分。

「大都督，江夏兵退走了。」

城頭上傳來一陣陣的歡呼聲，可是曹朋卻絲毫感覺不到喜悅之情。

「關羽身邊，看樣子還是有能人啊。」

「呃？」

「在這種情況下，他還能隱忍不發，鳴金收兵……這絕非關雲長的性子。若非有能人指點，恐怕今晚，我就能耗盡他的士氣。可他現在一收兵，得了喘息之機，來日攻城，必將更加凶猛。文武，軍師那邊可準備妥當？」

文武連忙回答：「軍師那邊還須布置……他之前派人過來，說至少還要一天的時間。」

一天？想必不會有太大問題吧！

曹朋在心裡面嘀咕了幾句，便點點頭不再言語。

夕陽，已經落山。天色也已經完全黑下去……

站在城頭上，可以看到遠處江夏兵正忙碌著安營紮寨。城下的原野上，火光星星點點，透著幾分詭異之氣。城中，不時有傷兵的哀號和呻吟聲響起，空氣中瀰漫著一股淡淡的血腥氣，令人很不舒服。

曹朋負手而立，目光深邃，凝視遠方：關雲長果非等閒，明日攻城，必然會有一場惡戰……

想到這裡，他內心中不由得感到有些沉重。

「傳令下去，讓兒郎們飽餐一頓，好生休息。今晚，要加強警戒，以防止賊人偷襲……文武，一會兒你去東關橋，請軍師過來，就說我有事情要與他商量。」

江夏軍兵營中，瀰漫著一絲悲慟之氣。

關羽跪坐在大帳中，看著大帳正中央擺放著的簡陋棺材。關平就躺在棺材裡，臉上仍透著幾分不甘之色。身上的衣袍，也已經換掉，換上了他最喜歡的鸚哥綠戰袍。

這鸚哥綠戰袍，如同關羽的一個標誌。關平一直想要穿這樣的戰袍，但又覺得自己武藝不夠，不配穿戴。如今，他終於穿上了關羽的戰袍，卻和父親陰陽相隔。

看著棺材裡的關平，關羽那雙丹鳳眼中，閃動淚光……

他站起身來，再次為關平整理了一下衣衫，深情的看了愛子一眼之後，一咬牙，命人將棺材闔攏。

「請幼常過來。」

「喏！」

不一會兒的工夫，馬謖步履匆匆的闖進大帳。

他一進來，忙拱手向關羽行禮，並安慰道：「君侯，莫要太過悲傷。營中數千兒郎，如今正看著君侯，若君侯不能抖擻精神，只怕兒郎們的士氣更加低落。」

關羽聽聞，強自一笑。

他深吸一口氣，道：「幼常休要為我擔心，某戎馬一生，又如何看不透這其中道理？我喚你來，不為別的。而今曹軍步步緊逼，而曹朋扼守下雋，令我腹背受敵……我明日，欲強攻下雋。只是你也知道，那曹朋小賊狡詐多端，非等閒之輩。不知幼常可有妙計助我破城？」

馬謖聽聞，頓時笑了：「君侯，謖方才查探地形，確實想到了一條妙計，可使君侯復奪下雋。」

關羽頓時來了興趣，「幼常快說，究竟是何妙計？」

殤（中）

馬謖的『妙計』其實並不複雜，甚至可以用簡單二字來形容。

在安營紮寨的時候，馬謖帶著人在下雋周圍走了一遭，卻意外的發現在下雋東關的東北方，也就是風城嶺上，有一座頗為隱秘的山峰。其高度比東關城頭要高出一些，站在山頂上，可以鳥瞰東關城頭的一舉一動。而且，這座山峰位於東關的一個視線死角，很難覺察。

「謖領八百人連夜入山，登風城嶺上。只須攜帶十具投石機，加上五百強弓手，便可以將東關之敵壓制。到時候君侯率部從正面突擊，末將在風城嶺上用投石機和弓弩手壓制，下雋豈不是可以不費吹灰之力，唾手可得？」

關羽大喜，連連稱讚。當下，他調撥出一千健卒與馬謖，命他連夜動身潛入風城嶺，登頂等待時機的到來。而後關羽才算放下心來，命人把關平的棺槨安放在後營之中，待明日下雋城破，再妥善安置。

一夜無事！

第二天，關羽率部，在下雋城外列陣。

而曹朋早已準備妥當，聽聞關羽叫陣，他立刻帶著文武登上東關，觀察江夏兵的狀況。

看得出來，經過一夜休整，江夏兵已經恢復了元氣。加上關羽戰前鼓動，所有人都清楚了他們目前所面臨的局勢，如果不能攻破下雋，他們就只有死路一條。關羽更把從西陵縣帶過來了金銀錢帛，盡數分給這些江夏兵，所謂重賞之下必有死夫，江夏兵的氣勢可謂到了極致。

關羽縱馬上前，來到下雋城下。

「曹朋小賊，可敢與某家鬥將？」

說實話，曹朋倒是真想和關羽鬥一鬥。可是他知道，如今不是意氣用事的時候。他的目的是阻攔關羽進入長沙，在這個大前提下，他絕不會貿然行事。

所以，曹朋在東關城頭冷笑，「二將軍以為這是遊戲嗎？若二將軍有本事，只管攻過來。有什麼手段，某家接下就是，休要耍弄什麼小孩子的把戲。」

關羽端坐馬上，鳳目微闔。半晌後，他突然大笑，刀指曹朋，「曹家小兒，今日就讓你知道你家二將軍的厲害！」說罷，他撥轉馬頭，回歸本陣。

看著關羽輕鬆的表情，曹朋心裡陡然間有一種不祥的預感。這傢伙哪裡像是窮途末路的人，好像智珠在握，信心滿滿。難不成，他關雲長到了這個時候，還能反敗為勝？不過，曹朋心裡還是多了幾分小心，忙命令文武傳令，讓城上軍卒留意江夏兵的動向，小心關羽使詐。

咚隆隆！戰鼓聲轟鳴。

關羽下令，箭陣出擊，對城頭實行壓制。

刀盾兵列陣前行，緩緩向下雋關頭逼近。飛蝗滿天，咻咻作響。無數枝利箭飛來，射在跌落城牆上的沙袋上，只見那沙袋破裂，沙土從破口處傾斜而下，灑在城關牆角。曹朋皺起眉毛，觀察對方的動作。

他有些不明白……關羽這種攻擊並不能對下雋造成任何威脅，又為何如此作為？

就在他準備下令還擊的時候，忽聽頭頂傳來一陣呼嘯。

曹朋抬頭看去，只見十餘枚礌石從天而降，朝著城頭便砸落下來。其中一枚礌石，直奔曹朋而去。

文武大叫一聲：「大都督小心。」

說著話，他持盾縱身上前，舉盾相迎，想要護住曹朋。

可是，那塊礌石分量奇重，加上拋落的慣性，凶狠的砸在文武手中的盾牌上。那堅厚的盾牌，被啪的一聲砸裂，文武被巨大的衝擊力撞得連連後退，旋即就噴出一口鮮血，一屁股坐在地上。

「哪兒來的礌石？」

城頭上，曹軍一陣慌亂。剛才一輪礌石，令曹軍死傷三人。人數雖然不算太多，可是對曹軍所造成的影響卻是極為巨大，誰也不清楚那礌石從何而來。

曹朋把文武攙扶起來，靠著女牆蹲下，大聲呼喊道：「弓箭手，還擊！」

隨著曹朋一聲令下，弓箭手上前。

城外，江夏兵呼嘯而來，向下雋發動起猛烈的攻擊，雲梯密布，紛紛靠向城牆。就在曹軍準備還擊的時候，就聽到一陣呼嘯聲，數十枚礌石再次飛來，令城頭上頓時一片慌亂。

曹朋仔細觀察，這一次，他終於發現了礌石的源頭，竟然是從風城嶺上飛來！曹朋大吃一驚。他舉目觀察，卻看不見敵人的蹤跡……這說明對方的藏身之處一定非常隱蔽，而且恰好可以壓制下雋東關。

該死的，這就是關羽的手段嗎？

但不得不說，這從天而降的礌石，給曹朋帶來了巨大的困擾。

弓箭手無法對敵軍進行有效的壓制，反而畏手畏腳，難以施展。而且，對方的藏身之處極為隱蔽，只能確定是在風城嶺上。如果是在平時，曹朋倒可以派人查找敵人的蹤跡，可現在，關羽正面突擊，令他根本無暇顧及風城嶺上的敵軍。偏偏這支該死的敵軍，又死死的壓制住己方的行動。城裡的拋石車，

根本不可能砸到風城嶺上，而且只要城頭上有任何異動，都將遭受到風城嶺上的打擊。

「穩住、穩住！」曹朋大聲呼喊，穩住陣腳。

文武突然開口道：「大都督，這樣子下去，根本守不住。」

「那怎麼辦？」

「放江夏兵登城。」

「哦？」

「他們用這樣的手段，無非就是掩護江夏兵登城。我們只要放他們上來，到時候他們的偷襲也就不復有效用。再說了，敵軍雖多，卻只有這麼大的空間。在局部，是我們占優勢。軍師不是說了嗎？要咱們至少堅持一天的時間。咱們現在，只有用人命堆上去，拖住對方的腳步。只要過了今天，就算他們攻破了東關，也難以占領下雋。」

曹朋想了想，覺得頗有道理。關羽安排了這麼一支兵馬，明顯就是為了壓制城頭上的弓箭手。可如果城頭上敵我難辨，那麼那支奇兵的用途也就隨之降低。

「王雙。」

「喏！」

曹朋冒著漫天飛來的礌石，把王雙叫過來。

他一把抓住王雙的衣襟，沉聲道：「立刻聚集所有鬧士，自西關出，深入風城嶺。你看到沒有？就在那個位置，一定有一支敵軍奇兵隱藏。給我幹掉他們！最遲明日正午，一定要給我拿下那支兵馬。若能成功，你當為首功……記住，入山之後，要小心謹慎，莫被對方察覺。」

「公子，你放心好了。」

王雙二話不說，帶著十名鬧士就衝下了東關。

闇士的優勢，在於暗殺，在於叢林特種戰，這種正面的交鋒並非闇士所長，甚至可以說，讓闇士參加這種戰鬥，猶如用大炮打蚊子，大材小用。而今關羽鼓搗出來一支奇兵，卻恰恰令闇士有了用武之地。不過，曹朋也相信，對方一定會嚴加防範，想要消滅對方，並不容易。

法正那邊，還須一天時間布置。所以，不管用什麼方法，曹朋都必須要把這一天撐過去……

王雙離去之後，曹朋立刻下令，將弓箭全部丟棄，所有人持刀盾，準備應戰。而曹朋自己也手持雙刀，藏身於女牆之後。文武雖然想要留下來繼續作戰，可是剛才那一枚礌石，著實傷了他的臟腑，令他難以繼續堅持。於是，曹朋讓人把文武送到法正那邊，他自己帶著人，透過女牆向外觀瞧，觀察著江夏兵的動向。

由於得到了馬謖強有力的支援，江夏兵顯然輕鬆許多。

東關的曹軍，無法給予江夏兵有力的還擊，所以很快的，江夏兵便舉著雲梯衝到了下雋城下。東關城牆並不算太高，雲梯可以輕而易舉的扣在城牆上。江夏兵手持刀槍，口中爆發出震耳欲聾的呼喊聲，朝著城頭蜂擁而上。

曹朋躲在女牆後一動不動，不時讓人傳令，要曹軍將士穩住。當第一個江夏兵攀上了城牆的時候，曹朋猛然長身而起，手中鋼刀橫抹，一下子將那江夏兵斬下城牆。可是，卻有越來越多的江夏兵登上了城牆，曹朋大吼一聲：「兒郎們，養兵千日，用兵一時，今日正是我等建立功業之際。給我把這些反賊打下去……」

說話間，兩名江夏兵猱身撲來。

卻見曹朋錯步而動，身體猛然一個迴旋，手中兩柄鋼刀，一柄橫抹、一柄飛刺，只聽兩聲慘叫，那兩名江夏兵便倒在了血泊之中。曹朋連連得手，也使得城頭上的曹軍頓時精神大振。

正如文武剛才所說的那樣，當江夏兵登上城頭的時候，風城嶺上的敵軍便立刻停止了攻擊。

曹軍沒有了礌石和箭矢的威脅，雖然面臨肉搏血戰，卻好像輕鬆了不少。

這些個曹軍，全都是曹朋從軍中挑選出來的悍卒，每一個人至少參加過兩場以上的戰事，經驗極其豐富。江夏兵雖然凶猛，卻抵擋不住曹軍瘋狂的反撲。曹朋更是奮勇當先，兩口鋼刀上下翻飛，所過之處只殺得江夏兵血流成河，殘肢斷臂，在城頭上灑了一地……

東關的地勢，註定了關羽難以施展開全部兵力。

狹小的關隘，也只能上來幾百人，可城頭上，卻有千餘名曹軍悍卒守衛。

很快的，江夏兵就抵擋不住，開始向城下潰逃。曹朋一腳把一個江夏兵從城頭踹下去，還沒來得及喘口氣，就聽礌石呼嘯，朝著城頭飛落。

尼瑪！礌石轟，步兵衝，步兵衝完礌石轟……

日本人的衝鋒戰術，難道就是從這裡學來的嗎？

曹朋嚇得閃身躲避，一枚礌石凶狠的砸落，正砸在方才曹朋所站立的地方。他抹了一把冷汗，連忙大聲呼喊：「所有人，躲起來，躲起來……敵軍礌石轟擊，大家小心，藏好行跡！」

從最開始的慌亂，漸漸的，曹軍開始習慣了這種攻擊方式。

每一次將江夏兵趕下去，風城嶺上的敵軍必然會用礌石轟擊。待礌石轟擊過後，江夏兵就會再次衝鋒。周而復始，一連五、六次反覆。當風城嶺上的敵軍再次用礌石轟擊的時候，曹軍將士已經不再慌亂，甚至還有人在城頭上唱起了民間小調，引得所有人發出快活笑聲。

關羽手持雙刀，怒目凝視下雋。

馬謖的計策不差，可是沒想到，曹軍竟想出了這樣的對應辦法。

每一次衝鋒，眼睜睜看著部曲就要攻破下雋，但最終還是被曹軍從城頭上趕下來。這座並不算特別堅固的城池，此時就好像一塊堅硬的磐石，抵禦著自己如同潮水般的攻擊。偏偏，這下雋的地勢，又註定了他無法把兵馬展開……

暇心畈本就是一個很奇怪的形狀，加之風城嶺為其側翼，令關羽一時間也束手無策。如今的狀況，他只好反覆衝擊東關城牆。

關羽相信，以下雋的城防，很難堅持太久。

當夕陽夕照時，晚霞照映下雋。

原本灰色的城牆，此時已變成了暗紅色，在夕陽餘暉的照映下，整個城市籠罩在一層血色的光暈中。鮮血順著夯土築城的城牆縫隙向下流淌，很多地方已出現了凝固的現象。

城頭上，硝煙瀰漫；城牆下，屍橫遍野……

短短一天的時間，江夏兵付出了數百人的性命，但下雋東關，依舊巍然聳立。

曹朋猶如一個血人般站在城頭上，拄刀眺望。他那一對鋼刀，一把已經捲口，無法繼續使用。身上，沾滿了鮮血，肩膀上還掛著一小段不知是何人的腸子，看上去格外恐怖。

這一場惡戰，比之當年曲陽之戰，還要凶險許多。江夏兵的悍不畏死，幾乎可以比擬當年的呂布兵卒。自曲陽之戰結束後，曹朋幾乎沒有再遇到過如此凶險的局面。哪怕是當初坐鎮白馬，他也有巨大的轉圜餘地，可是在下雋，他沒有任何可以轉圜的餘地，唯有和對方死戰。

好在，這一天終於過去。

東關依然在曹朋的手中……

呼吸了一口瀰漫在天際、帶著濃濃血腥氣的空氣，曹朋回身查看，只見城頭上的曹軍一個個精疲力竭。不少人甚至直接坐在屍體上、血泊中，卻恍若不覺。一些軍卒，把城頭上的江夏兵屍體抬起來，從城上扔下去，而後大口喘息。

這一戰，真的是太苦了！

只一天的時間，曹軍死傷超過四百，絕對是一個驚人的數字。可沒有辦法，由於風城嶺上敵軍的礌石和弓箭壓制，使得曹軍無法拒敵在城外，只能用這種肉搏的方式和對方鏖戰。如果不是地形的限制，說不定此時此刻，東關已經被關羽攻破。

也不知道王雙能否及時幹掉那支奇兵。

曹朋心裡倒是非常好奇，這究竟是何人所獻的計謀？

他在下雋這麼多天，都沒有留意到這麼一個藏身之所，或者說，他根本沒有想到風城嶺上會有這麼一個地方。偏偏關羽的人，在一夜之間就發現這麼一個好地方，令曹朋完全陷入了被動之中。

人才，這絕對是一個人才！

曹朋可以肯定，這絕不是關羽的主意。

以曹朋對關羽的瞭解，他也不可能想出這樣的招數。那是個極為高傲的傢伙，不屑於用陰謀詭計，喜歡硬碰硬，這一點從歷史上諸葛亮入川之前，與關羽的交談便可以看出端倪。

諸葛亮入川時，曾詢問關羽：「若曹操來犯荊州，當如何拒敵？」

關羽的回答是：「全力迎戰。」

「那若曹操和孫權聯手，又當如何應對？」

按照諸葛亮的想法，自然是聯吳抗曹。可是關羽的回答，卻極為堅決和強硬：「分兵拒之。」

所以，曹朋相信，這個奇兵之計絕非出自關羽之手。

不過，他今日失敗，明天必然會發動更為凶猛的攻擊。而東關守軍，今日已死傷慘重。最為重要的，這一日鏖戰給大家帶來了巨大的壓力，今天能夠堅守，可稱得上是一個奇蹟……

但明天呢？明天能夠繼續堅守嗎？

曹朋開始想念曹操了……

老傢伙，你在西陵休息得已經夠久了，是不是該出手了呢？

他後悔自己沒有多帶一些兵馬，以至於現在有些捉襟見肘。但仔細想想，如果他帶太多的兵馬，難保會被劉備覺察。所以說，這種事情有利有弊，很難說清楚究竟是好、還是壞。

但願曹軍不要在鄂縣拖延的太久，否則自己這邊可就真的麻煩了！

關羽倒是小事，重要的，是長沙郡的劉備。萬一被他覺察到情況不妙，必然會出兵救援，甚至有可能羅縣的太史慈也會出兵前來！畢竟，劉備的存在有利於江東的發展。如果失去了劉備的牽制，相信江東方面也會非常的痛苦。

就在這時，一隊人馬從城下匆匆上來。為首之人，正是曹朋的副將，羅蒙。

這羅蒙是襄陽人，早年間隨家人避難西川。但是，在張松出使襄陽的時候，羅蒙隨同張松一起返回襄陽，見荊州地方安寧，便決定留在老家。後來得張松的推薦，曹朋征辟羅蒙為軍中長史，隨軍聽令。

羅蒙登上城頭，快步來到曹朋的面前。

「大都督，軍師讓我通知你，東關橋已經安排妥當，你可以隨時棄守東關，撤往東關橋。」

「準備好了？」

「正是！」

曹朋喜出望外，用力一掌拍擊在女牆上。

法正安排好了，那麼接下來，他所要承受的壓力也將大大減輕……

關羽，爾授首之日，業不遠矣！

風城頂守衛森嚴。

王雙率領近二百名鬮士悄然入山，還要神不知鬼不覺的拿下對方，並不是一件容易的事情。天亮以後，江夏兵再次發動了潮水般的攻擊，而風城頂上的礌石轟擊也沒有停息。這說明王雙沒有得手！否則，風城頂的威脅就應該不復存在。

曹朋也很清楚，對手既然能想出這樣的招數，又豈能沒有防備？王雙等鬮士的安危，曹朋倒是不太擔心。對於這支史上第一支叢林特戰隊的戰鬥力，曹朋還是非常放心。

問題在於，他快要撐不住了！

一個晌午的時間，下雋曹軍死傷超過二百，比昨日的情況更加嚴重。

如果繼續在東關堅持，勢必造成更大的傷亡。江夏兵今天的攻擊，較之昨日更加凶猛。想必關羽也知道，每拖延一日，就會增加一倍的危險。曹軍主力隨時可能突破鄂縣防線，直逼下雋，如果他不能在曹軍主力抵達之前攻克下雋，那麼數千兵馬就將面臨全軍覆沒的危險。

所以，關羽幾乎是不計傷亡的進行攻擊。

憑藉著風城頂的壓制，江夏兵可以迅速逼近下雋城牆……一波又一波的衝擊，令下雋東關岌岌可危。江夏兵死傷慘重，但是曹軍的傷亡同樣驚人，到正午時分，幾乎達到了一比一的傷亡數字。

曹朋知道，繼續堅守東關，已失去了意義。

江夏兵再次發動了攻擊，出人意料的是，風城頂的壓制卻突然間消失了……

曹朋一怔，旋即反應過來，這很有可能是王雙等人已經得手，只是來得晚了一些，他已經決定撤出東關。他原本打算在東關堅守兩日，但如今，只守了一天半。

關羽真的是瘋了……

這傢伙為了奪取東關，至少損失了一千多人。可是看他的樣子，卻絲毫沒有氣餒，一副誓要攻取下雋的架式。

「恒若，準備棄守東關。」

由於寇封戰死，文武重傷，所以如今跟隨曹朋守禦東關的副將，便是羅蒙。

「回大都督，兒郎們已經準備妥當。」

曹朋點點頭，頗有些留戀的看了一眼已經被鮮血浸透的東關城牆，內心裡輕輕嘆息一聲，下令全軍撤退。

昨天，東關城頭有守軍千餘人。而現在，撤離東關的曹軍將士，不過三百餘人。

可以說，這一天半的時間裡，曹軍的傷亡之慘重，觸目驚心。但也正是這一天半的時間，使得法正可以從容布置，在下雋城中設下了第二道防線。曹朋相信，憑藉東關橋，至少可以再堅守兩至三天。

所謂東關橋防線，其實就是以雋水為分界，在東關橋上設下埋伏。

在這裡，就必須要介紹一下下雋城的整體地勢。先前說過，下雋建立在畈心畈。畈，亦指窪地。地勢相對低凹，想要衝擊下雋，就必須要先衝入凹地，而後才可以發動有效攻擊……

而下雋整座縣城的地勢，卻又是西高東低。

從東關入城，至雋水，有一條大約三十度傾斜的斜坡。當初建城的時候，為方便通行，所以在東關大街上用碎石鋪築成路，可以並行三輛馬車。說起來，這東關大街，也算是非常寬敞。這也是從東關到西關，唯一的一條通路。

雋水上架設了一座堅固的石橋，連接雋水兩岸。

以前，由於擔心洪澇的問題，所以下雋主要是在西岸開發，而東岸也就變成了貨真價實的貧民區。

為了保證下雋之戰的勝利，曹朋下令，將整個東關的建築全部推倒，使之變成了一片難以行走的廢墟。同時，又留下了東關大街，作為唯一樞紐。那些居住在東關的百姓，全部撤離至西岸，讓整個東岸變成了一塊空曠的無人區。

經過法正數日趕工，東關橋防線已經趨於完善。

大批從東岸拆除的土石，堆積在東關橋橋頭，形成了一道約半人多高的馬牆。

站在橋頭，可以鳥瞰整個東岸。江夏兵的一舉一動，也都盡入眼簾。趁著江夏兵休整之際，曹朋率領曹軍退出東關，直奔東關橋。

而在東關橋西岸，一杆大纛迎風飄揚。大纛上書『都督荊南，橫野將軍』。正中央一個斗大的『曹』字，則是掐金邊，走銀線，在陽光下閃爍光芒。

曹軍嚴陣以待。

當曹朋和羅蒙帶著人抵達東關橋的時候，法正帶著劉聰迎上前來。

「辛苦大都督。」

曹朋一笑，「言何辛苦，本分而已。」

說著話，他扭頭對羅蒙道：「恒若，帶著兄弟們下去好生歇息，東關一戰，兒郎們確是辛苦。」

「喏！」

只有親身經歷了東關血戰，才知道那裡的戰鬥是何等慘烈悲壯。

羅蒙方經歷半日廝殺，已是精疲力竭，聽到曹朋吩咐，也不推辭，連忙帶著人過橋而去。

「情況如何？」

「回大都督，一切已準備妥當。」

曹朋正色道：「孝直，我等須在此堅守至少兩日，告訴兄弟們，務必堅持，我當親自督戰。」

說實話，曹朋此時也疲憊不堪。然則身為主將，他卻不能休息，必須要坐鎮中軍。

所謂中軍，就設立在東關橋西岸。一旦東岸防線告破，他就要直面江夏兵的衝擊，可算得上是危險之至。但在這個時候，他必須要堅持。

與法正商議片刻，正當他準備巡視軍營時，忽聽東關方向，鼓聲隆隆。緊跟著傳來轟鳴巨響，並伴隨著震耳欲聾的喊殺聲，傳入耳中。

曹朋臉色一變：東關城破！

原以為關羽會休整一下，哪知道這傢伙竟然這麼著急，只這麼一會兒的工夫，便開始攻擊。

「大都督……」

「我累了，要去睡覺。天黑之前，這裡一切交由孝直負責。」

這個時候，曹朋表現得越是輕鬆，曹軍將士就越是安心。

法正微微一笑，「大都督只管歇息，有法正在，絕不容賊人擾大都督好夢。」

「如此，就拜託孝直。」曹朋頷首，轉身離去，直奔中軍大帳。

喊殺聲越來越近，可是曹朋卻顯得無比平靜，神色中透著幾分安詳。一路走過來，曹軍將士看到曹朋那份愜意輕鬆的模樣，也不由得隨之心安。走進中軍大帳後，曹朋將身上染血的衣袍脫下，換了一件乾爽襌衣，命人將大帳帳簾挑起，而他則高臥榻上，酣然入夢了……

那份安詳自若，那份氣度，也使得曹軍頓時士氣大振。

站在中軍大帳外面，可以清楚的看到在裡面安然入睡的曹朋。又有什麼能比這種姿態更能安撫軍心？

喊殺聲越來越響，但曹朋卻恍若未聞。

他是真的累了！一頭栽倒在榻上，很快就進入了夢鄉。

而在東關橋頭，法正身著皮甲，手扶寶劍，親自督戰。

眼見江夏兵出現在長街盡頭，法正的臉上頓時露出一抹詭異的笑容。他扭頭對劉聰道：「孟明，準備好了？」

「只等軍師號令。」

法正點點頭，一擺手，就見從橋西頭推過來兩輛梭形衝車。如果仔細觀察，會發現這地面上有四條凹進地面的軌道，一直綿延至長街盡頭。衝車之上，填滿了碎石斷木，顯得極為沉重；而在衝車周圍，則包裹黑布，那上面潑灑了桐油，兩個彪形大漢手持火把，站在衝車後方。

東關內，關羽催馬入城。

風城頂上突然失去了礌石壓制，他就知道事情不妙。

然而，東關告破，風城頂的作用已經失去。關羽分得清楚輕重！他知道，當務之急是要儘快攻克下雋，而後整頓兵馬，並派人向劉備求援。風城頂的馬謖雖是個人才，可是相比之下，卻比不得當前軍務。所以，關羽沒有理睬風城頂的變故，而是率部直接衝進了下雋城內。

一入城，關羽頓時懵了！

從他的角度看去，可以清楚的看到那東關橋上築起的馬牆。很明顯，曹軍並不準備就此放棄，而是要堅守下雋。

好毒辣的曹家小兒……這分明是要置我於死地！

關羽咬牙切齒，低聲咒罵。

曹朋這一手的目的，已經非常清楚——我可以讓出城關，但是我會憑藉整座城池和你周旋。只要你關羽一天不能把下雋全部占領，我就要拖住你一日。

縱馬登上東關城頭，關羽駐足，舉目眺望。

好開闊的視野！

整個東岸，猶如一片廢墟。殘垣斷壁，粗木巨石可謂是犬牙交錯。如果想要從廢墟上發動衝鋒，就必須要遭遇曹軍凶猛的弓箭襲擊。道路崎嶇坎坷，若發動攻擊，勢必要付出極為慘重的代價。而這裡，風城頂已無法造成壓制和威脅。同樣的招數，於東關有效，可是在下雋城中，卻無法產生效果。

「君侯，這當如何是好？」有親隨上前詢問。

關羽一咬牙，「給我衝……若不能攻下東關橋，渡過雋水，我們依然是死路一條。」

「喏！」

江夏兵此時的士氣不錯，剛攻克了東關，正是志得意滿、氣焰囂張的時候。所以當關羽一聲令下後，江夏兵立刻發動了凶猛的攻擊。廢墟之上，有盾兵在前，掩護前進；而在東關大街上，江夏兵把臨時製作的簡陋擋箭車推在前面，向東關橋緩緩推進。

剎那間，東關橋頭，萬箭齊發……站在東關城頭，可以清楚的聽到那弓弦如一的聲響……錚！嗡……一排利矢沖天而起，飛射而來。

好在盾牌手在前，可以阻擋箭矢襲擊。

同時，關羽下令，命弓箭手還擊，掩護兵馬推進。

雙方一陣鬥箭，就聽那箭矢破空，發出咻咻聲響。一聲聲慘叫，夾雜在那箭矢的厲嘯聲中，令人不寒而慄。

江夏兵的弓箭手，占據人數的優勢；曹軍的弓箭手，則憑藉地形……雙方你來我往，纏鬥不止。

而江夏兵則不斷逼近東關橋，在距離東關橋頭還有四百餘步的時候，法正突然拔劍，厲聲喝道：「衝車，給我推過來！」

兩個彪形大漢，舉著火把點燃衝車上的引火物。

剎那間，衝車之上，烈焰騰騰。十個人推著一輛衝車，從橋西頭開始推行，速度越來越快，眼見著到了橋東頭，軍卒猛然鬆手，那衝車沿著凹陷在地上的軌道，沿著傾斜的長街，呼嘯著就衝了下去。正

是因為那一段距離的推動，使得衝車的速度達到了一個極致。巨大的慣性，使那梭形衝車夾帶千鈞之力呼嘯而來，衝在最前面推著擋箭車的軍卒不由得一怔，可沒等他們反應過來，衝車就到了跟前。

江夏兵卒的眼中，就見一團巨大的火球呼嘯而來。

梭形車頭，凶狠的將擋箭車撞擊粉碎，而後勢無可擋的繼續衝擊。

一名江夏兵躲閃不及，被衝車一下子撞飛了出去，身體正面出現了一個極為明顯的凹陷痕跡。摔落地面之後，那江夏兵口吐鮮血，頓時氣絕身亡。

其他的江夏兵則連忙閃躲。可是衝車車頭上三排倒鉤，發揮了巨大的威力，倒鉤凶狠的從軍卒身體上劃過，把江夏兵攔腰斬為兩段。

與此同時，有一些江夏兵閃躲不及，被倒鉤拖著往長街盡頭滑行。倒鉤撕裂了衣甲，撕裂了肌腱，當慣性消失，衝車轟隆一聲倒地之時，那江夏兵已被拖得血肉模糊，恍若一堆爛肉。長街地面上，留下了一道醒目的血印子，讓那些正準備衝鋒的江夏兵看得是目瞪口呆，面色慘白，一時間竟再也不敢發動衝鋒。

烈焰熊熊，衝車成了一堆廢銅爛鐵。

關羽帶著人來到陣前，看到地面上的衝車殘跡，面頰抽搐不停。

他一眼認出，這衝車是出自諸葛亮之手。當時他和張飛還笑話說，這玩意兒華而不實，當不得大用，可沒想到居然產生了如此威力。兩輛衝車撞碎了數座擋箭車，更使得十幾名軍卒慘死於長街上。自己親手所造的武器，卻成了己方的追魂帖，關羽又怎能不怒？

他舉目抬頭，向東關橋頭凝視，卻見橋上的曹軍沒有任何動靜。

打退了江夏兵的攻擊，他們好像絲毫不覺興奮，靜悄悄的，令人心悸……

這，必將是一場惡戰！

其慘烈程度，恐怕尤勝昨日東關之戰。

如果有充足的時間，關羽倒不介意好生和曹軍過招。可問題是，他現在真的沒有時間了……原以為攻破東關，這場戰鬥已經結束。哪曉得東關雖然攻破，可是真正的惡戰，方才開始！

關羽鳳目圓睜，拔刀厲聲喊喝：「兒郎們，而今危急之時，更當奮勇爭先，殺出一條血路……給我進攻！」

江夏兵在經過了短暫的混亂之後，齊聲吶喊，再次衝向東關橋頭。

東關橋上，曹軍憑藉馬牆的掩護，不斷予以還擊。在這塊長僅止二里的長街上，喊殺聲震天，戰鼓聲隆隆。雙方你來我往，鏖戰不休。

關羽接連發動了五、六次攻擊，卻遲遲不見效果，心中陡然間大怒，他命人取來重甲，披在身上，手持雙刀，健步如飛，眨眼間便衝到了最前方。

主將親自上陣，江夏兵頓時氣勢如虹。

法正虎目圓睜，大聲呼喊。剛才江夏兵的進攻，已連放出三十輛衝車……對江夏兵造成了巨大傷亡的同時，也讓法正暗自擔心。

如今，關羽親自出陣，卻非同尋常。按道理說，法正應該立刻通知曹朋。可是，他已經向曹朋保證過，絕不去擾曹朋清夢。而今夕陽西下，距離天黑尚早，怎能驚擾主將？

法正大聲吼道：「衝車，給我推過來！」

兩輛衝車呼嘯而來，順著軌道送出。不過這一次，法正是下了血本……他連續下令，在短短時間裡，接連送出十輛衝車。

兩排衝車，每排五輛，相互連接，烈焰熊熊，就好像兩頭火龍般呼嘯而來，令江夏兵卒頓時驚慌失措。關羽大吼一聲，跳步側身，閃過了第一輛衝車，手中長刀探出，狠狠斬在那衝車上。夾帶著千鈞巨

力的衝車隨之轟然倒塌，橫在長街中央。可是第二輛、第三輛……衝車接踵而至，凶狠的撞在那倒塌的衝車之上，那驚人的撞擊所產生的巨大氣流，即便是關羽也有些承受不住。他連忙閃身跳起來，躲避飛濺的碎石……

與此同時，從東關橋頭上射來了如雨飛蝗。

關羽手舞雙刀，怒喝連連。

可是，當數百枝利矢全都對準他一個人的時候，關羽即便是有三頭六臂，也不可能防護得當。而那被撞擊粉碎的衝車，在地面上殘留了一地碎石和燃燒的草木，關羽在躲避箭矢的同時，還要小心腳下。這一個不留神，便被一枝利箭射中，關羽悶哼一聲，險些栽倒在地上……也幸虧是身披重甲，否則必然被箭雨射成了刺蝟。

本想要一鼓作氣衝上東關，可是接連受阻，關羽也清楚事不可違。當下，他緩緩向後退去。

而東關橋頭，兩輛衝車再次放出，迫使關羽不得不狼狽而走，險些被衝車上的倒鉤掛住。

退回長街盡頭，關羽仍有一種驚魂未定的感受。看著東關橋上那面迎風飄揚的大纛，他一咬牙，再次下令衝鋒……

「傳我命令，三軍輪流攻擊。我就不信，他們手裡能有多少衝車……只要那衝車告罄，東關橋守禦形同虛設。兒郎們，隨我衝！」

關羽在喘息一口氣之後，再次一馬當先，衝上了長街。江夏兵齊聲吶喊，緊隨關羽而上。

「這傢伙瘋了！」法正大驚失色。「弓箭手，給我放箭！」

正如關羽所言，你手裡有多少衝車？

只要我有所準備，你衝車的威脅，可以將至最低。而且，我會不斷壓縮你衝車衝擊的距離，只要距離縮短，那麼你衝車的威力也將會隨之減少。

沒錯，我這樣做是會造成巨大傷亡。但傷亡再大，也好過全軍覆沒。

關羽破釜沉舟，讓法正著實感到頭疼。

「這傢伙瘋了，這傢伙他娘的瘋了……」

「他不是瘋了……而是覺察到了衝車的弱點。他這是用人命來縮短衝車的攻擊距離，我卻是小覷了這位漢壽亭侯。」

就在法正連連呼喝的時候，忽聽身後有人說話。法正忙扭頭看去，只見曹朋在文武和羅蒙的護衛下，走上東關橋。

「大都督……」

「孝直，休要多言，這不是你的過錯。」曹朋微微一笑，「狗急了跳牆，人急了拚命……這位關將軍而今就如同那被逼急了的瘋狗，不顧一切。他這選擇，倒也沒什麼錯誤，只是若沒有冷酷心腸，恐怕也做不出這等決定。這傢伙，的確是不愧當今將魁元。」

「那……」

「他要消耗咱們的衝車，那就陪著他瘋。」曹朋突然一咬牙，厲聲道：「他關雲長不害怕，可是我就不信，他江夏兵個個都是關雲長！」

法正拱手應命，數輛衝車再次推出。

負責運送推車的軍卒也是氣喘吁吁，好在身邊還有人可以替換，當他們感到體力不足的時候，立刻有人上前，把他們接替下來。

天，漸漸的暗下來。

夜幕籠罩下雋，卻見下雋城中，燈火通明。亮子油松點燃，把整個下雋東岸照映得如同白晝……

正如曹朋所言，這世上只有一個關雲長。江夏兵在反覆衝鋒過後，死傷已超過千人之數！

巨大的傷亡，令江夏兵也為之心驚肉跳，慌亂不已。

東關橋上，曹軍同樣有死傷，但相比之下，這一場惡戰對曹軍而言，遠不似東關之戰那般慘烈。

漸漸的，江夏兵開始駐足不前。

關羽接連又發動了兩次亡命攻擊，把距離縮短了近一里之多。也就是這一里道路，卻倒下了足足千人，把這一里長街染成一片血色。

關羽氣喘吁吁，也有些承受不住。

有扈從上前勸說：「君侯，兒郎們快頂不住了……再這樣衝鋒，只怕不等咱們攻下東關橋，自家就要潰敗。當務之急，先穩一下陣腳才是。還有，風城頂上，馬主簿久無消息，也要打探一番。若馬主簿在，說不定能想出什麼辦法。咱們還有時間，且休息一晚，來日再戰。」

關羽心有不甘，卻也不得不承認再打下去徒增傷亡。

他抬頭，向東關橋頭看去。只見東關橋上，燈火通明，一股熟悉的身影，就昂首立於橋上。

關羽鳳目微闔，眼中透出濃濃的殺機。片刻後，他突然刀指橋頭，厲聲喝道：「曹家小賊，某誓殺汝！」聲音洪亮，在夜空中迴盪。

卻聽東關橋頭傳來一陣爽朗笑聲，「二將軍，朋大好人頭在此，若想殺我，何不前來……」

關羽聽聞，咬牙切齒。可是他更清楚，再強攻下去，未必能有結果。他深吸一口氣，恨恨頓足，心有不甘的吩咐道：「傳令，收兵。」

此時，天將人定！

章十 殤（下）

原本，曹朋信心滿滿，能夠憑藉下雋，阻擋關羽十天。

但是現在，他發現自己小覷了關羽，或者說小覷了關羽的瘋狂。

在經過短暫的休整，大約兩個時辰左右，關羽下令挑燈夜戰，繼續攻擊東關橋。丑時，夜色深沉，東關橋下喊殺聲震天，江夏兵向東關橋發動決死猛攻，一副破釜沉舟，誓要將東關橋攻下的亡命架式。

關羽不得不拚！

風城頂上，狼籍一片。屍身橫七豎八，倒在血泊之中。

馬謖不知去向，而風城頂上的軍械更被損毀殆盡。

「將入夜，也不知道曹軍從何處登山，突然就出現在風城頂上。馬主簿匆忙應戰，可是那些曹軍卻極為凶狠，恐怕是曹軍精銳。風城頂上的兄弟幾乎被屠殺殆盡，末將看到馬主簿在亂戰中，被一名曹軍將領生擒活捉……末將雖有心救援，然則曹軍太過凶悍。將我等擊潰之後，他就迅速撤離，遁入風城嶺中。末將曾派人前去追擊，但派出的人手無一人返回。」

一名從風城頂敗退下來的軍司馬向關羽哭訴。

若在平時，關羽定是二話不說立刻派人救援。然則現在，他已經沒有精力再顧及馬謖的死活。事實上，一種前所未有的危機感，讓關羽感到萬分緊張。

馬謖被俘虜，並不重要！重要的是，必須要加快速度，攻克東關橋。

雖付出了千人性命，但也不重要……此時此刻，關羽已經不去想憑藉下雋阻攔曹軍的步伐。他要做的，是儘快帶著人衝破東關橋防線，與劉備會合一處。

所以，在經過短暫的休整後，關羽再次向東關橋發動攻擊。江夏兵更組成敢死隊，在關羽的指揮下，瘋狂的攻擊東關橋，令得東關橋上的曹軍壓力倍增，甚至隱隱有抵擋不住的跡象。

一里，五百米。

對於衝車而言，其衝撞距離越短，威力也就越小。

天將亮時，東關橋已發出近兩百輛衝車，死傷也多達五百餘人。

曹朋雖然依舊表現的極為冷靜，但內心的緊張感卻越來越強烈。一天一夜，才不過一天一夜！關羽用千餘人，就幾乎要耗盡了曹軍的衝車。

看眼前架式，關羽不會善罷甘休。到了這種時候，他也唯有猛攻才有出路。而且隨著時間的推移，江夏兵漸漸發現了衝車的弱點，更把目光投注於地面上的凹槽軌道，開始著手破壞。

幸好，還有四百餘米的凹槽軌道，否則的話，曹軍的壓力必然更加巨大……

卯時已經過去，江夏兵的攻勢隨之放緩，重新進行休整。

曹朋的嘴唇乾裂出血，喉嚨沙啞，甚至連話都說不出來。劉聰遞過來一個水袋，曹朋拔掉了塞子，咕嚕咕嚕就是一頓牛飲，總算是緩解了嗓子眼裡的乾渴。他喘了口氣，走到東關橋頭的馬牆邊上。那座臨時修建的馬牆，此時也已經變得殘破不堪，幾乎再也無法起到遮擋藏身的作用。

「大都督，衝車已經不多了！」

「還有多少？」

「九十七輛……」

劉聰立刻報出了一個準確的數字，讓曹朋不由得為之蹙眉。

九十七輛，這才一天一夜……如果按照這種消耗的速度，估計不到正午，衝車就將用完。而江夏兵不斷向前推進，使得衝車的威力大大減弱。原本一輛衝車至少能幹掉幾十人，可現在，一輛衝車下去也僅僅能幹掉幾人而已，威力大不如先前。這種情況下，想要堅持並不容易。也不知道曹操那邊進展如何，是否已經渡江？

想到這裡，曹朋在心裡嘆了口氣。

沉吟片刻後，他吩咐劉聰：「請孝直過來。」

不一會兒的工夫，法正拖著疲憊的身子，來到了東關橋頭。

最初，法正指揮戰鬥。不過隨著曹朋接手，法正便開始掌管後勤，保證輜重調運。也是一天一夜沒有休息，法正看上去憔悴無比。他來到曹朋跟前，臉上也帶著苦澀的笑容，拱手行禮。

「兒郎們士氣如何？」

「士氣尚可，不過大量死傷，也著實讓一些人心懼。」

「我們手裡現在還有多少兵馬？」

「東關橋頭，約八百人……公子，實在不行的話，從西關抽調吧。如果東關橋失守，西關也就失去了守禦的意義。既然到了這個地步，索性破釜沉舟，和關羽決一死戰。反正劉備現在也不可能派出援兵，守禦西關的意義其實並不是太大。咱們的軍械和輜重很充足，但是兵力卻明顯匱乏。如果不抽調西關守軍，恐怕很難再堅持下去。」

曹朋手中，共三千兩百人。

下雋降卒倒是還有八百，卻不堪重用。那些人，在這種慘烈的戰鬥面前，根本不可能堅持下去。如果調至東關橋，恐怕起不到什麼作用，反而會衝亂己方陣營。所以，下雋之戰從一開始，曹朋就不允許那些降卒上陣。

他命廖中叔姪，從八百降卒裡抽調出三百健卒，負責維持下雋西岸民居的治安。

此前，他率部在東關守禦，有一千兵馬，鏖戰一天半，死傷六成以上；剩下的兵馬一時間難以派上用場，還須好生調整。而東關橋守軍也有一千，如今同樣死傷在兩成以上。

這還是賴東關橋的地勢，以及梭形衝車的威力。

隨著江夏兵越來越靠近東關橋，地勢的優勢將漸漸減少，而梭形衝車的威力也將慢慢減弱。肉搏，不可避免的將再次發生。單憑八百人守禦東關橋，著實有些兵力薄弱。

法正的話，很有道理……

這個時候，無須再顧慮什麼西關安危。東關橋失守，整個下雋也就無險可守。

沉吟片刻，曹朋下定了決心：「命廖中接掌西關，將西關兵馬全部抽調過來。武庫開啟，所有人配以弓矢和長刀……一旦衝車失去作用，必然就是慘烈肉搏……告訴兒郎們，再堅持一下，援軍很快就會抵達。這時候，咱們也唯有死戰，除此之外，再無他法。」

援軍，在何處？

曹朋自己也說不清楚。但事到如今，他只能這麼說，否則士氣必將低落。

要給曹軍將士一個希望，要不然就難以堅持！

法正當然明白這個道理，點了點頭，躬身退下。

站在東關橋頭，曹朋鳥瞰長街盡頭，那面赤紅大纛。

漢壽亭侯，關？

不管怎麼說，今天總要有一人死在這裡。

不是你關羽，便是我曹朋！

想到這裡，曹朋下意識握緊刀柄。他深吸一口氣，轉身下令：「命弓箭手全部集中在東關橋西岸，聽候命令。」

「喏！」文武領命而去。

他內腑傷勢尚未痊癒，也無法參戰。但出身將門，指揮方面倒也算不得什麼問題。

把弓箭手交給文武指揮，曹朋也能夠放心……

「大都督，咱們能頂住嗎？」

羅蒙心裡面還是有一些忐忑。畢竟，他還不是那個歷史上做到郡太守的羅蒙，而今不過是一個血氣方剛的青年。下雋一戰，是他生平第一次參戰，也是他長這麼大，見到最為慘烈的一戰。面對瘋狂的江夏兵，羅蒙心裡有些沒底。

曹朋回身看了他一眼，突然露出燦爛的笑容：「一群土雞瓦狗，能奈我何？」

就是這一句話，讓羅蒙陡然增添了無數信心。他自己也說不清楚是怎麼回事，反正看到曹朋那燦爛的笑容，就感覺心安許多。他用力點點頭，不再贅言，轉身離去。

曹朋看著他的背影，半晌後輕聲一嘆。

說實話，羅蒙、文武，皆有將才。若能過了眼前這一道檻，日後成就不可限量。

但是，能不能撐過去呢？曹朋自己也說不清楚……他現在也是忐忑不安，只是在表面上，他必須要做出一副堅強的模樣。

老曹，你的援兵究竟何時能夠抵達？

這援兵若是再不出現，我可就真頂不住了……

按照曹朋的估計，自己至少能撐到天黑。兩天一夜的鏖戰過去，想必關羽也將到極限，到時候他必然會收兵休整，自己也能獲得一個喘息的機會。

可是，曹朋隨即發現，他還是低估了關羽的瘋狂。

在經過短暫休整後，關羽持續向東關橋進行攻擊。這一次，關羽更使用了拋石機等遠程攻擊手段，攻擊的目標並非東關橋，而是長街的地面。

一塊塊巨大的礌石，夾帶著凶猛的力量轟鳴傾瀉，幾十塊礌石轟在地面，砸得火星亂竄。本來極為堅固的長街，被砸出一個又一個的坑洞，許多地方出現了裂痕，連帶著衝車所使用的凹槽軌道也隨之被毀。近辰時，衝車完全失去了效用，軌道凹槽被破壞，衝車的威力也再難產生用處。

當持續近一個時辰的礌石轟擊結束後，關羽下令全軍出擊，數千名江夏兵呼號著蜂擁而上，沿著破碎的長街，向東關橋發起了最後的攻擊。

與此同時，曹朋下令，所有人退至東關橋橋西。

弓箭手仰天拋射，箭矢呼嘯竄起，如同雨點般紛落。衝在最前面的江夏兵，被飛來的箭矢射中，紛紛倒在血泊中。然則在他們身後，更多的兵卒湧來，越過一具具屍體，衝上了東關橋東。

「放箭！」文武嘶聲吼叫。

一排排利矢離弦射出，朝著踏上橋頭的江夏兵射去。

這時候，已經不需要再去瞄準，只要向前射，就一定能射中目標。

長約三百步左右的東關橋上，剎那間喊殺聲四起。江夏兵悍不畏死，面對如雨飛蝗全然不懼，蜂擁而上。

關羽更身披重甲，手舞雙刀，撥打鵰翎，衝在最前面，箭矢射來，被他紛紛磕擋。眼見著距離橋西頭越來越近，曹軍開始變得慌亂起來……

曹朋突然一把扯下頭上的三叉束髮金冠，一手執盾，一手持刀，健步如飛騰空而起。只見他墊步躍上馬牆，縱身撲出，手中長刀翻飛舞動，口中更發出一連串暴戾的咆哮之聲……

「兄弟們，決一死戰，就是現在！」

說話間，他騰空而起，掄刀劈斬。一名江夏兵舉槍相迎，卻被曹朋一刀將長槍斬斷，順勢一拉，把那江夏兵開膛破肚。旋即，他閃身衝入亂軍之中，腳踩天罡，身形閃動，錯步而上。盾牌護著身體，鋼刀橫抹推動，就好像一頭下山的猛虎，殺入敵軍之中，如入無人之境。

「兄弟們，給我上！」

羅蒙也按捺不住心頭熱血，縱身撲出。

橋西頭，曹軍弓箭手齊聲吶喊，把手中的弓弩扔到一旁，揮刀而上。

剎那間，雙方便展開了肉搏。江夏兵的人數占據優勢，奈何這東關橋的面積就那麼大，幾百人湧入其中，立刻把整條東關橋填得滿滿當當，其他人想要衝上去就變得十分困難，只能在東關橋兩側觀戰。

有一些江夏兵，發現雋水水流雖深，卻不算湍急，於是縱身跳進雋水，朝著河對岸就游過來。

文武發現了這種情況，連忙指揮兵卒，朝著河中放箭。只是，已經形成亂戰局面，文武的命令很難得到統一執行。不少軍卒匆忙拿起弓弩，可是卻無法造成有效的傷害……即便如此，江夏兵還是死傷不少。雋水變成了血色，河水滔滔，泛著血泡子，一路向南流淌去。

很快的，江夏兵便登上了西岸。

劉聰怒目圓睜，揮劍而上，卻不想被一名江夏兵挺矛刺擊，一下子被刺殺於西岸……

鮮血，染紅了雋水，也染紅了西岸。

越來越多的江夏兵向西岸游來，局面對曹軍而言，也變得越發的緊張。

東關橋上，羅蒙披頭散髮，渾身浴血。他已記不清楚自己究竟殺了多少敵人，身上更是傷痕累累，手腳發軟。可是江夏兵卻不見少，仍源源不斷而來。

羅蒙雙眸通紅，口中連連怒吼。忽然間，耳聽一聲如雷巨吼，一名紅臉大將衝到了羅蒙跟前。那大將手持雙刀，照頭就劈。羅蒙舉刀相迎，只聽鐺的一聲響，羅蒙將那大將的刀迸開，身形卻連連倒退，虎口迸裂。沒等他站穩身形，那紅臉大漢旋身而動，刀光一閃，羅蒙瞪大了眼睛，手中長刀噹啷一聲落地，仰面朝天的便倒在血泊中。

在他胸口，出現了一個怵目驚心的刀口。血霧噴射，在陽光的照映下，變得格外動人……

「恒若！」曹朋一旁看到，不由得大聲呼喊。

他認得那紅臉大漢，正是關羽關雲長。原本他想要衝過去救援，但是卻被幾名江夏兵攔阻，硬生生被擋住了腳步。等他殺出重圍，羅蒙已經被關羽斬殺。

此時，曹朋距離關羽不過十幾步而已。兩人目光相觸，關羽也好，曹朋也罷，眼中都流露出駭人的殺機……

「小賊，哪裡走！」

曹朋面頰抽搐兩下，突然爆吼一聲：「關羽，納命來！」

兩個人同時起步，朝著對方衝過去。

只見那關羽身形陡然拔起，一刀在前，一刀在後，一式泰山壓頂，朝著曹朋便撲來。而曹朋也毫無懼色，擺刀相應，手中盾牌高舉，只聽鐺的一聲巨響，刀盾交擊，關羽凶猛的攻勢隨之一頓，而曹朋則蹬蹬蹬連退三步，手臂發麻，手中的盾牌也被關羽斬裂……他倒吸一口涼氣，暗叫一聲，真不愧是這三國將魁元！

一直以來，曹朋自認武藝不俗。可現在看來，他比之關羽，似乎仍遜色半籌。

虎目圓睜，曹朋大吼一聲，雙手握刀，猱身而上。關羽則踏步上前，兩人瞬間便戰在一處，刀雲翻滾，刀光閃爍。三口刀交擊，不斷產生出驚人的罡氣，逼得四周軍卒連連後退。

這一戰，可謂是驚天動地。曹朋和關羽都使出了看家本領，戰在一起，誓要將對方斬殺。你來我往，眨眼間就鬥了十餘個回合，仍不分勝負。

關羽和曹朋，有殺子之仇。

可是在這一刻，關羽也禁不住暗自稱讚：此子武藝高強，少有人能敵。至少當年我在他這個年紀，恐怕也沒有這樣的本領……可惜了，當年三弟若是能收斂脾氣，不去劫掠他的糧草，說不得哥哥能將此人招攬過來，成為臂助。

不過，讚賞歸讚賞。

劉備和曹朋之間的矛盾，從當年下邳城外，曹朋刀劈轅門大纛那一刻開始，就變得無法調和。兩人立場不同，所以也就沒有緩和餘地。更不要說關羽和曹朋之間的殺子之仇，不共戴天。

十幾個回合過去，關羽刀勢猛然一變，刀刀相連，變得越發凶猛。雙刀猶如疾風暴雨，劈斬向曹朋，挑、斬、抹、圈、刺……招招皆奔曹朋要害。而曹朋也抖擻精神，見招拆招。

刀來刀往，眨眼間又是十幾個回合，曹朋漸漸抵擋不住。

突然間，只聽關羽一聲大好，一刀迸開曹朋的長刀。

他比曹朋高，手臂也比曹朋長……迸開曹朋手中長刀之後，左手刀猛然間踏步探臂而出，噗的一聲，刀口直刺如曹朋肩膀，順著曹朋的肩窩，一下子就沒入肉裡，只疼得曹朋大叫一聲，氣勢隨之一洩。不過，曹朋此時也發了狠勁，單刀順勢一環，反手劈斬，鐺的一聲，將關羽的左手刀斬為兩段。

曹朋手裡的長刀，雖不是什麼神兵利器，卻也是曹汲早年間打造出來的寶刀，鋒利無比。砍斷了關羽的大刀之後，他踉蹌後退。一名江夏兵挺矛刺來，卻見曹朋蓬的一把攫住槍桿，單刀順勢一推，將那江夏兵斬為兩段。

與此同時，關羽踏步而上，雙手掄刀向曹朋砍來。

曹朋身後便是東關橋的欄杆，根本無法閃躲。他猛然把手中單刀丟掉，身體一矮，就地一滾，就到了關羽跟前，手中長矛狠狠的刺出，一下子便刺穿了關羽的大腿。關羽身披重鎧，閃躲不及……疼得他大叫一聲，反手一刀劈落。而此時，曹朋一個懶驢打滾，已滾到了一旁。

順手從地上撿起一桿長槍，曹朋拄槍半跪地上，大口喘息。

關羽則一刀將腿上的長槍砍斷，可是曹朋這一槍，貫穿了他的大腿，雖未傷到骨頭，卻也讓他行動不便。

「小賊，好本事。」

自出世以來，關羽大小征戰不下百餘次，卻從未似今日這般狼狽。不管他對曹朋有多麼仇恨，可是內心裡，還是非常讚賞。

曹朋也是喘息不止，聽到關羽稱讚，突然間有一種莫名的驕傲湧上心頭，「二將軍，你也不愧將魁元。」

「小賊，而今你大勢已去，你我雖然有深仇大恨，但看在你一身本事，我給你一個痛快……」

說著話，關羽一咬牙，便站起身來。

就在他準備舉步走向曹朋的一剎那，忽聽東關外，傳來一陣鬼哭狼嚎聲。

「曹軍追上來了！」

「虎癡，是那虎癡追上來了……」

「啊？」關羽聽聞，大吃一驚。

不過，他顧不得向身後看，猛然咬牙便撲向曹朋。

就在他這一恍惚的剎那，曹朋突然間一個懶驢打滾，向後滾出數步距離。在滾動的一剎那，他順勢從斜挎麂皮兜囊中拿出去兩枚鐵流星，二話不說，照準關羽就打。關羽舞刀磕擋，也就是這一眨眼的工夫，曹朋已被法正帶人上前搶了回去。

眼見著到了嘴邊的肥肉沒了，關羽頓時大怒。他想要繼續追殺曹朋，卻不想一隊曹軍從東關外呼號著衝進城中。

這些曹軍清一色大刀木盾，殺入城後，如入無人之境。為首一員大將，正是虎癡許褚。在他身後，兩員小將緊緊跟隨，一個手持雙鐵戟，一個揮舞大砍刀。

「阿福，休要驚慌，我們來了！」

曹軍，終於追上了關羽……

說起來，曹軍能追上來，還真要多虧了張郃。

張郃在得到蔡瑁水軍幫助後，輕而易舉渡過江水，不過他並未強攻鄂縣，而是派人入城遊說廖化。所派之人，乃中盧名士蒯蘭。這蒯蘭是蒯越族姪，素有名聲，同時和廖化有同鄉之誼，在廖化投劉備之前，兩人關係不錯。而今蒯蘭在曹軍，出任長史一職，為張郃助手。

他入城遊說廖化，動之以情，曉之以理。

廖化聽聞劉琦已經戰死，而關羽撤往下雋，他也算是仁至義盡了，於是三思之後，舉城獻降。

曹軍占領了鄂縣後，張郃立刻提醒許褚和徐晃二人：「曹都督奉命偷襲下雋，手中必定兵力不足。關羽恰似那囚籠中猛虎，見下雋失守，必然亡命攻擊。到時候，大都督面臨的壓力必然巨大。我欲即刻起兵追擊，以免大都督遭遇不測……」

許褚聽聞，頓時急了，「阿福與我兒有八拜之交，情同手足。如今他身陷險地，我這個做叔父的，又豈能見死不救？鄂縣方降，尚須整治。你也知道我並不善此道，不如我與公明追擊關羽，俊乂留守鄂縣，讓文則出兵攻取下雉，你看如何？」

張郃本欲親自前往救援，也可以和曹朋拉近一下關係。可許褚都這麼說了，他也沒有辦法反駁，於是只好答應下來，同時派人前往西陵，通知曹操。

許褚和徐晃二人兵分兩路，輕裝簡行，日夜兼程。等他們抵達下雋的時候，戰事正值最為慘烈之際。如果許褚晚一步來，曹朋說不定就要以身殉國。見下雋危急，許褚也顧不得等待徐晃會合，領著典滿和許儀二人，便發起了攻擊。

由於下雋東部而今如同廢墟，不適合馬戰，許褚乾脆命部曲全部下馬，步戰馳援曹朋。這一支人馬加入戰團，立刻令戰局發生了巨大變化。

江夏兵打到現在，說實話已經到了強弩之末。他們之所以還能堅持，完全是憑著一口氣撐著。可是當曹軍追兵抵達的時候，這些江夏兵立刻絕望了！

打了三天，死傷無數……到頭來還是被曹軍追上。再打下去，又有什麼意義？

不少人直接就丟棄了兵器，雙手抱頭跪在地上，「休要殺我！我投降，我投降！」

曹軍如同一群猛虎，從這些降兵身邊衝過去，全不理睬。許褚一馬當先，虎目圓睜，大刀翻飛舞動，只殺得江夏兵潰不成軍。

「君侯，速走！」

關羽見此情況，還想硬拚，可是身邊的扈從卻拉著他逃走。

這時候，還打個什麼？趕快殺出重圍要緊。

正面衝鋒？沒看到江夏兵已潰不成軍，如何衝鋒？

那西岸的曹軍得知援兵抵達的一剎那，發出了一陣陣歡呼聲，頓時奮勇爭先，士氣暴漲。曹朋靠在橋頭的一根欄杆上，臉蒼白，沒有半點血色。

一名醫護兵上前為他療傷、包紮。

曹朋卻強忍著疼痛，朝著法正和文武厲聲喊道：「孝直，反攻，給我反攻！休要走了那關雲長！」

不用曹朋吩咐，法正和文武也知道該怎麼做。

西岸曹軍吶喊著衝過東關橋，關羽帶著人節節敗退，一路直退到東關城頭。曹軍蜂擁而至，將東關城頭死死包圍。

這時候，典滿和許儀也衝到了東關橋上，看到曹朋那狼狽的模樣，兩人連忙上前將他攙扶。

「阿福，尚好否？」

「你們他娘的再晚來一個時辰，就等著給老子收屍吧！」在經歷了一場慘烈死戰後，曹朋突然爆發，破口大罵。

典滿和許儀訕訕道：「此事也怪不得我們，是那蔡瑁太過無能。攻占沙羨之後，一路磨磨蹭蹭……我們攻下鄂縣，便趕來下雋。阿福，你也莫要怪我們，等回去了，我定要那蔡德珪好看。」

尼瑪，蔡瑁！

曹朋勃然大怒：你他媽就是個成事不足，敗事有餘的傢伙！

「關羽何在？」

「關雲長退守東關城頭，父親已率部將他圍困。」

曹朋聽聞，強忍著身體的不適和疲乏，對典滿和許儀道：「走，讓我們去送二將軍一程吧……」

關羽看上去有些疲憊，與先前那意氣風發的模樣相比，儼然兩人。此刻，他靠坐在城牆上，可以直接看到馳道下的曹軍動向。

一名軍醫，為他拔出腿上的斷矛。

曹朋那一擊，貫穿了他的大腿。雖然關羽砍掉了大部分，但仍有近三尺長的斷矛在體內留存，軍醫小心翼翼的拔出斷矛，鮮血順著傷口往外噴濺。

而關羽那張如同重棗般的面龐，此刻卻是慘白如紙，但他仍舊顯得神情自若，好像根本沒有感覺到疼痛。只有攙扶他的小校，可以感受到關羽緊握著他手臂的那隻大手是何等用力，直若要把他的胳膊給捏碎了一樣……

「君侯，好了！」

軍醫拔出了斷矛，又為關羽止住血，包紮妥當。

關羽點點頭，猛然開口道：「扶我起來。」

說話間，就見馳道盡頭出現了一個青年，在他人攙扶下，緩緩而來。

關羽的親軍立刻露出警戒之色。因為他們都能認出，來人赫然正是那位大名鼎鼎的曹都督。

「二將軍，朋特來拜會。」曹朋的聲音嘶啞，帶著幾分虛弱。

關羽洪聲道：「請。」他站直了身子，盡量不使自己露出軟弱之態。

而曹朋則在典滿和許儀的攙扶下，緩緩走上了馳道。

「曹朋，莫非要來勸降？」

曹朋一笑，「非也，實送二將軍上路。」

關羽丹鳳眼一瞇，眼中閃過一抹森冷眸光。但旋即，他又笑了，「大都督，你果然是聰明人。若你敢勸降關某，關某就立刻把你趕下城去。」

「二將軍忠義，天下人皆知。江夏之戰，非戰之罪，實大勢所趨。將軍在此情況下，仍不惜一切，要返回長沙與劉備會合，確是忠義之人。也許千年後，世人當牢記將軍之名，為天下英雄之楷模，某焉能勸降？」

說實話，這一世的關羽，遠不似歷史上的關羽那般聲名響亮。他沒有斬顏良、誅文醜，也沒有千里走單騎，過五關斬六將……不過，這並不能阻止曹朋對關羽的敬重。為對手時，曹朋會不惜一切手段來對付關羽；此時大戰結束，也就無須再使手段。

曹朋和關羽，一個在馳道之上，另一個在馳道盡頭，默默相視良久，誰也沒有開口。

半晌後，曹朋突然拱手一揖，「二將軍，好走。」

「小賊，來世某必取你人頭。」

曹朋笑了，「今生朋亦非將軍對手。」

「小賊，保重。」關羽臉上閃現出一抹笑容，拱手與曹朋道別。

二爺少有笑容，給人一種威嚴感受。但此時笑了，讓曹朋覺得關羽還頗有人性化的一面。畢竟後世流傳的關二爺，神性太重。

二爺其實也只是一個普通人，有人的喜怒哀樂，有人的七情六欲。

前世幼年，曹朋對二爺無比崇拜；然而長大後，看到過各種對二爺的評論，比如說他好色，比如說他虛情假意。可實際上，哪個英雄不好色？那只是人類本能……之所以讓人產生厭惡，只是因為曾經把他想得太過美好。當一個人從神壇上走下來時，總會被他人指責……

曹朋在典滿和許儀的攙扶下離去。

關羽手拄長刀，目送曹朋背影遠走……

片刻後，只聽城下戰鼓聲隆隆響起。許褚下令，向城頭攻擊！

原本他還想要生擒活捉關羽，可是在曹朋勸說之後，許褚改變了主意。這是個忠義之人，斷然不可能歸降，更不會被生擒活捉。與其讓他屈辱活著，倒不如讓他壯烈戰死，才算不負二爺後世武聖人之名。

曹軍，朝著東關城頭發動了攻擊。

而曹朋卻全然不理，在典滿和許儀兩人攙扶下，朝東關橋方向行去……

身後，喊殺聲震天。不時有淒厲的慘叫聲傳入耳中。

只不過這喊殺聲持續的並不太長久，當曹朋走上東關橋的時候，喊殺聲突然止息。曹朋身體一顫，猛然停下了腳步。但他卻沒有回頭，而是怔怔立於東關橋上，仰望蒼穹，久久不語。

「二哥！」

「嗯？」

「送我回漢壽吧。」

「啊？」

「下雋戰事已經結束，江夏之戰大局已定。劉備已無力反擊，江東孫權想必也該有所決斷，太史慈他們差不多也是時候該退走了……荊南戰事，已沒有懸念。我想回漢壽好生休養，待過些時候，返回許都。」

「回許都？」

典滿和許儀有些無法理解曹朋此時的心情。

曹朋笑了笑道：「我累了！」

自出掌南陽郡，至今已有兩載餘。在這兩年裡，曹朋可謂費盡了心神，從未有一日安神過。比之當初在河西郡，此次征伐荊楚，幾乎耗盡了他所有心神。

是的，他真累了！

這兩年來，他有過輝煌戰績，也痛失無數部曲。

南陽之戰時，有傅彤等人戰死；而此次下雋之戰，更失去了寇封、羅蒙、劉聰三名部下。雖說這三人跟隨曹朋的時間並不算太長，但這感情上，還是有些無法接受。他不知道接下去的戰鬥，還會失去什麼，可他已經承受不起這些痛苦，與其這樣，倒不如還是痛快撒手。

再說了，荀彧曾對他說過：凡事做七分足矣。

荊楚之戰，曹朋做的已經夠多了……如果再去爭取功勞，只怕早晚會有功高震主的危險。曹操對他寵信，卻不代表會對他一直容忍。等曹操無法忍受曹朋的功勳時，怕也就是兩人反目之日。曹朋實在不想和曹操反目，與其這樣，倒不如早早離去。

至於荊南之戰，且由曹操負責。畢竟曹操自征伐荊楚以來，除了在江夏小小的施展拳腳外，幾乎沒有出彩的地方。

荊南之戰，將是曹操向荊人宣揚勇武之時。這種風頭，曹朋斷然不會去搶，否則必有禍事。典滿和許儀相視一眼，最終還是答應了曹朋的要求。

建安十三年三月，江夏之戰結束。

從戰事開啟，到戰事結束，耗時不過一個月。此一戰，曹操盡取江夏十五縣之地，兵鋒直逼荊南。而江東孫權，也不禁為曹軍戰力所震懾。

曹軍不向江東用兵，也就使得孫權水軍之利難以施展。

在這種情況下，孫權命周瑜為大都督，統領江東水軍，坐鎮柴桑，同時又下令向彭澤集結兵馬，以防止曹軍偷襲。在軍事上安排妥當之後，孫權開始了外交上的手段。西陵縣告破之後，孫權立刻命張紘為使者，率使團過江出訪荊州。此前，一直是曹操在主動謀求外交和談，而孫權一直表現得不冷不熱，但隨著江夏戰事的結束，孫權不得不改變態度。

此次出使，孫權主動提出了儘快聯姻的想法，並願意將孫紹送往許都。

可是沒有想到，他前腳剛派出使團，後腳就得到了消息：孫紹母子離開了富春祖宅，下落不明。

孫權聽聞，頓時大驚。

他連忙派人前往富春調查。同時又命人追趕使團，將求親對象孫紹改為孫朗。孫朗，是孫堅幼子，字早安，為吳國太所生，年方雙十。孫紹失蹤，自然需要有人接替，若不然婚事說成，這新郎官卻不見人，不免會令曹操不滿。至少在目前，孫權還沒有勇氣去激怒曹操。

孫朗年紀比孫紹大一些，但似乎比之孫紹更加合適。畢竟，曹操和孫堅是同輩人，而孫紹和曹操的女兒明顯差了一輩。孫朗倒算是子姪輩，配上曹操的女兒，似乎也沒有什麼不合適。反正是政治婚姻，孫紹也好，孫朗也罷，於孫權和曹操而言，並無太大的區別。

問題是，這孫紹母子究竟跑去了何處？如今又在何方？

孫權心裡不免對周瑜多了幾分提防。在他看來，整個江東最可能幫助孫紹的人，便是周瑜。

周瑜如今為水軍大都督，執掌江東水軍，權勢驚人……而周瑜和孫策是至交好友，更是連襟。這種情況下，周瑜輔佐孫紹，似乎也在常理之中。

孫權暗自心驚，他擔心在孫紹逃走的背後，隱藏著更多的內幕。也正因此，孫權開始變得多疑起來，脾氣也隨之變得更加暴虐。

建安十三年三月，是一個美好的季節。

然則在這個月，劉琦戰死，江夏告破，關羽在下雋自盡。

在曹朋的勸說下，許褚沒有割下關羽的首級，而是命人將關羽父子的屍體，送往臨湘劉備手中。

劉備得知關羽戰死的消息後，痛哭失聲。若不是馬良等人拚死阻攔，只怕劉備就會立刻集結兵馬，征伐下雋。

可即便如此，劉備雖然沒有出兵，也全軍戴孝。他和張飛一同在汨羅江畔，迎接關羽父子棺槨。

建安十三年四月，關羽父子葬於湘江畔。

同月，曹操發出悼文，祭奠關羽，並下令休戰，命荀彧率部退回沅南，不得繼續攻擊益陽。

隨著戰事的結束，荊南迎來了一段短暫的和平。

諸葛亮從江東匆匆返回長沙郡，與劉備商討應對之策。

此次江東之行，諸葛亮基本上算是失敗了！雖說周瑜、魯肅、諸葛瑾等人同意聯劉抗曹，但是由於曹操的克制，使得江東上下並未統一意見。不過，孫權表示願意扶持劉備，抗擊曹操，並提出他會命人牽制江夏兵馬，並給予劉備輜重糧草，使其招兵買馬。

劉備很無奈，卻也不得不面對這樣一個結果。

同時，從西川也傳來了消息，巴郡太守嚴顏撤兵，劉璋願意資助劉備，並承諾與劉備三千兵馬，助其抗擊曹操。據細作傳來的消息，西川如今情形有些糟糕，物價飛漲，物資雖然豐富，但比之早先卻明顯出現了不足的現象。

特別是川南地區，南蠻蠢蠢欲動。而張魯在漢中，對益州同樣虎視眈眈……

此種情況，可謂內憂外患。劉璋能資助劉備三千兵馬，也算是夠意思了，畢竟他內部有太多的問題需要解決，又不敢觸怒曹操，自然有所收斂。

劉備很失望，不過還是派馬良出使西川，前往成都道謝。劉璋表示：若荊南不可居，願請劉備前往西川，至少能給他一個容身之所。

劉備感激涕零！

建安十三年四月，曹朋率部，返回漢壽。

下雋一戰，曹朋損失慘重。寇封三人戰死且不說，三千健卒返回漢壽時，不過一千出頭。而精心打造的闇士也死傷數十人，這個損失尤勝兩千兵馬，令曹朋頗感可惜。

收穫就是，他俘虜了馬謖。

對於馬謖，曹朋沒有太多好感。歷史上街亭之戰的擅作主張，使得諸葛亮揮淚斬殺……一個自作聰明的傢伙，一個趙括式——紙上談兵的人物。可法正卻以為，馬謖此人飽讀兵書，精通謀略。下雋之戰，連法正都沒有發現風城頂的奧妙，卻被馬謖覺察。這個人，至少可以成為一個優秀的幕僚，拾遺補缺，也能稱得上是一個幫手。能不能用好馬謖，就要看曹朋自己的本領！

曹朋覺得，法正所言也有道理。

事實上，馬謖在歷史上除了街亭之戰外，倒也做得不算太差。

街亭之戰的失利，固然有馬謖自作聰明的原因在裡面，但諸葛亮識人不明、用人不當，也不能不追究。劉備彌留之際，曾對諸葛亮說過，馬謖言過其實，不可大用。事實也證明，劉備看人的眼光比諸葛亮強上百倍。只不過，諸葛亮後期過度信任馬謖，才使得馬謖背負千古罵名。

沒有不能用的賢良，只有不會用人的主公！

曹朋思忖一下，便決定找個機會勸說馬謖歸降……

不過當務之急，他還是要先返回漢壽，身上的傷勢已經有所好轉，不復太大的問題。可是許褚卻不太放心，讓典滿和許儀二人領虎衛軍千人，隨行護送曹朋，也算是許褚一番心意。

本來，要返回漢壽，必要通過江東兵馬駐紮區域。但由於洞庭水戰，江東水軍損失慘重，也使得杜畿的船隻可以橫行洞庭湖，更能夠進入汨羅江。

事到如今，大局已定。

太史慈也知道，再為難曹朋，意義不大。與其這樣，倒不如送個人情……於是，太史慈下令，命徐盛收攏江東水軍船隻，不得阻撓曹軍通行。

就這樣，杜畿率水軍順利接到了曹朋，而後又沿汨羅江返回洞庭，直抵漢壽城。

江夏，西陵縣——

郭嘉行色匆匆，直接就闖入了中軍大帳。

曹操占領西陵之後，並未進駐西陵，而是在城外紮營。隨後，他任龐山民為江夏太守，進一步穩定了荊襄士人之心。龐山民如今在武陵郡，協助曹朋做事，故而命令雖然發出，可是卻無法馬上就任。曹操決定暫時駐紮西陵，說是穩定江夏局勢，其實更多的是為震懾江東。

郭嘉進入大帳時，曹操正在和董昭等人商議事情。

根據如今局勢，荊楚之地平定指日可待。然則，在江夏之戰中，荊州水軍——也就是蔡瑁的表現，讓曹操極為不滿。正是因為蔡瑁的拖延，才使得下雋遭遇慘烈戰鬥。如果不是張郃獻計，許褚、徐晃及時抵達下雋，說不定曹朋就要戰死於東關橋，而關羽也將突圍，與劉備會合。

各種跡象表明，蔡瑁並非水軍合適人選。

隨著荊楚之地漸趨平穩，曹操下定決心，趁此機會罷免蔡瑁。

可是，由何人接替蔡瑁出掌水軍？始終是一個難以做出決斷的問題……

杜畿表現不錯，荀彧也在書信中讚賞有加。而他又是出自曹朋門下，所以無須擔心忠誠。問題是，杜畿能力不錯，但資歷尚淺。他能統帥兩萬水軍在洞庭湖站穩腳跟，說穿了還是曹朋在他背後支持。

一個沒有太多戰功、資歷平平的人，一下子接掌水軍？就算是曹朋贊同，恐怕也無法服眾。

畢竟，曹操手下夠資歷的人，實在是太多了。

就在曹操和眾人爭執不下的時候，郭嘉跑了進來。

聽聞曹操等人的問題之後，郭嘉卻笑了，「我當是什麼事情，原來只是這個問題……嘉心中，倒是有一個人選。此人為一郡太守，戰功顯赫，頗有威望，而且是水上出身，精通水戰。只不過這些年來他多在陸上，所以無人覺察。若此人為水軍大都督，確是最合適人選。」

曹操一聽，頓時愣住了！

怎麼我手下有這等人物，我卻不知曉？

「奉孝所言，何人？」

「便是合肥太守，甘寧甘興霸。」

「甘寧？」

曹操當然知道甘寧是誰！

當年，還是他從曹朋手中把甘寧討要出來，轉眼八載，甘寧南征北戰，的確是建立了不少功勳。由於甘寧出身曹朋門下，甚得曹朋支持，所以在軍中威望不弱，無論曹仁、曹洪，還是夏侯惇、夏侯淵，和他關係都非常密切。于禁、臧霸，這幾年和甘寧配合的也非常默契。在合肥三載，甘寧和江東大小戰事進行了幾十次，勝多負少。

郭嘉笑道：「興霸早年在巴郡，便有錦帆美名。濡須口，他和周倉配合默契，數次擊潰江東水軍，經驗豐富。若此人接掌水軍，就算是荊州人，也會贊同。」

「你說興霸能力出眾，適合出掌水軍，我沒有意見。可是荊州水軍由蔡瑁執掌，貿然撤了蔡瑁職務，荊州世族又怎可能同意？我倒覺得，不太靠譜。」董昭立刻反駁，似有些不太贊成。

郭嘉笑道：「甘寧祖籍荊州，也算是半個荊州人。最重要的是，他曾為友學門下，而且甚得友學丈人所重。當年正是黃老先生把興霸送到友學身邊，而黃老先生乃荊州名士，其威望遠勝蒯越、蒯良，幾與龐德公齊名，乃荊襄名士之翹楚人物。況乎黃老先生亦出身名門，江夏黃氏之地位，遠勝襄陽蔡氏。只要黃老先生肯出面，則荊州士人必無話可說。我聽人說，老先生而今在滎陽浮戲山中講學！丞相可下令，善待江夏黃氏族人，命人修繕黃氏祖祠，到時候請老先生回鄉祭祖，也就能大功告成。」

眾人聽聞，不由得連連點頭，表示讚賞。

曹操手指郭嘉笑道：「還是奉孝機敏，一下子就想到這般主意，果然不負鬼才之名。」

董昭或許還有些不服氣，可也不好再反駁。畢竟，郭嘉的這個主意對目前而言，最為適合。況且這裡面還牽扯到了曹朋……董昭可不想因為這件事而和曹朋反目。他和曹家關係不錯，更不要說家裡還有曹朋福紙樓的股份。

若惱了曹朋，才得不償失。

當下，董昭也點頭道：「甘興霸，確是合適人選。」

「既然如此，那就由公仁來安排此事。荊州水軍之事，不可以再拖延下去，至多六月，必須解決。至於黃公那邊，我會派人說項，想必問題不大。好了，今日就散了吧，諸公好生安排，過兩日張紘率使團抵達，少不得要有一番脣槍舌劍，還需大家盡力才好。」

「我等必盡心竭力。」

董昭等人退出了中軍大帳，郭嘉卻沒有離去。

曹操問道：「奉孝，有什麼事嗎？」

「文和來信，許都有變。」

「啊？」

曹操大吃一驚，忙示意郭嘉把書信呈上。

曹操進駐荊州之後，便使賈詡坐鎮許都，監察事務。荀彧由於受曹朋的邀請，從許都趕到了荊州，所以許都大小事務便由賈詡執掌。

郭嘉把書信呈上，而後站在一旁，一言不發。曹操認認真真將書信看完之後，臉上露出一絲冷意。

「此事，可當真？」

「理應不會有差……文和做事，素來謹慎。阿福不也說過，此人算無遺策，想來不會有錯誤。而且，我也聽人說，近來伏完和臨沂侯有些活躍，行動頗為頻繁，若不加以留意，只怕早晚釀成大禍。荊州之戰一時還無法結束，丞相還須早做決定，以免後患。」

「奉孝之意……」

「文若而今不在許都，正可動手。」

「你知道，我並非這個意思。只是在想，何人出面為好？」

郭嘉露出猶豫之色，低頭沉吟。

半晌後，他決然抬頭，沉聲道：「此事，當請廷尉出面，全權負責。只是，須有一個強力之人，才能震懾局面。嘉以為，此人非阿福莫屬……我聽說，他在下雋受傷，正好可讓他返還養傷。說起來，這兩年他也夠操持了，讓他回去，也可以和家人相聚。」

曹操卻沉默了！

「真的要阿福嗎？」

「非他莫屬。」

「他而今何在？」

「據說，已返回漢壽。」

「此事容我再考慮一下……」曹操顯得有些猶豫，半晌後輕聲道：「且先迎接江東使團，而後做決斷。」

「喏！」

「阿福那邊，你最好派人走一趟。下雋一戰，他損失慘重。我聽說，他身邊四名親衛牙將，戰死三人……估計他心情也不會太好。那孩子是個感性之人，平日裡雖則堅強，卻是個重感情的人。戰死三人，須妥善安排，其家人更要好生安置，莫冷了將士們的心。我前些日子剛得了一些好酒，取三十瓿，送往漢壽。傳我命令，加友學後將軍，開府儀同三司。」

郭嘉一怔，旋即明白了曹操的心思。

從某種程度上來說，曹操已經同意了他的建議……

東漢的將軍，有大將軍、驃騎將軍、車騎將軍、衛將軍和前、後、左、右將軍的封號。其中大將軍位在三公之上，驃騎將軍、車騎將軍和衛將軍，在三公之下，九卿之上；而前、後、左、右將軍，則位在九卿之下。原本，這將軍位並非常置，但在東漢中期以來，太后臨朝稱制，外戚多以大將軍之爭，與太傅三公，並稱五府。此後，將軍皆可開府，可專門設置幕僚。

曹朋原來的橫野將軍號，屬雜號將軍。戰時設置，無戰事則取消。

雖然曹朋一直有幕僚存在，但終究沒有正式編制。

而現在，曹操加曹朋後將軍，令其開府儀同三司，也就等於曹朋的幕僚有了正式編制。

按照規矩，將軍開府，府屬有長史、司馬各一人，從事中郎二人，掾屬二十九人，令史御屬三十一人。而且，將軍以本號領軍，有常備部曲、校尉。

曹操自開丞相府，尚無一人獲得開府之權力。後將軍雖說是在九卿之下，但權力甚大。劉備身為皇親國戚，也只是左將軍，尚在後將軍之下。可以說，曹操給曹朋開府之權，在某種程度上也表明了曹朋在丞相府的地位。

可代價呢？

郭嘉心中苦笑：但願阿福知道後，莫責怪我才是！

初夏來臨，荊南氣溫陡增。白天烈日炎炎，入夜細雨靡靡，令天氣變得潮濕悶熱。許多習慣了北方天氣的人，頗有些不太習慣。

曹朋也是一樣，待在都督府養傷，卻感覺極為難受。

荊南戰事暫時停止，也為武陵迎來了一段平靜的歲月。

賴恭派人前來拜訪曹朋，告知龐山民即將出任江夏太守之事。對此，曹朋早有準備，所以並未感到驚訝。

傷口漸漸癒合，但要完全痊癒，還須時日。

關羽刺傷曹朋的那一刀，比曹朋傷關羽的那一槍更狠。在某種程度上，傷了經絡。華佗來到漢壽為曹朋診斷後，警告曹朋：三個月內不得與人動手，否則必將影響日後生活。所以，曹朋也只能乖乖的聽從吩咐，每日在都督府中將養身體。

荀彧已返回作唐，據說不日將前往江夏。

漢壽無甚事情，大小事宜皆有法正、張松和蔣琬三人打理，曹朋也樂得一個清閒。

這一日，曹朋約了黃忠，準備出門去泛舟洞庭湖。

卻忽有人前來稟報：「太史慈派人前來，說是在湖上設宴，請大都督前往一敘。」

曹朋頓時愣住了！

太史慈請我赴宴，又是何意？

「可說明，什麼時候？」

「三日後，洞庭湖上。」

曹朋一蹙眉頭，不由得有些遲疑。

他和太史慈沒有任何交情，甚至連面都沒有見過。不過，曹朋倒是挺佩服此人，畢竟也是他前世極為敬重和喜愛的一員大將。江東武臣中，曹朋所喜者不多，孫策一個，太史慈也算一個。相比之下，也許是《演義》裡對周瑜刻意的醜化，讓曹朋對周瑜頗有些不太喜愛。

「請軍師和長史前來。」

曹朋想了想，便決定取消今天的計畫。

不一會兒的工夫，法正、張松和蔣琬紛紛前來。

曹朋把情況詳細說明，而後問道：「太史子義和我素無交情，忽然在湖上設宴，又為哪般呢？」

法正三人也有些糊塗了！

一般而言，似這種宴請，至少要小有交情方可。但曹朋和太史慈並不認識，所以交情一說，也就無從談起。雙方屬於敵對，雖說荊南戰事已經平息，但始終是敵我關係，這個時候請曹朋前去，恐怕是別有用心。但究竟是什麼原因？法正等人一時間也猜不出一個端倪。

「大都督執掌荊南戰事，位高權重，切不可輕易涉險。」蔣琬對太史慈不算瞭解，自然反對。

而張松卻道：「也不盡然，正因大都督位高權重，不可以輕易拒絕，以免被太史慈譏笑諷刺。」

「是面子大，還是性命重要？」

「大都督為丞相在荊州之代表人物，自然面子重要。」

「難道為了面子，連性命也不顧？」

「哈，依我看，那太史子義未必有這種膽量。」

「永年所言不差，可是只因太史慈『未必』有膽量，就要令大都督涉險，豈不是過於兒戲？」

曹朋和法正還沒說話，蔣琬和張松就爭執起來。

片刻後，法正開口：「此次太史慈相邀，也未必有惡意。江東使團即將抵達江夏，想來他也不敢在這種時候節外生枝。依我看，大都督可以前往赴宴，只是要多加小心，命杜伯侯率部隨行……萬一太史慈有詭計，也可以護大都督周全。」

「正是，正是……孝直所言，頗有道理。」

蔣琬和張松立刻停止了爭執，點頭表示贊成。

可是，曹朋卻沒有開口。

他沉吟不語，良久後突然大笑。

只見他長身而起，笑道：「孝直所言極是，我料那太史子義，也奈何不得我。就這麼說，告訴太史慈的人，就說三日之後，我必赴宴……且看那太史慈究竟是什麼意思。」

章十一 託妻獻子

八百里洞庭，湖光山色，碧波蕩漾。

這是極好的一天，陽光明媚，碧空萬里無雲，也是荊南少有的好天氣。

曹朋登上一葉扁舟，朝著洞庭湖駛去。湖岸上，法正等人憂心忡忡，可是卻又無法阻止曹朋。此去赴宴，曹朋只帶王雙一人。如此驚人決斷，也使得法正等人心驚肉跳。

「大都督怎可孤身前往？」

「有何不可？」

「那太史慈萬一有詐，豈不是很危險？」

曹朋回答說：「太史子義，君子也！他既然專程相邀，想來也是有事商議。我此去，斷無危險，無須擔心。若你們擔心，可令杜伯侯率船隊出寨，隨時可以支援，我一人去，已足夠。」

法正等人勸說多時，也無法改變曹朋的決定。

就這樣，曹朋帶著王雙直奔君山方向。大約距離水寨八十里左右，就看到一艘樓船停泊在湖中央。樓船上，旌旗飄揚，上書『建昌，太史』四個大字。

這建昌，是太史慈的官位。如今他官拜建昌都尉，故而也有人稱呼太史慈為太史建昌。此時，樓船上的江東兵馬也發現了曹朋的蹤跡。太史慈親自到甲板上迎接，不過當他看到只有曹朋一人時，也不禁一怔。

「父親，那曹朋只一人，正可趁機將他……」

「住口！」太史慈大怒，斥責道：「我今日宴請曹都督，不過是仰慕其人。他信我，所以才孤身前來，我又怎能背信棄義？此種事情非大丈夫所為，元復休要再言。」

說話的少年名叫太史享，表字元復。他是太史慈的兒子，年十五歲，正是血氣方剛的時候。

此次太史慈來到羅縣，太史享隨軍而來，聽候調遣。他得太史慈真傳，尤其擅長水戰，是江東二代弟子當中的翹楚人物。

太史享面紅耳赤，默默退下。

太史慈卻突然道：「元復，除了一應婢女，所有人都給我下船，後退三十里。」

「啊？」

「曹朋孤身前來，而我這邊卻帶著兵馬，豈不是弱了氣勢？」

太史享有點擔心，但也知道太史慈屬於那種一旦拿定了主意，斷然不會輕易改變的人。無奈之下，太史享只得應命，忙把船上的軍卒召集起來，迅速撤離，登上小船後撤了三十里。

與此同時，曹朋也來到了樓船下。有人送下舷梯，他邁步登上了樓船，就見船上雖旌旗林立，卻無一兵一卒。幾十個美婢恭恭敬敬的在樓船上候立，當曹朋登上樓船的時候，美婢紛紛行禮。

一個身高大約在一百八十公分左右的男子，站在甲板上。只見此人年約四旬上下，生得面如粉玉，頷下一部美髯。

「曹都督。」

章十一
託妻獻子

「太史將軍？」

曹朋和太史慈是第一次見面，彼此不由得都感到有些吃驚。

太史慈感嘆曹朋的年輕……看上去也就是二十出頭的模樣。似自己在曹朋現在這個年紀，還在四處遊歷。可是，曹朋已經成為天下聞名的名士，更是督鎮一方的將軍，果然名不虛傳。

而曹朋呢，卻感慨太史慈儒雅之氣。乍看上去，他不像武將，更似一個飽學之士。誰又能想到，這個人在十幾年前，單人獨騎應戰孫策，大戰神亭嶺下，從此威名遠揚呢？

太史慈和曹朋，對彼此的觀感都不差。

特別是見到船上沒有兵卒，曹朋立刻明白了其中奧妙。

「曹都督，酒宴已經擺好，請上座。」

泛舟洞庭湖，所用的食材，也都是洞庭湖的特產。很快的，魚蝦擺放案前，更有美酒奉上。

一旁美婢，奏響絲竹管樂。歌聲在湖面上迴盪，久久不息……

「曹都督，而今荊南戰事已經平靖，慈不日也將退守柴桑。」

「那就預祝太史將軍，鵬程萬里！」

太史慈沒有拐彎抹角，直問曹朋道：「今日慈冒昧相邀，實為兩件事情。一來，請教都督，周泰可否釋回？」

如今周泰，依舊是曹朋的階下囚，被看押在漢壽城中。

這傢伙就好像茅坑裡的石頭，又臭又硬，軟硬不吃。曹朋呢，倒也沒有為難周泰，好酒好肉的伺候著。可是周泰每頓必醉，喝醉了就破口大罵，罵曹操、罵曹朋，想到什麼就罵什麼。

一開始，曹朋還想招攬此人。可看這樣子，就知道沒那麼容易，於是曹朋索性不再理睬周泰。反正到最後是殺還是放，由曹操決斷，和他曹朋沒有關係。

「周幼平在漢壽，可是沒有半點委屈。倒是我和荀侍中，快要被他罵慘了……至於是否能釋回，非我可以決斷。這件事情，需要丞相做主。而今吳侯使團已經抵達西陵，想必會與丞相商議此事。若丞相同意放人，我二話不說，絕不會阻攔；但是如果丞相不同意，那我也沒有辦法。我可以保證，絕不會讓周幼平受半點委屈，但最終的結果，還要看張長史和我家丞相商議結果，還請子義寬恕則個。」

太史慈沉默了！

曹朋說的合情合理，沒有半點毛病。

沒錯，曹朋當年曾私縱呂布家人，那是因為呂布的家人待他有恩。周泰和曹朋沒有半點關係，而且相互敵對，這種事情的確不是曹朋可以做主，他倒也不是推託之言。

「丞相，要取江東嗎？」

「啊？」曹朋一怔，愕然抬頭，向太史慈看去。

太史慈微微一笑，「而今丞相雖與吳侯親善，可是這一戰，卻在所難免。這個結果，你清楚，我也清楚，大家都明白……而今曹丞相遲遲不用兵，是因為水軍不堪大用；而吳侯遲遲不肯渡江而戰，也是因為步軍無法與丞相在陸上爭鋒。丞相也好，吳侯也罷，早晚必有一戰。這一山不容二虎，江山從來都是屬於一人……到時候，必有惡戰。」

曹朋笑了！

目光灼灼，他看著太史慈，半晌後突然道：「子義欲除我而後快乎？」

太史慈一怔，旋即仰天大笑。「我若取你性命，必在兩軍陣前。宵小手段，慈尚不屑為之。不過，今日你我在此把酒言歡，來日若對壘兩軍陣前，某必不手下留情。」

「若如此，我也不會心慈手軟。」曹朋說著，話鋒一轉，「不過，想來你我交手的機會，怕是不多了。」

「哦？」

「我要回去了！」

「回哪裡？」

「許都！」曹朋彷彿自言自語，「打打殺殺兩載又兩載，每日裡勾心鬥角，終究是有些累了。我孩子自出生就少和我團聚。此次吳侯使團商議結束，我也準備向丞相請辭，回許都好生休養一段日子。」

「年紀輕輕，何故如此消沉？」

「張弛有度，方是上上之選。」

太史慈和曹朋相視，驀的大笑起來。在這一刻，兩人雖差著十幾歲的年紀，卻好像至交好友。

「對了，子義的第二件事，又是什麼？」

太史慈臉上卻露出了為難之色。他猶豫了一下，一咬牙，起身來到樓船艙門外，恭聲道：「嫂嫂、尚香、紹兒……你們出來吧。」

說話間，從船艙中走出幾個人。四女一男，其中還是個小女孩兒。那男子，其實不過是個少年，看年紀也就是十二、三歲，生得虎頭虎腦，頗有幾分英武之氣。

曹朋眼睛一瞇，只覺得那少年似乎有些眼熟，卻想不出來歷。

剩下兩個女子，一個年約二十五、六，生得花容月貌，極為美豔，眉宇間有一種抑鬱之色，令人更感幾分憐惜。而她旁邊的女子，約二十出頭，卻是颯爽英姿，頗有大丈夫氣；一身火紅的衣裙，襯托出婀娜曲線，該凸的地方凸，該凹的地方凹，頗讓人感到心動。

這紅衣女子，好像也挺面熟。

「子義，這是……」

不等太史慈開口，卻聽紅衣女子道：「小賊，可還記得我嗎？」

我和妳很熟嗎？居然叫我『小賊』……

這稱呼，如今可是很少有人用。除了關羽敢當面罵他之外，似乎還無人敢在曹朋面前出口。

而紅衣女子口中的『小賊』，和關羽所罵的『小賊』，似乎又不是同一個意思……帶著幾分刁蠻，卻隱隱有一種熟悉，似乎曾有人這麼稱呼過他。

「尚香，不得無禮。」

「孫尚香……妳這刁蠻娘兒們！」

曹朋聽到太史慈的稱呼，腦海中靈光一閃，彷彿一下子又回到多年前，與荀衍出使江東，在吳侯府中遇到的那個刁蠻少女。他幾乎是脫口而出，令孫尚香頓時勃然大怒，猶如一頭小老虎般，作勢就要撲上去。幸好她身邊的女子死死把她拉著，才沒有令勢態更惡化。

太史慈愕然道：「都督認得尚香？」

「小賊，我說過的，我早晚會找你算帳！」孫尚香咬牙切齒，看著曹朋罵道。

一晃，十餘年。當年那個跟在荀衍身後的小童子，卻不想如今已成為蓋世的豪傑。

孫尚香至今仍記得，曹朋那時候是如何削了她的面子。每每想起，她總忍不住會咬牙切齒，可偏偏怎麼也忘不了那個刁蠻小子。

生平第一次被人罵，第一次被人打，第一次被人羞辱……

後來聽說，當年那個小童子其實姓曹，是曹操的族姪。再往後，小賊以三篇蒙文而享譽天下，成為大名鼎鼎的名士。他所作的《陋室銘》、《愛蓮說》，被許多人傳唱，就連周瑜和魯肅那種性子高傲的人，對他也是讚不絕口。

孫尚香漸漸長大了，也到了該嫁人的年紀。但每次有人來說親，她就會不由自主的把那小賊拿出來和對方比較……結果，至今仍小姑獨處。

刁蠻娘兒們！

好難聽的話語……可不知為何，孫尚香心裡還是甜滋滋的：小賊倒是好記性，卻還記得本姑娘。

一旁大喬夫人和太史慈，以及孫紹，看著兩人，有些目瞪口呆。

對於孫尚香和曹朋之間的那一段衝突，很少有人知道。當時除了孫策和荀衍，也沒有其他人留意。孫策死後，這段往事也就更不為人所知。

看著這刁蠻女子，曹朋忍不住笑了！

「刁蠻丫頭，而今還是這麼刁蠻，小心嫁不出去。」

「要你管！」孫尚香的臉，驀的羞紅。

太史慈苦笑道：「沒想到都督和尚香認識，倒也少了許多麻煩。都督，我來為你介紹，此伯符之妻，喬夫人；這是伯符之子，名叫孫紹。她們是伯符和夫人之女，都是伯符的血脈。我今日請都督來，還有一事拜託，就是希望都督，能夠照拂她們。」

「啊？」曹朋頓時懵了！

這可是託妻獻子，問題是我和你們有這麼好的交情嗎？

「我也知道，這樣做有些冒昧，可我實在是想不出還有什麼人可以託付。都督乃君子，有季布之風。所以，只好冒昧相請，希望都督莫怪！至於這其中內情，實一言難盡。若非不得已，慈亦不會麻煩都督。當然，若都督實在是為難，權作慈未曾言語。」

曹朋看了看喬夫人，又看了看孫尚香。最後，目光落在了那兄妹三人身上……其中一女，應該是歷史上陸遜的妻子吧？不過現在看上去，好像還沒有長大，只是個黃毛丫頭。

「子義，究竟是怎麼回事？」

「太史將軍、曹都督，不若先坐下說話。」喬夫人突然開口，帶著江南女子特有的吳儂軟語口音，頗為悅耳。

於是，曹朋和太史慈坐下，卻把上首位置交給了喬夫人一家。

事情非常簡單！按照喬夫人的說法，孫權得孫策之命，登上了吳侯之位。按照當時孫策的遺囑，待孫權死後，需要還政孫紹。而那時候，孫紹年紀也大了，正是執掌東吳的合適人選。可是孫權卻不太願意，對孫紹極為忌憚。表面上，他對孫策的骨血是非常愛護，還把祖宅讓出來……可問題是，富春偏遠，遠離江東政治中心，說是在那裡生活，倒不如說是被軟禁起來。

曹操欲與孫權聯姻，孫權準備把孫紹送去許都當質子。孫紹也是個性格的人，自然不堪受孫權擺布，於是在孫尚香的幫助下，一行人逃離了富春。可是離開富春，又能去何處？

按照孫紹的想法，是隱姓埋名，在曹軍裡效力。

可孫尚香卻不同意：「你好歹也是江東小霸王之子，怎能從一個小卒做起？」

於是在一番激烈的辯論之後，喬夫人等人決定，先找太史慈。太史慈和孫策極為親近，而且又掌握兵馬，有一定的實權。而太史慈在得知喬夫人一家的想法之後，也認為可行。他很清楚，孫紹留在江東，早晚會被孫權弄死。這一點，太史慈清楚，江東群臣也都是心知肚明。

思來想去，還是覺得曹朋能夠託付。於是就有了今天，太史慈邀請曹朋的舉動。

曹朋聽聞，不禁苦笑：「子義，你卻是給了我一大麻煩。而今丞相正與吳侯談判，若吳侯知曉……刁蠻丫頭住嘴，我知道該怎麼做。我亦敬重伯符，可惜英年早逝。這樣吧，既然子義你說了，若夫人你們信得過我，且隨我回去。別的我不敢說，但保你們一家太平，當無任何問題。至於將來……將來的事情，將來再說，而今誰也說不清楚。你們就先隨我去都督府住下，待過些時日，和我一同返回滎陽，也能彼此照拂。刁蠻丫頭，如此妳可滿意？」

孫尚香臉一紅，低垂螓首。

章十一
託妻獻子

太史慈則起身躬身一禮，「都督大義，慈必牢記。」

「卻是煩勞都督。」喬夫人也盈盈一拜。

春衫正薄，露出修長而性感的白皙頸子。隨著她盈盈一拜，卻可以看到那一抹隱約溝壑。

不負江東二喬之名！

曹朋心中感慨，連忙起身還禮。

太史慈送曹朋返回水寨，與此同時，王雙也放出鳴鏑。

杜畿駕一艘樓船，緩緩行來。兩艘船交觸，曹朋讓孫尚香等人先行登船，而後與太史慈拱手道別。

對於突然多出來的美豔女子，杜畿心裡很奇怪。不過，他沒有詢問，因為他知道，有些事情不需要他去過問。

這也是曹朋最為欣賞杜畿的一點。

「伯侯，請夫人她們先進船艙。過一會兒我會先下船，與孝直他們會合。等我們離開之後，你讓王雙帶著她們，直奔都督府就是……這事情一言難盡，若有機會，我自與你說明白。」

杜畿嘿嘿一笑，「那倒不用。只是公子，好福氣啊……」

看著杜畿那滿臉淫笑，曹朋立刻就知道這廝想歪了。

「你……算了算了，隨你怎麼想。記住，這件事不許任何人知道，要小心保密。」

「卑職省得！」

「另外，我聽人說，蔡瑁可能要被罷免水軍大都督的職務。至於新任都督的人選，還不是很清楚。我本屬意與你，可你資歷畢竟太淺，恐怕難以服眾，所以估計這一次，你怕是當不得這人都督。不過我會設法為你保留洞庭湖水軍……」

「過些時日，待江東水軍撤離，你就率部駐紮城陵磯，三江口。至於這大都督的人選，我一有消息，自會通知。但在這之前，你要設法給我監視蔡瑁水軍動靜。如果那傢伙有異動，就配合徐公明，把他幹掉……絕不可以令水軍發生什麼變故。」

「末將，明白！」

曹朋點點頭，走上了甲板。

此時，天將晚，夕陽西下。

太史慈的座船正緩緩離去，朝著羅縣方向行進。

孤帆遠影碧山盡！

曹朋腦海中，突然閃過這麼一句詩詞。

對於太史慈，他極為欣賞。可是他卻不知道，日後是否還有機會和太史慈似今日這樣，開懷暢飲。

歷史上，太史慈是什麼時候死的？曹朋已經記不清楚了！但想來，業已不遠……

對了，如果罷免了蔡瑁，曹操又會讓什麼人統領水軍？

回到漢壽之後，曹朋神不知鬼不覺，將喬夫人、孫尚香一家接進了都督府。

這都督府的面積很大，安排一家人，倒也是輕而易舉。不過，大喬夫人的心情似乎並不太好。想想也是，自己丈夫一手打下的江東，如今卻不得不背井離鄉，投奔敵人的庇護，這換成誰，都會感覺彆扭。

好在，有孫尚香和孫紹陪伴，大喬夫人倒也不至於太過於悲傷難過。

是夜，曹朋在府中設下家宴。

「夫人，不知日後，有什麼打算？」

大喬夫人回道：「妾身但求安安穩穩，便滿足了。只是紹兒……紹方十三，卻要隱姓埋名，實非好事。他從小希望能仿效吳侯，做那開疆擴土的偉業。若是都督方便，請能與紹些照顧。妾身母女，感激不盡……」

「曹阿福，我聽說你身邊不是有一支牙兵，名叫白駝兵？」

「啊，正是！」

孫尚香倒是不客氣，直接喚曹朋乳名。這讓曹朋頗有些哭笑不得，但同時又感覺非常親近，於是歪著頭問道：「怎的？妳想要一頭白駱駝嗎？」

「可以嗎？」孫尚香的眼睛驀的一下子就亮了。

「這有何難，回頭我派人告訴廣元，讓他從西域尋一匹涼山白駝，送妳當坐騎。我告訴妳，那涼山白駝在西域可是頗為珍貴，行走如風，速度奇快，而且耐力也非常強……」

孫尚香笑得眼眉兒彎彎，好像彎月一般動人。她拉著曹朋的袖子，連聲道：「那就這麼說定了，我就要那涼山白駝。」

一雙柔荑溫軟，少女的體香如蘭似麝，令人陶醉。

大喬夫人突然笑了！

「母親，何故發笑？」

「我在笑你姑姑……在江東時，從不假顏色，原來早有心上人。」

孫紹一怔，「妳是說……」

「好了，莫要呱噪。既然你決定拋開孫家，建立功業，以後跟隨都督，可要聽話才是，莫再使你那少爺的脾氣。」

「嗯！」孫紹用力的點了點頭。

與此同時，孫尚香好像突然想起了什麼：「曹阿福，你又欺負我……我剛才問你白駝兵的事情，你怎麼突然給我扯到了涼山白駝？」

「是妳自己要說的。」

「好吧，那我想紹加入你的白駝兵，可不可以？」

曹朋目光向孫紹掃去，孫紹不由自主的一挺胸膛。

這小老虎，倒是頗有乃父之風。當時第一次見他，感覺眼熟，恐怕也是因為他長得與孫策很相像。

「白駝兵，只怕有些難度。」

「為什麼？」

「我白駝兵要求很高，必須二十以上，三十以下，方可進入。孫公子方十三，雖體格健壯，卻承當不了白駝兵的日常操練。況且，他現在正是長身體之時，過早從軍，於他成長卻無好處。我的意思，紹應該先讀書，好好習武。待他長大一些，我可以讓他隨我一起，增加些歷練。」

「對了，我有一個外甥，名叫鄧艾，與紹同齡。此外伯侯之子杜恕，業已十一，和我弟子蔡迪，而今就讀於浮戲山滎陽書院。且讓孫公子和他們一起先在學院就學，待時機成熟，我自會予以安排。不過現在，卻真的不是太合適……」

孫紹有些失望，可大喬夫人卻不禁眼睛一亮。

滎陽書院雖說剛剛創立，但名聲已經傳揚開來，據說裡面聚集了一大批當世飽學之士，連江東也有所聽聞。最重要的，是曹朋剛才說的那三個人：一個是曹朋的外甥，一個是曹朋的弟子，還有一個是曹朋心腹愛將之子。豈不是說，孫紹和他們一起，必然會得到曹朋的關照？

大喬夫人也是個聰明之人，眼珠子一轉，頓時計上心來。

「我聽聞都督才學過人，乃當世之大儒。紹自幼孤苦，伯符走得早，以至於他未得太多教誨。妾身斗膽相求，讓紹拜入都督門下，也可以學得一技防身。」

章十一
託妻獻子

「這個……」曹朋有些猶豫。

前世，他挺喜歡孫策。當然了，對江東二喬，也久聞大名。

可是收孫紹為弟子，卻有些為難。不管怎麼說，孫紹是孫策的兒子，更是從孫權手裡逃出來，如果被人知曉，恐怕少不得一番麻煩。但是，迎著大喬夫人那似水眸光的哀怨，曹朋實在是不忍拒絕。

「若是公子不嫌棄，此朋之幸。」

「紹，快起來拜師！」

大喬夫人喜出望外，忙拉著孫紹，與曹朋行拜師禮。

亂了，真的是亂了！

蔡文姬的兒子成了自己的弟子也就罷了，如今又多了一個孫紹；對了，還有一個劉琮，這可真是有點混亂。但既然已經答應下來，曹朋自然也不會改口，於是欣然受了孫紹這拜師禮。

建安十三年四月中，張紘率江東使團，抵達西陵縣。龐山民也已經抵達西陵，負責接待張紘一行。隨後，曹操在行營之中，設宴招待張紘一行人。

次日，雙方開始了一場極為艱苦的談判和磋商。

孫權要求曹操讓出荊南二郡，也就是零陵和桂陽兩郡。這是當初劉備開出的條件，如今劉備已難成氣候，孫權卻不會把這即將到手的兩塊地盤再讓出去。可曹操卻堅決不肯，他願意把零陵讓給孫權，卻又不符合孫權的利益。畢竟，零陵距離江東，尚隔著一個桂陽。

一連十天，雙方爭執不停。最終，還是荀彧提議同意讓出桂陽，但不會交出零陵。

不過，作為補償，曹操可以讓出下雉，允許江東兵馬在下雉駐軍。雖說下雉只是一個縣鎮，卻是江夏郡的要地。同時對於江東而言，下雉猶如柴桑門戶，有著極為重要的意義。能得到下雉，似乎也是一個不錯的選擇。就這樣，張紘派人前往吳郡請示，但基本上已達成協議。

之後，曹操表示，願意釋放周泰等江東將領。但太史慈必須撤出羅縣，江東水軍也要撤離汨羅淵。

這一點，張紘沒有糾纏，非常爽快的應下。畢竟，下雋被曹操占領之後，太史慈所部如同一支孤軍，繼續留在羅縣，已沒有意義……

整整十五天的磋商，雙方終於達成了約定。

隨後，曹操命曹朋釋放周泰，而太史慈所部，必須要在五月末撤離長沙郡。

這次談判，沒有人理會長沙郡的劉備會是怎樣一個態度。事實上，打到了這個地步，劉備已經是山窮水盡。孫權得了桂陽，也能給予劉備一定程度的援助。當然了，這種打算，大家心知肚明，沒必要掛在嘴上。

建安十三年五月，曹朋釋放周泰。不過在當天，他就接到了命令，讓他馬上前往西陵。

荊南戰事，由徐晃接手負責，曹朋另有安排。

曹朋有些奇怪，在和徐晃交接的時候，忍不住問道：「公明，丞相讓我去西陵，究竟何事？」

徐晃露出了羨慕之色，笑呵呵道：「自然是好事。」

「好事？」

「嘿嘿，還沒有恭喜友學，我聽說，此次丞相召你返回，確有重任。不過，不是在荊州，而是要你返回許都。」

「啊？」

雖然曹朋在內心裡早就想要返回許都，可是曹操主動下令，卻讓曹朋多多少少感覺有些吃驚。

和徐晃交接完畢之後，曹朋命黃忠和龐德，護送大喬夫人一家人先去襄陽。本來，曹朋希望二人能夠留下來承擔重任，可是黃忠和龐德還是希望和曹朋一起離開，對於繼續留在武陵，沒有太大的興趣。

章十一 託妻獻子

隨同曹朋一同撤離的，還有法正、張松和蔣琬三人。魏延被委任副都督，協助徐晃都督荊南戰事；而杜畿呢，則繼續留在洞庭湖，一方面操演水軍，另一方面監視蔡瑁的動靜。

文聘和王威，也將留在荊南，協助徐晃，平靖荊南。

也不知是誰走漏了消息，當曹朋離開漢壽時，五溪蠻老王沙騰帶著沙摩柯從壺頭山匆忙趕來。如今五溪蠻已遷出壺頭山，定居山外。曹朋命人以當地的地勢，修建五溪縣城，供五溪蠻人居住。

五溪蠻老王拉著曹朋的手，「若非都督，我等山蠻又怎能沐浴天朝恩澤……都督此次離開，小王極為不捨。都督與我家沙沙，有活命之恩。願使沙沙跟隨都督，牽馬墜鐙，以示感激。」

讓沙摩柯跟著我？

曹朋也是極為意外……

卻見沙摩柯從沙騰身後走出，推金山，倒玉柱，俯伏曹朋身前，「請大都督收留。」

沙摩柯也是個高傲的性子，而今能放下顏面，如此臣服曹朋，想必是經過一番思想爭鬥。曹朋向法正等人看去，卻見法正、張松和蔣琬三人齊刷刷點頭，示意他同意這件事情。

「既然老蠻王如此說，就讓沙沙隨我走吧。不用沙沙牽馬墜鐙，但有曹朋一息在，絕不會讓沙沙受半點委屈。他日，我必使沙沙，衣錦還鄉。」

老蠻王聽聞，大喜！

這不正是他所希望的結果嘛！

五溪蠻搬出壺頭山，從今以後，需要和漢家人一同生活。如果背後沒有一個靠山的話，只怕少不得要受人欺凌……可是，如果有曹朋支援，五溪蠻人也就可以避免許多麻煩，說不定還會得到很多照顧。

這可比跟著劉備強百倍！

那劉備雖說給了五溪蠻不少金銀，但是卻沒有讓五溪蠻人的生活有太多實質性的變化。反倒是一開始為敵人的曹朋，在來到荊南半年的時間，開放集市，改善山蠻的生活。那些規章制度，也令山蠻安心不少。曹朋現在要走了，可是他在荊南的威望卻不會有任何減少。

辭別了五溪蠻老蠻王等人，曹朋帶著法正和沙摩柯，領三百飛駝兵，直奔西陵縣而來。

這一路，風餐露宿，曉行夜宿。數日後，曹朋風塵僕僕抵達西陵縣城外。可是，曹操居然已經離開西陵，領著荀彧等人登舟往雲夢澤，巡視荊南去了。

「恭喜阿福，賀喜阿福！」

留在西陵負責接待曹朋的，正是郭嘉。

曹朋愕然問道：「喜從何來？」

「呵呵，丞相下令，加阿福後將軍，開府儀同三司，豈非大喜嗎？」

曹朋激靈靈打了個寒顫，立刻警戒的看著郭嘉，「奉孝大哥，無緣無故給我這麼好的待遇，是不是別有目的？」

也就是曹朋，在得了封賞之後，敢說出這樣的話。

「叔父這個人我瞭解，一向是一個甜棗打一巴掌。我雖立下些許功勞，可是這後將軍、開府儀同三司……嘿嘿，我害怕，我會承受不起啊。」

法正在一旁是目瞪口呆。

郭嘉笑咪咪道：「受得起，受得起！阿福你若受不起，這丞相府裡，又有何人能夠受得起呢？」

「住口，你這是挑撥我和我丈人他們的關係。」

郭嘉哈哈大笑，笑聲戛然而止，臉上笑容隨即不見，透著一股凝重之色，「說笑結束，咱們談正事。許都而今，不太平。」

章十一
託妻獻子

「呃？」

郭嘉把情況簡單做了一個說明，而後道：「丞相任你為廷尉，加後將軍，即刻返回許都，協助文和行事。這裡，有密函一封，你可以在路上拆閱。」

廷尉？九卿之一……

曹朋倒吸一口涼氣，頓時感覺緊張起來。

九卿，可不是普通的職務，而是身處權力中樞。廷尉執掌天下刑獄，秩中兩千石，權柄甚大。如今曹操讓他出掌廷尉，恐怕少不得一番腥風血雨。

「我何時啟程？」

「自然越快越好……一應印綬，皆在文和手中。等你到了許都之後，自會將印綬交付與你。阿福，此事意義非凡，你切莫掉以輕心，須小心行事。」

曹朋深吸一口氣，點了點頭：「那我立刻啟程。」

連西陵縣縣城都沒有來得及進入，曹朋便再次動身。

在趕奔襄陽的路上，曹朋心神不寧。當離開江夏郡郡界的時候，他突然勒馬停下，從懷中取出書信，撕開了信封，取出信瓤。

曹朋打開了書信，臉色卻突然大變。

「公子，怎麼了？」

曹朋深吸一口氣，把那封信遞給了法正。

卻見雪白一張信紙，沒有任何字跡。就只是一張白紙！

法正的臉色，也不由得變了！

「公子……」

「我已明白丞相的意思，此事要做得乾乾淨淨，不可以留下漏網之魚。」

「可是，如果真的這麼做，公子的名聲……」

曹朋沉默了！

半晌後，他突然笑了，對法正道：「丞相，不正希望如此？」

法正一怔，頓時露出恍然之色。

而一旁的沙摩柯卻疑惑的看著兩人，猜不出這兩人究竟在說些什麼事情……

許都，臨沂侯府——

劉光負手立於花亭中，看著滿目繁花似錦，心情卻格外低沉，甚至可以用絕望來形容……他輕輕嘆了口氣，轉過身，慢慢踱步走下花亭。

昔日挺拔的身形，如今卻顯得有些佝僂。

「老爺，伏國丈求見。」

「請他在花廳說話。」劉光眉毛微微一皺，輕聲道了一句。

家人離去，而劉光則逕自回到了臥房。

劉光的妻子，是臨沂人，姓王。在臨沂，算不得一個大家族，不過是中等之家。不過，王氏和劉光卻是青梅竹馬，從小一起長大。建安五年，兩人在許都成親，可謂是舉案齊眉，相敬如賓。

王氏不算太漂亮，卻是一個極為賢淑的女子，嫁給劉光以來，操持家務，把個臨沂侯府打理得井井有條。如今，王氏為劉光生下兩子一女。長子劉沂不過五歲，最小的兒子才剛剛滿歲。

劉光走進屋時，就見王氏正在哄小兒子睡覺。看到那張紅撲撲的小臉蛋，劉光心裡頓時生出無盡的柔情。他走到床榻邊上坐下，逗弄了一下愛子，而後起身取出一件褌衣。王氏走上前來，幫著劉光整理衣衫。劉光也沒有說話，只是站在那裡，任由王氏拾掇。

「愛妻，過兩日妳帶著孩子，回老家吧。」

「啊？」王氏手一顫，抬起頭來，看著劉光，眼中充滿了驚異之色。那眸光中，還有一絲絲的恐懼，雖然她盡力在掩飾，可是卻止不住嬌柔身軀微微顫抖。

「出事了？」

「嗯！」劉光咳嗽兩聲，看著王氏低聲道：「伏完成事不足，令事態變得更加嚴峻。曹操老兒已經命曹朋不日返回許都，拜廷尉，加後將軍，協助賈詡，治理許都。毫無疑問，老賊已經發現了狀況，才會派曹朋回來。伏完，不是曹朋的對手……我也非他之敵。曹朋挾荊州大勝之功返回，必然氣焰熏天！表面上，他是以回許都養傷為名。可實際上，他此次回來，就是為處理我和伏完。」

王氏沉默了！

半晌後，她輕聲道：「子玉，何不一起離開這是非之地？」

劉光抬起手，輕輕撫摸王氏那烏黑柔順的長髮，而後將她緊緊摟在懷中。

「我為漢室宗親，此生無法改變。我從生下來便姓劉，從小接受的教育都是為漢室盡忠。而今天子蒙難，正是我盡忠之時。誰都可以離開，偏我不能走。且我目標甚大，也走不得……愛妻，聽我一言，後日一早離開許都，回老家之後變賣家產，帶著孩子離開臨沂，找一處安全居所，好好帶大孩子……」

「去呂漢！嗯，那裡遠離中原，曹操無暇顧及。我聽人說，呂漢而今治理不錯，你們過去之後，定能在那裡安居樂業。」

「可是……」

「愛妻，莫再猶豫。曹朋如今沒有到，所以尚有機會。等曹朋回來，再想走，恐怕就難了。為我帶好孩子，好好撫養他們。此生莫要再踏足中原，要遠離是非。」

劉光說罷，轉過身，站在銅鏡前，看了看鏡中那模糊的身影。「伏國丈在花廳等候，我這就過去。妳也好好準備一下，等待我的通知……我劉家血脈能否延續，只在夫人一身。」

「夫君……」王氏淚如雨下。

不過劉光沒有再看她，而是大步走出了臥房。

他直奔花廳而去，臉上又恢復往日的沉冷平靜之色。伏完在花廳裡，早已經等得不耐煩。看到劉光進來，他連忙起身迎上前來，神色慌張。

「子玉，曹朋回來了！」

「嗯，我已經聽說了。」

劉光擺手，示意伏完坐下，而後在主位上坐下，目光複雜的看著伏完，心中輕輕一嘆。

伏完忠於漢室，這一點無可置疑，平日裡也算是沉冷大度，可偏偏一聽到曹朋的名字，就會亂了方寸……

試想一下，倒也正常。自打伏完和曹朋交鋒，從未占據優勢，死了兒子、斷了手臂、絕了仕途……說曹朋心機深沉，可有時候卻極為莽撞衝動；但說他是個莽夫，卻總是算無遺策，步步連環。這是個無法琢磨的傢伙，也弄不清楚他所為究竟何也？說他淡泊名利，卻身居高位；說他貪戀權柄，卻可以為一小事，不惜鬼薪服刑，罷官去職。

這是個複雜的傢伙，卻又極難對付！

想到這裡，劉光再次長嘆一聲。昔年，他曾希望和曹朋成為朋友。可不想，最終卻要生死相見。這算是什麼？時也，命也！也許老天讓曹朋歸宗認祖，就是要對付自己吧。

「國丈，不必驚慌。」

伏完穩定了一下情緒，惡狠狠道：「子玉，該下定決心了。」

「哦？」

「只要咱們現在動手，必令荊楚再亂。到時候，孫權、劉備、劉璋定會回應義舉，出兵勤王。曹操而今大軍在荊州，恐難以脫身。豫州空虛，而河洛兵力不足。只要動手，必能成事。你我身懷密詔，曹賊豈能不敗？」

劉光一蹙眉，心中冷笑：孫權不過守門之犬，劉備而今惶惶如喪家之犬；至於劉璋，更不可信。那傢伙本就是個貪戀小便宜的主兒，膽小怕事，焉能成事？而今曹操兵馬雖然被拴在荊州，可是別忘了，河北尚有數十萬大軍屯紮。那程昱人在冀州，卻始終留意許都動靜。更不要說許都城裡，還有一個賈詡坐鎮，想要成事，又談何容易？伏完太相信劉備這些人，殊不知那劉備、孫權同樣野心勃勃，未必好過曹操。

「子玉，我要幹掉曹朋。」就在劉光神遊物外之時，伏完突然間起身，惡狠狠說道。

「啊？」劉光嚇了一跳。

「曹朋是曹操心腹，而且地位甚高。他才二十六歲，便已官至九卿，假以時日，必成大患。幹掉他，曹操定然會方寸大亂。而我們在許都，也能獲得從容布置的時間……對，幹掉他！」

「國丈，三思！」劉光連忙起身，想要勸說伏完。

可此時此刻，伏完好像進入了一種癲狂狀態。

「殺了曹朋，則荊州必亂，而且還會帶動整個西北產生動盪。小賊聲望太高，但若死了，對曹操而言，必然是巨大打擊。到時候，我們持密詔登高而呼，則天下英雄必紛紛響應。子玉，我想好了，必須殺了曹朋，否則我們必死無疑！」

毫無疑問，曹朋突然間返回許都，給伏完帶來了巨大的壓力。

劉光嘴巴張了張，到了嘴邊的話，又硬生生嚥了回去。

沒錯，殺了曹朋，的確可以給曹操造成一些麻煩。但問題是，曹朋會那麼容易被伏完幹掉嗎？

至少在劉光看來，這件事……並不容易！

自接到命令，曹朋不敢有遲疑。他從西陵縣抵達襄陽，只停留了兩日，便率部離開。隨行者，有黃忠、龐德、沙摩柯，還有法正、張松、蔣琬。

當初他從許都離開時，身邊不過寥寥數人幕僚，但是現在，他的班底再次變得豐滿起來。而且身為後將軍，曹朋也獲得了開府的權力，在襄陽兩日，他著重整理了一下自己的班底，並給每個人安排了合適的位子。

首先，曹朋任法正為將軍府長史，以張松為將軍司馬。

蔣琬的年紀和資歷尚有不足，所以擔當從事中郎之職。黃忠、龐德為校尉，各領一校兵馬，合計四千人。沙摩柯則為牙門將，執掌曹朋親軍。文武也隨同曹朋前往許都，為將軍掾屬、牙門副將。王雙則占據了另一個從事中郎的位置，統領閭士。

所有人都得到了封賞，也算是皆大歡喜。當曹朋離開荊州時，其聲勢已非當年悄然抵達荊州可比。

孫紹在軍中，看著那赫赫聲勢，不由得露出羨慕之色。

曹朋並沒有給他委以重任，但從他對孫紹的安排來看，卻也是盡心盡力。

大喬夫人帶著兩個女兒，和孫尚香在一輛車中。

「尚香，妳真的不回去了嗎？」

孫尚香輕輕搖頭，「二哥已經變成了另一個人，心中毫無親情可言。母親在時，尚可以護我周全，但若母親不在，天曉得他會把我當成什麼？他可以對紹做出這種事情，難保將來不會對我故技重施。他心裡，只剩下權柄，再無半點親情可言。既然離開了，我想我不會再回去。」

曹賊

章十一 託妻獻子

大喬夫人沉默了一會兒，突然問道：「尚香，妳喜歡曹都督？」

「啊？」孫尚香頓時滿面通紅，「嫂嫂亂說些什麼？我又怎可能喜歡那個小賊！」

大喬夫人的臉上透出一抹古怪笑容。但旋即，她輕輕嘆了口氣，「其實也好，曹都督確是人傑，可畢竟已娶妻生子。聽說，他家中有兩妻三妾，而且和蔡大家之女也頗有些……妳若是去了，難免會受委屈。」

「我才不怕！」孫尚香脫口而出，但馬上就反應過來自己說錯了話。

「嫂嫂……」她拉著大喬夫人的手，語氣中帶著嗔怪之意，頗有些像撒嬌的小女孩兒。

大喬夫人嘆了口氣，「其實，當不得大婦也無所謂，關鍵是要知道心疼妳才好。這件事，我看妳最好還是想辦法寫信給婆婆，請她為妳出些主意。曹都督是個好人，若真能和他一起，倒也是一樁美事。尚香，不管妳多麼要強，始終是一個女人，要學會把握才是。」

大喬夫人也不是孫策的正室，甚至到孫策過世，連個平妻的位子都沒得到。她是過來人，自然清楚孫尚香那小女兒的心事。

孫尚香默默無語，靠著車廂，陷入沉思……

就這樣，一行人離開襄陽之後，進入南陽郡治下。如今的南陽郡，似乎更加繁華。少了戰爭的毀壞，南陽郡開始進入一個高速發展的階段。

南陽郡的底子本來就好，人口又多。只是在過去年月裡，戰火不斷，才出現了頹廢的局勢。可現在，劉備被趕走了，而南陽各大家族也紛紛臣服於曹操，自然就穩定了下來。

一眨眼，從南陽到南郡，已有半年之久，曹朋再次踏足南陽郡，不免心生感慨。在棘陽停留了一日，接見了岑、鄧兩家族長，又在南就聚設立香案，祭奠傅肜。傅僉，如今已成為洞庭水軍的校尉，也算是出人頭地。可是誰又記得，當年在南就聚拚死阻擋劉備大軍的傅彤？

傅彤之子，如今在滎陽生活，也算是了卻傅彤心事。

曹朋親自撰寫祭文，為當年南就聚之戰而喪生的英靈招魂祈禱……

棘陽令鄧芝，前來拜會。在與曹朋商議一番之後，鄧芝決定辭去棘陽令之職，接掌廷尉正一職，隨同曹朋一起返回許都。廷尉正，是廷尉之下，第一屬官。

對於這樣一個安排，鄧芝自然不會拒絕，畢竟棘陽太小，不足以讓他施展才華。只有走到更高的位置，才能得到更大的空間。

曹朋得鄧芝同意，自然萬分高興。

將軍府的幕僚設置完畢，可是還需要更多的助手。身為廷尉，自然需要處理各種案牘、熟悉律法，在這一點上，曹朋真的不是太擅長。有鄧芝相助，可以免去很多的麻煩。這樣一個安排，與曹朋和鄧芝來說，無疑是最好的結局。

在棘陽停留兩日，曹朋便動身啟程。他沒有去宛縣和南陽太守見面，只是著人將鄧芝請辭之事，告知南陽郡。南陽郡也不可能在這件事情上為難鄧芝……一來，這鄧芝本就是曹朋的人，是他從許都帶來南陽；二來，也沒有必要為了這麼一件事情，得罪了曹朋。畢竟，曹朋在南陽郡的聲望很高！

由於黃月英和夏侯真已提前返回許都，所以曹朋也不需要再停留舞陰。於是，在中陽鎮又停留一日，參觀了新建的祖屋之後，一行人便踏上了歸途。按照曹朋的計畫，他們從葉縣出南陽郡，進入潁川。

建安十三年五月，曹朋離開南陽，抵達舞陽。

本來是想要在舞陽休整一下，可沒想到賈詡派人送來書信，要求曹朋儘快返回許都。無奈之下，曹朋只好連夜啟程，向許都行去。一天一夜的趕路，著實讓人辛苦，潁川境內偏又河道縱橫，忽而登舟，忽而騎馬，著實把人折騰得不輕。

章十一
託妻獻子

「公子，在東不羹歇息一晚吧？」法正見軍卒疲憊，一個個有氣無力，便提出了建議。

不僅是將士們感到疲憊，就連一路坐在車上的喬夫人母女還有孫尚香，也顯得有些消受不得。曹朋見大家確實辛苦，也只好點頭答應下來。

「傳我命令，今晚在東不羹宿營。文武，持我令牌，前往東不羹，告訴東不羹的官員，讓他們準備好一應物資。」

「喏！」

文武立刻領命而去，曹朋則督帥兵馬，繼續行進。

這東不羹，本是古國名。西周建立時，封嬴姓侯國，後為楚國所滅。楚靈王為鞏固北方領土，便把陳、蔡和東不羹、西不羹擴建為重要的軍事大城，為北方邊塞。

《左傳》記載：楚築不羹，有東西二城……屯兵以拒中夏，此東城也。

東不羹位於汝水和灰河交界，地勢險要。從軍事角度來看，三河環繞，為天然屏障。整個城市呈三角形，周長五點五公里，建有大壩，以防止水患。河下有深潭，名曰石墓潭，相傳是楚平王葬身之處。有漢以來，定陵縣就立於此，與東不羹遙相呼應。

天將晚時，晚霞動人。

曹朋抵達東不羹，便命人在沙河畔設立營寨。所需輜重，皆由東不羹官員提供。東不羹城裡大小官吏以及縉紳，紛紛前來拜會，但曹朋著實疲憊，不想過於應酬，於是便以身體不適為由拒絕。

營地設好之後，便埋鍋造飯。曹朋則跨上獅虎獸，帶著沙摩柯走出了營地，準備去大壩上看一看。早就聽說東不羹的景色極為秀美，號稱定陵一絕。趕了好幾天的路，曹朋也著實有些累了，正好藉此機會欣賞一下風景，也能緩解疲乏。

從沙河上游吹來的風，驅散了仲夏時節的炎熱。登上大壩，曹朋頓覺心情舒暢不少，跳下馬，他站在堤壩上，欣賞美景，不由得心曠神怡。

忽然，耳聽一陣『救命』呼聲。

曹朋順著聲音看去，就見河面上有兩個孩童，正拚命掙扎。想來是天氣炎熱，當地的小孩兒下河游泳，遇到了危險。曹朋倒沒有猶豫，連忙跑過去，就要跳下河救人。不過，不等他下水，沙摩柯已縱身躍入河中。但見這傢伙在水裡好似魚兒一般，迅速就到了那兩個小孩的身邊。

沙摩柯生長在壺頭山。五溪蠻之所以得名，蓋因那五條溪水。可以說，沙摩柯從小在水中長大，水性極為出眾，遠不是曹朋可比。

他輕鬆的救下兩個孩子，飛快游上岸來。

不過，兩個孩子也許是溺水太深，上了岸就昏迷不醒。這卻難不住曹朋，忙俯下身子，用人工呼吸的方式救活了兩個孩子。那兩個小孩兒醒來，不由得放聲大哭。就在這時，幾個家人模樣的男子匆匆跑來，看到兩個小孩兒，不由得如釋重負。

「多謝將軍，救下我家公子。」

家人連連道謝，不過曹朋等人卻沒有在意。見兩個孩子已經沒了危險，曹朋便告辭離去。他並沒有把這件事情放在心上，回到軍營之後，便拋在了腦後。

吃罷飯，曹朋在中軍大帳裡休息，從隨身的書箱裡取出一部《尚書》，便躺在榻上，津津有味的閱讀起來。

入夜，將戌時，忽聞文武來報：「公子，營外有一男子求見，說是有十萬火急之事。」

「哦？是什麼人？」

「說是姓彭，不過卻沒有報上名號。觀其氣度，好像做過官……」

曹朋思來想去，卻想不起自己在定陵有什麼熟人。不過，既然對方登門，那也不好失了禮數，曹朋想了想，便對文武道：「那請他來見。」

「喏！」

文武領命而去，不一會兒的工夫，便帶著一個老者走進了中軍大帳。

「老先生前來，不知有何指教？」

老人年過花甲，兩鬢斑白，但精神卻極好。一身華服，可以看出他家境不俗，而在舉手投足間，更流露出一種官場上人的氣度。

老人拱手，沉聲道：「老父彭伯，初平年間曾為議郎。今日前來，一是來感謝將軍救我兩個孫兒性命；二來，特為救將軍性命而來。」

彭伯？

好陌生的名字！

初平年間時，曹朋還沒有重生這個時代，所以並不清楚眼前老人的來歷。

事實上，在漢靈帝駕崩之後，彭伯便在朝中為官。時董卓入京，欲廢少帝而立獻帝，被盧植等人所阻止。董卓欲殺盧植，正是這彭伯站出來勸諫董卓道：「盧尚書海內人望，今先害之，恐天下震怖。」董卓因此才放過了盧植。

二十二路諸侯討伐董卓，迫使董卓西遷長安。彭伯因眼見諸侯各懷心思，相互傾軋，所以心灰意冷，便返回老家，也就是東不羹。

曹朋聽聞一怔，旋即反應過來，老人所說的孫兒，恐怕就是他今天在大壩上救下的兩個童子。不過，這救命一說，又要從何談起？曹朋不免感到疑惑。

彭伯道：「東不羹令，命人在沙河上游築壩蓄水，準備在子時過後，水淹兵營。而今正是沙河汛期，水量極大，一旦放水下來，將軍難逃一死。」

「啊！」曹朋頓時大吃一驚。「東不羹令，何故害我？」

彭伯露出一抹猶豫之色，半晌後輕輕嘆了口氣，彷彿是下定了決心一樣，低聲道：「將軍有所不知，將軍此次返還許都，有人歡喜，有人恐懼。那東不羹令，乃是輔國將軍伏完心腹。伏完密令，要把將軍除掉，不可使將軍抵達許都。正好將軍留宿東不羹，那東不羹令便緊急行動，命人在上游築壩。犬子為東不羹尉，奉命築壩，若不是他私下裡告知我，老夫也未必清楚此事。所以急忙趕來，請將軍早做決斷。」

彭伯，也算是漢室老臣。只不過他對漢室已失去了信心，所以才隱居家鄉。如果不是曹朋在偶然間救了他兩個孫兒，彭伯恐怕也不會跑來告密……

曹朋連忙躬身向彭伯道謝：「若非議郎，朋今日必死。」

彭伯微微一笑，「將軍，還是早做準備的好……我會讓我那孩兒罷手，但東不羹令那邊，就要將軍負責解決。老夫唯有一個請求，請將軍莫要大開殺戒……東不羹百姓與此事無關，若追究起來，請將軍手下留情。」

曹朋忙道：「朋自有分寸。」

戊子之亂

東不羹令的名字是什麼?曹朋甚至都不知道。

到了他如今這個地位，似東不羹這種小地方的縣令，也就無法入他法眼。他只需要知道，這東不羹令想要害他性命，便已經足夠，其他事情他不需要知道。反正過了今晚，東不羹令將身首異處。

送走彭伯，曹朋立刻命黃忠帶人，前往沙河上游。彭伯雖然說他兒子不會拆除堤霸放水，可必要的防範還是不可缺少。同時，曹朋令龐德率部，清除東不羹周圍的一切障礙；又讓王雙率閭士，設法潛入東不羹，將城門打開。

可以肯定，東不羹令既然做出了這樣事情，一定會有所提防。比如緊閉城門，比如嚴加防範……可是，他想不到曹朋手中還有閭士這樣一支人馬。在這種時候，正是閭士用武之時。

安排妥當之後，曹朋令鄧芝持腰牌，火速趕往潁陰，把事情告知潁川太守鍾繇；再密令法正，前往定陵，會見定陵令，讓他封鎖東不羹周遭關隘，不可使任何人溜走。待曹朋把一切安排好，他才帶著沙摩柯，並一百飛駝兵，直奔東不羹縣城。出發之前，他又使文武率領人馬，保護大喬夫人等人離開營地，前往沙河大壩安營紮寨，以防患未然。

如此一來，這臨時駐地，也就變成了一座空營。

孫紹聽說曹朋有所行動，立刻跑來向曹朋自動請纓，希望能隨曹朋一起。對此，曹朋倒也沒有拒絕。早就聽說孫紹武藝高強，頗有乃父之風，如今正好可以看一看他的本事……

東不羹方面，不會有大規模的戰鬥，孫紹即便參戰，也不可能有什麼危險。

子時將至，夜色漆黑。

曹朋帶著人馬，神不知鬼不覺的抵達東不羹城外。

龐德已率人清理了東不羹城外的障礙，並埋伏好，等候曹朋的命令發出。

「王雙和闞士，已經登城。」

「很好！」曹朋點點頭，輕聲問道：「周圍情況如何？」

「城外有兩處小寨，不過已經被我控制。東不羹通往許都的各處關隘，也已經被我封鎖，只等公子一聲令下，闞士行動，我等便可以破城。」

曹朋笑了！

「既然如此，還不行動。」

「喏！」

龐德立刻轉身離去，孫紹則在一旁，摩拳擦掌，躍躍欲試。

曹朋伸手，拍了拍孫紹的肩膀，「別急，有你發威的時候。為將者，須隨時保持冷靜頭腦，不要一味爭強好勝。待會兒，要聽從我命令行動，不可擅做主張。沙沙，破城之後，你和紹率飛駝兵，直撲縣衙。記住，我要活的東不羹令……」

「喏！」

沙摩柯自虯龍灘一戰失利，性情大變。此前，他性格暴躁，剛愎自用，但虯龍灘一戰之後，人卻變得沉穩許多。他點頭領命，從馬背上取下那根沉甸甸、重達一百四十斤的鐵蒺藜骨朵。鐵蒺藜骨朵外面，包裹著一層披衣，沙摩柯將披衣扯下，頓時露出了碗口粗細的鐵蒺藜骨朵。在夜色中，黑亮大棍，閃過一抹冷芒。

孫紹看到那根鐵蒺藜骨朵，不由得暗自倒吸一口涼氣：這玩意兒還真不是一般人能夠使用，太粗了，太重了……至少如今的他，肯定無法揮動這麼沉重的兵器。這玩意兒砸在身上，只一下，就能骨斷筋折。怪不得老師讓這蠻子統領飛駝兵，果然是一員猛將……

就在這時，寂靜的夜空中，突然響起一陣刺耳鳴鏑聲。

鳴鏑此起彼伏，連成了一片，在空曠原野上迴盪不息。與此同時，東不羹的城門突然洞開，有人在城門口舉起火把，上下舞動。這是闞士的信號，代表著城門已經清理完畢。

曹朋舉起手，低沉喝道：「出擊！」

沙摩柯聽聞，二話不說，一馬當先便向城門口衝去。

而東不羹城頭，突然間大亂，喊殺聲此起彼伏，顯然是發現了城門被人打開。只是，不等他們反抗，飛駝兵已經衝進城中。闞士自動退讓開來，沙摩柯衝進城門後，迎面就見一群從馳道跑下來的兵卒，他也不廢話，舞動鐵蒺藜骨朵便殺入人群。

那沉甸甸的鐵蒺藜骨朵，猶如一張閻王帖子，是沾著即死，挨著即亡……孫紹緊隨其後，掌中大槍翻飛，撲稜稜，槍花亂現。幾十名兵卒，根本就無法阻擋住這兩人的腳步，被沙摩柯和孫紹一個衝鋒下來，便殺得四散奔逃。隨後，飛駝兵衝入城中，舉起長刀，就是一陣劈砍。

待城頭上的兵卒全部衝下來時，沙摩柯等人已經衝進城裡，順著長街直奔縣衙。

與此同時，龐德指揮人馬也殺進來。

曹朋在城外，默默注視。片刻後，他突然下令：「永年，傳我命令，凡執武器者，格殺勿論。」

張松立刻領命而去。

不一會兒的工夫，就聽東不羹城中傳來此起彼伏的呼喊聲——

「將軍有令，凡執武器者，格殺勿論！」

「都督有令，凡執武器者，格殺勿論！」

東不羹就那麼大點的城市，軍卒也不過幾百人，龐德所部衝入城中，如殺雞牛刀，再這麼一喊，軍卒那裡還敢繼續抵抗？

大家都是為朝廷效力，也沒什麼恩怨。說實話，許多人見曹軍衝進來，根本不知道發生了什麼狀況。怎麼自己人打起來了？

就在這時候，曹朋策馬入城。獅虎獸仰蹄咆哮，迴盪蒼穹，令萬馬息聲。

只見他，頭戴三叉束髮紫金冠，身披鎖子連環唐猊寶鎧，腰繫獅蠻玉帶。一件雪白披風，在風中飄蕩。這一露相，端地是威風凜凜，殺氣騰騰。

「所有人聽著，東不羹令密謀造反。今日曹朋奉丞相之命平叛，只誅首惡，餘者概不追究。立刻放下武器，否則格殺勿論。」

「放下武器！」

「放下武器！」

一連串的呼喊聲，令東不羹守軍心驚肉跳。

不過，他們旋即平靜下來。

曹朋那是什麼人？

丞相的族姪，九卿之一，後將軍，拜新武亭侯。這樣的人，肯定不可能造反。既然不是曹朋造反，那就一定是東不羹令造反。自己若再抵抗，那就是謀逆……新武亭侯不是說了嗎？只誅首惡，餘者概不追究。如此，還打個什麼？

「我等投降，我等投降！」

「後將軍，此事和我等無關，縣尊謀逆，我等並不知曉，後將軍饒命。」

只半個時辰，整個東不羹便落入曹朋手中。

曹朋命龐德率部接掌東不羹，而後嚴令軍卒不得擾民，違者斬立決。

旋即，他和張松、蔣琬，直奔縣衙而去。對他來說，東不羹之戰已經結束，剩下的便是要處理一些細節問題……

縣衙大門被人砸得粉碎，散落一地。

一進大門，就看見院中屍體橫七豎八的倒在地上。十幾名飛駝兵正在清理道路，其餘眾人則在一旁負責警戒。

當曹朋走進大門的時候，飛駝兵連忙見禮，「公子！」

這也是飛駝兵和白駝兵以及闇士的獨有稱呼。在他們看來，自己都是曹朋的私兵，是曹朋的自己人，與那些普通的軍卒有很大的區別。

曹朋也從不阻止他們這樣稱呼，而是點頭，微微一笑。

「沙摩柯和孫紹呢？」

「兩位大人都在後宅。」

「後宅？」

曹朋命飛駝兵儘快清理院中屍體，接著直奔後宅而去。穿過大堂，便進入後衙。卻見路上，屍橫遍地，不少屍體殘缺不缺，有的更被人打得面目全非，腦漿灑了一地。這顯然是沙摩柯的傑作，除了他，估計沒人能做到這種程度。這沙摩柯，果真是個凶徒，殺人的手段暴烈至極。

「公子！」

「老師……」

沙摩柯和孫紹聽聞曹朋到來，忙跑過來迎接。

就見這兩人渾身沾滿了血跡，看上去頗有幾分猙獰之氣。

「東不羹令，可曾捉到？」

「這個……」沙摩柯聽聞，頓時露出赧然之色。

「怎麼了？」

「那傢伙忒不禁打，只一下子，便沒了氣！」

「怎麼回事？」

孫紹連忙接口：「東不羹令在縣衙被攻破時，企圖自盡。大兄本來是想要出手阻攔，可沒想到那傢伙真不經事，結果……大兄本是想救他。」

「帶我去看。」

沙摩柯和孫紹領著曹朋直奔一間房舍。

這是那東不羹令的書房，想來他一直沒睡，在書房裡等候消息。也難怪，遇到這種事情，又怎能睡得著？沒想到，捷報沒能等來，卻來了一群凶神惡煞。東不羹令想要自盡，結果卻被沙摩柯不小心一棒子打死。屍體倒在地上，胸骨盡碎。

那東不羹令口鼻中，猶自流淌鮮血，眼中仍帶著一抹驚恐之色。

蹲下身子，曹朋看了看東不羹令的死狀，而後站起身來，在書房中走動。

「他有什麼家人？」

「一妻一妾，還有三個孩子……」

曹朋一蹙眉，心裡輕嘆一聲。

人言，禍不及家人。

可那要看你犯的是什麼罪。這東不羹令所做事情，猶如謀逆，那是株連三族的死罪。曹朋不想禍及無辜，但如今這情況，卻讓他感到頭疼。

曹操的意思很清楚：斬草除根，不留禍患。

這個理解的範圍，可就廣了……

可以說，只誅首惡，也可以說，滿門抄斬。但曹朋知道，曹操是要滿門抄斬，一個不留。這不僅僅是要平定叛逆，更是為了震懾宵小。當年衣帶詔牽連甚廣，使得曹操在處理時不得不小心謹慎。也許正因為此，才使得一些人賊心不死，不安守本分。現在，曹操是要殺雞儆猴了。

「送他們……」曹朋話出口時，突然一猶豫。「……走吧。」

本來他是想說，送他們上路，可是卻始終下不了這樣的狠心。他可以對敵人心狠手辣，卻無法做到斬草除根。前世留下的烙印，使得他不可能似曹操他們那樣行事無所顧忌。哪怕是到最後，也無法下得狠手，畢竟妻兒無辜啊！

「不殺了嗎？」

「多殺無益……派人把他們押送河西，士元那邊自然會有妥善安排。」曹朋一邊說，一邊翻動書案上的案牘。

突然，他停下手來，從一卷案牘中抽出了一封書信。

打開來看，書信是伏完寫給東不羹令。內容很簡單，是要東不羹令擇機除掉曹朋，而後他會在得到東不羹令動手消息後的第三天，在許都起事。一旦許都起事，伏完將會迎漢帝折返東都雒陽。

信中要求，東不羹令倒是起兵回應，並迅速攻占定陵。也許是為了安撫東不羹令，伏完在信中還透露了一些消息，比如西平縣和定潁縣兩地兵馬，會在東不羹令動手之後予以援助。伏完要東不羹令設法以東不羹為屏障，阻攔南陽和汝南兵馬支援，並說只須堅持十五日，則東不羹令將成為漢室中興的元勳功臣……諸如此類的資訊。

曹朋倒吸一口涼氣，眼中閃爍冷芒。

片刻後，他突然問道：「永年，下去詢問一下，東不羹令今日可曾派出人前往許都？」

「喏！」

「公琰。」

「卑職在。」

「命你持我令箭，火速趕往南陽。到南陽葉縣後，立刻面見妙才將軍，請他即刻發兵，圍剿西平、定潁兩縣反賊。另外，再著人前往平輿，通知汝南太守李通，協助妙才將軍行事。」

「喏！」

曹朋沒有直接指揮兵馬的權力，可是憑藉龐大的人馬，以及他如今的地位，卻可以調動各方兵馬。

他一個又一個的命令發出，此時張松也返回書房。

「公子，打聽清楚了。今日東不羹令共發出三份公函，但是在入夜之後，他的管家離開東不羹，據說返鄉探母。據門卒所言，管家家住舞陽，可他卻向東而行……估計，此人是往許都送信。」

曹朋聽聞，陷入了沉思。片刻後，他對張松道：「永年，東不羹暫由你接掌，從即刻起，許入不許出。」

「卑職，遵命。」

張松領命而去，書房裡就只剩下曹朋一人。

徘徊良久，他突然走出了書房，在門廊上站定，「去，派人告訴文武，接喬夫人入城。記住，要大張旗鼓……嗯，就假稱，是我家眷抵達。」

「喏！」

一旁孫紹愕然看著曹朋，有些迷茫：「老師……」

曹朋微微一笑，拍了拍他的肩膀，「紹，我有一件重要的任務要交給你，你可敢接下？」

孫紹頓時興奮起來，忙躬身道：「願從老師調遣。」

「明日一早，你對外宣揚，我身受重傷，昏迷不醒……你和你母親暫時留在這邊，待三日之後，啟程前往許都。到時候，我會讓文武率部保護。記住，一定要做出我的確受傷的樣子，你能否完成這個任務？」

孫紹迷惑不解，但還是點頭應下。

曹朋旋即讓他去迎接喬夫人母女，待孫紹離去之後，他便匆匆離開縣衙，直奔校場而去。

待孫紹接到喬夫人和孫尚香，返回縣衙的時候，卻不見了曹朋。一打聽，才知道曹朋已離開東不羹，隨行者，除黃忠、龐德、沙摩柯三人之外，還有一百飛駝兵。

至於去向，張松也不清楚……

伏完在府中，興奮不已。

「曹朋這下子，難逃一死。」

他立刻命人通知劉光，同時又秘密聯絡一干漢室老臣。

「元向動手了！」

然則第二天，他卻又得到了消息，說是曹朋並沒有死！東不羹令未能成功，被曹朋識破了奸計。但是在交戰時，曹朋也身受重傷，昏迷不醒。

這也讓伏完頓時方寸大亂。

曹朋沒死？這下可要麻煩了……

許都城裡，也變得人心惶惶。細作回報，賈詡接連派遣使者前往東不羹探查狀況，這讓伏完心裡更加緊張起來。

如果被賈詡發現了真相，那傢伙一定會毫不猶豫的對自己下手。如今唯一的優勢，便是曹朋重傷，無法及時返回許都統領兵馬，可萬一他回來，賈詡就如虎添翼……不行，必須要提前動手才好！

伏完在糾結了許久之後，最終下定決心動手。

可是，當他和劉光聯繫後，劉光卻不同意他倉促起事的主意。畢竟各部人馬尚未聯繫妥善，倉促用兵很容易失敗，弄不好就會全軍覆沒。

要知道，他們手中的兵馬，是多年來好不容易才聚集起來的。為了拉攏這些人，伏完也好，劉光也罷，都耗盡了心力。所以，要動手可以，但必須要有萬全之策。倉促行事，只可能慘敗收場，多年心血也將化為烏有。

為此，劉光和伏完爭執不下。

兩人最終不歡而散，劉光眼看著伏完離去，也只能搖頭苦笑，表示無奈。

伏完，太沉不住氣了！

東不羹伏殺，本就不符合劉光的策略。按照劉光的想法，如今曹操勢大，更應該小心謹慎，每走一步都必須要思考清楚，否則必有大禍。要知道，他們這次的敵人可不是董卓，更非李傕、郭汜之流。曹操本就是一個謀略過人的主兒，身邊更能人無數。

劉光甚至相信，曹朋根本沒有受傷。

那只是一個幌子，所為的就是打亂伏完的計畫，令他匆忙行事……

以曹朋的能耐，又豈是一個東不羹令可以對付？

不知不覺，走到了後宅。

往日，當他回到後宅時，夫人王氏一定會迎上來，為他噓寒問暖。可現在，卻冷冷清清，少了幾分生氣。王氏帶著三個孩子，在數日前秘密離開許都，返回臨沂老家。也許過不了幾日，他們就會變賣家產，從此隱姓埋名的生活。雖然這是劉光的主意，此時卻難免生出幾分悵然之意。

他走到床榻邊上坐下，閉上眼睛，耳邊迴響著愛妻和孩子們歡快的笑聲。可是……

也不知道此生，還有沒有機會再與他們團聚呢？

劉光曾有機會離開許都，可是自幼所受到的教育，讓他無法在這個時候拋棄漢帝，獨自求生。這也是漢帝最後一次的機會，如果失敗，漢室再無中興之日。身為漢家犬，他幾乎傾注了所有的心血。從長安開始，他和漢室再也無法割斷；為了漢室，他沒有朋友，更很少享受生活。

按道理說，他堂堂臨沂侯，可以過得很快活。但是……他沒有！甚至為了漢室不惜背負罵名，勾結異族。也許正是因為這個原因，才讓他和曹朋越走越遠，此生都無法成為朋友。

每每想及這些，劉光心裡總是有一種難以言述的痛苦。可為了漢室，這些又算得了什麼？

但是現在，連家人都難保住！

劉光側身，在床榻上躺下。鼻端縈繞著愛妻殘留的餘香……劉光突然間感覺很疲憊，於是閉上眼睛，沉沉睡去。

也不知過了多久，他突然睜開眼睛。一種前所未有的悸動在心頭浮現，令他再也無法安靜。

他忙走出臥房，向花廳行去。可沒等他走到花廳，就看到一個家奴跌跌撞撞迎面跑過來，撲通一聲，就跪在了劉光面前，「老爺，大事不好，大事不好！」

「出了什麼事？」

「伏國丈……伏國丈家中，遭遇羽林軍攻擊！」

「什麼？」劉光嚇了一跳，忙問道：「什麼時候的事情？」

「就在剛才。」

劉光二話不說，忙帶著人直奔家中的望樓而去。似劉光這樣的人，在家裡都建有望樓，可以鳥瞰大半個許都。站在望樓上，劉光手搭涼棚，朝著伏完住所方向眺望。只見伏完住所方向，火光沖天，隱約有喊殺聲傳來。

完了！

劉光暗叫一聲不好，中了曹朋的暗渡陳倉之計！

賈詡肯定是指揮不動羽林軍，但曹朋卻可以。羽林軍校尉，名夏侯恩，和曹朋關係不錯。曹朋在軍中的威望足以秒殺一切，也只有他抵達許都，才可能調動各部人馬，令其行動起來。

什麼重傷昏迷，不過是擾人耳目。

曹朋藉這一手，擾亂了伏完的方寸，而後秘密潛回許都，為的就是要剷除伏完。

閉上眼睛，劉光深吸一口氣。

半晌後，他突然道：「給我備馬！」

「老爺，您要去哪裡？」家奴疑惑的問道，並勸阻說：「外面兵荒馬亂，局勢不明。老爺現在出去，太危險了。」

「沒事，我清楚我在做什麼。劉同啊，天要變了……趁著現在還來得及，你把府中的細軟整理一下，分給大家。若天亮前我沒有回來，就趕快離開這裡。你……自己保重吧。」說完，劉光也不理那劉同，直奔望樓下而去。

劉同呆愣愣站在望樓上，看了看劉光離去的背影，又看了看遠處的火光。

半晌後，他自言自語道：「天，真的要變了嗎？」

伏完宅邸，火光沖天。

但許都似乎並沒有受到影響，至少從表面上來看，顯得非常平靜。

劉光出門，直奔皇城。毓秀街距離皇城並不算太遠，附近所住的大都是朝中權貴。一路下來，沒有遇到任何阻礙，順順利利便來到皇城外。

午門，緊閉。

這個時候，皇城已經處於宵禁戒嚴的狀態。

劉光也知道，他想要叫開午門似乎不太可能，於是撥轉馬頭，逕自而行。

皇城旁門司馬，是劉光的人。

這也是劉光自正式進入朝堂之後，竭力爭取過來的一個利益。透過這旁門司馬，保持大內和外界的聯絡。只是如今，劉光也不敢確定那旁門司馬是否還能聽從自己的命令。可不管怎樣，都要嘗試一下。

好在，旁門司馬打開了宮門。

劉光下馬，穿過宮門，便進入了皇宮。

許都皇宮的格局，遠遠小過雒陽皇城……蓋因許都本身的局限所致，始終無法將許都皇城修建的如同雒陽皇城那般美侖美奐。曹氏對伏完下手，也預示著他們不會放過漢帝。也許不會殺掉漢帝，可必要的手段卻不可避免。劉光身為漢室宗親，也是漢帝最為信賴的臣子，在這個時候必須要趕到漢帝身邊，即便是死，也要維護漢室尊嚴。

東不羹伏擊，說穿了就是撕破了漢室和曹氏之間最後一層遮羞布……

那麼對於曹氏集團而言，斷然不可能忍氣吞聲。若是曹操，說不得還能有轉圜餘地，可換作了曹朋，必然不會善罷甘休。

挾荊州大捷之餘威，曹朋必然會有雷霆手段。可嘆那伏完格局太小，始終成不得大事，若換作劉光，絕不會輕易動手。東不羹伏擊，如同給了曹氏一個動手的藉口，他們豈能輕易放過？

好在，妻兒遠走！劉光倒是心無牽掛，懷著必死之心，走進了皇宮。

金鑾大殿，在夜色中如同一頭衰弱的巨獸，靜靜俯伏在皇城之中。遠遠看去，那金碧輝煌的氣象早已不見蹤影，給人的感覺只是苟延殘喘。

也許，這就是如今漢室江山的寫照吧！

昔日陳湯振臂高呼『明犯大漢天威者，雖遠必誅』的強盛氣象，早已不見了蹤影……

劉光駐足，遠遠的凝視金鑾大殿，良久輕嘆一聲，便準備前往後宮。

卻在此時，一個清朗的聲音傳來。

「子玉，酒方好，何不來小酌？」

劉光心裡咯登一下，汗毛孔剎那間彷彿乍立起來，令他感到莫名恐懼。

話音方落，漆黑金鑾大殿前，玉階之下，燈火通明。

一個青年，跪坐蒲席之上，兩張長案並列，那青年就坐在一張長案之後。在他身後，是一百身著黑衣的健卒。一個魁梧雄壯的異族大漢，手持鐵蒺藜骨朵，立於青年身後。

健卒，為闇士；壯漢，便是沙摩柯。

曹朋舉金樽相邀，劉光向四下觀瞧，心知今夜想再見漢帝，已不太可能。

想想也是，曹朋既要動手，又焉能對皇城沒有防範？

只怕這偌大皇城裡，全都是他曹朋的人。劉光很清楚，只要他有異動，便會立刻身首異處。於是，劉光深吸一口氣，努力讓慌亂的心情平靜下來。

他微微一笑，邁步向前，逕自來到另一張長案後坐下……

那一百名閹士在兩邊，鴉雀無聲，猶如鬼魅一般。

一名健卒上前，為劉光滿上了一樽玉漿。酒溫熱，正好飲用。劉光也不客氣，舉杯一飲而盡，然後放下金樽，默默看著曹朋，也不說話。

「子玉當年贈獒之情，我至今難忘。昔年小獒，如今已長大，更產下了數頭小獒……我妻與我孩兒，皆很喜歡。」

曹朋沒頭沒腦的一句話，讓劉光感到詫異。當年，他贈給曹朋幾頭小獒，連他自己都要忘記了。可現在，曹朋突然提起這件事，讓劉光有些丈二和尚摸不著頭腦。他不明白曹朋說這些話究竟是什麼意思，於是便閉上了嘴巴，也不回答。

「那時候，我曾想著，與子玉成為知己。然造化弄人，你我最終走到了這一步。冷飛連番刺殺，我知道，有子玉你的手筆。可我想說，我並不恨你。你有你的堅持，我有我的抱負，大家各為其主，各施手段……除了當初子玉勾結異族，令我頗為不快之外，這些年來，子玉的所作所為我也非常欣賞，甚至還有些贊同。」

「是嗎？」劉光終於開口，冷笑一聲，帶著一絲諷刺意味。

曹朋嘆了口氣，「我說過，大家立場不同，所以有矛盾、有衝突都很正常。丞相征伐九州，子玉能顧全大局，未拖丞相後腿，我代丞相敬子玉一杯。」

曹朋這番話，倒是出自真心。

劉光入朝以來，雖然時常會給曹操找些麻煩，但是在大問題上，始終能保持冷靜。事實上，劉光本人也希望這亂世早點結束，所不同的是，他是站在漢室的立場，而曹操……總體而言，劉光在曹操征伐北方時，不管是出於公心還是私念，還算是配合，沒有太過於添亂。

這一點，劉光還算曉得輕重。

劉光冷笑一聲，「非我不願，實無力耳。」

不是我不想給曹操找麻煩，是我沒有這個能力！

曹朋卻笑了！

似乎不想就這個問題談論下去，他話鋒一轉，突然變得冷漠起來，「子玉深夜入宮，欲覲見陛下？」

劉光凝視曹朋，「後將軍何必明知故問。」

「呵呵，子玉想見陛下，怕是有些困難。今伏完謀逆，勾結黨羽欲謀害陛下。所以朋奉命鎮守皇城，任何人不得出入。」

也就是說，曹朋已經把漢帝軟禁起來。

說著話，曹朋突然一擺手，沙摩柯捧著一個木匣，來到劉光面前，擺放在長案上。

「子玉，何不打開來看看？」

「這是何物？」

「打開來就知道了。」

劉光心裡，陡然生出一種不祥之感。他猶豫了一下，緩緩將木匣子打開來……

「啊！」

就見劉光臉色大變，蒼白如紙，身子隨後向後一縮，險些撲倒在地上。

原來，那木匣子裡鋪著一層石灰，一顆血淋淋的螓首正擺放在木匣子裡，那雙美妙動人的明眸，此刻已黯淡無光。

「皇后！」

曹朋閉上了眼睛，內心裡同樣是感到萬分糾結。但是有些事情，他必須要去做。

伏壽，不過是一個弱女子。前世看《三國演義》，讀到曹操絞殺伏壽的時候，他也是憤慨萬分。可是當他親自面對這種情況的時候，卻又不得不狠下心來。

此時，賈詡的一番話，在他耳邊迴響……

「友學，你有大才，更有氣度。若早生二十年，可與丞相爭鋒……只是而今，時不與你！天下大局已經分明，丞相占據荊襄，則一統之勢無人可阻。如此一來，友學危矣。」

對賈詡，曹朋還是極為敬重。

與對郭嘉、荀彧那種尊敬不同，他所敬重的，是賈詡那種老謀深算、獨善其身的本領。雖說如今賈詡低調的策略被曹朋破壞，甚得曹操所重視，可是賈詡依舊不算張揚，與郭嘉和荀彧他們相比，賈詡表現最為低調。

曹朋忙請教道：「先生此話怎講？」

「友學，你是丞相族姪。丞相於親族，素來關照，卻也要看情況。你的情況，與其他人有很大不同，你聲名遠揚，為士林所重；你戰功顯赫，乃眾將之楷模……但也正因為這個原因，天下未定，丞相或許還無甚舉措；若天下平靖，則必為丞相所猜忌。試想，西北為你所鎮，荊襄為你所定……而今天下糧倉之兩淮，更是你一手所開闢。你門生無數，聲望甚高，丞相如何不懼？」

「這個……」

「若子脩和子桓猶在，或許丞相對你會少些顧忌，畢竟他二人也有威望，而且年紀也與你相仿，可以予以制約。但子脩、子桓陣亡，子文對你執師禮；子建才華橫溢，然則德行有缺，終難成大器；而倉舒呢，生性涼薄，為人過於勢利，也非權位的合適人選……如此一來，丞相百年後，誰可制約你？」

「所以，你而今看似風光，可是日後卻凶險無比。丞相麾下，許多能人，妙才、元讓、子孝、子和，哪一個沒有威望？為何單單讓你來處理此事？這其中機巧，須你三思。」

一番話，讓曹朋出了一身冷汗。

賈詡的意思，非常清楚。

曹操讓你來處理許都，解決伏完……說穿了，就是試探你。若你幹得漂亮，則可以重獲信任。但問題是，你名聲受汙，想要篡奪寶座，基本上沒有可能；可如果你不做，那麼接下來就是曹操對你下手。

借刀殺人，一石二鳥！

曹朋編寫《三十六計》，怎可能不清楚這其中的奧妙？

「此，何人所獻？」

「除了奉孝，無人能獻此計。」賈詡微微一笑，道：「不過，友學莫要怪奉孝，他實則是為你好。畢竟你功勞太大，大得讓丞相已感受到了壓力。如果不予以壓制，丞相豈能安心？此計，也是要你做一個選擇：為棟梁乎？為逆臣乎？」

賈詡算是夠意思了！把話說到了這個分上，幾乎算是攤開來說明了。

這與賈詡以往的行事作風大不一樣，可以說，他能這麼和曹朋說話，也算是對曹朋的一種認可……

「曹朋，爾真漢賊也！」

劉光認出了伏壽的首級，在經過了一開始片刻的慌亂之後，勃然大怒，奮不顧身站起來，一邊破口大罵，一邊撲向曹朋。大袖一抖，手中亮出一口短刃。

不過，曹朋巍然不動。

一旁沙摩柯嚴密監視著劉光，若是曹朋被劉光所傷，他沙摩柯才是真沒有面子。就見他一把就扣住了劉光的肩膀，手臂一抖，劉光的胳膊頓時脫臼，再也無法向前移動一步，那口短刃也掉落在地上，發出『啪』的一聲脆響。

曹朋看了一眼劉光，站起身來。

「子玉，今漢室衰頹，已無可挽回。你已經為漢室做了太多的犧牲，而今莫非連妻兒都不顧，要與漢室殉葬嗎？」

「你說什麼？」

曹朋嘆了口氣，從懷中取出一枚玉鉤。

那是女子腰帶上的配飾，可劉光一眼認出，這玉鉤正是妻子王氏所佩戴的。

「你以為你那些動作，真可以瞞過我們？」曹朋深吸一口氣，突然高舉雙手，「而今，大半個江山，乃我曹氏所得。許都城內，你一言一行，甚至什麼時候說了什麼話，什麼時候喝了一口水，我們都可以清楚掌握。你真以為你的那些安排，我們不知道？」

劉光沒有注意到，曹朋用了『我們』這樣一個代名詞。

而這個『我們』，實際上就是指賈詡。

自荊州開始布置細作，賈詡返回許都之後，更變本加厲，對資訊的要求程度與日俱增。為此，他在曹操的准許下，秘密成立了一個特殊的部門，名為白衣親軍。所謂白衣，並不是說這個部門的人身穿白衣。在東漢，著白衣者多為販夫走卒的平民，也就是說，這個部門的性質是藉助平民的力量行事。其性質，與後世大明錦衣衛極為相似。

劉光懵了！

「你、你、你……」

「放心，嫂夫人和姪兒們安好，我未動他們一根毫毛。子玉，你已經做得夠多了，我實不忍你再這樣下去，到頭來卻如那撲火的飛蛾，明知是死，還要往前衝。漢室榮耀不復，你也已經盡了心力。過今晚，劉子玉將不復存在，你何去何從，還是……」

曹朋說罷，突然點了點頭。

劉光本情緒激動，拚命掙扎。哪知沙摩柯突然出手，一掌砍在他的後腦上，把他一下子打昏過去。

「讓王雙送他去高陽亭和家人會合，而後秘密送至東陵島，請周靖海把他送往歸漢城。」

沙摩柯聽聞，拱手應命。

這金鑾大殿前，全都是曹朋的心腹，所以無須擔心走漏風聲。

沙摩柯命人把劉光用毯子包裹起來，捆綁好了，封住嘴巴，而後放在箱子裡，連夜送出宮門。早已在宮門外守候的王雙，接到了命令後，帶著鬮士悄然離去。至於他如何行事，與曹朋已經沒有關係。曹朋相信，王雙可以把這件事做得極為穩妥，不必再為劉光這個人費心。

登上宮門，遠處伏完府邸的喊殺聲，已漸漸止息。

明月皎潔，看起來明天會是一個好天氣……

曹朋嘆了口氣，自言自語道：「老子終究不是個心狠手辣之人，所能做的，也只有這些。」

「沙摩柯！」

「喏！」

「立刻派人，攻入臨沂侯府……我要在天亮之前，把臨沂侯府變成廢墟。找個和劉光體型相似之人，砍了他的面容，扔在火裡面……臨沂侯府失火，臨沂侯一家葬身火海。」

「末將，明白。」

沙摩柯不是傻子，如何能不清楚曹朋的意圖？

其實，對曹朋或曹操來說，劉光只是一隻小蝦米。不過，既然是做戲，那就要做足全套，別落了他人口實。至於漢帝……如今正縮在宮中，好像一隻烏龜一樣，不敢亂動。可以說，今夜過後，漢帝再無反彈的機會。

曹賊

章十二

戊子之亂

只可惜，自己的名聲從今日開始，恐怕是臭了！

想到這裡，曹朋唯有一陣苦笑……

建安十三年五月末，皇后伏壽矯詔伏完，密謀造反。幸廷尉曹朋及時發現陰謀，率部平叛，誅殺伏完、伏壽父女，護漢帝周全。

由於建安十三年，是戊子年，所以這件事又稱之為『戊子之亂』，或者是『戊子暴動』。

後世評價：戊子暴動，是漢室對曹魏最後一次反撲。隨著戊子暴動的失敗，漢室力量被剿殺殆盡。也正因為這次暴動，代表著曹魏政權正式登上舞臺。

第二天，太陽照常升起，可許都城內的氣氛，卻明顯變得緊張起來。

從伏完家中，搜出了一份名單，上面羅列的姓名，多達百人之巨。有許都城中的朝中大臣，也有外放州郡的朝廷命官。上至九卿，下至縣尉，覆蓋面極為廣泛。

曹朋持廷尉印綬，坐鎮廷尉。

一時間，偵騎四出。北軍八校紛紛行動起來，依照著名單上的名字，闖入那些大臣家中，把昔日那些看似威嚴不可冒犯的王公大臣從房中拖出來，羈押天牢。

與此同時，夏侯淵、李通，滿寵、程昱、曹洪等人，都得到了通報。

這可是一件大事，絕不能夠小覷。更不要說此事由曹朋親自督鎮，曹洪等人看在曹朋的面子上，也不會掉以輕心。一時間，各地兵馬調動頻繁，令局勢陡然間變得格外緊張。

而曹朋在許都，也沒有任何的遲疑。他展現出了從未有過的狠辣手段，所有緝拿的大臣，不欲審問，直接就是斬立決。

仲夏時節，許都城外的蘆葦蕩，一片雪白，景色動人。

可是在五月末的一天，數百人頭落地，鮮血將蘆葦蕩染紅，極為醒目。

曹朋的狠辣手段，也讓所有人膽戰心驚。

在大家的心目中，曹朋從來都是個溫文儒雅的君子，可沒想到狠起來，竟如此殘忍。一時間，對曹朋的指責聲絡繹不絕。許多人站出來對曹朋破口大罵，言明曹朋乃為國賊，清流名士、朝中大臣更是撰文大罵。

許都日報上，連篇累牘，全都是咒罵曹朋的文章。

以至於盧毓不得不登門造訪，一臉苦笑道：「公子，此事實非我所願，乃……公子當知，這些人名聲響亮。而丞相此前也有叮囑，無論好惡，只於刊載。此次多有得罪，還請公子海涵。」

連篇累牘的咒罵，連盧毓都感覺恐懼。

他明顯覺察到，如今的曹朋，和當初在南陽郡時的曹朋，有很大不同。

曹朋倒是早有心理準備，雖然被罵得狗血淋頭，卻渾然不覺。

你們罵來罵去，不就是『國賊』啊、『漢賊』……之類的言語，後世的花樣，可比你們的毒辣。

「子家何必為此專門前來？」曹朋笑道：「死了那麼多人，大家心情抑鬱，難免需要發洩。且隨他們罵去，等過些時候，自然也就息聲。我呢，是他罵任他罵，清風拂山崗。我動手之時，便有此準備。」

盧毓鬆了一口氣，即便心裡還是有些擔心，可曹朋表現出來的態度，卻足以讓他放心。

「可公子當知，若如此任其咒罵，於公子聲名不利。」

曹朋仰天，良久後大笑起來：「子家以為，我現在還有名聲嗎？」

盧毓頓時啞口無言。

誅殺伏完還好說，你連皇后都宰了，又算是什麼事情？

沒錯，做了這件事，曹朋的名聲也算是徹底臭了！

曹賊

章十二

戊子之亂

不過也有那聰明人，還是看出了其中的奧妙……

滎陽，洞林湖畔——

一艘畫舫，在湖面上緩緩而行。悠揚的琴聲從畫舫裡傳出，迴盪在天際。

蔡琰身著一件白色長裙，正悠悠然撫琴自娛。兩旁，坐著不少人……黃月英、夏侯真、步鸞、郭寰、甄宓……還有蔡夫人等，都面帶焦慮之色。

好不容易，待琴聲止息。

夏侯真開口道：「夫君此次何故如此莽撞，居然連皇后也殺了……」

「只怕是君侯，不得不殺。」

「啊？」

蔡琰臉上，浮現出一抹淒然之色，「當年父親願意出仕輔佐董卓，除了董卓以家人要脅之外，還有一個原因，便是董卓願意全力幫助家父編撰《東觀漢記》。家父是個視學問如性命之人，才表示願意入仕。可外面人卻說家父懦弱，貪生怕死。」

「很多事情，咱們身在局外，有時候並不能看得真切。想必君侯如此做，也有不得已苦衷……雖說有許多人咒罵，但想必也有不少人能明白其中奧妙。妳們難道沒留意，浮戲山莊的那些老先生都保持了沉默嗎？按道理說，君侯做出這樣無父無君的事情，他們理應出來指責。可是，到目前為止，沒有一個人站出來發言，不正說明其中的問題？」

黃月英突然道：「姐姐的意思，夫君在仿效蕭何？」

「而今君侯看似風光，其凶險卻尤勝當年蕭何。」

一句話，黃月英閉上了嘴巴。

功高震主！

四個字在黃月英心中閃現。她好像一下子明白了曹朋為什麼一反常態，做出如此凶殘的事情……若不如此，恐禍不遠矣！

「月英！」

「嗯？」

「我們去許都吧。」

「啊？」

蔡琰笑道：「君侯而今，恐怕是最為苦悶的時候。而妳們都在滎陽，無法給予他什麼安慰。不如咱們結伴，去許都遊玩。妳們呢，可以去舒緩一下君侯心情。我和小妹也能去散散心……整日裡在這滎陽待著，也著實有些無趣。」

一雙雙眼睛，頓時落在了黃月英的身上。

黃月英想了想，點頭道：「姐姐說的極是……不過，這件事最好還是先請示一下婆婆。婆婆這幾日也是提心吊膽，總為夫君牽腸掛肚呢。」

「乾脆，一起回去。」

「甚好甚好！」

郭寰撫掌而笑，「說起來，也有許久未見過夫君了。」

黃月英等人頓時咯咯笑起來，只是那目光卻透著一絲曖昧，讓郭寰頓時滿面羞紅。

且不說滎陽的娘子軍們開始大張旗鼓，著手返回許都，曹朋在許都的日子也確實有些難過。

殺了伏壽，他幾乎背負了所有的罵名。原以為那些名流士紳罵一陣子就好，可沒想到，卻再也沒個

章十二

戊子之亂

完結。曹朋有看報的習慣，這也是他在這個時代難得的一個消遣。如今，他甚至連報紙都不敢看了……因為打開報紙，全都是責罵他的聲音。曹朋也很無奈，卻又感到無可奈何。

也不知歷史上曹操做此事的時候，承受了多大的壓力！

不過想想，也真就是曹操，換個人，可能就要崩潰了……

日子，就這樣在罵聲中一天天過去。

各地紛紛傳來報奏，內容全都是和伏完有關。那些在名單上有名字的人，基本上被清剿一空。不過，夏侯淵等人卻無法自作主張，只能把犯人送至許都。如此一來，許都監牢中，人滿為患。

曹朋最後不得已，命人在許都城外紮下營地，專門負責囚禁那些犯人。

可如何處置？又是一個問題。

曹朋數次派人前往荊州，請示曹操的回覆，但都是石沉大海，全無音訊……

六月，天氣越來越炎熱。

曹朋心情煩躁，坐在衙堂上，看著面前一摞摞的公文，有些茫然失措。

「將軍，都亭候求見。」

曹朋一怔，旋即沒好氣的道：「那老毒蛇，終於肯露面了？」

老毒蛇，自然是賈詡。

自戊子暴動後，賈詡突然人間蒸發。曹朋幾次登門拜訪，這老傢伙都避而不見，說什麼不在家中……

尼瑪，老子是專門派人盯著你府邸，確定你進去之後，就再也沒有出來過。

你不在家中？騙誰啊！

這老傢伙確實是懂得躲避風頭，卻讓曹朋一人站在這風口浪尖之上。

每每思及，曹朋就覺得萬分惱火。所以這言語間也顯得極不客氣，他冷冷道：「有請！」

不多時，就聽腳步聲響。

賈詡步履矯健，精神煥發的走進了衙廳。他一進衙廳就拱手笑道：「友學，聽說你前幾日找我？不想正好有事，所以不在家中，卻怠慢了友學。沒辦法，事情太多，某近來消瘦許多，實在是有些疲乏。」

曹朋瞇著眼睛凝視賈詡。

尼瑪，你消瘦？你的精神看上去比老子還要好，你消瘦奶奶個爪！

看到賈詡，曹朋氣不打一處來，全然無視賈詡的言語，冷哼一聲之後，轉過身不再理睬。

賈詡倒是一副自己人的架式，絲毫沒有客套。他直接找了座位坐下，而後笑咪咪說道：「友學，近來可好？」

「好得很，天天被人罵。」

賈詡聽聞，哈哈大笑，「於火上滋味如何？」

「你說呢？」曹朋幾乎是咬牙切齒。

賈詡一笑，「莫擔心，不過是些不識時局、冥頑不化之輩而已，友學你又何必放在心上？我今日來，是有一語相告，不知友學能否聽進去呢？」

說著話，他環視四周。

曹朋立刻反應過來，擺手示意眾人全都退下。

待眾人離去，曹朋突然站起來，指著賈詡罵道：「你這老傢伙，又要給我出什麼鬼主意？」

「鬼主意嗎？」

賈詡笑了！

「某不過諫言而已，何來鬼主意之說？再者說了，郭嘉鬼才，所獻計策才是鬼主意。我呢，只是來勸友學一句。」

深吸一口氣，曹朋平靜了一下心情。

其實在內心裡，他對賈詡還是非常的感激。若不是賈詡提醒，他險些忽視了許多事情。如今他所處地位雖然有些尷尬，卻可以免除許多禍事。

細算，值了！

「說吧。」

賈詡臉上的笑容，卻陡然間消失。只見他面帶凝重之色，沉聲道：「我也知友學近來日子不好過，但友學不必在意。須知，於火燒炙烤越狠，這滋味也就越美，更得人所愛。」

「哦？」

「近來，各地逆賊紛紛送來許都，已有千人之眾？」

「差不多吧……我沒有統計過，但估計千人之數肯定有，恐怕還要超過不少。這件事我也在頭疼！幾次派人前往荊州詢問，卻遲遲沒有答案。」

「不，有答案。」

「哦？」

「沒有答案，其實就是最好的答案。」

曹朋臉色一變，面頰微微抽搐。

半晌後，他苦笑道：「都亭候，你覺得我被炙烤得還不夠狠嗎？」

賈詡的意思，非常明白。

對那些犯人，只有一個字：殺！

可是，這是一千多人啊……

死在曹朋手裡的人，早已超過千人。可那是戰爭，與如今的狀況全然不同。

賈詡看著曹朋，半晌後輕聲一嘆：「可有時候，被炙烤得狠了，也就不痛了。」

曹朋不由得沉默下來，陷入沉思之中。

沒錯，如今這情況，已由不得他有第二個選擇。已經做了那麼多的事情，又何懼再做一次？殺人？

曹朋並不在意。

他抬起頭，看著賈詡，良久之後輕聲道：「都亭侯的意思，是看他們的嘴硬，還是我的刀把子硬嗎？」

賈詡笑而不語。

而曹朋則長嘆一聲，「好吧，既然如此，那我就壞人做到底，任他們罵去！」

章十二 曹閻王

「什麼？夫人來了！」

曹朋坐鎮廷尉，正埋頭於案牘之中。各地送來的刑徒，多達千六百人，而且名單上人數最多的地區，也就是關中地區的同黨，尚未送抵許都。若這些人送至許都，人數將超過兩千。

曹朋一個勁兒的嘬牙花子，苦笑連連。

怪不得曹操不肯回覆，估計他早就估計到這樣的局面。這麼多人，恐怕連曹操也會感到頭疼如何處置。不過現在也不錯，有曹朋在前面頂著，多多少少能讓曹操緩解壓力。至少，他可以把全部精力投注於荊南戰事。

「是，老夫人和幾位公子小姐，也都來了。」

曹朋放下手中的案牘，立刻找來了法正、張松、蔣琬、鄧芝四人，一股腦全都推到了他們手中。本來，他身邊不缺人手，可是在荊南之戰結束後，陸瑁和濮陽逸相繼入仕，讓曹朋也很為難。不過好在，他又召集了一批人。相比之下，法正四人的能力，可不是濮陽逸和陸瑁能相提並論。

張松從東不羹撤離，返回許都，繼續留在曹朋身邊。不過由於廷尉事務繁忙，而張松精通刑名，熟悉漢律，便調至廷尉做事。

「這幾日也是有些忙碌，公子回去，也正好休息一下。」

法正、鄧芝笑呵呵的接過了案牘，與曹朋打趣了一番。

隨後，曹朋便帶著沙摩柯直奔侯府而去。

曹朋身為新武亭侯，自有一處府邸。而曹汲呢，為奉車侯，也有宅院。於是，在得了封號之後，曹朋便讓人把奉車侯府賣了出去。之前家中幾處宅院，大都空置無人居住，也一併賣出，只保留了一處新武亭侯府和一處三戶亭侯府。這三戶亭侯，便是鄧稷。在出任河東太守之後，鄧稷因在東郡政績卓絕，加三戶亭侯。

如此一來，曹朋一門三侯，可謂前無古人，後無來者。

奉車侯是一個雜號侯，倒也算不得什麼。於是在徵求了曹汲的意見後，奉車侯府和新武亭侯府合二為一，改名為新武亭侯府，面積比之當初的奉車侯府要大一倍有餘，正經的九進九出宅院，房舍連雲，亭臺樓閣，更美侖美奐。日後曹汲致仕，會和兒子一家居住在新武亭侯府。

當然了，滎陽的田莊不可能賣掉，可以作為閒暇時遊玩之地。

新武亭侯府，座落毓秀大街東頭。

此時，府邸門外，車水馬龍。足足四十輛馬車，排成了一行。奴僕雜役進進出出，更是忙碌不停。

遠遠的，就聽到洪娘子洪亮的嗓門。

「小七，站在那裡做什麼？還不過來把東西拿進去！」

「素利……你又在偷懶。」

曹朋勒馬，不由得笑了。

新武亭侯府雖說裝修精美，面積增加，可說實話，每天回來後，總覺得冷冷清清，頗有些孤寂。黃忠、龐德，還有法正他們都是住在新武亭侯府，包括一百闇士，還有二百飛駝兵，也進駐侯府。可畢竟沒有家的味道，有時候更感覺好像一座兵營。

而今，這家的味道，又來了！

「洪嬸子。」

「啊，君侯回來了。」洪娘子看到曹朋，頓時喜出望外，忙上前相迎。

鄧範如今已官拜護羌中郎將，可是在洪娘子心裡，卻始終把曹家當成了自己的家。這麼多年，若沒有洪娘子在家裡幫忙照拂，不曉得會有多少麻煩。

曹朋見洪娘子，也是非常開心，「洪嬸子，身體可安好？」

「好，好，好……呵呵，好得很呢。」洪娘子笑呵呵說道：「可惜去年大熊回家成親，你因為公務未能返回，大熊還好一陣的不高興。對了，這次回來，是不是會多待些時日？」

「呵呵，這個嘛……卻說不好。」

曹朋真的不清楚自己能在這廷尉的位子上坐多久。他只知道，曹操把他調回來，說穿了就是為了對付伏完等人。如今伏完被殺，逆黨幾乎一網打盡，說不準曹操什麼時候又要把他調走。

有時候想想，就覺得自己是個救火隊員，哪裡有事兒就往哪裡去……想要在一個地方待久一點，都成了奢望。

相比之下，西北那三年恐怕是他停留最久的地方。

也不知道下一步，自己會到哪兒去？

和洪娘子寒暄幾句之後，曹朋便直奔庭院。一路上，許多家奴看到曹朋，紛紛閃身讓路，躬身行禮。

曹朋也沒有理睬，心急如焚的跑進廳堂。

就聽到廳上，一陣歡聲笑語，還伴隨著小孩子咿咿呀呀的吵鬧聲、哭喊聲。

「娘！」

曹朋進了大廳，一眼就看到張老夫人坐在堂上，正滿面笑容。曹朋忙緊走幾步，推金山倒玉柱般，撲通一聲便跪在了張老夫人的身前。

老夫人嚇了一跳，連忙站起來，攙扶曹朋起來。

「我兒，這是怎地？」

「這兩年孩兒一直在外，未能在母親膝前盡孝，實在有罪。」

對於張老夫人，曹朋的感情極為真摯，沒有半點虛假。當年他剛來到這個世上，身體羸弱，老夫人為了他，花費了無數心思，更遭了無數的磨難。可是曹朋自成人以來，便奔走四方……除了鬼薪那兩年之外，很少與母親團聚。如今乍見老夫人，曹朋心裡陡然一鬆，更生出了愧疚之心。

老夫人面帶慈祥笑容，把曹朋拉起來。

她多多少少能明白曹朋為何如此激動……在滎陽，她就聽說了！

雖然老夫人不識得字，卻不代表她不關心政事。每份許都日報來了，老夫人都會讓女婢過來誦讀。因為她知道，可以從報紙上聽到兒子的消息。

最近曹朋身陷麻煩，幾乎報紙上所有的文章都是在指責曹朋，甚至破口大罵。曹朋背負的壓力，也就可想而知。

所以聽說黃月英她們要來許都，老夫人甚至放棄了舒適的滎陽田園生活，一同前來許都，也是為了能更好的照顧曹朋，為他分擔一些壓力。

「我兒何必仿效這小兒女模樣？娘在滎陽，也聽到了一些風聲。要我說，我兒沒做錯。丞相為天下費盡心神，卻總有一幫子小人作祟，在暗地裡用些見不得人的手段。殺也就殺了，當得什麼大事？我兒只要問心無愧，又何必去在意別人說法？」

老夫人不識字，卻不是不通情達理。曹朋用力點點頭，經老夫人這一番說法，心情也開朗不少。他起身，與眾夫人見面。

曹朋意外的看到，蔡琰帶著蔡眉，也在一旁。

「蔡姐姐，怎地來了？」

「在家中待得心煩，所以和月英一起來許都……說起來，回中原這麼久，卻還沒來過帝都。今天正好來看一下，與雒陽相比，究竟有何不同。」

「蔡姐姐聽說你這邊有了麻煩，這才建議我們前來。」郭寰突然插了一嘴。

蔡琰臉一紅，惡狠狠的瞪了郭寰一眼，「小寰，討打不是？明明是妳迫不及待，我只是隨口一說。」

郭寰嘻嘻的笑了……

此次來許都的家眷，人數可不少，黃月英母子、夏侯真母女，還有步鸞、郭寰、甄宓，連帶著蔡琰母女。往日裡冷冷清清的新武亭侯府，一下子熱鬧起來。隨行的奴僕雜役多達百餘人，令新武亭侯府煥發勃勃生機。

曹朋和孩兒們戲耍了一下午，晚飯時，步鸞親自下廚，烹煮了一桌子美酒佳餚。黃忠、龐德、沙摩柯，還有法正四人，也參加了晚宴。除這些人外，大喬夫人一家和孫尚香也坐在席間。

經過介紹，黃月英等人對大喬夫人的遭遇也有些同情，所以待她們自然顯得非常親熱。酒席宴上，黃月英答應，改日就送孫紹前往滎陽，和鄧艾、杜恕、蔡迪三人，一同入書院學習。對此，大喬夫人極為高興。

眾人歡聚一堂，開懷暢飲，舒緩了連日來的壓力。

第二日，曹朋神清氣爽，起了一個大早。

來到西園的人工湖邊上，打了一套拳，而後又練了一陣子的功夫。這也是這段時間，曹朋起得最早的一次。說起來，自返回許都之後，曹朋發現自己的作息完全亂了，晚上睡不著，白天起不來，頗有些難過。現在家人都來了，也使得他的生活一下子恢復了規律。

正練拳時，忽覺有人走來。曹朋連忙收勢，轉身看去，卻見蔡琰身著一身月白色襦裙，沿著小路行來。

六月的清晨，有些悶熱。

蔡琰那一身襦裙，很單薄，隨著她的步履輕輕抖動，勾勒出婀娜身姿。

這也是蔡琰在滎陽養成的習慣。她家住洞林湖畔，每天清晨會獨自一人在湖邊漫步。一來可以鍛鍊身體，二來也是藉洞林湖那絕美風光，來排遣心中煩悶，舒緩心情。

蔡琰來到侯府，便看上了這人工湖，所以一大早習慣性的，便獨自前來散步。

不想，曹朋在湖邊練武，和她碰了個正著。清晨的陽光升起，照在曹朋那赤裸的身體上，剛出了一身汗，陽光照在汗水上，折射出一抹奇異的光。

肩膀上的刀傷，仍怵目驚心，但是卻讓蔡琰感受到了一種撲面而來的陽剛之氣。

「啊，君侯！」蔡琰的心，突然怦怦直跳。

曹朋見到蔡琰，先是一怔，「蔡姐姐，來散步嗎？」

「是啊。」

「呵呵，是個好習慣……這邊風景不錯，蔡姐姐要是無事，不妨來走走。對了，我記得姐姐所做胡茄十八拍，是否已經完成？」

「嗯！」

「那可真好！」

兩人之間，突然陷入了一種莫名的沉默中。

說起來，曹朋和蔡琰不陌生。當年曹朋把蔡琰從申屠澤搶回來，而在曹朋遭難的時候，蔡琰也為他四處奔波。可長久不見，突然覺得有些怪異。

曹朋猶豫了一下，「那我先回去了。」

「君侯慢走。」

蔡琰也不知道自己這是怎麼了，沒見到曹朋的時候，時常會掛念；可見到了曹朋，卻好像回到了少女時代，第一次和衛仲道相見時的場景。

這種怪異，讓蔡琰有些迷糊。

待曹朋離開後，蔡琰輕輕鬆了口氣。和曹朋面對面的時候，總有一種莫名其妙的壓力，讓她感覺很是難過。可是當曹朋走了，這壓力沒了……為何，會有一種奇怪的空虛感呢？

臉頰火燙，蔡琰也沒了心情繼續散步，便匆忙返回住處。

也許是家人到來，讓曹朋感到很輕鬆的緣故，再次坐在廷尉的位子上，曹朋的心情極為愉悅。只不過，這愉悅感並沒有持續太久。正午前，蔣琬匆匆趕來，告訴曹朋，關中刑徒已送抵城外。

「人數可曾清點？」

「已清點完畢，共四百二十七人。」

「而今許都在押的，有多少人？」

「合計兩千一百三十一人。」

曹朋聽聞，不由得輕輕蹙眉，負手在衙堂上徘徊，遲遲拿不定主意。

兩千一百三十一人，這絕不是一個小數目。可以想像，一旦動手，將會產生何等巨大的影響。

前幾日賈詡的話，猶在耳邊迴響。

這件事曹操肯定不會給予一個明確的答覆，或者說，他已經有了一個明確的答覆。

思緒有些混亂！

曹朋突然想起，戰國時秦國名將白起。他在長平坑殺三十萬趙軍，想來當時所承受的壓力，比自己要大許多。可從某種程度上來說，兩人面臨的情況又何其相似？

深吸一口氣，曹朋一咬牙，做出了決定。

「傳令，三日後，於許都城外白蘆灣行刑，斬立決。」

「啊？」

蔣琬哆嗦了一下，輕聲道：「公子，這可是兩千一百三十一人，全部斬立決嗎？」

曹朋猶豫片刻，再次咬牙，用力點頭，「全部！」

蔣琬苦笑著，看了曹朋一眼。

他其實何嘗不明白曹朋內心裡的糾結？可事到如今，曹朋別無選擇，唯有把所有的罵名背負在自己身上。已經殺了伏完一家一百三十六口，連皇后都殺了，又何懼這兩千一百三十一人？只是，公子此後，清名不復！

「卑職，遵命。」

曹朋沒有回身，背對著蔣琬，一言不發。

當處決命令發出後，許都上下，莫不為之震動。所有人都為曹朋這種極為可怕的殺性所恐懼……不做審判，直接斬立決。

我的個天，這可是兩千一百三十一個人，不是兩千一百三十一隻雞啊！

一時間，許都人聲鼎沸。

三十章

曹閻王

在當天的許都日報上，一名清流撰文大罵，言曹朋亂臣賊子，凶殘暴虐，人人當得而誅之。

也就在當天，一直保持沉默的廷尉，突然發力。

數十名如狼似虎的衙丁，撞開了那位許都清流的家門，衝進堂上，把那清流繩捆索綁，拖出了家中。

旋即，清流家門被封，十數名家人也被緝拿入獄。

曹朋既然下定了決心，那就自然不會再像從前那樣做縮頭烏龜。

老子就是殘暴了，老子就是凶殘了……且看看，是你們嘴巴厲害，還是我的刀把子硬！

一連三天，十數名在許都日報上撰文辱罵曹朋的士人，被緝拿入獄。廷尉大牢，一時間人滿為患。十幾個家庭，加起來兩、三百人被丟在悶熱潮濕的大牢裡，是叫苦不迭。

也難怪，之前他們罵曹朋，可是罵得過癮。可是曹朋呢，卻始終沒有反應。原本以為他奈何不得自己，卻不想如今身陷囚籠。後悔已經來不及了，只看曹朋接下來會如何處置他們……

不過，就目前而言，曹朋沒時間理睬。他還有更多事情要做，哪顧得上這些人？

距離行刑還剩下最後一天！

曹朋回到家中，感覺心情躁鬱。

很正常，一想到明日將會有兩千一百三十一人死在自己手裡，這心情又如何能開朗起來？

於是，命人備酒，他在院中，自斟自飲。

正下午時，院中極為安靜。

喝了些酒水，曹朋只覺氣血旺盛，突然生出了想要發洩的念頭。正好這園子，距離甄宓的住處不遠，曹朋跌跌撞撞直奔甄宓的住所。由於府邸面積很大，所以甄宓等人各住一處院落。

午後的天氣，極為悶熱，院子裡靜悄悄的……

曹朋拉開房門，走進甄宓的臥房。卻見床榻上，甄宓側身而臥，背對房門，正在小憩。

「宓兒，陪我說說話吧。」

曹朋說話間，走到榻上，一屁股坐在了床榻邊緣。大手，打在了甄宓的腿上，輕輕摩挲。隔著薄薄衣裙，可以感受到那宛如溫玉般的肌膚，細膩滑嫩。一股淡淡的體香，如蘭似麝，令曹朋血脈沸騰。

把衣服一下子脫了，他上前一把將甄宓摟在懷中。

甄宓的身子，輕輕一顫……而曹朋卻已順勢吻上了她的耳垂。一股熱氣，直撲而來，甄宓身子緊繃，顯得極為緊張。呼吸隨著曹朋把她的耳垂含在口中，變得越發急促。

她似乎想要掙扎，卻被曹朋抱得更緊。

曹朋猛然把甄宓轉過身來，剛要親吻，卻頓時愣住。

懷中的女子，並非甄宓！

「蔡……姐姐！」

曹朋嚇了一跳，剛要鬆手，卻不想蔡琰一下子將他抱住，和他吻在一處。

剛剛有些清醒的頭腦，有混淪了……曹朋只覺得血脈賁張，雖然蔡琰的吻技算不得熟練，甚至可以用生澀來形容，卻別有一番動情之處。

喝了點酒，加之氣血旺盛，曹朋哪裡能受得了這個，手上用力，只聽嘶的一聲，那薄薄的禪衣便被撕扯成了兩半，露出了欺霜賽玉般的柔嫩肌膚。胸口，被兩團豐滿溫潤緊緊壓著，鼻端縈繞著如蘭似麝般的體香。曹朋一雙大手，在那具柔美的身體上遊走……

「阿福，給我！」蔡琰似乎有些耐不住，輕聲低吟。

到了這個時候，曹朋也無法退縮。一個翻身，把她壓在了身下，腰一挺，把火熱的物事送入一片泥濘中……

不知不覺，天色發昏。

曹朋鞠躬盡瘁，方唱罷『梅花三弄』。躺在榻上，他總算是清醒過來。低頭看了一眼在懷中赤身裸體蜷縮著的蔡琰，腦袋仍有些昏昏沉沉。

「阿福，你莫擔心……今天的事，是我主動，與你並無干係。我也不會賴著你，更不想入你曹家的門。只盼你能常念著我，便已心滿意足。」

「蔡姐姐……」

蔡琰突然抬頭，玉指貼在曹朋的唇上。「莫再說了……是我不曉羞恥，明知道自己二嫁之身，而且子女已大，卻……我也不知是為何，總無法把你忘懷。當初你服刑滎陽，我本想著一輩子在武威，終老便是。可……到頭來，還是未能把持住自己。」

「我……會娶妳！」

「傻子，我卻不會嫁你。」

「為什麼？」

「因為，我是蔡琰，你是曹朋……」

離開蔡琰的住處，曹朋才發現，原來他走錯了方向。

甄宓的住處在院子南邊，而蔡琰的住處則位於園子西邊。也不知當時是怎麼昏了頭，居然摸錯了方向。而且，蔡琰和甄宓的住所模樣，基本相同。

也是當時有些把持不住，居然做出了這等荒唐事。好在，曹朋也是個有擔當的，立刻提出要迎娶蔡琰。但蔡琰卻不同意，蓋因她二嫁之身，終歸是有些顧慮，哪怕曹朋再三要求，蔡琰卻始終不肯吐口。這件事，只能日後慢慢來，曹朋絕不能容忍蔡琰再孤苦下去。

不過，也許正是這一下午的發洩，曹朋心中的抑鬱減少很多。吃罷了晚飯，他便早早休息。黃月英等人也都知道，他如今背負了巨大的壓力，所以也就沒有打攪。

第二天清晨，一聲驚雷響。瓢潑大雨落下，恍若天河倒瀉……

曹朋穿戴妥當，跨坐上獅虎獸，領著沙摩柯，在瓢潑大雨中，離開侯府大門。

二百飛駝兵簇擁曹朋，在長街而行，直奔城門而去。

當曹朋來到城門卷洞的時候，一個中年男子突然間從人群中衝出，就見他猛然從懷中取出一口短刃，惡狠狠的撲向曹朋。

「曹賊，拿命來！」

不過，不等他靠近，一旁文武已縱馬竄出。

「留他性命！」

曹朋話音未落，文武手中大刀猛然翻轉，刀刃為刀背，啪的一聲就抽在那刺客的肩膀上。文武的武藝雖說算不得超一流，卻已是一流武將的境界，這一刀背抽下去，直接把那刺客的鎖骨打斷，頓時皮開肉綻。

刺客慘叫一聲，短刃落地。不等他做出反應，幾名門卒蜂擁而上，把他死死按在了地上。

「國賊，人人得而誅之！」

曹朋在馬上，冷漠的看了他一眼，突然搖了搖頭，縱馬離去。

歷史上，曹操因殺了伏皇后，曾遭遇刺殺；沒想到，同樣的事情如今竟發生在他的身上。不過，曹朋倒也不畏懼！一群跳梁小丑，又何懼哉？

沙摩柯隨著曹朋離開城門，而文武則留下來，將刺客看住。

「何人使你前來刺殺？」

「無須人指使！無君無父之國賊，人人得而誅之！」

「既然如此……」文武看著那刺客，冷笑一聲道：「留你何用？來人，拖到護城河邊，砍了！」

「喏！」

對於這樣的情況，曹朋早有準備。在出發前，他就吩咐部下：如果有人來刺殺，只要沒口供，便無須留情。

說穿了，這就是給一些人看。

看看是你們的嘴巴厲害，還是我的刀更鋒利……

雨勢，越來越大！

白蘆灣，卻人山人海。

曹朋來到白蘆灣的時候，就聽到一陣陣哭喊聲。

當他出現後，周圍突然響起了一陣咒罵聲。許多圍觀的士人，指著曹朋破口大罵。但也僅只如此，沒有人敢做出更進一步的行動。

曹朋下馬，環視四周，內心裡發出一聲嗤笑：也就這點本事嗎？

沿著臺階，曹朋緩緩登上了那座臨時搭建起來的高臺。臺上擺放一張長桌，還有一張太師椅。在長桌上，有一排令牌，合計共三十塊。每一塊令牌上，都寫著一個『斬』字。曹朋逕自走上前，在太師椅上坐下。

他抬頭，看了看天色。

雖時清晨，卻烏雲密布。

「把犯人帶上來，驗明正身。」

隨著曹朋一聲令下，一百名囚徒被拉到了白蘆灣的蘆葦蕩前。

鄧芝和蔣琬兩人，在臺下手持名冊，一一驗明正身。旋即鄧芝來到臺前，大聲道：「首犯百名，已驗明正身，請廷尉發落。」

「斬！」曹朋探手，抄起一塊令牌，扔下高臺。從他牙齒間，硬生生擠出了一個『斬』字。

一百名赤膊大漢，頭裹紅帕，手持明晃晃大刀，走上前去。令那些犯人跪在了地上，隨著張松一聲高亢的嘶喊：「斬！」

一百口明晃晃大刀落下，剎那間人頭落地。

鮮血從腔子裡噴出，把蘆葦蕩染紅。

大雨落下，將血跡沖刷，整一片大地都成了紅色。

「再驗！」曹朋面無表情，沉聲喝令。

四周圍觀者破口大罵，可是當那一百顆血淋淋的人頭在地面滾動的時候，罵聲戛然而止。

雨幕連天！

偌大的白蘆灣，只有曹朋那一聲冷酷無情的『再驗』二字，迴盪不息。

第二批犯人被拉上來，鄧芝、蔣琬再次上前。

「將軍饒命，將軍饒命！」

突然，就聽一名犯人大聲叫喊起來：「我等也是被迫，並非要對抗丞相。將軍饒命啊……對了，我可以舉報！我知道，我知道考城令，也曾參與其中！」

曹朋眉頭一皺，不等鄧芝等人驗明正身，便抄起一塊令牌，甩出高臺。

「斬！」

隨著他一聲令下，鄧芝和蔣琬等人也不敢再停留，迅速撤離。

刀斧手上前，手起刀落，又是一百個人頭落地。

差不多了，已經死了這麼多人。從一百多個名字的名單上，牽連出兩千多人，已經夠了！如果繼續

曹賊

章十三
曹閻王

牽連下去，天曉得要死多少人才算完結？

基本上，那些主力人員都被一網打盡，就算有些漏網之魚，對大局而言也無事於補。再追究下去，只怕範圍會越來越廣，事情也就會變得越來越麻煩。夠了，就這兩千一百三十一人，莫再株連。

第三批……

第四批……

整整一個晌午，兩千多人被拉上刑場。

在哭喊聲中、咒罵聲中，一聲聲冷戾的『斬』字，從曹朋口中迸出。

一個個血淋淋的人頭落地，一腔腔鮮血噴濺……整個白蘆灣，已經變成了血紅色。饒是那傾盆大雨，也無法驅散在白蘆灣上空瀰漫的血腥之氣。

行刑之初，對曹朋的罵聲不斷，可是到了最後，四面鴉雀無聲，竟沒有一個人再敢出言。一種莫名的寒意湧上心頭，那些來咒罵曹朋的人，突然間失去了所有咒罵的勇氣。

當一顆顆人頭落地的剎那，他們有一種感覺，就好像明晃晃的大刀正朝著他們砍來……

算了，別罵了！那是個心如鐵石般堅硬的主兒。

只記得他寫過《陋室銘》，卻忘記了他曾征戰四方。

曹閻王！

所有人看著那高臺上，面沉似水、神色平靜的曹朋，腦海中浮現出了三個字。

這傢伙，絕對是一個殺人不眨眼的閻羅王……

正午時分，大雨止息。

一輪驕陽噴薄而出，照映著大地。

當最後三十一個人行刑結束的時候，曹朋整個人好像虛脫了一樣。其實，在整個行刑的過程中，他所背負的壓力，又豈是那些外人能知曉？

外表，仍做出堅強之色；但內心裡，卻是不停的掙扎。

有好幾次，他甚至想要站起來，大聲呼喊：停下來，停下來吧……

可是，他最終還是止住了這種衝動。當善名離他而去，他必須要給家人、還有他的孩子們，多一層保護。而一個凶殘之名，無疑是最佳的護衛。

那些要對付他，把腦筋動到他家人頭上的傢伙，要先想一想，今日這白蘆灣的景象。

曹朋一怒，屍殍遍野！

這就是曹朋所需要的結果。

空氣中，瀰漫著濃濃的血腥氣。當太陽升起，溫度漸漸升高，那血腥氣混合著各種氣味，令人不由得作嘔。

曹朋站起來，用手扶住了桌案。腳下，有些發飄……

「公子，回去休息吧。」沙摩柯連忙上前，低聲勸說。

曹朋深吸一口氣，點了點頭……但他拒絕沙摩柯的攙扶，而是一步步走下高臺。

「阿福，別往心裡去。當年黃巾之亂的時候，死的人比這更多。」黃忠見曹朋的模樣，也走上前來。

「忠伯，我沒事。」

腳下的泥土，已經被鮮血染紅，一腳踩在地上，連靴子都被沾染了血跡。曹朋負手，環視四周……片刻後，他輕聲道：「忠伯，煩勞你和孝直，把這裡收拾一下，將這些人都埋了吧。」

「喏！」黃忠拱手應命。

「那我先回去，有什麼事情，派人告知。」

黃忠、法正、鄧芝、蔣琬，還有張松和龐德，紛紛應命。

沙摩柯牽著獅虎獸上來，曹朋可以清楚的感受到，獅虎獸那暴躁不安的脾氣。很顯然，這空氣中的血腥味讓獅虎獸也有些不適應。

他翻身上馬，朝著黃忠等人點點頭，率沙摩柯，在飛駝兵的簇擁下，緩緩向許都行去。

回程的路上，一路順暢。

城門口本聚集了許多人，可是看到曹朋一行人走來，立刻作鳥獸散，把道路讓出。

「沙沙，從今天開始，你我將成為這許都城裡最可怕的人。」

沙摩柯憨憨一笑，「公子，被人怕沒關係，總好過被人算計，你說是不是？」

「哈，沙沙你這句話說的在理。」

沒錯，被人怕，總好過被人算計……

半日光景，曹朋其實並沒怎麼動。兩千多人，甚至沒有一個是他親自動手。可是，他仍感到了一種莫名的疲憊。

那是一種精神上的疲憊，比起肉體上的辛勞更有過之而無不及。

這樣的事情，在前世而言，簡直不可想像。曹朋只想回家，好好睡一大覺。

侯府，府門大開。

老夫人命人在府門外，擺上了一個火盆。

「娘，妳這是幹嘛？」

「快把鞋子脫了，衣服換了。」

幾名家僕，拿著乾淨的靴子和衣物上前。更有人拉起帷帳，把曹朋遮擋其中。雖然不清楚是什麼意思，可曹朋還是老老實實把衣服更換了。

他一邊更換，就聽老夫人在府門內說：「今天死了這麼多人，你身上必有怨氣。一會兒換了衣物，邁過火盆，讓那些怨氣離你而去。總不成，讓孩子受那怨氣之苦……」

這說法，究竟有沒有道理？曹朋也不明白。反正，依照著老夫人的說法，他換好衣物，跨過火盆，邁步走進侯府。

卻見黃月英等人，還有蔡琰都在府門內等候。

見到曹朋時，大家都露出了笑容。不管那笑容是自然的，還是不自然的，卻盡發自真心。

「呵呵，總算結束了！」

「是啊，結束了。」

黃月英上前，攙扶曹朋往屋裡走。

眾人如眾星捧月般，來到了廳堂上。老夫人準備了糖水，讓曹朋飲下。

不管怎麼說，這一通狠殺過去，曹操將不會再對他生出忌憚之心……

「對了，家裡有事嗎？」

「哦，剛才丞相府來人，說卞夫人有請。」

「啊？」曹朋聽聞，頓時一怔，有些疑惑的看著黃月英。

卞夫人？

說起來，對卞夫人，曹朋也很敬重。這女人出身雖然不好，但是卻極有分寸，而且識得大體。歷史上，對卞夫人的評價很高……只是因為種種原因，才使得曹朋和卞夫人產生了一些芥蒂。

可是，卞夫人這時候找我，又是何故？

一場大雨，並沒有給許都帶來太多涼爽。

反倒是在太陽重又出現時，整個許都猶如一個悶罐，潮濕悶熱，讓人非常難受。雨後無風，更顯煩躁。到天將晚時，才有了一縷小涼風……

卞夫人走進花亭，憑欄而望。

亭下，荷池綻放，魚兒在荷葉下游走，不時會有一、兩隻青蛙從水中躍出落在荷葉上，呱呱直叫。

卞夫人嘆了口氣，緩緩坐下。

她如今已過四旬，依舊徐娘半老，風韻猶存。許是早年間的經歷，讓她的眼眉間有一絲媚意。天氣悶熱，她只穿了一件薄如蟬翼般的綢裙，內裡一抹月白色的抹胸，把胸前溝壑半遮半掩，煞是誘惑。快四旬了，身材仍保持的很好，臉上也不見皺紋。在許多人眼中，卞夫人執掌丞相府後宅，似乎威風凜凜，可實際上，她卻感到萬分的疲備……

長子曹丕，陣亡。令卞夫人飽嘗痛失愛子的痛苦。

如今，次子曹彰和三子曹植又有些不合，特別是曹彰，對曹植懷有極強敵意。

原因嗎？還是當年曹植那樁荒唐事。

曹彰是個直性子，嫉惡如仇。他對曹朋敬重有加，那容得曹植褻瀆？這兩年，曹彰常駐北疆，曹植才敢回來。若非如此，曹植甚至不敢進家門半步。

更讓卞夫人頭疼的，還是她的出身。

娼門所出，終究有些難聽。所以，哪怕是曹操扶她坐穩了夫人之位，依舊要小心翼翼，如履薄冰。丁夫人已經不可能回來了！卻不代表卞夫人的地位就夠穩固。環夫人在一旁虎視眈眈，更有無數夫人對她如今的位子垂涎三尺。也正因此，卞夫人每做一件事，才更須小心……

「夫人，王昭儀來了。」

「有請。」

卞夫人回過神來，忙站起身，走下花亭迎接。

這昭儀，是個身分，在夫人之下。其性質，就類似於小妾那種狀況。

王昭儀是曹幹之母，同時也是曹節的母親。

卞夫人迎過來，王昭儀連忙行禮。在她身後，一個長相標緻的少女也緊隨著行禮，口稱夫人，神態恭敬。

「節也來了？」

卞夫人微微一笑，拉著王昭儀的手，往花亭裡走去。

「前些時日，西北送來一些西域瓜果。妹妹來得正好，我剛使人在水井裡涼過，正可食用。」

王昭儀在丞相府地位不算高，所以每月例錢，包括各種物品，都比較稀缺。似西域送來的瓜果，數量往往不多。似王昭儀，根本就品嘗不到。

王昭儀說：「姐姐客氣了，早就聽人說西域瓜果香美，今日小妹真是有了口福。節，妳也來，坐下說話。」

曹節彬彬有禮，上前先唱了個喏，才在一旁坐下。

「西域距離許都，路途遙遠，往往瓜果還沒出關，就腐壞了，以至於數量不多。不過，我聽人說涼州曹雋石，已開始在西北進行栽種培植，說不得來年，便能有足夠的瓜果食用。」

卞夫人笑嘻嘻的說道，話鋒突然一轉：「對了，我已派人約了後將軍過來。妳說的那件事，我思來想去，也唯有後將軍出面，才有可能令丞相回心轉意。不過，後將軍近來事情繁雜，心情未必太好，一會兒說話時，要多加小心。妳也知道，滿朝文武當中，丞相最放心的，便是後將軍。」

「小妹省得……若非姐姐，怕小妹也見不得後將軍。」

「便是那個今日在白蘆灣上，殺了兩千多人的曹閻王嗎？」曹節突然開口，話語中帶著好奇之意。

有道是，好事不出門，惡事傳千里。曹閻王之名，晌午才有，這午後，已經是滿城皆知。

王昭儀笑了一笑，連忙道：「節，休要無禮。」

「是下人們傳的……」曹節露出了委屈之色。

「節，不管別人怎麼傳，妳卻不能說此事。阿福這個人，我倒是瞭解。他不是窮凶極惡之人，而今所做一切，都是為丞相分憂。說起來，阿福是妳表兄，待會兒見了，卻萬不可失禮。」

「節省得。」

正說話間，忽聞家臣來報：「後將軍，新武亭侯曹朋，過府求見夫人。」

「請！」

卞夫人說著話，便站起身來。「說阿福，阿福到……妹妹，咱們一同迎一迎。阿福貴為九卿，乃朝堂重臣，功勞顯赫，聲名遠揚。今丞相不在，咱們卻不能失了禮數。」

王昭儀聽聞，也不敢怠慢。她連忙道：「小妹也正有此意。」

一開始，王昭儀來求卞夫人，卻不想卞夫人說，須曹朋出面方可。王昭儀原本有些不信，因為在她看來，曹朋再厲害，也不過是二代子弟，焉能使曹操改變主意？可是細一打聽，王昭儀才知道曹朋的過往功績。

如果說，曹操統一了北方。那麼其中至少有三分之一的功勞，要算在曹朋身上。

首先，曹朋在延津，曾有救駕之功，更為曹操贏得美名；其次，他打下了西北，在征伐河北的時候，令曹操無後顧之憂；其三，曹朋和他的姐夫一手開創了兩淮豐饒之地。可以說，從下邳之戰開始，曹操再無糧草之憂，哪怕是在官渡之戰那麼危急的情況，曹操也沒有因糧草而發愁。之所以有這種局面，全賴兩淮豐饒……

更不要說，南下荊州，曹朋為首功。

在曹操輝煌的戰績當中，無處沒有曹朋的影子。

雖是曹二代，卻有著舉足輕重的地位。曹朋甚至和曹氏一代將領常飲酒作樂，似曹仁、曹洪、曹純這些人，也都把曹朋當成了平輩，未有半分小覷。

這樣一個人物，卻不是普通的曹二代可比。

特別是今天，曹朋在白蘆灣砍了兩千多個人頭的事情，王昭儀也聽說了。這樣一個功勞卓絕，同時又殺人如麻的晚輩，王昭儀卻不敢有半點長輩的架子。所以卞夫人一說，王昭儀立刻答應，並陪著卞夫人往外走。

曹節不免好奇，這曹朋究竟是何來歷，使得所有人都對他敬畏不已？

也許是這些時日的壓力太大，曹朋看上去清瘦許多。

當他出現在卞夫人面前時，使得卞夫人也不禁暗自讚嘆，好一個美男子！

以前，曹朋英武，看上去粗壯，所以給人以豪邁之氣，並未令人感覺他的清秀和俊俏。可這一瘦下來，整個人就好像變了一種氣質。

怎麼說呢？

在英武中，又多了一種書卷氣，看上去更顯俊朗。

「友學，近來可好？」

卞夫人當然知道，曹朋這段時間承受著何等巨大的壓力。那許都日報，她每日也有留意。上面全都是斥責咒罵曹朋的文章，言語之激烈，文字之狠辣，連卞夫人都覺得好像有些過分了……她一個旁觀者都有這種感覺，更不要說站在風口浪尖上的曹朋會是什麼感受。

曹朋一笑，「區區小事，當不得什麼，有勞夫人牽掛。」

「友學，這是自家的地方，莫要拘束。你也是丞相的族姪，喚我聲嬸嬸便可以了……莫要學那些人，夫人長夫人短。對了，你父親前些時候送了一些紫葡萄，友學來得正好。」

說著話，卞夫人上前，便牽住了曹朋的手。

在她的身分而言，這樣做並沒有什麼過分之處。曹朋是曹操最寵愛的姪子，她是曹朋的嬸嬸。嬸嬸拉著姪子，更多是一種關愛的表現。若在以前，曹朋倒也沒什麼感覺，可是現在，他卻突然生出了許多的不適。

卞夫人的年紀，比蔡文姬也就大幾歲而已。雖是娼門出身，可長相卻極為美豔，四十歲仍風韻猶存，嬌豔動人，好像熟透了的蘋果。那薄薄的綢裙，隨著她的步履，令婀娜體態盡顯。胸前豐美而堅挺，絲毫看不出四十歲夫人常有的下垂跡象。那淡淡體香，更如蘭似麝，令人不由得心馳神蕩，生出諸多綺麗的遐想……

才與蔡琰有過魚水之歡，對這半老徐娘更食髓知味。曹朋的心頓時怦怦直跳，感受到莫名緊張。

「友學，莫不是身體不適？」卞夫人感覺到了曹朋的異樣，柔聲詢問。

曹朋連連搖頭道：「沒什麼，只是晌午行刑，不免感覺有些疲乏。」

「也是，此事卻讓你為難了。」

在花亭裡坐下，卞夫人讓曹朋坐在她旁邊。

「此王昭儀，今日請友學來，卻是有一件事，想請你幫忙。」

「哦？」言歸正傳，曹朋立刻穩下心神。

此時，兩個美婢捧了兩盤洗得乾乾淨淨的紫葡萄，送到了花亭之中。葡萄顯然是在井水裡冰過，上面還掛著一絲絲霜氣。曹朋拿了一串，從上面撚下一顆，在指間輕揉兩下，放入口中。一股涼意，沁人肺腑。

卞夫人擺手，示意美婢下去。

「妹妹，還是妳來說吧。」

在這個看似俊美，書卷氣極重，實際上卻殺人如麻的曹閻王面前，王昭儀感受到了一種從未有過的壓力。雖則曹朋面帶和煦笑容，但坐在那裡，周身在不經意間散發著一股莫名的威嚴……或者說，是殺氣！

王昭儀深吸一口氣，輕聲道：「後將軍……」

「誒，嬸嬸何必見外？剛才卞嬸嬸也說了，這是後宅，是自家人，喚我友學即可。」

阿福這個名字，可不是一般人能稱呼。即便王昭儀是曹朋的長輩，也沒有這種資格稱呼。

不過，曹朋這麼一說，倒是讓王昭儀放下心來。她輕聲道：「那妾身，就斗膽了……今陛下失后，丞相曾來信，有意送節進宮，為陛下新后。我也知道，此我家門之幸。可是……陛下地位崇高，而節……這兩者，相差懸殊，恐不太合適。只是丞相發話，妾身卻不敢不從。所以想請友學幫忙，勸說丞相改變主意。」

王昭儀言語間，吞吞吐吐。

也許在平常，能嫁給皇帝、當上皇后，絕對是光宗耀祖的事情。可是現在，王昭儀也清楚，漢帝是落難的鳳凰不如雞……把女兒嫁給漢帝，說白了就是曹操掌控皇城的一個手段。按照曹操如今這個趨勢，誰又敢保證漢帝能一直是漢帝？若如此，到最後倒楣的必是女兒。

我怎麼忘記了這件事？

歷史上，曹操可是把三個女兒都嫁給了漢獻帝。

後來曹丕篡位，好像就是這個曹節始終不肯將玉璽交給曹丕，令曹丕也是非常為難。幾次討要，直到最後一次，曹節知道事情已無法改變，便把玉璽摔在地上，交給了曹丕。不過，此後終其一生，未踏足曹魏土地半步。她就住在一座閣樓上，哪怕曹丕過世，也沒有走出一步。

曹朋覺得，曹節對漢帝倒也未必真有感情。

試想，她姐妹是被曹操強送給漢帝，而漢帝和曹操又是生死仇敵，如何能善待她姐妹？之所以這麼做，更多是因為受那《女誡》所影響。

嫁雞隨雞，嫁狗隨狗……嫁入宮門，此生便是漢室中人……或者，還有一絲絲對曹操的恨怨，最終成就了曹節後世烈女之名，而名留青史吧。

可這件事，與我何干？

曹朋頓感頭疼，忙向卞夫人看去。

這是曹操的家事啊，妳讓我怎麼開口勸說？

卞夫人似也知道曹朋為難，可王昭儀求到了她，她也不知道該如何是好。滿朝文武，能對曹操產生影響的，就那麼幾個人。但她能找的，似乎只有曹朋一個。

「友學，若是為難，就算了。」

卞夫人一個以退為進，讓曹朋心中叫苦。

尼瑪，連後路都給堵了……這不是為難，是相當為難啊！

他轉身，向曹節看去，卻見小女孩正天真好奇的看著他，好像並不清楚此時大家討論的，是關乎她未來命運。

說起來，這也是個可憐女子！

曹朋也非常同情她……

可問題在於，這不是同情不同情的事情。這種事如果捲進去，可就糾纏不清了。

王昭儀用期盼的目光看著曹朋，而卞夫人的眼中也帶著幾分期冀……

「嬸嬸，這樣不好吧？」

「怎麼不好？」

「我一個外人……」

「友學，你是不是姓曹？」

「是！」

「那你是不是曹氏族人？」

「這個……是！」

「既然如此，有何不可？為了節日後，嬸嬸真心懇請你能出手相助。畢竟你的話，丞相願意聽。」

尼瑪，話說到這分上，老子推拒都不成了。

曹朋頗有些為難的搔搔頭，苦笑道：「嬸嬸，此事容我三思，可否？」

「嗯！」

曹朋這樣說了，就等於變相的答應。

卞夫人也不好逼迫太急，一來這件事和她無關，二來這件事也確實有些為難曹朋。所以，卞夫人用目光制止了王昭儀再懇求的行動。她話鋒一轉，忽然問道：「對了，聽說倉舒一直在送行卷與友學，是不是呢？」

曹朋一怔，「去年初倒是有。不過自南陽戰事興起，便漸漸少了……年後我離開南陽，便沒有接到倉舒行卷。其實，倉舒天資聰穎，又有名師教授，實非我所能指點。」

卞夫人撚了顆葡萄，朱唇微微張開，將葡萄放入口中。

那動作，著實媚極了，也誘惑極了！

曹朋喉嚨有些發乾，於是端起案上的酒水，喝了一口。

「那子文還有行卷於友學嗎？」

「行卷倒也算不上，不過常會互通書信。子文而今在遼西做得不錯，數次與鮮卑交戰，戰功顯赫，頗為不凡。」

「如此，還請友學日後多多指點子文才是。」

「朋，惶恐。」

「惶恐什麼？你本就有這能力。」

卞夫人微微一笑，一雙明眸卻秋波蕩漾，蕩得小曹心裡有些發飄。

又交談了片刻，曹朋起身告辭。

卞夫人送他出花亭，目送曹朋漸漸遠去。

「姐姐，這情況，到底怎樣？他是否答應了呢？」

卞夫人笑道：「妹妹，莫心急……這種事，換任何人，都會感到為難。友學今日沒有拒絕，說明他願意出力。至於其他事情，妳莫再理睬。該怎麼做，他比妳我，心裡更清楚。」

王昭儀雖還不太明白，但也知道事情到此為止。她能做的，已經做了……接下來，就要看曹朋會是什麼樣的反應。

「母親，我可以去找友學哥哥玩耍嗎？」

「啊？」王昭儀愣了一下，扭頭向卞夫人看去。

卞夫人的嘴角，微微一翹，心裡暗自感嘆：王昭儀就是個糊塗蛋，遠不似節聰明。

「有何不可……友學是妳族兄，去他府上玩耍，也很正常。你們是兄妹嘛，應該時常走動才好。莫要像有些人，用得上才走動，用不上便不走動。咱們一家人，哪有那許多的市儈？妳說，是不是？」

對於環夫人當初的做法，曹府內宅不少人知曉。王昭儀也知道卞夫人和環夫人鬥得厲害，只是這種事，那輪得到她參與進去？不過卞夫人今天幫了她的忙，於情於理，她都要表示一下。

「那是自然，那是自然！」

出丞相府，已華燈初上。

往日這個時候，許都會很熱鬧。可是今天，路上卻顯得極為冷清，甚至連人影都不太能夠看得見。

想想也是，就在晌午，兩千多個人人頭落地。那煞氣，籠罩在許都上空。誰又敢在這個時候輕易走出家門，在街頭閒逛？別說那些老百姓不敢，就連平日裡在街頭耀武揚威、橫行霸道的潑皮地痞，也都變得老老實實。

如今，許都在曹閻王的淫威籠罩下，誰敢觸其鋒芒？萬一招惹了他，那可是會掉腦袋的……

更何況曹朋官拜廷尉，執掌天下刑獄。想要殺人，簡直是輕而易舉……

經此一事，沒幾個月的時間，恐怕難以消弭。

曹朋在馬上，看著冷冷清清的街道，不由得眉頭一蹙，輕輕嘆息一聲。

遠處，一隊執金吾正走來。當看到衛隊前面，那面繡著『新武亭侯曹』的大纛時，立刻轉向，靜悄悄的溜走了。

曹朋深吸一口氣，搖了搖頭。

這種狀況，也在他預料之中，沒什麼值得奇怪。

他現在要頭疼的，還是卞夫人拜託他的那件事情。這可是比較有難度的事情……改變曹氏三姐妹的命運？其實，他已經改變了！如今，曹憲已經被曹操決定嫁給孫權之弟孫朗。待過些時日，孫朗就會啟程來許都，大約在年末，兩人說不定就會拜堂成親了吧……

曹憲的命運發生變化，可曹節的命運似乎沒有改變。

還有曹華，年僅八歲。

說起來，曹朋和曹氏姐妹並無交情。

只是對於漢獻帝，曹朋卻不太喜歡。那廝就是個薄情寡義之輩。當曹朋衝進皇宮殺死伏壽的時候，漢獻帝甚至連個屁都不敢放，只在旁邊哭泣。

若是個男人，就該衝上來阻止。

別用那狗屎的『江山社稷為重』來作藉口，你他媽的哪裡還有江山社稷？

把風華正茂的曹氏姐妹嫁給漢獻帝，絕對是鮮花插在牛糞上。

曹朋前世，就是個無視權威之人。今生，他更如此，否則也不會一次次去挑戰曹操的底線。卞夫人既然託付自己，那不管怎樣，他都要設法阻止。可是，該如何阻止呢？

曹朋又有些頭疼了！

回到侯府，天色已晚。

老夫人年紀大了，已早早歇息。

黃月英正在書房裡看書，卻突然被人從身後攔腰抱住，一雙大手探進她懷中，在她胸前用力的揉捏。那熟悉的體味，不用看就知道是什麼人。

手中的書，啪的掉在書案上。

黃月英身子發軟，頓時癱在了曹朋的懷裡，口中嬌嗔道：「裝神弄鬼的，也不知羞……一身的汗味兒，快去洗洗。」

曹朋側首，輕輕含住月英的耳垂，舌頭沿著月英的耳郭遊走，一手摟著她的小蠻腰，一手握住她胸前的豐軟，恍若自言自語般，在月英耳邊道：「要不，咱們一起洗，好不好？」

身子好像沒了骨頭一樣，月英在那魔手的挑逗下，嬌喘連連。她甚至覺察到，曹朋的手從綢裙縫隙，沿著她平坦小腹，緩緩向下探去。

「阿福，別鬧！」
在丞相府，被卞夫人挑逗得火氣很大，曹朋哪裡肯依？
「月英，咱們很久沒有這麼單獨相處，我想死妳了。」
黃月英嬌喘著，一雙手用力按著曹朋那隻不斷向下遊走的魔手，她粉靨潮紅，帶著無盡的春色，一雙明眸此刻更是媚眼如絲，秋波蕩漾。
「我有事和你說。」
「有什麼事，咱們明天再說。」
「是關於蔡姐姐？」
「嗯？」
「我總覺得，蔡姐姐今天看上去有些古怪……我覺得，蔡姐姐好像有男人。」
「啊！」
曹朋激靈靈打了個寒顫，頓時欲望全消。

章十四　偷腥的男人沒人權

蔡琰的事情，曹朋非常清楚。

只不過事情發生的太過突然，他還沒有想好怎樣和黃月英她們解釋。

雖然蔡琰說過，不要曹朋負責，可骨子裡屬於大男人主義的曹朋，又怎可能讓蔡琰這樣一輩子孤獨下去？難不成讓她嫁人？那曹朋更無法接受。估計蔡琰前腳和他說要嫁人，他後腳就敢拎著劍，跑去把那人殺了。

沒辦法，骨子裡曹朋是個占有欲很強烈的男人。兩世經歷，更讓他對家人、對女人有一種強烈的呵護感。

沒想到，黃月英的直覺如此敏銳，才一天時間，就感覺到了蔡琰的不正常。

「阿福，蔡姐姐從塞外回來，至今已六年……以前她說為了孩子，所以不肯嫁人。可是現在，孩子已經大了，阿眉拐都十三了，也是時候給她找個伴，以免這一世孤獨……你有沒有合適的人選，也好介紹給蔡姐姐。」

「沒有！」曹朋回答得非常爽快。

他猶豫了一下，道：「這件事妳就不要操心了。蔡姐姐不是小孩子，肯定有她的打算。咱們摻和進去，萬一所託非人，豈不是被人指責嗎？嗯，就這麼說……我今天真的累了，先去歇息。」

說完，曹朋轉身直奔床榻，倒頭便睡。

只是他並未發現，黃月英的眸光中透著複雜之色，看著他輕輕嘆息。

曹朋是個占有欲很強的人！

但同時，他又是一個極不擅長表達自己情感的人。

蔡琰前兩日是什麼模樣？今天又是什麼狀況？一個方經歷魚水之歡、心滿意足的女子，和一個長期禁欲、過著苦行僧生活的女子，有很大的不同。黃月英同為女人，人也聰明，又怎可能看不出這其中的變化呢？

新武亭侯府裡，男人不多，蔡琰肯定不會去找那些小廝，所以可以刨除大部分。

黃忠？五、六十的人了，都可以做蔡琰的父親。

龐德？也不太可能。

剩下法正、張松、蔣琬，蔡琰幾乎沒有和他們接觸過，怎可能有關係？除非蔡琰是個人盡可夫的蕩婦！但問題是，她是嗎？

刨除這些人之後，偌大的新武亭侯府裡就剩下一個男人，那就是曹朋。

蔡琰是曹朋從塞北解救回來，並收下蔡迪，也就是阿迪拐為弟子，如今就讀浮戲山書院。當然了，若只憑這個就斷定曹朋和蔡琰有關係？也不太可能！蔡琰也不是剛和黃月英接觸，此前給黃月英的感覺，多少有一點深閨怨婦的感受。可以說，在今天以前，蔡琰沒有和男人有過接觸。

可就是一天……

偏偏在昨天，曹朋在家，蔡琰也在家。

曹賊

章十四 偷腥的男人沒人權

由於今天曹朋要監斬，老夫人要去寺廟為曹朋祈福。於是，黃月英等人昨天便陪著老夫人出城，去許都城外的一所浮屠寺廟燒香。

偏偏就是這一天過後，蔡琰發生了變化。那罪魁禍首，也就非常清楚。

內心裡，黃月英並不排斥蔡琰。

想當初曹朋在隴西怒殺韋端，激起了關中世族的憤怒，若非蔡琰走訪皇甫世家、河東衛氏等家族，令關中世族最終放棄了對曹朋的報復，說不定曹朋現在依舊是待罪之身，甚至有可能更加嚴重。

黃月英是才女，蔡琰同樣也是百年難得一遇的才女。兩人時常在一起交談，談論經典，討論詩詞歌賦。蔡琰的博學多才，讓黃月英甚為欽佩。而她一生坎坷，顛沛流離的命運，更讓黃月英同情。

所以，黃月英倒也不反對蔡琰入曹家的門。甚至她願意讓蔡琰做正妻，操持家中事務。

原因嘛，非常簡單……

黃月英是個醉心學問的女人，不耐煩家中的瑣事。

夏侯真呢？是個小女兒性子，過於天真爛漫，哪怕是為人妻、為人母，骨子裡還是非常單純。這樣的人若是操持家事，弄不好就會讓曹府陷入混亂。所以，夏侯真也不適合！

至於步鸞和甄宓，兩人都屬於賢慧女子，但缺乏一些手段和心計。

郭寰倒是一個合適人選，可她的身分地位還不足以服眾，更無法擔當重任。讓一個小妾當家，說出去豈不是被人笑話？

所以，曹府如今還是老夫人當家，洪娘子輔佐。可老夫人和洪娘子的年紀越大，曹府的規模也在不斷擴張。從一開始的小門小戶，到如今的新武亭侯府，其規模不曉得擴大了多少倍，更不要說在外面的關係產業。

曹府，在徐州有一處近兩千畝的私田，是曹朋讓出徐州控制權時，曹操所賞賜的；許都城外，同樣有一座千畝田莊。滎陽那邊的田莊，和許都相差不多。而在南陽郡中陽鎮，曹朋占據了小半座中陽山，面積達六千畝以上。更不要說河西地區，武威、日勒以及休屠澤等地，曹朋的田產多達萬頃。這些土地有的是曹朋的私人置業，有的是曹操賞賜。除此之外，福紙樓、老許都涮鍋……等等產業，林林總總加起來，曹府的家產絕對是一個驚人的數字。

這麼大的產業，沒個明白人照顧，當然不成。

本來，曹楠也挺合適。但她常年跟隨鄧稷在外，許都城裡還有一座三戶亭侯府，也沒有精力來打理曹府產業。

黃月英也是趕鴨子上轎，偶爾幫著老夫人處理家務。但內心裡，黃月英更喜歡做學問，搞一些發明創造才是她的興趣。

蔡琰如果入了曹府的門，以她的學問、以她的聲望、以她的手段，絕對能把曹府打理得井井有條。

黃月英感覺得出來，蔡琰喜歡曹朋；而曹朋呢，對蔡琰也有那麼一點點的情愫。可這兩個悶葫蘆，誰也不肯開口。

本打算藉此機會刺激一下曹朋，讓他吐露心聲，哪知道這個壞傢伙……

黃月英心裡酸酸的，可還是覺得，蔡琰是個合適人選。

見曹朋倒在榻上，半晌後，黃月英苦澀一笑：這件事，看起來還是要妾身為你操心。阿福啊阿福，你什麼時候才能變得更主動一些呢？

細想，曹朋還真是不夠主動。

不管是黃月英還是夏侯真，都或多或少有些女追男的架式。特別是黃月英，為了曹朋，甚至和家人反目。雖然後來和好，可依舊是她主動出擊。而步鸞、郭寰和甄宓三人，似乎也是如此。

曹朋這傢伙從一開始，好像還真就沒有怎麼主動過，全都是她們自己靠上去……

曹賊

章十四
偷腥的男人沒人權

這個傢伙，還真是……

黃月英嘆了口氣，走上前為曹朋蓋好了被褥。

今天，他的確是累了！晌午頭殺了兩千多人，晚上去丞相府，又不知道受了什麼刺激。

坐在榻邊，黃月英輕輕撫摸曹朋那呈現清瘦的面頰。半晌後，她自言自語道：「阿福，既然你不肯主動，那就讓妾身想辦法，讓你主動起來吧。」

吹熄了油燈，黃月英悄然走出房門。

沿著曲折的迴廊，她來到了老夫人的住處。

「阿姑已睡下了？」

「老夫人今天心緒有些亂，尚未歇息。」

黃月英點點頭，揮手示意女婢退下。而後她來到老夫人的房門口，叩響門扉。

「誰啊？」

屋中，傳來老夫人頗有精神的聲音。

「阿姑，是我。」

「月英啊……這麼晚了，還沒有睡下？」

「阿姑，我有些事情，想與阿姑商量……嗯，是關於阿福的事情。」

屋子裡沉默片刻，緊跟著房門打開。洪娘子站在門口，笑咪咪道：「大夫人，老太太今天有些亢奮，妳來得正好，咱們一起，陪著老夫人說話。」

建安十三年，立秋。

荊南戰火再起，曹操在武陵，向長沙郡發動了猛攻。

與此前的戰事不同，此次曹操是真打。他兵分三路，以樂進為主帥，文聘和王威為先鋒，率部攻擊充縣；命張郃和徐晃二人，自下雋出兵，攻擊羅縣。同時，曹操親自督陣，以許褚為先鋒，魏延為側翼，直撲益陽。

十二萬大軍同時發動攻擊，令荊南局勢頓時變得格外緊張。

劉備坐鎮臨湘，命諸葛亮以汨羅江為防線，阻止張郃、徐晃；而後他又命張飛和馬良坐鎮益陽，與曹操周旋。充縣距離長沙郡稍遠，劉備使重金，請飛頭蠻出兵相助，憑藉當地的地形與曹軍糾纏不休。一時間，荊南遍地戰火，打得是不亦樂乎。

張飛在益陽城下，與許褚大戰百餘合，卻不分勝負。

此時馬良獻計，分出一支兵馬，由呂吉，也就是昔日呂布的義子韃廆吉統帥，連夜繞過雪峰山，出現在曹軍身後。許褚猝不及防，大敗而回。

族兄許定戰死在雪峰山下，損失慘重。許褚身受重傷，若非典滿、許儀拚死保護，加之魏延及時趕到，說不定就戰死在益陽城下。

此一戰，令曹操大怒。

他在沅南重新集結兵馬，六萬大軍，向益陽再次發動攻擊。

不過，此時的益陽並不好打。馬良獻計，在雪峰山設下小寨，與益陽遙相呼應。張飛坐鎮益陽，呂吉鎮守雪峰山，襲擾曹軍後軍，令曹操不勝煩惱。

別看雪峰山的敵人不多，卻神出鬼沒。曹軍不擅山地作戰，幾次圍剿，都無功而返。

就在這時，郭嘉獻計！

請五溪蠻出兵相助，由魏延統帥，負責清剿雪峰山之敵。而曹操呢，則專心攻打益陽。若說熟悉地形，擅長山中作戰？誰又能比得上山蠻？

曹操一開始，是想著建立威信，所以沒有令山蠻出兵。

郭嘉和荀彧都勸說道：「丞相，此時令五溪蠻出兵，正是好時候。丞相體恤山蠻，不欲令其出戰，是出於好心，但於山蠻而言，會認為丞相不把他們當成自己人，難免心生怨恨。這時候令其出兵，正是丞相籠絡山蠻，令其臣服之際。此前，新武亭侯已經打下了極好的基礎，現在丞相只須一聲令下，十萬五溪蠻必為丞相效死命。而於荊南山蠻，丞相這個姿態也可以令其產生猶豫。要知道，飛頭蠻和劉備，不過利益結合。」

這是給曹操臺階下。

曹操根本看不起五溪蠻，也不相信五溪蠻，所以才沒有讓沙騰出兵。如今陷入僵局，也使曹操不得不重新考慮。

在思忖良久之後，曹操決定聽從郭嘉等人的建議。

私下裡，他苦笑道：「沒想到老夫一世強硬，到頭來卻要受那小子之恩。」

『那小子』，就是曹朋。

郭嘉笑道：「阿福忠心耿耿，乃丞相之福。」

「什麼忠心耿耿！他少給我招惹些麻煩，我就心滿意足了。」

曹操說的，是曹朋殺伏壽、伏完等人，而後在白蘆灣斬殺兩千多人的事情。這件事傳到荊州，也是令荊襄震動。所有人對曹朋的膽大妄為，莫不面面相覷。

不過於曹操來說，他此刻這番話，聽上去更像是在炫耀。

郭嘉和荀彧相視一眼，微笑不語。

但荀彧的笑容裡，更多是一種複雜，一種……莫名的憂傷。郭嘉私下裡勸說他許多回，荀彧的心境也在不斷的發生變化。眼見曹操一統之勢已無可挽回，荀彧心裡明白，就算曹操無心篡位，恐怕也不得不篡了。

如曹朋於曹操，是族人關係。當曹朋的功勞達到了一個巔峰時，也不免被曹操所顧慮。

那麼曹操呢？當他真的一統天下之後，該如何是好？

還政漢帝？

那簡直就是一個玩笑。

昔年大將軍竇武前車之鑒，如果曹操把權柄交出，不用一天，就會人頭落地。

所以，曹操絕不會交權，那麼漢帝又當如何？

曹朋功高震主，可以用自汙的方式，來換取曹操的信任，而且曹朋是曹操的族姪，有這麼一層關係在，可以高枕無憂。但曹操呢？他同樣功高震主，就算他肯自汙，漢帝會像曹操對曹朋一樣寬恕他，信任他？

當然不可能……

可漢室若無曹操，則必亡。到時候天下重新大亂，諸侯再起，不免生靈塗炭。

荀彧心情非常複雜，一方面他理解曹操的做法，另一方面他對漢室始終存著一絲難以割捨的感情。不過，隨著這感情日益淡薄，荀彧早晚會做出決定。

這一點，郭嘉知道，曹操也同樣清楚！

對於曹操的得瑟，郭嘉和荀彧都沒有說什麼，只是心裡暗自鄙視：也不知那天聽到消息後，是誰連飲三觴？這時候卻出來說是一樁麻煩。

「那就請文若派人前往五溪縣，備厚禮，請沙騰出兵。」

「喏！」荀彧躬身領命，退出衙堂。

他前腳剛走，曹操後腳臉色就沉下來。

「奉孝，你給我寫信回去，給那臭小子，讓他休要生事。」

郭嘉一怔，愕然道：「丞相，怎麼了？」

沒聽說許都最近有什麼事啊！自從曹朋在白蘆灣大開殺戒之後，許都可謂風調雨順。據說今秋是一個豐收年，曹朋最近正幫著賈詡負責搶收等事宜。難不成許都又出事了？抑或說，曹朋又招惹了是非？

這傢伙，可真不讓人安心！

對於曹朋惹禍的本領，郭嘉可是非常清楚。

於是，他猶豫了一下，輕聲問道：「丞相，阿福怎麼了？」

「讓他執掌刑獄，他卻管到了我家裡事。」

「怎麼？」

「你看吧……」

曹操說著話，把一封信甩到了郭嘉面前。

信，是卞夫人送來，內容是說：蔡家有子，名阿迪拐，也叫蔡迪，是蔡邕的外孫，也是曹朋的學生，年十六歲……曾隨曹朋征戰河西，在南陽郡也立下過戰功，拜騎都尉。如今，蔡迪求學浮戲山書院，成績優良。

說了一大堆蔡迪的好話之後，卞夫人說：曹朋半月前登門，為蔡迪求親，求娶曹節。

郭嘉一看，頭嗡的一下子，頓時懵了！

曹朋這唱的又是哪一齣？

曹操滿臉怒氣，惡狠狠道：「必是節的母親，不願節入宮……也不知她怎麼找到了這臭小子，居然想出了這麼一個主意。還大張旗鼓登門求親，弄得許都城裡人盡皆知。奉孝，你說我是不是該把他召來，狠狠給他幾個耳刮子？」

「這個……」郭嘉搔搔頭，「此丞相家事，嘉實不知如何是好。不過蔡迪此子，倒也是個人才，生性堅韌，頗有毅力。況乎他為伯喈先生之後，若是以門庭論，倒也不算委屈了二小姐。所以此事，還請丞相定奪。」

「這個……」曹操苦笑搖頭。

他何嘗不知道蔡迪是蔡邕外孫？想當年，他還求學蔡邕門下。如果他不是丞相，那麼把女兒嫁給蔡迪，也算不錯的選擇。可現在，他有些苦惱了……

拒絕？那臭小子既然摻和進來，肯定不會善罷甘休。

不拒絕？那他又該如何控制住皇城後宮？

最讓曹操惱怒的是：曹朋你好好做你的事，沒事兒在我家裡攪和什麼？你他娘的很清閒嗎？

不過，如果從另一方面而言，曹操又很高興。

這臭小子，還真不把自己當成外人！

就這一點而言，曹操非常喜歡……

「算了，這件事我自有主張。奉孝，你寫封信回去，讓那混帳東西老老實實給我做事，休要再給我招惹麻煩。」

「喏！」

「慢著……」曹操眼珠子突然一轉，「我聽說，昭姬而今，就住在新武亭侯府？」

「是啊！」郭嘉不免露出羨慕之色，「我還聽說，蔡夫人也時常去許都拜訪，同樣住在他家中。此前他從荊州離開，據說還帶了大小兩個女人，甚是動人。」

可憐我郭奉孝，風流倜儻，相貌英俊，卻從沒有這等豔福！

郭嘉的家教很好，家裡面都是鍾夫人做主。鍾夫人的品性是好的，只是……據說醋性很大。

曹賊

章十四 偷腥的男人沒人權

郭嘉偶爾在外面風花雪月一下，也不是不成，可要是把別的女人帶回家，鍾夫人可就要變臉了。以至於郭嘉而今只能偷偷摸摸的偷腥，從不敢帶女人回家。

可曹朋這傢伙，來一趟襄陽，騙走了一個劉荊州夫人；在荊南待了幾個月，竟然又帶走了兩個女人……

這人世間最大的痛苦，莫過於是面前有一個漂亮的女人，卻又動彈不得！

郭嘉在一旁自哀自憐。

可曹操的心裡，卻在飛快打著算盤：你個臭小子竟然敢管我家裡的事情，我還沒找你麻煩，你就找我麻煩？

「你說，昭姬和阿福之間，是不是真有姦情？」

「這個……卻不好說，嘉平日裡不甚注意這些事情。」

「我的意思是，如果我做主，讓昭姬嫁給阿福……許以正妻，他會如何？」

那還不亂套了？

當初夏侯淵要嫁姪女，都差一點把奉車侯府給掀了。如今，你要把個二嫁的寡婦嫁給曹朋，恐怕新武亭侯府少不得要熱鬧了。

只是……

郭嘉突然想到了一件事。

沒等他開口，就聽曹操道：「就這麼決定……他摻和我家事，我就讓他家裡雞犬不寧！」

有時候，曹操就像個小孩子一樣，做事非常隨性。

他這一拿主意，郭嘉反而不好再說什麼了。

你把蔡琰嫁給曹朋，這沒什麼……可你摻和他家事，他恐怕也要攪得你家裡雞犬不寧。對了，萬一你老人家的閨女真嫁給了蔡迪，那你們這輩分，該怎麼算才好？

一想到這個，郭嘉打了個寒顫，閉口不語。卻見曹操得意洋洋，他也只能在心裡一聲嘆息……

「啊嚏！」

曹朋打了個噴嚏，揉了揉鼻子。

誰在罵我？

他撓撓頭，旋即把這件事拋在腦後。要罵他的人多了去，雖然許都日報最近一段時間罵他的文章少了許多，可那是被曹朋實實在在嚇住了。私底下，不曉得有多少人在咒罵他……

好在，他的老師龐德公，還有胡昭來信，給曹朋不少寬慰。

兩人信裡的內容，都是說不要在意別人如何評價，你只需要無愧於心，便足夠了。

曹朋在這件事上，還真沒有什麼愧疚。

他不殺人，人就要殺他。

看似他殺了不少人，但實際上，他救了更多的人……

這件事若是讓曹操來處理，恐怕牽連會更廣，殺戮會更重。如今，以兩千多性命，換取了北方的平靜，許都的安寧。細想之下，曹朋覺得還算是划算。

至於別人怎麼說？

蝨子多了還怕咬？你們想怎樣罵，就怎樣罵。惹怒了我，看是我刀把子硬，還是你們的嘴硬！

得到了胡昭、龐德公等人的體諒，曹朋很高興。

同時，王雙也從徐州返回，告訴曹朋，已經把劉光一家送往呂漢歸漢城。

劉光在登船時，託王雙帶了一句話。

偷腥的男人沒人權

「從此世上再無劉子玉，若友學他日前往呂漢，不妨和一個名叫文廣的老朋友喝一杯水酒，暢談世事。此亦文廣少年時，最為期望的事情。」

劉光想開了，去掉了刀鋒，專心文事。再無光復之心，從今以後，鑽研學問。

文廣，不就是劉光自己嗎？

他少年時，也正是曹朋少年時，最希望的事情是和曹朋成為好朋友。但造化弄人，他們沒有成為朋友，卻成為了對手。

當初，劉光贈曹朋小獒，如今小獒已經長大，更生下了六頭小獒……

連王雙，也是劉光所贈。

可能劉光已經不記得王雙這個人，但這份情意，曹朋卻不能不記在心裡。

聽了王雙一番話，曹朋也不由得輕輕嘆了口氣。

這是個灑脫的人，當他卸下了包袱之後，也許會過上一種逍遙快活的日子！

若有機會，真想去歸漢城看一看！不僅僅是看一看劉光，還想要去看看呂藍，還有呂藍為他生下的雙胞胎。

「周大叔，可好？」

「周靖海甚好……他讓小人轉告公子，說東陵島水軍已初具規模。再給他三年時間，他就可以建立起一支能夠登陸江東的水軍。」

如此，甚好！

周倉如今也結婚了，娶的是海西徐氏女。聽說，這徐氏還是徐州刺史徐璆的姪女兒，長得甚為動人。徐璆願意把姪女嫁給周倉，也代表著周倉得到了徐州世族的認可。

回想起來，曹朋一直覺得，他最對不起的就是周倉。

周倉是最早跟隨他，從南陽一路逃難，放棄了自己的基業，來到許都。而後又跟隨他和鄧稷，去了海西。這一去，就是十年。後來歸附曹朋的潘璋、甘寧，大都已秩比兩千石。唯有周倉，依舊留在海西，駐守在偏僻的東陵島上……可是，卻從無怨言。

如今他成了親，也算是有了根基。

曹朋自然替周倉感到歡喜，同時內心又增添了許多期望。東陵島水軍若是打造出來，可以直逼吳郡，也能兵臨會稽。

江東漫長的海岸線，固然是一道天塹，可是對曹朋而言，又何嘗不是一處巨大的破綻？當曹軍可以從容在海上登陸江東的時候，江東必然會出現混亂。

只不過，這需要一個過程。

東陵島水軍的建設，正如周倉所言，沒個三年五載，難成氣候。也罷，十年都等過來了，再等十年又有什麼關係？曹朋想到這裡，倒是寬心許多。

午後，廷尉沒什麼事務。曹朋通知法正等人，而後帶著沙摩柯和文武，施施然回到了侯府。遠遠就看到侯府門外，停著兩輛馬車，看馬車的式樣，似乎不是普通人家。

這一個多月來，還是第一次看到有人登他新武亭侯府的大門。

「誰來了？」

曹朋在府門外下馬。自有門丁跑出來，接過馬韁繩。

曹朋在許都城裡，騎的不是獅虎獸。狹窄的街道，也不適合獅虎獸的性子。所以平日裡曹朋把獅虎獸丟在城外田莊，反正千畝地足夠獅虎獸奔跑馳騁。

門丁連忙回道：「是西河羊太守一家來訪。」

西河羊太守？

曹賊

章十四

偷腥的男人沒人權

曹朋旋即反應過來，這西河羊太守就是當初和他一同前往南陽郡，出任郡丞的羊衜。

怎麼，他升官了？居然一下子就當上了西河郡太守？

不對，西河郡不是在並州嗎？那並州，可還是高幹的地盤……難道說，老曹已經決定要出兵西河？

那倒是很有可能！

鄧稷在河東已快兩載，在河東衛氏的幫助下，鄧稷也站穩了腳跟。

如今幽州穩定，冀州平靖。特別是今年冀州豐收，使得曹操無須再從河之南向冀州等地輸出。在這種情況下，收復並州，已迫在眉睫。

曹操的根基已經打好，這兩年對並州的圍剿和制裁，令並州混亂不堪。高幹的統治，若非靠著劉豹幫忙，恐怕無以為繼。這種情況下，攻取並州最為合適。只要曹操這邊興兵，並州各地就會立即回應。同時，隨著河北地區的平穩以及恢復，曹操也具備了抵禦鮮卑人的能力。在這種時候任命羊衜為西河太守，也能夠理解。

羊衜的妻子，便是蔡琰的妹妹。他們過府前來拜訪，似乎是情理之中……

曹朋搔搔頭，露出無所謂的樣子，邁步便走進了侯府。

蔡琰正在偏廳接待羊衜夫婦，偏廳外，不見人影。曹朋眼珠子一轉，突然來了興致，偷偷摸摸在偏廳外駐足，側耳聆聽那偏廳裡的談話。

「……姐姐住在新武亭侯府，終歸不太方便。雖說曹侯於姐姐有恩，可是在外人眼裡，始終不是曹府中人。這長期在曹府居住，恐怕於姐姐和曹侯的名聲都不太好，不如搬去我家吧。」

說話的，是一個女人。

這麼稱呼蔡琰的女人，那定是蔡貞姬，也就是蔡琰的妹妹。

蔡琰似乎有些猶豫，沒有開口。

卻聽蔡貞姬又道：「姐姐漠北還家，已有多年，至今仍舊孤苦一人，小妹看在心裡實在不忍……以前，阿眉拐和阿迪拐還小，姐姐不肯嫁人，小妹能夠理解。可是現在阿迪拐已官拜騎都尉，就學浮戲山書院，拜得名師，早晚能成大器。阿眉拐的年紀也漸漸大了，姐姐總要為自己做一些考慮才是。這女人，終究是要有個男人呵護才好，總不成一世孤苦……若父親泉下有知，怕也會心疼姐姐。」

「貞姬，妳說這些話，究竟是何意思？」

「姐姐，小妹並無別的意思，乃是為姐姐著想。其實，以姐姐的才華和長相，多少人求之不得，輾轉反側？我這次來，是受家翁所託，為姐姐尋一門親事。進之有一族兄，年紀大了些，卻是個飽學之士，在當地也頗有名望。他仰慕姐姐已久，故而託家翁，向姐姐求婚。那位族兄乃孝廉出身，如今也在許都做官，與姐姐卻是天作之合。」

曹朋在門外一聽，頓時怒了……

「咳咳！」

伴隨著兩聲低沉的咳嗽聲，曹朋終於登場。

開玩笑，若再不出現，腦袋可就要綠了！不管怎麼說，蔡琰和曹朋有了肌膚之親，如果再嫁給別人，豈不是讓曹朋腦袋發綠？對於一個有著後世思想的大男人而言，這種事情，絕對是叔叔可以忍，嬸子不能忍。

「君侯！」

當曹朋進屋的時候，羊衛夫婦也都起身。

跟隨羊衛身邊的，還有一個小孩子，大約五、六歲的模樣。這孩子便是羊衛的兒子，名叫羊發。

蔡琰也站起身來，但並未出聲。

倒是曹朋毫不客氣的往蔡琰身邊一坐，看著羊衜問：「進之，今天怎麼有空了？」

「啊，君侯！」

如今的羊衜，和曹朋的距離已經拉開。雖然官拜西河太守，但實際上卻還未上任。西河至今仍屬於高幹的控制地區，所以羊衜這個西河太守幾近於無。曹朋呢？則已經從早先的南陽郡太守升為九卿之一，後將軍，開府儀同三司，得曹操寵信。

二者之間，不可同日而語。所以羊衜見曹朋，也必須是恭恭敬敬。

「回君侯，衜不日將往河東，探查西河狀況。拙荊也要陪我前往，想到此一去西河，不知何時能夠返還，所以來拜會姐姐，順便與君侯問安。」

「哦，去西河。」

曹朋看似神態輕鬆，但言語間，卻流露出一抹古怪之氣。

「既然如此，進之還是早些赴任為好。西河局勢複雜，胡漢混居，加之高幹與匈奴聯繫緊密，恐怕也不太容易對付。若有需要幫忙之處，不妨聯絡我姐夫，想來能給進之幫襯一二。」

曹朋的姐夫，自然就是河東太守鄧稷。

以品秩而言，鄧稷要高羊衜一籌。畢竟河東屬於上郡規模，而西河只是下郡的規模，兩者之間雖說都是兩千石俸祿，卻一個比兩千，一個中兩千石，還是有所不同。不過西河，屬於並州治下，與河東並無屬從關係。

可是，如果羊衜想要往西河赴任，鄧稷的協助，也的確是不可或缺……

曹朋說得很客氣，卻帶著一絲絲送客之意。

以羊衜之聰明，理應能夠聽出端倪。但也不知是為什麼，今天羊衜的反應卻很遲鈍。

「貞姬久未見大姐，想念得很。此次登門除了探望大姐之外，還有些家事需要和大姐商議一二。」

什麼事！不就是讓蔡琰嫁人？

這種事情斷然不可！回頭打聽一下那該死的族兄是什麼人，找個法子把那傢伙趕出許都。

曹朋心裡已暗自做出了決議，但臉上仍帶著和煦笑容，頗為好奇的問道：「是什麼事？不知我可否旁聽？」

「這個……」

曹朋的這個要求，未免有些過分。

而蔡琰的臉，頓時紅了。

蔡貞姬大約三十上下，與蔡琰頗有些相像。只是和蔡琰的溫婉性子相比，蔡貞姬更顯潑辣一些。她聲音比蔡琰沉，沒有蔡琰說話時的柔和。

聽到曹朋開口，蔡貞姬也不客氣。

「既然君侯也在，那妾身就斗膽說了。大姐年紀不算小了，這麼一直孤零零的，總讓人不太放心。妾身將要和夫君前往河東，日後大姐身邊，連個照應的人也沒有。思來想去，妾身覺得有些不妥，所以就想著為大姐尋一門親事。正好夫君有一位族兄，如今在鴻臚寺做事，知書達禮，性情溫和，是個頗有學問的人。」

「妾身覺得，大姐和夫君那位族兄頗為契合，故而和大姐說。可大姐一直不說話……正好君侯來了，何不勸說一下大姐？那族兄雖說年紀大些，但家境還算不錯，知道疼人……大姐若嫁給他，一定會非常快活。」

蔡琰用眼角的餘光，偷偷瞟了曹朋一眼。

曹朋笑了笑，「蔡姐姐在這裡也很快活，又何必要嫁個陌生人呢？她既然不說話，那肯定是不願意……既然如此，二姐妳又何必強人所難？」

章十四
偷腥的男人沒人權

從某種程度上而言，曹朋的態度已表明清楚。

可蔡貞姬那潑辣的性子，卻是斷然不肯甘休，聽聞曹朋這番話，她頓時怒了。

「君侯此言差矣。姐姐乃二嫁之身，而今住在這侯府，名不正言不順，說出去總是有些難聽。我知道君侯可以不在乎，但姐姐卻不能不在乎。再說了，我父若在天之靈，也不會同意這種事情。女人若沒個歸宿，終究不是常事。」

這話，可就說得有點毒了！

蔡琰臉色慘白，下意識握緊了拳頭。

也不知道是蔡貞姬有意還是無心，蔡琰二嫁之身是個忌諱……要知道，嫁給衛仲道或許還好說，但劉豹……那對於蔡琰來說，絕對是一個夢魘。

蔡貞姬這麼一說，曹朋也惱了。

「我說了，蔡姐姐不嫁，誰也不嫁……好了，若沒什麼事，早些回去吧。」

「你是什麼人？」

「嗯？」

蔡貞姬呼的站起來，大聲道：「君侯，妾身敬你是當世英雄，更有清名。可我姐姐的事情，與你有什麼干係？姐姐住在侯府，你可知道外人怎麼評論？你可以不顧及那麼多，但我姐姐呢？她的清名該如何洗刷？再說了，我和姐姐說的是我蔡家的事情。君侯你雖然位高權重，但摻和我蔡家的事情，似乎也過於霸道了些吧？別人懼你曹閻王，我卻不怕。」

呀，這娘兒們今天是找事不成？

蔡文姬臉色煞白，忙起身道：「貞姬，莫再說了。」

「憑什麼不能說？」

蔡貞姬得理不饒人，大聲道：「姐姐妳要知道，父親雖然故去，卻依舊享有清名。妳這麼不清不楚的住在君侯府上，又算得個什麼身分？妳知道外面怎麼說妳的嗎？他們說姐姐妳不知羞恥，不守女誡……貪戀權勢，愛好虛榮，所以才在君侯府上。妳可以大門不出，二門不邁，可妹妹還要見人，妳讓我的臉如何放？妳讓父親在天之靈也不得安息嗎？」

「貞姬，住口。」

「妹妹……」

羊衛覺得蔡貞姬說得有些過火了。

而蔡琰扶著大椅扶手，臉色蒼白，搖搖欲倒……

曹朋忙上前扶住她，看著她那楚楚可憐的樣子，頓時怒從心頭起，惡向膽邊生。

「妳這女人好生放肆。姐姐住在我這裡好好的，偏妳跑來說三道四。好，妳說蔡姐姐沒名分，我就給她名分，我倒要看看，哪個混蛋還敢說三道四的亂嚼舌頭！」

「阿福！」

「怕什麼，我們有過肌膚之親，難不成讓妳再嫁別人？羊進之，你那族兄叫什麼，老子這就去砍了他的狗頭，看哪個還敢娶蔡姐姐！」

曹朋暴走了！

卻說得蔡琰滿臉羞紅。

這種事，你怎能當著人的面說出來？

不過，她心裡面又多了些甜蜜：這也說明，阿福心裡並非沒有我這殘花敗柳。

羊衛微笑著在一旁坐下，一聲不吭。

蔡貞姬也閉上了嘴巴，嘻嘻一笑，不復言語……

從後堂轉出來一群人，卻是黃月英和夏侯真攙扶著老夫人，尚有步鸞、郭寰和甄宓三人跟隨。

曹朋話一出口，也覺得有些不對勁。蔡貞姬平日裡雖然潑辣，但也不是個不知死活的娘兒們，今兒怎麼說話這麼衝？等到老夫人等人出現，他恍然大悟。

而蔡琰更是目瞪口呆，羞紅了臉，不知如何是好。

黃月英笑道：「阿福，你還說不關你事？怪不得那天晚上我才一說，你就要睡覺，原來是心裡有鬼。」

「妳們……」曹朋頭皮都要乍立起來。

還是老夫人開口，為曹朋解了圍。

「阿福，昭姬是個好閨女，更對你有救命之恩。以前你爹就說過，若你想，就娶了便是。可昭姬是名門之後，出身不凡，娘總覺得你配不上她。沒想到，你二人……呵呵，若不是月英告訴我，我還不知道。今天這一齣，是老身設計，請來了羊太守夫婦，為的就是讓你說實話。」

「你這孩子，什麼都好，可有什麼心事，卻喜歡憋在心裡，不說出來。娘也知道，你是怕我們擔心。可有些事，你不說出來，娘怎麼知道你怎麼想？要不是月英覺察到了，你們兩人難道就一直這麼偷偷摸摸下去？終究不是個事情。」

說著話，老夫人一抬手，「昭姬，妳過來。」

蔡琰扭扭捏捏，實在不知該如何是好。

就聽老夫人道：「妳是個苦命孩子，又有恩於阿福。老身也想過，有妳這麼一個媳婦，可又覺得妳出身擺在那裡，阿福配不上妳。今天把話既然說明了，那老身只問妳一句話：妳願不願意，進我曹家的門呢？」

蔡琰臉通紅。

她活了三十多年，經歷過許多磨難，也算是見多識廣。可她發誓，這輩子都沒有像現在這樣尷尬過，埋藏在心裡的小秘密一下子被拆穿了，讓她很有些磨不開。可拒絕嗎？她當然不太願意……接受？卻又太過於羞人。

「娘……」

「你住嘴！」老夫人突然瞪眼，一聲沉喝。

曹朋本來打算站出來為蔡琰解圍，可是被老娘這麼一吼，頓時又縮了回去。

「妳若是不吭聲，老身就當妳答應了。」

「嗯！」蔡琰輕輕應了一聲，卻猶如蚊蚋。

「好了，阿福！」老夫人突然道：「去向羊太守夫婦道歉……你說你，剛才說的那是什麼話？好歹你而今也是九卿之一，怎地說起話來不經腦袋，活脫脫中陽鎮的一個無賴漢呢？」

「這個……」

曹朋搔搔頭，拱手向羊衜一禮，又向蔡貞姬道歉。

被人設計了，還得道歉！這還沒地方說理了……

「昭姬，咱們走吧，有些事情，還需與妳說明。」老夫人說著，拉著蔡琰就要離開。

蔡琰連忙緊走幾步，搭著老夫人的手臂，低著頭，紅著臉，默默離開。

「月英，妳這是……」

「莫得了便宜還賣乖，這次卻是便宜了你！」黃月英低聲道：「如果還有下次，休怪我不客氣。」

「不敢，不敢！」

夏侯真幾人，眼中含著幽怨，看了曹朋一眼，隨老夫人走了。蔡貞姬也忙起身，與眾女一同離開。

於是，這偏廳裡，只剩下羊衜和曹朋兩人。

章十四 偷腥的男人沒人權

曹朋看著羊衜，而羊衜也看著曹朋。

半晌後，羊衜突然道：「君侯，此事和我無關。是夫人突然找上門，而貞姬又確實希望大姐能有個好歸宿，所以才有了今日的事情。剛才貞姬言語中多有得罪，還請君侯切勿要怪罪。」

我，有權利怪罪嗎？

曹朋也是尷尬一笑，突然話鋒一轉：「進之，你那族兄……」

「哦，假的！」

「啊？」

「我可沒有這麼一個膽大包天的族兄，敢來招惹君侯的逆鱗。那都是貞姬杜撰出來，為的就是逼君侯表明態度。我雖然反對過，可黃夫人卻說，若不如此，只怕君侯也不會站出來，下官也是迫於無奈之舉。」

好傢伙，原來從頭到尾都是在做戲……

曹朋看著羊衜，最終也只能是無奈一聲長嘆！

有這麼一個聰明伶俐且善解人意的老婆，不知是福是禍。但曹朋能覺察到，恐怕經此一事，黃月英的地位會更加穩固，而自己的地位將隨之降低。

偷腥的男人，沒有人權啊！

不過旋即，曹朋便明白了黃月英所說的那句『便宜了你』，究竟是什麼意思。

原來，黃月英並不只是找來了蔡琰一人。她還看出孫尚香對曹朋的情愫……

對於孫尚香，黃月英也是有過一番考慮。這女子也是個癡情人，當年在吳侯府的匆匆一面，竟使得她這十年來小姑獨處，對曹朋念念不忘。如今為了曹朋，又背井離鄉。

這份感情，值得敬重。

說起來，孫尚香的身分地位，倒也能配得上曹朋。

可問題在於，孫尚香的身分不能公開。黃月英思來想去，還專門找到了孫尚香說話。言語間，她流露出可以接納孫尚香的意思，但卻無法給孫尚香一個妻子的名分。也就是說，孫尚香可以嫁給曹朋，但必須是以妾室身分。

這樣一來，可以掩蓋孫尚香的來歷。同時，也能給遠在滎陽的大喬夫人一家，有一個妥善的身分。

孫尚香一開始感覺很委屈，甚至跑去了滎陽，找大喬哭訴……但大喬夫人卻覺得也並非不可以。

「妻妾，其實就是一個名分。只要妳能得曹朋的歡心，比什麼都重要。」

一方面，孫尚香不捨曹朋，另一方面她也無法再回江東。

她偷偷放走了大喬夫人一家，孫權必然極為憤怒。更何況這件事當中，還牽扯到了許多人，有會稽太守賀齊、鄱陽令陸遜、建昌都尉太史慈等等。孫權即便是懷疑這些人，可沒有證據，他也對這些人無可奈何。但孫尚香一旦回去，這些人必然會有麻煩。

孫尚香在大喬夫人的勸說之下，最終答應下來。

也就是在這時候，卞夫人突然來到了新武亭侯府，說是奉丞相之命，為曹朋說親。說親的對象，恰好是蔡琰。

曹朋當下，順水推舟答應下來，倒也少了許多麻煩。

不過，親事定下了，卻還要一段準備的時間。黃承彥受曹操之邀，返回江夏，說是有要事託付。走之前，黃承彥惡狠狠的警告曹朋，若再敢勾三搭四，必不饒他。

事實上，經此一事，曹朋在侯府地位日漸低下。

黃月英雖說成全了蔡琰和孫尚香的事情，可心裡面終究是有些怨念。連帶著夏侯真、步鸞、郭寰和

章十四

偷腥的男人沒人權

甄宓四人，也表示有些不高興。

同時，曹朋和蔡琰訂了親，蔡琰也不能再住在侯府，她便和羊衜、蔡貞姬夫婦去了羊家借住。孫尚香和蔡琰一同離開，等候曹朋採納迎娶。

換句話說，在成親之前，曹朋恐怕是無法再見到她們。

老婆的數量增加了！可自己卻變成了苦行僧……

這也讓曹朋好生悲催，無盡的精力只好投注在公務之上，或者和黃忠、龐德在田莊裡操演人馬，比武練功。

日子，就這樣一天天的過去。

八月十五，曹朋終於迎娶了蔡琰和孫尚香兩人過門，在許都造成了不小的影響。

受早先誅殺伏完滿門之事，曹朋的名聲大不如前，不過即便如此，還是有不少人來道賀。蔡邕雖然已經死去，可是門生故吏不少，加之其士林之名，倒也沒有讓婚宴顯得太過於寒酸冷清。

對曹朋娶蔡琰，似乎意料之外，又情理之中。

早在當初曹朋從西北返回，於滎陽鬼薪服刑的時候，他和蔡琰之間的緋聞就被許多人津津樂道。只是後來蔡琰搬到了滎陽，和曹朋沒有太多的接觸，加之曹朋隨後前往南陽郡赴任，這事情也就漸漸淡了。

如今，兩人突然成親，讓不少人措手不及。

最吃驚的，還是在浮戲山的蔡迪。

當蔡琰下嫁給曹朋之後，蔡迪正式改名為曹迪。而阿眉拐，也變成了曹眉。

曹家似乎又興旺了許多！

然而就在入九月時，荊南戰局，風雲突變……

曹操攻克益陽，使得長沙大亂。原本劉備分兵迎敵，而今益陽告破，卻使得諸葛亮腹背受敵。無奈之下，諸葛亮立刻棄守汨羅江，馳援張飛。把張飛救出之後，兩軍會合，沿湘水南下，退守臨湘。

雪峰山呂吉，在五溪蠻出兵之後，節節敗退。魏延連戰連勝，擊潰呂吉所部之後，奉曹操之命，迅速脫離大隊人馬，向沅陵縣靠攏。此時，充縣之戰正熾，陳到在得了飛頭蠻之助後，與曹軍鏖戰，難分難解。可隨著魏延逼近沅陵，使得飛頭蠻緊張起來。飛頭蠻心懷顧慮，不敢再大張旗鼓幫助陳到，反而棄守沅陵，退至辰陽。

失去了飛頭蠻的幫助，陳到也不得不收縮兵力，從原先的僵持，轉變成為了守勢。同時，陳到急忙向劉備求援，希望能夠得到援兵。

荊南戰局，開始向曹操傾斜。劉備的末日，似乎已經到來。

時入九月，荊南天氣突變，綿綿細雨，使得曹軍感覺極不適應。而荊南的地勢，也令曹軍不得不暫緩攻勢。特別是隨著天氣轉寒，不少曹軍將領病倒，使曹操頗為無奈。

荊南的寒冷，與北方的寒冷不一樣。

幽州苦寒，卻尚能抵禦；但荊南之寒，卻是刻骨銘心，令人難以承受。

似張郃、徐晃等人，都是北方將領，乍遇荊南這種天氣，一下子就臥病不起，難以繼續戰鬥。連曹操也染了風寒，並且伴隨有劇烈的頭疼出現。曹軍只能停止下來，從襄陽急召張仲景、華佗等人前來治療。到現在曹操才明白，為何當初曹朋堅持要讓張仲景等人留在襄陽。這南方的深秋，還真讓人有些不太適應。

曹軍攻勢停止，可是劉備卻不會停下來。

藉曹軍大面積病倒之後，劉備得到了喘息之機。在和諸葛亮等人商議之後，都認為荊南很難再堅守。可是，就這麼放棄荊南？劉備又不太甘心。

「亮有一計，可使江東與曹操反目。」

「軍師快說。」

「孫權一直對荊州虎視眈眈，而今得了桂陽郡，卻不滿足。從他在桂陽的舉動來看，孫權對長沙，乃至荊南四郡，都存著巨大野心。如今之計，主公可讓出長沙，送與孫權。亮以為，孫權就算明知這是二虎相爭之計，也會不顧一切的吞下這個誘餌。只要江東與曹操相爭，主公就可以獲得喘息之機，捲土重來。」

放棄長沙郡？

劉備不免有些猶豫！

雖明知道長沙郡很難守住，可是要他平白放棄，未免感到不捨……這裡，可是他的根基啊。

「軍師，棄守長沙，我們又當如何是好？」張飛起身，大聲問道。

諸葛亮微微一笑，看著張飛道：「三將軍莫急，亮已有所計畫。此前，益州牧劉璋，曾多次邀請主公前往成都。而今長沙既然難以保住，索性交給孫權，咱們前往益州，投奔劉璋……益州，天府之國，物產豐富。當初亮曾獻策，以荊州為根基，西取益州，東連孫權，抵禦曹操。既然荊州無法占據，那就只有取道益州。只要咱們能在益州站穩腳跟，到時候可揮兵奪取漢中，北上征伐關中……此，今主公唯一出路，請主公三思。」

謀取益州，征伐關中？

劉備沉吟良久，終於下定決心：「就依孔明之計！」

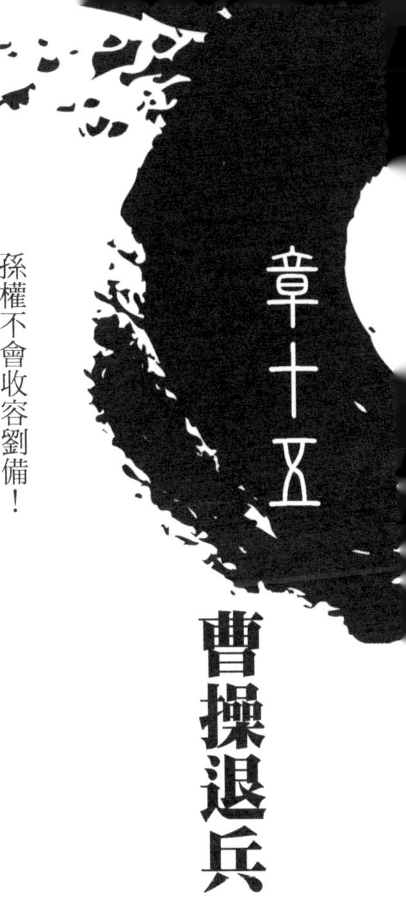

章十五 曹操退兵

孫權不會收容劉備！

如果是接收劉備手裡的那些力量，想必他會非常高興。可是收容劉備？孫權不願意做那種養虎為患的事情。想當初陶謙邀請劉備，結果把徐州送給了劉備；劉表接納劉備，卻使得荊州內部一下子變得四分五裂。

這是個野心極大的傢伙，孫權不得不認真考慮。

但是，如果讓他接收長沙郡，孫權義不容辭……

要知道，孫氏兩代，父子三人，對荊州的渴望從來都沒有停止過。孫權繼位以來，雖說極力克制自己的野心，但是對荊襄九郡的野心卻越來越熾烈。只不過礙於曹操，令孫權沒有機會下手。如今劉備把長沙郡送上來，對孫權無疑有著巨大誘惑。有了長沙郡，他不但可以在荊南進一步擴大地盤，還可以讓江東水軍橫行江水，甚至延伸至雲夢澤。

如此巨大的誘惑，孫權又怎能拒絕？

劉備壯士斷腕，讓出長沙，說實話，也是不得已而為之的選擇。如今的局勢，他想要立足荊州，難

度太大。特別是五溪蠻歸附曹操之後，令曹操掌控一部分武陵山蠻的力量，哪怕劉備手中尚有飛頭蠻可以利用，但還是受到巨大的鉗制。

在這種情況下，劉備唯有讓出長沙，西進巴蜀。

也許，有人會問了：劉備的人品既然這麼差，劉璋怎麼會同意讓劉備入川？

事實上，劉璋邀請劉備入川，在巴蜀也是有過激烈的爭吵。很多人並不同意讓劉備進入益州，可是劉璋再三考量後，還是決定收容劉備。

川中的狀況，並不容樂觀。隨著各種劣幣的充斥，令巴蜀物價飛漲，物資也隨之出現了短缺。

曹朋對益州的策略，就類似於後世美國的策略——我花費金錢，購買各種資源作為儲備，等到你資源匱乏之時，我就能夠掌控住大部分的資源。

西川，天府之國！

但若說物資豐富，也是相對而言。

曹朋透過河西商會下屬的各種商隊，不斷加大與巴蜀之間的貿易往來，同時統一了北方貨幣，封鎖劣幣流通。這情況也造成了西川貨幣持續貶值，即便是劉璋在年初出面調整，效果也不甚明顯。

最可怕的，還是在於北方貨幣不斷向西川滲透。

製作精美的建安重寶，想要打造出來並不容易。除非官府統一發行，若私鑄建安重寶，且不說能否製作精良，單只是工費，恐怕就要超過建安重寶的本身價值。如此一來，建安重寶逐漸開始取代了西川所盛行的漢五銖，成為一種硬通貨。劉璋即便是有心阻止，可市場的糜爛，讓他也無可奈何，只能眼睜睜看著西川民生面臨崩潰。

在這種情況下，原本與劉璋有著不錯關係的南蠻，開始出現了騷動……

南中四郡，是漢人和土著混居之地。

曹賊

章十五

曹操退兵

南中豪強雍闓野心勃勃，趁西川混亂之際，聯合了牂牁太守、越嶲土著酋長高定、南中豪強孟獲等人，公然宣稱拒絕劉璋的政令，形同獨立。

那孟獲，在南中頗有聲望，不管是在漢人還是在土著當中，很得信任。

建安十三年初，孟獲暗中說反當地土著，南中三十六洞洞主同時起事，自號大王，脫離西川的管轄。並且在孟獲的鼓動下，連連出擊，試探劉璋的底線。

如此狀況下，西川出現了巨大的危機。經濟的糜爛、南蠻的威脅……劉璋父子統治西川二十餘年，迎來了一場從未出現過的巨大危機。

人心浮動，物價飛漲！

漢中張魯也虎視眈眈，試圖向西川發動攻擊。

內憂外患之下，劉璋已無力應付。正好這時候，劉備也出現了危機，於是便有人向劉璋建議：若劉備不可居荊南，何不令其入川，駐守越嶲郡，抵禦南蠻土著？

時益州從事黃權，卻勸說劉璋：「劉備，梟雄也，狼子野心，不可輕與。當初他走投無路，劉表將其收留。可此人在荊州，卻收買人心，拉攏劉表重臣，令得荊州內部混亂不堪。若非如此，曹操焉能兵不刃血，奪取荊襄？」

「今若請此人入川，恐西川危矣。主公還須三思，西川而今雖有此混亂，卻並非不可治理。年初時，主公命劉巴出仕，接手西川事務，雖未有建樹，但或多或少也有所平抑。此等狀況下，請劉備入川，無異於引狼入室，主公不可不小心才是。」

黃權，字公衡，巴西閬中人。歷史上先效力劉備，後歸降曹魏，拜車騎將軍。

此時黃權為劉璋主簿，自然奮力勸說，試圖阻止劉備入川。

劉璋聽了黃權勸說，意動了！

沒錯，劉備的名聲可不是太好，走到哪兒，哪兒就會出現混亂，著實不讓人放心。

本來劉璋已經放棄了這個想法，可不成想卻被女婿費觀勸說。

這費觀，字賓伯，荊州江夏人士。此人與劉璋有著極為親密的關係。劉璋的母親，就是費觀的族姑。費觀少而入川，得劉璋所重，將女兒嫁給了費觀。所以，費觀雖是荊州人，但在西川，倒是頗有威望，甚得劉璋的寵信。

時費觀正年輕，尚不足而立之年，平常和妻子在州牧府居住。這一日劉璋回家，愁容滿面，費觀便上前詢問。

劉璋把他的想法告訴了費觀，「吳懿說，可以請劉備入川，抵禦南蠻。可是黃公衡卻不贊同，認為劉備入川，如引狼入室。我也知道，劉備此人素有野心。可也不得不承認，此人打仗確是一把好手。他屢敗曹操，非戰之罪，實他實力不如人。若是有他鎮守南中，倒是可以令我無後顧之憂。」

費觀一聽，立刻表達了意見：「劉備，漢室宗親也，與丈人乃同宗。今漢室衰頹，丈人為大司徒，自當聯絡漢室宗親，以圖將來復興漢室。劉備而今，走投無路，若丈人收留，必會感恩戴德。再說了，南中荒冷，多為土著蠻人，他駐守南中，與丈人並無太大影響。丈人只須封鎖水陸咽喉要道，便可以令此人老老實實，不敢輕舉妄動。觀以為，如今令劉備入川，倒也不算壞事。」

「黃公衡，西川人也。其人雖有才華，可是卻多有地域之見，排斥外鄉人，令西川難以吐故納新。依我看，他還是存有私心。若劉備入川，恐怕會壞了他的好事。」

「是嗎？」

劉璋本就是個耳根子比較軟的人。費觀又是他女婿，而且還是母親族人，自然更信費觀多一些。

在費觀的勸說下，劉璋最終還是同意，請劉備入川。為避免黃權等人的反對，在三天後，劉璋突然下令，命黃權為廣漢長，調離成都任職。隨後，劉璋命中郎將吳懿前往長沙，迎接劉備入川。

曹賊

章十五

曹操退兵

此時，劉備則命馬良出使江東，商討事宜。孫權聽說劉備要讓出長沙，自然非常高興，在和馬良商議之後，孫權決定贈劉備兵馬三千，輜重糧草無數。作為回報，劉備讓出長沙郡，趁曹操生病時，孫權迅速奪取臨湘。

而劉備則神不知鬼不覺跳出長沙郡，率部和陳到在酉陽合兵一處。

建安十三年九月初，曹操水軍和江東水軍於三江口發生衝突。水軍大都督蔡瑁指揮失誤，令水軍損失慘重。江東水軍大都督，火燒荊州水軍戰船，斬殺水軍副都督張允。荊州水軍，死傷近三分之一……

水軍失利尚是小事！最關鍵的是，經此一戰，江東水軍打通了雲夢澤的通路，橫行於大江之上。曹軍失去水軍掩護，自然落於下風。雖則後來杜畿死戰奪回三江口，但是於大局而言，卻沒有太多的改變。

曹操在病中，得知水軍失利，頓時大怒。他終於下定了決心，要收回水軍的控制權。於是命徐晃率部，在水軍大營中拿下蔡瑁，押解回襄陽。同時，曹操命合肥太守甘寧，出任水軍大都督一職。

甘寧是誰？

昔日巴郡錦帆賊。不過，他更是出身曹朋門下，戰功赫赫。

黃承彥抵達荊州之後，立刻拜訪荊州各地家族。經過黃承彥一番遊說之後，荊州人對甘寧倒也沒有太大的抵觸。其一，甘寧本身就是荊州人，祖籍南陽，後來才去了巴郡。他的資歷也足夠了！三年太守生涯，累積戰功無數。這樣一個人，也可以算作是荊州自己人吧……

這第二點，甘寧曾是曹朋門客，屬曹朋門下。

荊州人對曹朋，還是頗有好感。特別是蒯氏、龐氏，包括蔡氏家族，對他都極為認可，自然也不會出面阻止。而黃承彥，本身就是荊襄名士，聲望不小。他出面遊說，更進一步為甘寧接掌水軍掃平了道路。就這樣，甘寧出任水軍大都督已成為定局。曹操隨後命曹仁接手合肥，繼任合肥太守。

而原水軍副都督杜畿，同樣出自曹朋門下，對於甘寧的到來，也不可能有太多的反感……

曹操又命東陵島周倉為水軍副都督、鎮海將軍，繼續駐守東陵島，操練水軍。

這鎮海將軍，是個雜號將軍，此前從未出現過。

曹操對水軍開始重視起來，他深知將來若征伐江東，水軍將成為主力。沒有一支強大水軍的協助，想要征討江東，可不是一樁容易的事情。所以，他專門置鎮海將軍一職，也體現出他對水軍的重視……

然而就在這時候，劉備出讓長沙郡，孫權接手臨湘的事情，爆發出來。

引爆此事的人，卻還是劉備。

按照劉備和孫權的約定，在孫權沒有完全掌控長沙之前，雙方最好還是隱瞞消息。畢竟，孫權從江東調兵遣將，需要一段時間。桂陽方得，孫權還沒有來得及完全消化，如果再占領長沙郡，的確不是容易之事。

哪知道，就在孫權調兵遣將之時，劉備突然出手！

在和劉璋約定好後，建安十三年九月中，劉備集結精銳兵馬共一萬兩千人，以張飛為先鋒，呂吉副將，率部強攻夷陵，突破了曹軍防線……

曹軍，正處於休整狀態。大面積的水土不服，令曹軍無力進攻。

樂進也在調整狀態，根本沒有想到劉備會突然發力。在死守夷陵三日後，樂進狼狽而逃……劉備順勢占領了夷陵，做出奇襲襄陽態勢。

曹操聽聞消息，使文聘馳援。不想，在虎牙山下，遭遇劉備軍伏擊，文聘戰死！此消息傳出，荊州震盪，襄陽頓時人心惶惶。

荊州刺史夏侯惇、南郡太守劉先，忙派人向曹操求援。曹操同樣大驚失色，馬上命夏侯惇復奪夷陵，

曹賊

章十五

曹操退兵

並下令駐守烏林的曹純，前往夷陵救援。曹軍大規模的調動，令荊州上下惶恐不安。

可就在夏侯惇調兵遣將，準備復奪夷陵的時候，劉備突然率部轉向，直撲秭歸，奪取巫縣。

夷陵，他放棄了！

夏侯惇全力一擊，卻好像打在空氣裡，氣得夏侯惇暴跳如雷，立刻率部追擊，想要在巫縣全殲劉備。可是不想劉備又在秭歸設伏。當夏侯惇進駐秭歸之後，劉備火燒秭歸，張飛、陳到二人伏擊……秭歸一戰，險些令夏侯惇葬身火海，雖然被親軍拚死救出，卻一病不起，難以繼續擔當重任。

秭歸一戰，曹軍死傷兩千餘人。夏侯惇被送回許都調養，短時間內無法繼續出戰。

也是東尼哥悲催，三次和劉備交鋒，結果卻都以慘敗而告終。頭次圍剿汝南，被劉備一個千里大迂迴，繞得搞不清楚方向；次回坐鎮南陽，卻被劉備奇襲，奪取宛城，慘敗而走；如今秭歸一戰，夏侯惇更輸得鼻青臉腫。隨著夏侯惇的戰敗，夏侯淵進駐襄陽，繼任荊州牧……

而劉備，卻趁此機會撤離荊州，進駐江關。

益州中郎將吳懿，巴郡太守嚴顏率部接應，在魚復做出了防禦姿態。

事情到了這一步，曹操終於醒悟過來——他被劉備和孫權耍了！

只氣得曹操暴怒，甚至不顧病體衰弱，親率曹軍十萬，兵指臨湘。

這孫權，實在是太過分了……前腳才和我結盟，後腳就給我一刀。我連桂陽郡都給了你，你居然不費吹灰之力就得了長沙？

這種事情，萬萬不能發生。所以，曹操抑制不住怒火，不顧荀彧和郭嘉的勸阻，要全力攻取臨湘，而後復奪桂陽。

曹操命京兆人金旋為前鋒，上將邢道榮為副將，兵臨臨湘城下。

剛得到任命，為長沙太守的太史慈，面對數萬大軍來襲，卻絲毫沒有慌張。此時，江東兵馬尚未布

控完畢，臨湘兵力也不夠充足。但太史慈卻沒有懼色，當曹軍抵達臨湘時，太史慈趁曹軍立足未穩，率部出擊。

他親率敢死士三百人，殺入曹軍中軍。

金旋倉促應戰，被太史慈一箭射殺；而邢道榮則被太史享、董襲兩人纏住，鏖戰十數個回合，太史慈拍馬趕到，一槍把邢道榮挑殺馬下，大獲全勝。

臨湘一戰，使得曹操為之震動。

當曹操親率大軍抵達臨湘的時候，太史慈卻再次出擊。趁天色漆黑，太史慈領三百敢死士衝進曹軍大營，槍挑偏將軍劉度，箭射上將韓玄，火燒曹軍大營之後，從容撤離。三百敢死士，竟無一人傷亡。

曹操在亂戰中，也被太史慈射中了肩膀，幸好典韋出手相救，否則就有可能葬於臨湘城下……

荊南之戰，對曹操而言，確實非好地方。自荊南之戰開啟之後，他損兵折將，損失慘重。得知偷襲大營之人是太史慈，曹操忍不住感慨：神亭嶺下與小霸王爭鋒者，今威風不減當年。

他心中，竟對太史慈生出愛惜之意。

可愛惜歸愛惜，十萬大軍擁擠在臨湘，而江東兵馬也源源不絕抵達。

在太史慈抵住了曹操的攻擊之後，江東援兵抵達荊南。孫權啟用陸遜為桂陽太守，為太史慈保證糧道暢通。同時又從交州抽調人馬，以虞翻為偏將軍，馳援太史慈所部。

短短一個月的時間，荊南風雲變幻，令人目不暇接。

曹操心知，強攻長沙，難度不小。

可眼睜睜看著到嘴的肥肉，就這麼被孫權硬生生搶走，曹操又不太甘心。

雙方在荊南，竟形成了短暫的相持狀況。

曹軍水土不服，士氣低落……欲取長沙，心有餘而力不足；同樣，江東想要擊潰曹操，雖然士氣高漲，卻同樣有心無力，只能保持防禦態勢。

在這種情況下，孫權派出張紘，再次和曹操展開了一場外交爭鋒……

「看起來，年前丞相必會退兵。」

許都城裡，賈詡一聲感嘆。

曹朋坐在他對面，看著樓下車水馬龍，漸漸恢復了生氣的許都街道，面露凝重之色。

此時，他和賈詡正在天下樓的雅舍中喝酒聊天。

隨著誅殺伏完、斬殺叛逆的事情漸漸遠去，許都也開始了正常的生活。雖然許都日報上，隔三差五會有人跳出來罵一下曹朋，但言辭卻已不似當初那般激烈。

曹朋的壓力也隨之減少許多。特別是在婚後，蔡琰和孫尚香進了曹家的門，也使得曹朋的心情陡然間變得舒暢起來，見人總是面帶笑容。

可誰又想到，荊南戰事竟然會有此變化？

「賈毒蛇，我們都小覷了劉備。」

賈詡點點頭，忍不住笑道：「這劉備果然好手段，翻手為雲，覆手為雨，居然硬生生的把荊南戰局扭轉過來。以前總覺得此人善於拉攏人，有些手段，可是卻不想，他有這樣的魄力！長沙，可是他劉備而今最後一處根基。這傢伙居然說不要就不要，一手壯士斷腕，令主公陷入為難。」

「我倒覺得，未必就是劉備的主意。」

「哦？」

曹朋沉吟良久，輕聲道：「夷陵之戰，秭歸之戰，說是劉備主導，我相信。此人戎馬一生，這行軍打仗的本事，不可小覷。可這一手壯士斷腕，我倒是感覺很可能出自他那謀主，諸葛孔明手筆。」

「那臥龍崗，諸葛村夫嗎？」

諸葛亮歸附劉備的日子不短，可是由於種種原因，所以聲名並不是特別響亮。江東之行，雖舌辯群儒，卻沒有得到理想的結果，也使得諸葛亮的才具不為人知曉。但這傢伙，曹朋卻不可能小覷！這是因為各種原因，才沒有讓諸葛亮展露崢嶸。只要給他機會，必然會一鳴驚人。

比如這次劉備放棄長沙，在曹朋看來，卻有著極為明顯的諸葛亮痕跡在裡面。

「一手壯士斷腕，不僅讓自己脫身事外，還讓丞相和孫權陷入荊南泥潭。村夫？賈毒蛇，我也就是個村夫！如果你因此而小覷了諸葛孔明，恐怕會吃大虧。不過好在，他和劉備已經退入西川，於荊南戰局的影響力不會太大，否則若他留在荊州，其結果還真不好說……賈毒蛇，接下來荊南，應該很快就會平靜吧。」

賈詡愣了一下，忽然想起曹朋自號中陽村夫。他笑了笑，倒沒有再爭論下去。

「諸葛亮究竟有什麼本事，現在還不太好說。不過荊南的戰事，恐怕很有可能就此止息……可惜了，若沒有這個變故，荊南平靖，兩、三年後，待丞相把荊襄完全整合，就可以一鼓作氣拿下江東，則天下平定。」

「是啊，的確是有些可惜。」曹朋也不禁幽幽一嘆。

荊南這個變數的出現，的確是讓曹朋有些措手不及的感覺。

說曹操不會打仗？那是胡說八道……

同樣的狀況，若換作自己，怕是比曹操還要狼狽。

只是如此一來，天下一統的格局，恐怕要推遲一段時間了！孫權占據荊南，等同於下了一把刀子在荊州，天曉得未來會發生什麼樣的變化？

而劉備進入西川，同樣也讓曹朋感到了一絲威脅。

曹操退兵

這傢伙萬一得了西川，哪怕西川如今經濟糜爛，卻也是一大威脅！曹朋可不認為以劉璋的本事，能夠對付劉備。看起來，西川的計畫，也是時候要收網了！

「對了，今天找阿福你來，還有一件事情商議。」

「什麼事？」

「仲德派人與我聯絡，意欲為丞相封王。不知，你意下如何？」

「啊？」曹朋聽聞，頓時大驚失色。

為曹操請封王位？

這可是一件大事……

人常說，三國是在曹操死後正式拉開序幕。可實際上，卻是在曹操稱王之後，曹魏集團才真真正正登上歷史的舞臺。不過，歷史上曹操究竟何時封王，曹朋雖記不清楚，卻可以肯定不是如今這個時間。

程昱要為曹操請封王位……

難道說，歷史真的已經改變了嗎？

賈詡有問題！

離開天下樓回到家以後，曹朋才反應過來，賈詡今天找他說了那些話，恐怕是別有用意。程昱要為曹操請封王位？這種事情似乎不需要偷偷摸摸，單獨跑來通知自己。程昱要真這麼做，大可能是返回許都，挨個拜訪之後，直接在朝議上提出，自然就能見出一個分曉來……

可賈詡為什麼單獨找自己，說這件事情呢？

三國，一個鐵馬金戈，同時又是爾虞我詐的時代。

不要小看了這時代人的智慧，在大多數時候，一個普通的行為，都會隱藏著別樣的用意。

賈詡究竟是什麼意思？

難道說，要讓自己出頭不成？

曹朋的名聲已經臭了！如果在這個時候跳出來，當這個出頭鳥，只怕會引來天下人的斥責。甚至連浮戲山書院的那些個老先生，都不會站在他這一邊，甚至會大加責罵。

賈詡莫不是想害自己？

這件事在他心裡縈繞，有些揮之不卻。

回到家，曹朋甚至無心吃飯，一頭鑽進書房，再也沒有出來。

曹楠懷孕了，不日將返回滎陽調養。

雖然這是曹楠第三次懷孕，但曹家上下仍是非常重視。

本來曹楠可以返回許都，但許都的緊張氣氛不適合孕婦，所以最終還是選擇了滎陽。此時滎陽，雖有些冷，但環境極好。在得知曹楠返還滎陽的消息之後，老夫人再也無法待在許都。曹朋這邊已經沒什麼事情了，大可以放下心來。

兒子女兒，雖說老夫人還是更疼愛兒子，但是對女兒，也同樣很在意。

黃月英和夏侯真留在許都，不過甄宓、步鸞、郭寰，還有孫尚香四人，將前往滎陽。蔡琰也留在了許都，不過曹眉（也就是之前的蔡眉、阿眉拐）則去滎陽。總之，新武亭侯府一下子冷清了許多，不復先前那般熱鬧和喧囂。

幾個孩子都留在了許都，畢竟很少和父親在一起，正是難得機會。

見曹朋沒有露面，蔡琰三人便知道他遇到了麻煩事。

於是蔡琰和黃月英、夏侯真，命人備上酒菜，送到了書房。打開門，就見曹朋正仰靠在太師椅上，雙手抱著頭，眼睛直勾勾的盯著天花板，在想著心事。

曹操退兵

「阿福，出了什麼事？」

曹朋坐好，見是蔡琰三人，便揉了揉臉，露出苦澀笑容。

「今天，那老毒蛇找我了。」

老毒蛇？

蔡琰沒有反應過來，但黃月英和夏侯真卻知道曹朋說的是誰。當然了，這也和蔡琰入曹府不久有關係。似黃月英和夏侯真，曾陪著曹朋在南陽住了很久，當時曹朋和賈詡是搭檔，對於兩個人之間的稱呼，自然也很熟悉。

「就是賈太中。」

「呃……」蔡琰頓時無語。

曹朋嘆了口氣，坐直了身子，把賈詡和他說的那些話，原原本本說了一遍。

「夫君怎麼想？」夏侯真雖然天真，但也不是當年那個小白兔妹妹。一些事情，她還是能看出輕重。

這件事，有好有壞。好的是若曹操封王，曹朋將為首功；壞的是，這樣一來，於曹朋的名聲更壞。反正有利有弊，很難說得清楚。

倒是蔡琰沉思良久，突然開口道：「依我看，賈太中未必是要你出頭，而是希望你能避開此事，置身事外。」

「哦？」

「夫君而今的聲名已經夠響亮，功勞也足夠大。隱隱已經有丞相身邊第一臂助的徵兆，依妾身看來，已足夠了。常言道，過猶不及。夫君已經身居高位，若再出頭，只怕會引來許多不必要的麻煩。依我看，賈太中的意思是要你暫避風頭，從這件事跳出去。估計程仲德已經下了決心，甚至可能已通報了丞相。這件事，誰都可以出頭，偏偏夫君不能出頭，否則的話，會有禍事……」

蔡琰畢竟是經歷坎坷，看事情也很清楚。她如此一說，倒是讓曹朋豁然開朗。

沒錯，這件事他萬萬不能參與其中。正如蔡琰所言，他已身處高位。過猶不及的道理，他也很清楚。凡事留三分，總要讓別人去做……他為曹操承擔了誅殺伏完一家的罪過，已經足夠了，再去爭功，未必是好事。

「那我該怎麼辦？」曹朋苦笑。他身在許都，總無法避免這件事發生。

蔡琰和黃月英相視一眼，微微一笑，「夫君其實不必煩惱，而今夫君雖在許都，但只要丞相返還前找個由頭離開許都，不就能置身事外嗎？這種事，想必於你而言不會太難吧……」

挺複雜的一件事，到了蔡琰她們手裡，卻變得輕鬆簡單。曹朋頓時來了精神，抱著蔡琰狠狠親了一口，而後又親了黃月英和夏侯真兩人，令三女好一陣嬌嗔。

不過不管怎樣，這件事至少有了解決的辦法。

曹朋胃口大開，吃完了飯，更是興致勃勃，本想要來個大被同眠，哪知道卻被蔡琰三人聯手踹出了臥房。最終，只得苦逼待在書房，熬了一夜。

第二天，曹朋直奔廷尉衙署。

法正等人正在公房裡說話聊天，不想曹朋匆匆進來，二話不說就吩咐道：「清理一下近來各地刑獄案牘，將需要發還重新審理的案子一一列出。大家辛苦一下，儘快整理出來，我馬上要看，莫耽擱了時日。」

說實話，廷尉的公務並不是特別繁忙。各地刑獄案牘送來，依照漢律進行審查，若有疑點，則發還重審；若沒有問題，則以公文形式發出回函。

可曹朋這沒頭沒尾的一個吩咐，讓法正鄧芝幾人都有些困惑。

「公子，可有時限和地域限制？」

「這個……」曹朋想了想，「就以去年十月為限，把十月以後的案牘重新整理……地域嘛，就以青州、兗州與河南尹為主。儘快整理出來，我有用處。」

上司一句話，下屬跑斷腿。

隨著曹朋這一吩咐，廷尉衙署上下就開始忙碌起來。

好在鄧芝、法正、張松、蔣琬四人都還算精通刑律，所以不需要曹朋太費心思。

兩天後，一摞摞案牘呈放在曹朋面前，卻讓曹朋有些吃不消了。

所說只是把時間局限在去年十月之後，但這幾年戰事不絕，以至於很多地方呈報上來的公文案牘顯得有些混亂不堪。也就是法正四人，換個人，還真未必能整理完全。曹朋一一翻閱，有不懂之處，便詢問鄧芝。

從數百件案牘裡，選出了五十件需要重新審訊的案子，曹朋一一記下。

「準備一下，十月初，我們離開許都，前往各地，巡查刑獄。」

「這麼多地方？」鄧芝看了曹朋的名單之後，眉頭一皺，苦笑道：「若沒個半載工夫，恐怕走不過來吧。」

「哈，就權作遊玩。」

這話一出口，鄧芝、法正等人立刻明白過來。

只怕不僅僅是為了巡查刑獄，曹朋這次要離開許都，恐怕還有別的用意。只是，曹朋既然不說，他們也不會詢問。

就這樣，曹朋把卷宗整理好之後，提交賈詡。隨後，賈詡又做了一番整理，派人六百里加急，送往襄陽。

此時，荊州戰事，已基本穩定下來。

隨著江東兵馬源源不斷進駐長沙，曹操也知道，這場戰事恐怕難以繼續下去。死拚？到最後必然兩敗俱傷，非曹操所願。

加之文聘戰死，樂進大敗，而夏侯惇敗走秭歸之後，南郡江夏人心惶惶，也讓曹操明白，再打下去絕非什麼上佳選擇。

可是，就這麼罷手？曹操又心有不甘！

眼看著長沙郡就要奪回，卻出了這麼一檔子事，幾乎是功敗垂成。

原本，征伐荊州，可以畫上圓滿句號。卻因為劉備這一手壯士斷腕，讓曹操陷入尷尬的境地。接下來，該如何選擇？是繼續打，還是退兵？

也就是在這個時候，一個人突然跳了出來。此人便是楊彪之子，弘農楊氏子弟，楊修。

當初，曹植貿然向曹朋求取甄宓，令曹朋勃然大怒。後來曹植被曹操送去長安求學，作為曹植好友的楊修，也一同前往長安。楊修本就是關中人，而且又出身名門，聰慧無比，故而很快就得到了司隸校尉衛覬所重。曹操征伐幽州勝利，轉而討伐荊州。衛覬受楊氏族人所託，舉薦楊修，入丞相府主簿，隨同曹操一起來到了荊州。

說起來，這楊修詩詞歌賦皆上等，且才情卓絕，為人又聰明，能察言觀色，故而很快被曹操看重。

這一日，天降小雨，極為陰寒。

曹操身子骨不太好，雖然經張仲景診治調養，但依舊非常虛弱。於是，曹休便獵殺了一隻野雞送來給曹操補身子，廚上做好之後，送到屋中。曹操正在吃雞，忽有典韋前來詢問口令。

曹賊

五十章 曹操退兵

「雞肋！」曹操挑著雞肋，隨口應道。

典韋於是把口令傳出，當楊修聽說後，立刻命人收拾行李。適逢郭嘉和張郃巡視，見營中軍卒收拾行囊，連忙詢問。一問才知道，是從楊修口中傳出。

楊修說：「雞肋，食之無味，棄之可惜，正應丞相而今之心境。如今荊南之戰，進不得，也退不得，形同雞肋……依我看，丞相已有了退兵之意，所以還是早做準備，以免撤兵之時慌張，落了東西下來。」

郭嘉聽聞，頓感惶恐：「俊乂，此人動搖軍心，罪無可恕。你速往營中，什麼都不要說，將其人斬殺……我這就去向丞相稟報。」

郭嘉，是荀彧之下，曹操第一謀主。

張郃當然清楚郭嘉在曹營中的地位，二話不說，帶著人就直奔軍營而去。

郭嘉呢，則趕到了曹操住所，把事情一說，曹操大怒。

「殺得好，殺得好……似這等妖言惑眾、亂我軍心之人，早就該殺！」

曹操沒有想到自己隨口那麼一句話，居然差點造成大亂。

郭嘉見屋中沒有旁人，便問道：「丞相，而今荊南之局，究竟有什麼打算？」

曹操也是頭疼不已，輕輕拍著額頭。

半晌後，他長嘆一聲，看著郭嘉苦笑道：「奉孝，我也不瞞你。那楊修雖妖言惑眾，卻也正說中了我的心思。而今之局，我也是進退兩難。相信那碧眼兒和我一樣，也不想真正交鋒。可是，眼睜睜看著荊南就要大功告成，卻被那大耳賊使計，平白便宜了江東碧眼兒，我實在不甘心。這兩日，我也正思忖，當進，或退呢？」

曹操說完，靠在榻上，露出疲憊之色。

郭嘉輕嘆一聲，「丞相自征伐幽州以來，至今未曾休整。連番鏖戰，怕也疲憊了……而今荊南勢態，

劉備一手造成。此人入西川，必會與劉璋有龍爭虎鬥。但短時間內，他必蟄伏，休養生息。西川，天府之國，不可輕視。若劉備緩過來，謀取西川，再想消滅，恐怕不太容易。」

「丞相之大敵，劉玄德也。荊南廣袤，但於丞相，意義不大。孫權就算占據荊南，就有能力謀取荊州？以我看，他而今還不具備這能力。他要長沙，給他便是。但丞相定要占據零陵、武陵，將荊南一分為二。而後著一上將，與孫權周旋。待時機成熟後，丞相可一鼓作氣奪取荊南，而後殺入江東。」

「你的意思是，退兵？」

曹操猶豫了一下，也不得不承認郭嘉之計最為適合。心裡面雖然非常不甘，卻也必須承認，他已經失去了謀取荊南四郡最好的時機。依照郭嘉所言，先據武陵、零陵兩郡，與江東呈犬牙交錯之態勢，而後興建水軍……待水軍建成，也就是他征伐江東的機會……

「甘寧，可到了？」

「已抵達江夏，不日前來。」

曹操拍了拍額頭，沉吟良久，「既然如此，那就這麼著手安排吧……不過，零陵太守之人選，還要妥善選擇。奉孝，你以為何人適合呢？」

「魏延，魏文長。」

「哦？」

「此人義陽人氏，對荊州頗為熟悉，且歸附以來，忠心耿耿，立功無數。魏延守零陵，加之五溪蠻協助，必無大礙。主公可設立荊州將軍，都督荊南戰事。今妙才將軍已抵達襄陽，最為合適。水軍有甘寧、杜畿，零陵有魏延出鎮……不過，賴恭卻已不適合武陵太守之職……我建議，徵調征羌中郎將鄧範、護羌校尉潘璋二人鎮守武陵。此二人和甘寧、魏延關係甚好，則可以配合得當，荊南從此無憂。」

「鄧範，潘璋？」曹操對這二人，倒是有印象。「他二人不是在抵禦西羌嗎？」

「步騭出鎮武威太守之位已久，開發河西商路，功勞卓著，不可不封賞；張掖太守石韜，久居西北苦寒之地，也該另有重用。今張既身體不適，令漢陽出缺。可以使石韜為漢陽太守，步騭則往冀州，出鄴城校尉、魏郡太守……武威太守，嘉舉薦酒泉太守蘇則接掌，此人久居西北，與羌胡也非常熟悉，想來也足以擔當重任，保河西商路興盛。」

一下子從西北調出三人，同時還令張掖郡出缺……

曹操在愣了一下之後，指著郭嘉笑道：「奉孝，你倒是肯為阿福使力……難道說，我真是那種卸磨殺驢，翻臉不認人的人嗎？」

郭嘉卻正色道：「嘉如此，非為阿福，乃為丞相。西北乃丞相之西北，當初阿福一手將之打下，恐怕也無意將其據為己有。只是當時局勢所迫，只能如此安排。而今西北漸漸穩定，是時候要做出調整……若長此以往，只怕於丞相、於阿福而言，都非是好事。」

曹操沉默了！

郭嘉說得很有道理，讓他不得不認真思考。

這段時間，他的精力都集中在荊州，對其他事情的考慮相對較少。曹朋殺了伏完一家，為他背了罪名。但從另一個角度，曹朋也就登上了風口浪尖。

西北格局，的確是太過於微妙。

曹朋一手打下，一手經營……難免會被人說三道四。

是時候削弱曹朋在西北的力量了！

「蘇則為武威太守，倒也合適。只是酒泉出缺，張掖出缺，當使何人接手？」

「嘉再薦一人，便是那賈詡假子，賈星。他同樣常年於西北，更兼在武威頗有人望。可以為張掖郡太守，協助蘇則，令西域商路暢通。至於酒泉太守，最好還是擇當地人為好……我聽說歷城統兵校尉尹奉，頗有才具，可令其接掌酒泉，則西域商路必可無憂。另外，西域商路開啟，西域都護也要有所安排。嘉再薦一人，金城太守趙衢，可擔當西域都護之重責……」

若是曹朋在這裡，必會撮牙花子。郭嘉這一調整，可以說是讓曹朋在西北的力量損失慘重。

趙衢若為西域都護，則金城出缺。於是，曹操又問：「那麼，誰可為金城太守？」

「涼州別駕徐庶，可以為金城太守。」

這可是一個涉及面極大的調動！

如果真要執行起來，太守一級的官員調動涉及近十人，更不要說太守以下的官員，涉及面也有幾十人。如此大規模調動，並非一件小事。

曹操思忖良久，對郭嘉道：「此事你列出條陳，待返回許都，再行商議。」

一下子調動這麼多人，曹操還是要顧及到曹朋的感受。

人家剛為自己解決了一個大患，自己回過頭，沒有獎賞，卻要削弱他的實力。這換作是誰，都會有所不滿。

曹操內心裡，並不希望和曹朋真的產生裂痕。

「對了，前次阿福為他兒子求親，丞相考慮的如何？」

「這個……」

曹操想起來了，曹朋還真為他兒子求過親。

蔡迪！如今已經成了曹朋的假子。

可這輩分……

曹操不免有點頭疼，誰要他讓蔡琰下嫁！現在可好，落得而今局面尷尬。

「算了算了，蔡公之孫，也配得上我那丫頭。這件事，我會讓人通知阿福……對了，剛才商議之事，你知我知，不可為第三人知。另外，我會命人在內方建造船塢。甘寧到了之後，讓他在章山開府。」

「喏！」

章山，位於漢水之畔，又名內方。此地距離雲夢澤路程不遠，行舟可在一日內入江。

如此一來，荊州水軍就可以和洞庭水軍形成呼應。即便短時間內無法抵禦江東水軍，也能造成節制。而內方能工巧匠不少，與襄陽臨近，距離江夏也不遠，在此興建船塢，倒是頗為合適。最重要的是，可以加強曹操水軍力量。

荊州水軍的船隻，多以大型樓船為主。之前敗於江東，損失慘重……曹操也看出，江東水軍的船隻雖然小，卻非常靈活。所以，他也動了心思，若與江東水軍交鋒，船隻的靈活度不可或缺。

這時候，張郃來報：「已斬殺楊修！」

建安十三年十月，曹操終於下定決心，撤離荊南。

隨後，一連串的任命發出，讓不少人感到吃驚。特別是甘寧出任水軍大都督，也出乎不少人意料。此前，很多人預測了水軍大都督的人選，卻沒人想到會是甘寧。

十月初六，甘寧抵達臨沅，拜見曹操之後，走馬上任。水軍副都督杜畿，也表示了熱烈歡迎。

當兩人見面時，卻露出會心笑容……大家都是出自公子門下，日後自當有所照應。

隨後，孫權答應，不再西進謀取零陵。

魏延走馬上任，為零陵太守。緊跟著，夏侯淵接掌荊州牧之職，拜荊州將軍、都鄉侯，都督荊州軍事。南郡太守劉先，則調離襄陽，前往許都。

王威接掌南郡太守之職，收穫頗豐……不過王威很清楚，如果不是文聘在虎牙山戰死，說不定南郡太守也輪不到他。而文聘之子，如今在曹朋手下效力。自己想要坐穩這個太守的位置，和曹朋的關係斷然不能斷絕。於是，他命人重修文聘墳塋，更將文聘家人妥善安排。

王威還派人前往河東，向鄧稷表示了感謝，更寫信給文武，讓他好生在許都為曹朋效力，將來若有機會，為文聘報仇……

文武感激不盡！

荊州之戰，至此告一段落。

不管怎麼說，曹操也算是凱旋而歸。

只是當他抵達襄陽時，才聽說曹朋已離開許都，提點青、兗刑獄。這讓曹操有些意外，於是開玩笑似的詢問荀彧：「阿福可不是個愛走動的人，怎地突然要去提點刑獄？」

曹朋這個廷尉，實際上就是為了對付伏完一家。現在，漢帝餘黨被曹朋殺戮一空，他這個廷尉，其實應該是非常輕鬆。沒想到，他居然跑去提點刑獄？

曹操心裡非常疑惑，不過很快的，他就把這件事拋在了腦後。

因為許都，發生了一件大事。程昱、滿寵等人，聯合朝中大臣，在一次朝議中，正式向漢帝提出，請封曹操魏王。

這消息傳來，也讓曹操大吃一驚……

西北風雲再起

建安十三年初冬，曹操撤離荊州。

此次出兵，共耗時一年之久，調動兵馬三十餘萬，耗費錢糧無數。但總體而言，戰果不俗。荊襄七郡，曹操獨占五郡，將劉備徹底趕出荊襄，與孫權分治。荊襄大部分地區被曹操所掌控，特別是南郡、南陽、江夏三郡，為曹操掌控。這三郡，也是荊州人口最多，最為富庶三地。

撤離荊州時，為穩定荊州局勢、分化荊州力量，曹操在南陽郡和南郡分出章陵和襄陽兩郡。命曹真為章陵郡太守，任蒯正為襄陽郡太守，可謂皆大歡喜。

就曹操而言，鄧範和潘璋接掌武陵，曹真鎮守章陵，非常成功的在荊州設下了兩枚棋子，為日後荊州進一步接受曹操統治埋下了一個伏筆。同時，夏侯淵為荊州牧，荊州將軍，統領水陸兩軍，都督荊州軍事，掌控了大局。

而在荊州世族看來，同樣碩果累累。

龐山民出任江夏郡太守，蒯正為襄陽郡太守，王威出任南郡太守……更不要說，零陵太守魏延是荊州人，而水軍大都督甘寧，祖籍南陽。

與荊州人來說，如此安排，也算是達到了『荊州事，荊人治』的目標。其結果，自然令人振奮。

緊跟著，曹操在離開荊州之後，又做出一個調整：調涼州主簿、隴西郡丞、騎都尉龐林為荊州從事，然後又任命原宛城令、橫海將軍呂常出任南陽郡太守之職，更得荊州世族歡心。

如此一來，荊襄九郡，七郡歸曹。

七郡之中，有五郡歸於荊州人所治，如何不令人歡欣鼓舞？

從戰略角度來看，曹操征伐荊州，未能一統江東，而且連荊州也失去兩郡，並未達到早期的戰略目的。可是從另一個角度來看，他切斷了西川和江東的聯繫，使大江之龍再也無法遙相呼應，同樣是成績斐然。

天下一統之局，似乎日益臨近。

在這種情況下，程昱等人聯合朝中十八位重臣上表漢帝，為曹操請封王位。

漢帝失去了伏完，也沒有了劉光，再無臂助。程昱等人咄咄逼人，接連三次上表，迫使漢帝不得不同意下來。

建安十三年十一月，曹操抵達許都。漢帝立刻命內侍傳詔，進曹操王爵，加封魏王，並賜予九錫。曹操自然上表請辭，言自己身無寸功，恐難承受天恩。

這就是一個姿態，也是一個禮法。

曹操請辭，看上去似乎非常謙遜，但程昱等人卻立刻明白曹操的真實意圖。

旋即，程昱等人再次上書，歷數曹操功績。漢帝再次冊封，而曹操依然請辭，表示不敢接受。程昱等人第三次上表，懇請漢帝冊封。漢帝非常無奈，卻又不得不陪著曹操演完這齣戲，於是第三次下詔。

三請三讓，從禮法上而言，已經做足了文章。許都日報在此時又接連發表文章，將曹操豐功偉績無限制誇大，字裡行間表示，若曹操不肯接受，就是置江山不顧，非是忠臣。

章十六

西北風雲再起

在這樣一種情況下，曹操最終扭扭捏捏，接受冊封。

旋即，十二月中，曹操下令置王都於鄴城，正式登上了王位，號魏王。

曹魏帝國，初顯崢嶸。而漢室江山，更風雨飄搖……

隨著曹操冊封魏王，江東孫權、西川劉璋，莫不為之震驚。

曹操，封王了！

不僅如此，曹操在封王之後，二發招賢榜，也就是第二次唯才是舉令。

一時間，天下震動。

有暗自歡喜者，也有為漢室失聲痛哭者，或撫掌歡呼，或破口大罵，兼而有之。不過，不管外界是如何反應，曹操封魏王，已無可改變。

歷史上，曹操在八年後才當上了魏王。可是現在，曹操卻提前封王，不得不說歷史的變化……

但這一切，和曹朋沒有關係。

當曹操正式接受冊封之時，曹朋正帶著黃忠、龐德、文武、王雙四人，在青州巡視。以廷尉之職，巡查天下刑獄。短短兩個月時間，曹朋在青州共查出冤假錯案十七件，為三十餘人活命，斬殺貪官汙吏六人。

從某種程度而言，曹朋巡查刑獄，也為曹操造足了聲勢。至少在民間，許多人提起曹氏一族，都會交口稱讚。

建安十三年十二月，曹朋抵達東萊。他原本打算在東萊度過新年，不想徐州刺史徐璆發來邀請，請曹朋前往徐州巡視刑獄。於是，曹朋臨時改變了主意，於成山角登舟，一路南下，在郁洲山停靠，於朐山登陸東海。

此時的東海郡，格外繁華。兩淮持續開發，令東海郡也大獲其利……糜氏家族的衰頹，代表著新興豪強的崛起。隨著海西縣不斷擴張，朐山出現了以徐、周、陳、步四姓為主的新興豪強，煮海製鹽，極為興旺。

而這四家豪強，也代表著徐州新舊勢力的結合。

昔年陳氏家族，隨著陳登病故，已更換了家主；徐氏家族則是以海西徐氏為根基，徐璆、徐宣等人的崛起，為徐氏家族打下了深厚基礎。

周、步，屬於新興豪強，其背後是東陵島周倉，淮陰步氏家族。

步氏憑藉步騭而一飛沖天，得到了不少關照；周倉呢，則憑藉與徐氏聯姻，又有東陵島水軍之便利，在東海郡站穩了腳跟。這兩家和曹朋的關係，最為密切。所以當曹朋在朐山登陸的時候，周氏族人以及步氏族人幾乎傾巢出動，迎接曹朋的到來。

在朐山停留三天，曹朋一行前往海西。

這裡是他起家之地，與當年的荒僻相比，全然不同。

海西，已成為兩淮最為富庶之所，控制兩淮鹽路，以及各種貿易的樞紐。

許多海西人都還記得曹朋。當年那個站在獨臂縣令身後的清瘦少年，如今已成為鼎鼎大名的人物。

當曹朋抵達海西的時候，海西父老鄉親紛紛在大路兩旁列隊相迎。

「公子！」

「歡迎曹公子返鄉……」

歡呼聲，此起彼伏。

海西屯田中郎將梁習，也不禁暗自苦笑。

曹朋、鄧稷兩人在海西的影響力，絕不是一時半會兒能夠消除。他們為海西打造了一個富庶環境，海西人也把曹朋和鄧稷牢牢的記在心中。

「怎地公子在這裡，有如此聲望？」黃忠忍不住詢問。

一旁龐德，滿臉的迷茫。

當年跟隨曹朋的人，除了周倉還留在徐州，其餘人都已經離開。

不管是文武還是王雙，都是後來跟隨曹朋。至於蔣琬和張松兩人，更不太清楚。唯一清楚一些的，恐怕就是鄧芝。不過，鄧芝此次留守許都，並未隨行。

可以說，曹朋這次巡視的班底扈從，無一人知曉當年之事。

濮陽闓遠赴呂漢，馮超則隨鄧稷前往河東，其餘如王買、鄧範、潘璋等人，都身處要職。曹朋在海西的影響力之大，甚至連甘寧也不太清楚。

黃忠忍不住讚道：「公子一心為民，百姓自然愛戴。」

這時曹朋突然回身，似是玩笑一樣和梁習道：「子虞，我今日方知，昔年楚霸王為何要建都彭城。」

「哦？」

「富貴若不能還鄉，若衣繡夜行，誰知之者？」

梁習聽聞，不由得啞然失笑，對於曹朋的好感，隨之加深不少。在他看來，曹朋少年得志，不到三十官拜九卿之一，必然張狂。可是聽他這一句話，倒是有些親近起來。

也許在曹朋心裡，海西就如同他第二故鄉吧！

自己刻意去消除曹朋的影響力，固然有為朝廷考慮的因素在裡面，可更多的，恐怕還是為了證明自己不見得比鄧稷和曹朋差。突然感慨，當年如果讓自己出任海西令，未必能做的如鄧稷出色。畢竟，在他身邊，沒有一個似曹朋這樣的妖孽存在。羈絆多年的心結，在這一刻突然解開。

又何必去刻意消除呢？有些事情，不是你想要消除，就能消除。

只要自己立身正，全意做事，何必在意其他事情？

這麼一想，梁習心裡的不舒服，也就隨之煙消雲散了……

在梁習治理下的海西，並無太多冤假錯案。曹朋在海西停留三日，和熟悉的父老鄉親聚會，或是登高遠眺，或是泛舟海上，總之過得非常自在。

三日後，曹朋啟程離開海西，至曲陽故城參觀。

當年，他在曲陽惡戰呂布，至今記憶猶新。如今曲陽，已建立新城，劃入海西治下。但舊城依舊保留，當曹朋故地重遊，不由得生出無限感慨。

次日，曹朋在曲陽城頭焚香祈禱，撰文以悼祭當年在曲陽戰死的英靈……

而後，告別曲陽，直奔廣陵而去。

但他沒有去廣陵，而是來到了東陵亭。

「《陋室銘》，當初就是在此所作……當時我從海西前來，駐守東陵亭。每日見江水美色，雖然粗陋，卻過得快活逍遙。呵呵，全不似而今這般忙碌！那時候，我教小鸞做三黃鴨，讓小寰清理房舍……後來月英來到這裡，我們每天吃些小酒，品嘗新鮮河鮮，如今想來，真是享受。」

原來，《陋室銘》就是在這裡所書。

張松和蔣琬頓時興致盎然，在那座已經破舊的茅舍中參觀。曹朋則帶著黃忠等人來到江邊，於扁舟之上垂釣。

當晚，周倉從東陵島趕來，與曹朋徹夜暢飲。他們談到了王猛，說起了當年的往事……周倉嚎啕大哭，而曹朋也默默垂淚。

「而今丹徒水軍，由何人統帥？」

「呂蒙！」周倉答道。

第二天，曹朋登上了東陵島的樓船，於江上行進。他舉目眺望對岸，卻發現水寨林立，防禦森嚴。

「丹陽太守，而今何人？」

「朱然已調離丹陽，新任丹陽太守，便是那魯肅魯子敬。」

曹朋聽聞，倒吸一口涼氣！

看起來，東陵島水軍已經納入了江東視線，否則，孫權斷然不會讓魯肅前來。

沉吟片刻之後，曹朋提醒周倉：「周叔，要小心那魯肅。此人並不似表面上看去那麼簡單，心機深沉，頗有謀略。他為丹陽太守，恐怕最終的目的，還是你東陵島水軍。切莫掉以輕心，當嚴加防範。」

一如當年，周倉對曹朋仍是言聽計從。

「東陵島只你一人，未免有些單薄。」

「我也向朝廷請求，可是一直沒有回信……」

「這也正常！」曹朋嘆了口氣，輕聲道：「丞相而今，手下善水戰者不多，想要抽調人手，確實困難。不過周叔出鎮東陵島，下轄兩淮之地，當多從本地尋找，說不定會有一些幫手。可惜，我卻無法給周叔太多幫助。」

此時的孫權，根基已穩。歷史上那些著名的江東將領，大都已入他轂中。在這種情況下，想要撿漏確實不太容易……對此，曹朋也是感到無奈。

江東將領中，擅長水戰的不少。

蔣欽、周泰、丁奉、徐盛，這都是有名的人物，偏偏這些人都已投奔了孫權。更不要說那周瑜手下，人才濟濟。曹朋也只能眼睜睜看著，無可奈何。

慢慢來吧！

曹朋心裡嘀咕，寬慰了周倉幾句。

周倉也知道，曹朋對此辦法不多……

他想了想，突然道：「公子，給我個幫手吧。」

「哦？」

「你也知道，我是個粗人。這水軍規模擴大，我身邊可以幫襯的卻幾近於無。以前，興霸還能指點一些，可現在他去了內方，連個商量的人都沒有。我不是說陳太守不行，但在武事上，他實在給不得我太多幫助。你看，東陵亭一帶，地勢開闊。我曾建議他，在東陵亭設立軍寨，一旦東陵島有事，也可以相互呼應。但陳太守卻不同意，說設立軍寨耗費甚巨……」

「我一個人，撐著這麼大一攤子，的確有些辛苦。所以我希望公子能給我一些幫助，哪怕派個幫手過來，也能分擔一些壓力。」

周倉言辭誠懇。

曹朋舉目眺望東陵亭，確實覺得這是一處破綻，「周叔，我此次返回許都，定將此事告知丞相。至於東陵島……我要想一下，看看派誰過來幫你比較合適。」

「德潤，德潤就很好！」

曹朋一怔，旋即反應過來，闞澤當初為海西令，少不得和周倉有交道。他是山陰人，至少知曉水上兵事，兼之有謀略，心思也很縝密，遇事沉穩……最重要的是，他看樣子和周倉的配合不錯，否則周倉也不會貿然向自己要人。只是他現在為涼州主簿，這可是一個重要的位子。

他，會願意來東陵島，給周倉當助手嗎？

曹朋想了想，道：「這樣吧，我回頭派人問問他，你也寫信和他商量一下。我個人倒是無所謂，只是要看闞大哥自己的意見。只要他願意，我一定放人……」

「嘿嘿，公子這可是你說的，到時候莫反悔。」

曹朋笑了！

「我自然不會反悔！」

離開了廣陵，曹朋沒有繼續遊玩，而是巡視淮南刑獄之後，於三天後，抵達下邳。

此時，正是年關。

徐璆在下邳設宴款待曹朋，還邀請了徐州將軍朱靈參與。朱靈和曹朋沒有太多交集，卻是曹操一系的幹將，所以對曹朋也極為熱情，大家賓主盡歡。

新年過後，曹朋再次動身。

他直奔兗州而去，可是還沒等他抵達兗州，卻聽到了一個意外的消息。

馬超，出兵了！

馬超是在正月十五當天，偷襲戎丘。

戎丘都尉閻行，並沒有提防。事實上，這兩年曹軍和馬超交鋒不少，但都是小打小鬧。馬超突然偷襲，閻行倉促應戰，在亂軍中被馬超挑殺。

一員虎將，就這麼被馬超斬殺。

消息傳到了臨洮，令曹汲大驚失色！他急忙下令，使梁寬救援西縣，復奪戎丘。同時派人通知曹洪，請他出兵援助。

可沒想到，梁寬前腳抵達西縣，馬超就撤離戎丘。

當所有人的注意力都集中在戎丘的時候，馬超以馬岱為先鋒，馬休為副將，奇襲番塚山。曹軍在完全沒有提防的狀況下，被馬超擊潰……

馬岱占領番塚山後，馬超卻馬不停蹄，攻克隴關，打開了通往關中的門戶。

幸好，隴縣守將是郝昭。

得知隴關丟失之後，郝昭並未立刻救援，而是率部直接在秦亭駐守，試圖切斷馬超和馬岱之間的聯繫。如今的郝昭，已具名將之風範。他在秦亭堅守七天，等到了曹洪援兵抵達。

不過，郝昭所部已基本上被打殘，這才撤離秦亭，在射虎谷休整……曹洪抵達之後，就下令強攻隴關，想要把關中門戶奪回。

本來曹汲和曹洪相互呼應，奪回隴關並不算困難，哪知湟中暴動，羌胡作亂……

參狼羌和白馬羌同時起兵，兵出夷道，猛攻臨洮。同時，河湟氐王竇茂作亂，聯合破羌，攻打龍耆城。王買倉促應戰，卻被一支馬賊伏擊，險些喪命。

幸好，曹汲此前把趙雲調至龍耆城，協助王買。

趙雲單人獨騎，在亂軍中挑斬七十三名馬賊，才算是把王買救出重圍。然則此戰之後，王買身受重傷。無奈之下，王買只得將龍耆城託付趙雲。

氐王竇茂來勢洶洶，又有破羌相助。好在此前王買拉攏燒當羌成功，燒當老王出兵相助，將氐羌聯軍擊退。

此一戰，一支來去如風的馬賊，給曹軍造成了巨大的傷亡。那馬賊人數大約八百左右，首領姓馬，武藝高強，槍馬純熟，射術驚人。此人臨戰，必面罩黑甲，殺法驍勇。趙雲數次想要將這支馬賊剿滅，奈何對方來去如風，始終無法正面交鋒。

建安十四年二月，曹洪強攻隴關不下，不得不兵退三十里，做出防禦態勢。同時，曹洪以六百里加急，向許都求援。

西北的局勢，在短短一個月裡，發生了巨大的變化。

河湟、湟中紛紛作亂，武都馬超咄咄逼人，氐人羌人更躍躍欲試，虎視眈眈。

章十六
西北風雲再起

曹操派人，令曹朋即刻返還許都……

曹朋得到命令，也是嚇了一跳。他不敢有半點懈怠，急忙率黃忠與龐德二人趕赴許都，又命王雙和文武兩人，保護張松、蔣琬等大隊人馬行進。

負責來通知曹朋的信使，是曹朋的大舅子夏侯尚。

「馬如風？」曹朋看著邸報，不禁眉頭緊蹙。「我在西涼時，可從未聽說過此人。」

夏侯尚說：「這個人冒出來的很突然！據叔父奏報，此人在氐人造反之前，一直在河湟地區活動，與當地氐人、羌人的關係似乎非常密切。竇茂突然造反，很有可能是受此人挑唆。這個人，可是很不簡單！」

「若簡單了，又豈能傷我兄弟？」曹朋眼中，閃過一抹冷芒。再問道：「許都情況如何？」

「許都而今還算平靜，雖說西北動盪，但並未收到太大的影響。大王已下令，向河洛集結兵馬。但大王此時並不希望大動干戈，而是想要平靜解決此事。你也知道，大王才得王爵，就發生這種事情，如果大張旗鼓，恐怕傳揚出去不太好聽。所以才緊急召你返還許都商議……」

連年征戰，人心思定啊！

先是幽州之戰，後是荊州之戰。兩年間，調動兵馬過五十萬，損耗錢糧不計其數。就算曹操家大業大，也有些吃不消了……所以，曹操猶豫，也在情理。

「如此，我們還是儘快返回許都！」

曹朋打聽了一些情況後，便急急忙忙趕往許都。

與此同時，許都丞相府——

曹操回到許都之後，身體一直不太好。

在荊南染了傷寒，對一個年過五旬的人來說，無疑有著巨大的影響。身體不似當年強壯，抵抗力慢慢下降。哪怕有名醫診治，還是時好時壞。

登上王位之後，曹操病情雖有好轉，卻依然虛弱。故而，年關時曹操有意前往鄴城休養，可是卻沒有想到，發生了這麼一件事。

「諸公，西北之亂，當如何是好？」

文武大臣，鴉雀無聲。

這眼見著要對並州用兵，沒想到西北卻發生了戰亂。曹洪無功而返，馬超隨時可能進擊關中。而涼州牧曹汲，也因事發突然，一病不起，雖勉力支撐，卻有些力不從心。還有湟中的白馬羌、參狼羌之亂，氐人暴動，破羌聯合……似乎所有一切，都集中在這個時候爆發。

在這種狀況下，誰又敢輕易獻策？萬一出了差池，恐怕就要受到牽累……

留守許都的將領，誰最適合？

這將會是一次大規模的人員調動，誰也不想這時候跳出來爭鋒。

「當初西北馬騰作亂，乃後將軍所定。今西北復亂，當請後將軍再次出兵，平定羌亂。」程昱站出來，語氣堅決，「而今留守許都諸將之中，唯有後將軍最為適合。」

「哦？」

「後將軍在西北威望甚高，羌胡信服。馬超，不過是後將軍手下敗將，若有後將軍統領西北，則涼州無事矣。」

讓曹朋出戰嗎？

曹操心裡一動，卻旋即眉頭緊蹙。

章十六

西北風雲再起

清晨，伴隨著街鼓聲響，許都城門緩緩開啟。

噠噠噠！

急促的馬蹄聲從遠處傳來，十幾個門卒忙舉目眺望，只見官道盡頭塵煙瀰漫。一隊鐵騎風馳電掣而來，為首一人，身穿月白色繡花緞子大袍，外罩披衣，頭戴束髮金冠，臉上蒙著遮風巾。胯下一匹神駿獅虎獸，呼嘯而來，眨眼間便到了城門口。在他後方，百騎爭先，蹄聲如雷。

一個門卒想要上前阻攔，卻被門伯一把拽到了旁邊。

「想死嗎？」

「怎麼？」

「也不看清楚那是誰……後將軍，新武亭侯，是你我能夠阻攔？立刻大開城門！後將軍還都，必有大事發生。耽擱了，你我都吃罪不起。」

「後將軍，新武亭侯？」

那門卒一下子沒反應過來，但還是順從的協助門伯，將城門打開。鐵騎呼嘯而過，只讓那門卒連眼睛都無法睜開，那種撲面而來的氣勢，恍如泰山壓頂。當鐵騎衝入許都之後，門卒的心依舊怦怦直跳，臉色發白。

「曹閻王？」門卒突然失聲叫喊。

剎那間，所有門卒都嚇呆了。

這曹閻王的稱呼，都是私下裡說說，可沒人敢大庭廣眾之下的叫喊出來。

門伯二話不說，上前一巴掌抽在那門卒臉上。

平日裡總和善的面龐，如今卻猙獰可怖。只見他咬牙切齒，惡狠狠罵道：「混帳東西！想死不要連

累我們。曹閻王三個字，是你我能說的嗎？」

門卒臉色煞白……

許都城門口的這場動靜，並沒有引起曹朋的關注。

他自薄縣得到消息，和夏侯尚馬不停蹄，日夜兼程。饒是如此，也足足耗費了十天工夫。等他趕回許都的時候，已經是三月初，桃杏凋零。

曹朋不敢怠慢，在長街上縱馬疾馳。

自有軍卒高聲呼喊：「後將軍緊急軍情參見，閒雜人等立刻閃開！」

這兩日，許都日報也刊載了西北之亂。每日軍情戰報不斷，百姓們也都有了準備。耳聽後將軍還都，街上的行人立刻向兩邊閃躲，讓出通路。

要發生大事了！所有人都心知肚明。

曹朋巡視天下刑獄，許都日報也有報導。這幾個月來，每逢曹朋破獲冤假錯案，許都人很快就會知曉。上次報導，說曹朋還在徐州，如今突然返還許都，那必是和西北之亂有關聯。

誰都知道，西北是曹朋一手平靖，而今發生了戰亂，他自不可能袖手旁觀。再說了，涼州牧曹汲是曹朋的老爹，自己老子身處戰亂之中，曹朋又怎可能置身事外而不理呢？

所以，他這次還都，最大的可能就是接手西北戰事。

在這種情況下，誰又敢阻攔道路？被撞死了，估計都不會有人心疼……

曹朋一路暢通無阻，直奔丞相府。

曹操雖然受封魏王，不過府邸卻沒有太大的變化。他的王都在鄴城，自有能工巧匠修建。許都這一塊，他還是丞相，執掌朝中事務。

曹朋在丞相府外勒馬，縱身而下。早有門丁衝出來，接過了韁繩。

人說，宰相門前七品官！可也要看是什麼人……對那些普通官員而言，這丞相府的門丁，高不可攀。但是於曹朋來說，和普通人並無兩樣。

他在丞相府，有自由出入之權，甚至無須通報。

這些門丁也清楚眼前這位爺在曹操心裡，是個什麼樣的地位，惹了這位，腦袋掉了都沒處說理。所以，當曹朋下馬後，門丁又豈敢怠慢？

「丞相可在府中？」

「正在花廳議事。」

曹朋二話不說，三步併作兩步就竄上了門階，逕自闖進丞相府。

以前，曹朋進出丞相府還守著規矩，可現在他心急如焚，想要知道西北戰況，所以也顧不得太多規矩。他對丞相府不算陌生，只是在原來司空府的基礎上有了一些擴建。整體而言，府內格局沒有變化。

「丞相、丞相……」

曹朋大步流星，直奔花廳。可一進花廳，曹朋卻愣住了！

在他印象裡，曹操說不上是那種英明神武、偉岸的男子，但氣度和精神卻是極為出眾。可現在，曹操看上去有說不盡的蒼老和衰弱，整個人瘦削很多，精神也顯得有些萎靡，與之前在荊州相比，截然是兩個人。

「丞相……」曹朋忍不住輕呼一聲。

花廳裡，毛玠、董昭等人正在商議事情。

曹朋風風火火的闖進來，讓眾人一怔。華歆開口想要斥責，卻見曹操一擺手，「今日就到這裡吧，孤有些乏了，諸公且先回去休息，明日再議。」

董昭伸手，扯了華歆一下。

眾人忙起身告退，臨出門的時候，董昭輕聲道：「友學，丞相身子不適，莫讓他太過激動。」

曹朋點了點頭。

「阿福，什麼時候回來的？」

「剛回來。」

曹操臉上露出一抹笑容，站起來，沉聲道：「扶孤出去走走……這一大早就在屋裡，卻有些氣悶。昨日孤見院中桃花綻放，景色甚美，不如一同欣賞。」

冊封魏王，曹操也開始稱孤道寡。

曹朋連忙上前，攙扶著曹操，慢慢走出花廳。

曹操，真的是衰老了！那感覺非常明顯……

從前，曹朋對曹操總是有一絲防範之心，可是在這一刻，他卻清清楚楚感受到一個老人的衰弱。曹操才五十出頭啊……原本的歷史上，哪怕經歷赤壁之敗，曹操也保持著旺盛的精力，在最為危險的時候，都顯得非常樂觀。可是現在，他還是歷史上那個曹操？

曹朋心裡有一種說不出來的滋味。他來到了東漢末年，輔佐曹操成事，更避免了赤壁之敗，但這究竟是好，還是壞呢？曹朋說不清楚。

「孤沒事，阿福莫擔心。」

也許是感受到了曹朋心裡的那種悲傷，曹操突然笑了，低聲安慰起來。

兩人沿著小路緩緩而行，一干扈從落後近五十步，不敢靠近。

於曹府而言，曹朋絕對是一個很特殊的存在。曹操對曹朋的喜愛和呵護，有時候讓人覺得，曹朋是曹操的親生兒子。

「此次巡視，情況如何？」

「各地大致平靜，沒什麼大的動盪。」

「有什麼看法？」

曹朋想了想，還是開口道：「姪兒受徐州刺史徐璆之邀，前往徐州巡查刑獄。中途轉道，往東陵亭一行，卻是發現了一些問題，不得不說。」

「那就說。」

曹操聲音低啞，卻仍舊帶著一絲不可抗拒的威嚴。

「孫權命魯肅為丹陽太守，以呂蒙為將，蔣欽、丁奉為副將，駐紮丹徒。姪兒以為，孫權已經覺察到了東陵島水軍的威脅，所以才有此安排。」

「東陵島，孤懸於入海口，位於吳郡、丹陽和廣陵之交。周靖海孤掌難鳴，若不早做安排，恐難抵禦。東陵亭守衛空虛，若我是魯肅，必以此為突破口，將之占領，則切斷東陵島和廣陵之間聯繫，使之成為孤軍。若真如此，周靖海即便再有能力，恐怕也無法堅持。」

曹操聽聞，眉頭深鎖。「陳矯卻未說過此事。」

曹朋猶豫了一下，還是鼓足了勇氣道：「姪兒倒不是想要貶低季弼，然季弼之才，與而今廣陵，卻有些不太合適。他若為下邳之類的州郡，可以令地方大治。然而現在的廣陵，毗鄰江東，已屬於邊塞。季弼長於政務，善於治理，但軍事並非其所長，長此以往，絕非善事。」

季弼，便是陳矯。

曹朋的意思是說，如果沒有戰爭，讓陳矯治理地方，可以迅速發展起來。可是廣陵如今形如邊塞，說不定什麼時候就會爆發戰爭，那麼陳矯的才能就不足以擔當廣陵太守。他可以發展經濟，能夠治理地方，令治下無冤假錯案，刑獄清明，但是在軍事方面，陳矯的才具略有不足。

曹操輕輕點頭，倒是頗有些贊同。

沉吟片刻，他突然問道：「那你可有合適人選？」

「這個……」

曹操笑道：「阿福莫緊張，你現在只是與孤閒聊，權作家人說話，不必拘束。」

「若我推薦，部將龐令明，可以擔當重任。」

「你是說，龐德嗎？」

曹操對龐德，還算是有印象。他想了想，於是問道：「龐德從未獨當一面，且一直於軍中效力，如何獨鎮一方？」

「龐德膽大心細，且有謀略，遇事沉穩不亂。治理地方，只須有一得力助手便可，而於軍事上，卻是一員大將……」

「確有些道理。」

曹操似乎不想再說下去。曹朋也立刻閉嘴，兩人緩緩走進了花園。

園中，有女子嬉笑聲。曹朋遠遠就看到曹節帶著一個還梳著雙丫髻的女童，在園中戲耍。看到曹操和曹朋，曹節忙帶著女童上前問安。那女童，就是曹操的幼女，名叫曹華。

曹操臉上露出和藹的笑容，揉了揉兩個女孩兒的腦袋瓜子，笑咪咪說道：「去別處耍吧，孤與妳們阿福大哥有事要談，莫要打攪了我們。」

曹節連忙答應，帶著曹華離開花園。

曹朋攙扶著曹操走進湖上花廳，在一個墊著錦墊的石凳上坐下來，曹操長出了一口氣。額頭，有細碎汗珠。

曹朋擺手，示意扈從上來，拿起一塊布巾，遞給了曹操。

「老了！」曹操笑著說：「想當年，太平道作亂。孤奉命率領部曲，夜行三百里，追擊張寶。戰後

章十六

西北風雲再起

與諸君狂飲，也未感疲乏。而今走幾步路，就有些勞累，真的是有些老了……阿福，你也坐下。算起來，咱爺兒倆自那次青梅煮酒之後，再無機會推心置腹。每次都是匆匆忙忙，連個囫圇話都說不來。」

看著曹操一臉疲態，曹朋心裡有些發酸。

一代梟雄，卻終有老去之時……

曹朋忙坐在一旁，「大王莫言『老』字，我看大王是虎老雄風在。」

「哈哈哈！」

曹操聽聞，暢快大笑。只是才笑了一半，就劇烈咳嗽起來。

「虎老雄風在嗎？這話說得好，孤愛聽！」

說完，曹操臉上露出落寞之色，彷彿自言自語道：「孤於弱冠而入仕，畢生所願，不過是在將來石碑之上，能寫下一個曹定遠的名號。然漢室衰頹，非孤所預料……二十二路諸侯討董，孤當時所願，只要能平定董卓，復興漢室，孤即便肝腦塗地，又有何妨？哪知道，諸侯各懷心思……」

「袁本初當年，也曾任俠。原以為能成就大事，可是孤看出其私心甚重，遇事優柔寡斷，非成大事之人。官渡一戰，孤懷必死之心，與本初決戰。然則……阿福，非孤為英雄，實亂世造就耳！」

也許很久沒有與人這樣傾訴，曹操說起話來，滔滔不絕。

曹朋一旁靜靜聆聽，不時為曹操面前的杯子裡添水。良久，曹操突然閉口不言，呆呆看著池塘。一陣風拂過，拂動湖面，波紋蕩漾，水光粼粼。

曹操突然問道：「阿福，若有一日孤不在，你可願擔當重任？」

「啊？」

「子脩和子桓戰死，孤心甚悲。孤膝下諸子，若言可成大事者，唯子脩與子桓二人。子文，性情剛烈，若同烈火，為將可獨當一面，卻難以成事……這幾年，他好讀《史》、《書》，有許多改變。可是想要統領全域，依然有些不足，還須更多磨練。孤使其守禦邊塞，亦有磨練之意。若有十年光陰，子文可成大才……然則荊南一戰，孤這身體卻是……」

「子建聰慧，才情卓絕，其文章華美，詞藻璀璨，假以時日，必為士林大豪……可若想為雄主，卻文弱輕浮，且其心不堅，易為人左右，雖孤甚喜之，卻難託付大事。倉舒聰慧，性情堅毅，孤曾屬意於倉舒，哪知後來發現此子涼薄，若成大事，諸子當絕！」

曹操說到這裡，凝視曹朋。

而曹朋則倒吸一口涼氣，看著曹操，半晌說不出話來。

曹操，這哪裡是推心置腹，分明有託孤之意。這也讓曹朋有些忐忑，不知道曹操究竟是什麼心思。

半晌，曹操突然問道：「阿福，你敢對天起誓，令曹氏崛起？」

「啊？」

「我要你一生一世，忠於曹氏，不可有謀逆之心，你能做到嗎？」

曹朋忙站起身來，俯伏曹操身前：「大王，何出此言？」

「你生性堅韌，遇事冷靜，有大將之風。雖有時候不夠冷靜，甚至是莽撞，可孤卻甚為歡喜。當初你私縱呂氏家眷，孤心中不快。然孤後來一想，呂布於你滴水之恩，你敢冒死而救，說明你心中極重情義。後來你在涼州殺了韋端，孤且怒亦喜……」

「阿福，你是個有情義的男兒！有時候，孤就在想，為何你不是我親子？若是，哪怕將孤這全部基業都交給你，孤縱九泉之下，亦能瞑目啊。」

「叔父！」曹朋聽罷，不由得涕淚橫流。

曹操這番話說得極為動情，讓曹朋心裡更加酸楚。

「阿福，你起來。」

章十六

西北風雲再起

「喏！」

曹朋站起身，復又遵照曹操之意，在旁坐下。

「能答應孤嗎？」曹操拉著曹朋的手，輕聲道：「孤這一世，寧我負人，毋人負我……雖有仲德、奉孝、文若大才，然孤而今可以託付者，為阿福一人。你能答應孤嗎？」

曹朋深吸一口氣，沉聲道：「叔父放心，但阿福一息尚存，絕不負叔父重託。曹氏當興，漢室必亡，此天道循環之正理……阿福會護佑我曹氏大興，一生一世，忠於曹氏。今日立誓，他日有違，當斷子絕孫，永世不復為人。」

這誓言，惡毒得很！

曹操的眼中透出一抹溫情。他輕輕拍了拍曹朋的肩膀，「有阿福此言，孤便放心了！」

說著，他站起身，走到亭邊。

「西北動盪，事發突然。馬兒勇猛，非子廉可敵。而氐、羌之亂，必與馬兒有莫大關係。雋石治理涼州，可蕭規曹隨，但若應對亂局，卻還是有所不足。孤本欲使元讓出兵援助，然元讓秭歸戰敗以來，銳氣盡失，恐難以擔當重任。公明可使關中平靜，卻難定西北。文若建議由你都督西北，然仲德不准。此前奉孝不斷從西北抽調人手，其用意孤並非不清楚，看似削弱你的力量，實則也是為你著想。」

「你在朝中，人脈甚好。孤本猶豫是否讓你前往西北，可今日你風塵僕僕而來，令孤下定決心。阿福，孤將任你為前將軍，武鄉侯，司隸校尉之職，使持節都督西北軍事，兩千石以下官員，若有犯忌，可先斬後奏。一年，孤要西北平靖。」

曹朋激靈靈打了個寒顫，呆愣愣看著曹操。

老曹，你好魄力！我年方二十七，你就讓我做鄉侯、前將軍、司隸校尉嗎？

這個職務，也等同於是讓曹朋的權力最大化。那個使持節都督西北軍事，也是這一連串官職中，最為可怕的一個職務。兩千石以下官員，他都可以先斬後奏，也就是說，太守以下，曹朋皆可斬殺，這權力著實驚人。

一年，平定西北？

曹朋搔搔頭，拱手道：「臣願立軍令狀！」

「甚好！」曹操深吸一口氣，接著道：「馬兒坐擁武都，實乃心腹之患。馬兒不除，孤恐難寐。阿福往西北之後，當設法將其誅殺……武都一旦得手，你可自行決斷是否進軍漢中……孤累了，不想再等太久，你可明白？」

曹朋如何能不明白！

曹操的目光，恐怕已經盯住了西川。

「臣，明白。」

曹操笑了！

他輕聲道：「你前往西北之後，雋石不宜繼續擔任涼州牧一職……不過，你不用擔心換個人會對你有所牽制。孤將命賈詡為涼州刺史，助你平靖西北。希望你不要有所顧慮，該如何，便如何，自管放手而為。」

「臣，遵命。」

曹朋返還許都的消息，於短短時間，為所有人知曉。

而他在晌午入丞相府，直至晡時過後才離開。曹操一直和曹朋單獨說話，究竟說些什麼，無人知曉。但不少人卻從這件事情上，看出了一絲端倪。

曹操對曹朋的寵信，從未有過減少。哪怕此次曹操冊封魏王，而曹朋卻從頭到尾不曾出現，也無法

章十六
西北風雲再起

改變曹朋在曹操心目中的地位。

傍晚，下起了淅淅瀝瀝的小雨。

曹朋回到新武亭侯府，就見蔡琰、黃月英、夏侯真，還有張老夫人以及曹楠，都在廳中等候。

西北戰事起，牽動了曹氏一家的心神。本不願回許都休養的曹楠，在第一時間，陪同張老夫人返回許都……

曹朋回許都，第一時間前往丞相府，一家人便在家裡等候，並不停派人前往打探，看曹朋何時能夠回來。可是曹朋被曹操拉著說話，根本無人知曉狀況，這也讓一家人心急如焚。

見曹朋回來，老夫人頓時哭了！

「阿福，你阿爹在涼州病倒，而今又有了動盪，該如何是好？」

曹朋擺手，示意在大廳裡伺候的奴婢退下，而後攙扶著母親坐下，輕聲道：「娘，妳莫擔心，阿爹很快就會回來。」

「啊？」老夫人驚喜萬分。

可是蔡琰眾女卻露出了緊張之色。

「阿福，你要回去西北？」曹楠突然問道。

跟隨鄧稷這麼多年，曹楠也不再是當年那個什麼都不懂的村婦。事實上，這些年來的起起落落，讓她學會了很多東西，更能從表面看清楚本質。

老夫人復又露出緊張之色，拉著曹朋的手。

「怎麼，你要去西北？那怎麼可以！西北正在動盪，你去西北豈不是很危險？」

曹朋笑了！

「再危險，也不會比我當初去河西危險。」

這一句話，也等於是回答了曹楠剛才的提問。

曹朋，將赴西北平亂。

「妳看妳們，幹嘛這麼緊張？」曹朋笑道：「西北之亂看似嚴重，其實不過是一群烏合之眾而已。父親年邁，確實不適合久居涼州。大王已經安排妥當，此次父親自涼州返還，將接掌大司農之職，留居許都。」

「這，其實是一件好事。我在西北，如魚兒入海，無甚危險。倒是姐夫那邊，姐姐須告知他，大王將不日向並州用兵……姐夫鎮守河東，當防範當地歸化胡人。胡人狡詐，且無信義，不可以與之推心置腹……這樣，我令漢升前往河東，說不得能助姐夫一臂之力！」

曹楠聽聞，露出感激之色。

她很清楚，曹朋往西北，正是要用人之時。黃忠雖年邁，可是曹朋對其卻是推崇備至，那必是有本事的人……鄧稷身邊，缺少可用之人，雖有蔣濟等人襄助，可武將還是有些缺乏。

細數，鄧稷手下除了一個從海西帶過去的馮超，再也沒有心腹武將。這對鄧稷而言，並非是一件好事。至少，對他控制軍隊，會有很大的麻煩。

「那你呢？」

「我？」曹朋微微一笑，露出一抹驕傲之色，「天下能勝我之人，屈指可數。馬兒雖勇，能奈我何？」

新紮西北王

暮色降臨，細雨靡靡。

這是一個惱人的春夜，讓人心情也隨之變得有些抑鬱。

一隊巡兵行過，大街上又恢復了寧靜。黑夜裡，一個男子深一腳淺一腳，來到新武亭侯府側門前停下。看左右無人，他抬手，輕輕叩擊門扉。

片刻後，就聽裡面傳來一個沉厚的聲音：「什麼人？」

「小人有要事，求見武鄉侯。」

「武鄉侯？」門打開來，一個門丁舉著火把，臉上露出詫異之色。「武鄉侯是誰？你找錯地方了吧。」

門外男子臉上蒙著黑紗，身披蓑衣。他輕聲道：「請小哥辛苦一趟，只須稟報主人家，自然知曉。」

「等著。」

門丁闔上了門，腳步聲遠去。大約過了一會兒，就聽裡面傳來一陣急促的腳步聲。片刻後，側門復又打開，再次出現的卻是一個陌生的面孔。

「主人家請客人到廂房說話。」

「多謝。」男子也不猶豫，邁步走進小門。

沿著曲折小路行進，踏著滿地桃杏凋零，很快就來到一個偏僻的跨院。院子裡，有兩排廂房，寂靜無聲。其中一間，點著燈火，幾名黑衣男子站在門口。

「主人家就在屋內，客人請進。」

男子再次道了聲謝，邁步就走進了房間。門外的黑衣衛士迅速關閉了房門。

曹朋站在屋中，看著那男子，「你是誰？」聲音清冷，透著一絲威壓。

武鄉侯這個封爵，是今天在丞相府，曹操私下裡與曹朋說起，還沒有頒布，知曉的人並不多。可來人一口便喚出『武鄉侯』，說明是曹府來人。

這深更半夜，曹操又在耍什麼手段？

來人撤下臉上黑紗，卻是一張熟悉的面容。曹朋記不得此人叫什麼名字，卻知道他是曹氏族人，在曹操身邊做事。

「小人曹鑒，奉丞相之名，送一件事物與君侯。」

「什麼東西？」

曹鑒也不遲疑，立刻從懷中取出一個細長筒子。筒子是用黑色檀木所製，封口處押著火漆，上面有曹操的印鑑。連同筒子，還有一封書信。

曹朋接過來，看了看檀木筒，又看了看手中書信。

「你且先坐。」曹朋說著，在炕上坐下。

這房間的床榻，是曹朋命人以北方火炕的形式做成，上面擺放著一個炕几。

他打開了信封，取出書信。

字，是曹操的字，蒼勁有力。內容很簡單：這檀木筒不可以輕易開啟，裡面的東西至關重要，唯有在最關鍵時，才可以開啟。此事，不得為人知曉。阿福你看完這封信，一定要處理乾淨。曹鑒雖是族人，卻也不可以走漏風聲，妥善處置。

最關鍵時？

曹朋臉上露出若有所思之色。

什麼時候，是最關鍵的時候呢？

「有勞兄長辛苦一趟，請回覆丞相，我已明白。」

「那小人告辭。」

這曹鑒，恐怕不得曹操所喜，故而才會前來送信。曹朋打開了房門，陪著曹鑒走出來，一隻手在暗中朝著身後的黑衣衛士做了個手勢，而後站在門廊上，駐足不再相送。

這也正常，許都城裡，又有多少人值得曹朋送至大門？

曹鑒沒有懷疑，告辭後下了門廊，在兩名黑衣衛士的護送下往外走。

曹朋看了他一眼，轉身返回屋中。片刻後，房門敲響。

「公子，辦好了。」

「明日一早，送他出城，好好安置。」

「喏！」

曹朋此時睡意全無，坐在炕上，呆呆看著炕几上的檀木筒。

半晌後，他苦笑一聲：這老曹還真會耍花招。難道真以為，我不知道裡面是什麼東西嗎？

不過，曹操把這麼重要的東西放在曹朋手裡，也說明了曹操對曹朋的信任。從某種程度上而言，曹操在世一日，曹朋就不會有任何危險……

如此，他可以放心前往西北！

曹操是用這種方式，安撫曹朋的心……

次日，曹操正式宣布，進爵曹朋為武鄉侯。

武鄉在何處？

大漢治下，武鄉位於太原。

不過，曹朋這個武鄉侯，並不是原來意義的武鄉侯。

曹朋這個武鄉侯的『武鄉』，是由原河西郡廉縣新武亭升級而來。武亭如今名為武鄉，也就是說，曹朋這個武鄉侯的準確稱呼應該是：新武鄉侯。

如今大漢治下，並無武鄉侯這個爵位。所以曹朋的新武鄉侯，代替了武鄉侯。想來用不了多久，太原武鄉就將更換名稱。

對不少人而言，新武鄉侯也好，武鄉侯也罷，意義並不大。

真正讓人吃驚的，還是曹朋由後將軍，進前將軍。這才多長時間？曹朋當上後將軍還不到一年，便成為前將軍。也就是說，軍中幾乎無人可以制約曹朋。

大將軍？如今形同虛設，根本沒有人擔當。驃騎將軍，就是曹操本人。車騎將軍，夏侯淵；衛將軍，夏侯惇。可這兩人，一個是曹朋的丈人，另一個還在養病，和曹朋同樣有著密切往來……

曹朋，這是升官了！

廷尉，前將軍……二十七歲，便達到如此地步，恐怕除了霍去病，無人可以與他相比。

但細想之下，似乎又沒什麼。曹朋這些年屢立戰功，若不是他偶爾莽撞衝動，恐怕如今至少也能做到衛將軍的位置。所以，許多人驚異，卻沒有太多反對，只是默默觀察。

隨後曹操又發布一連串的命令：調廣陵太守陳矯，為東郡太守；原豫州牧滿寵，為徐州牧，徐璆則調回許都，擔任九卿之一的光祿勳。而豫州牧一職，卻出人意料，由毛玠出任。

說起來，這些任命倒沒甚問題，也沒有引起太大的波瀾。

真正令人吃驚的，卻是新任廣陵太守的人選。曹操竟然任龐德為廣陵太守，加鎮海將軍銜，讓無數人都大吃一驚。

龐德是誰？沒聽說過啊……

有那消息靈通的，很快就打聽出龐德的來歷，居然是曹朋的部將，曾在荊州出任校尉一職。可這麼一個武將出身的人，真可以治理好廣陵嗎？許多人都感到了擔心，不過卻又從這個任命當中看出了一絲端倪。

曹操，這是要大用曹朋！

龐德接到命令的時候，也是一臉驚訝。他匆匆找到了曹朋，「公子，德不願往廣陵。」

「人往高處走，水往低處流……令明何以不願前往廣陵？」

在曹朋得知龐德的任命時，也嚇了一跳，但他很快就反應過來，這是曹操的刻意安排。如果沒有昨夜那個檀木筒，龐德未必會得到重用。

可正因為那檀木筒，曹操對曹朋，才算是徹底放心。

龐德說：「德願為公子馬前卒！」

「誒！」曹朋一擺手，「令明這是什麼話？你的才具，我非常清楚。若不是因為我的緣故，只怕你而今早就出人頭地。當初我讓你留守涼州，這些年下來，至少也是個中郎將的職務。可你卻隨我服刑，一晃五年過去，你雖無怨言，可我卻於心不忍。此次丞相任命，也是我極力舉薦。」

「廣陵，毗鄰大江，至關重要。更不要說東陵島，關係我曹氏水軍未來，你這個廣陵太守可是責任重大。到了廣陵，和周倉多多接觸，他久居徐州，甚至比當地人更清楚狀況。還有，到了廣陵之後，一定要在第一時間拜訪陳氏。昔年我與姐夫在海西得陳氏之助多矣，未能報答。而今元龍先生故去，陳氏衰頹，你能幫一把，就幫襯一把。交好陳氏，於你站穩腳跟，有至關重要的影響。」

這一次，曹朋不似在荊州時，龐德出任烏林校尉那般言語含糊。他的吩咐很清楚，也說明了他的決心無可動搖。

龐德知道，此去廣陵已無可改變，於是躬身領命，表示服從。

「我會讓公琰隨你前往，還有永年隨行。」

曹朋想了想，沉聲道：「永年辯才無雙，機敏過人，公琰遇事沉穩幹練，為人穩重。此二人為你左右手，當多與之商議。江東方面，你要嚴密監視，留意魯肅動靜。此人，外表忠厚憨直，實則狡詐多謀，為人剛毅，你去了廣陵，要多加提防此人，切不可掉以輕心，著了他的道。」

「除魯肅之外，還有幾人你要留意，呂蒙、呂範，此二人也非等閒之輩……到了廣陵，你要打起精神。你做得好，我與有榮焉；你若做得不好，我和丞相就要擔上任人唯親、識人不明的名聲。所以，你去廣陵，不僅僅代表自己，更代表我與丞相。」

龐德俯伏曹朋身前，顫聲道：「德必牢記公子今日教誨，雖肝腦塗地，亦不負公子所託。」

「好了，回去準備一下，這兩日便起程吧。」

「喏！」

龐德領命而去，但曹朋卻並不悠閒。他命人找來黃忠，把他想要請黃忠前往河東的事情，說了一遍。很明顯，黃忠並不是太願意，但曹朋再三說服，黃忠才算是答應下來……

黃忠心裡有陰影啊！

當初他為劉磐效力，結果調至劉虎手下，卻險些丟了性命。如今去河東……天曉得鄧稷是什麼人？

親兄弟還可以反目成仇，更別說鄧稷只是曹朋的姐夫。

不過，黃忠也看得出曹朋和曹楠之間的姐弟之情。曹朋把這件事託付給他，絕對是厚望，讓黃忠無法拒絕。

「那老夫先說清楚，鄧叔孫用我，我自當全力以赴；若他不用我，我便離開河東，去長安投奔公子。」

曹朋自無異議。

當下，曹朋讓黃忠即刻動身，趕赴河東與鄧稷會合。而後他又親自前往三戶亭侯府，找到曹楠，把黃忠的事情和曹楠訴說。

曹楠聽聞，二話不說，就命人即刻趕往河東。

「叔孫常羨慕你，說你有識人慧眼。他而今坐鎮河東，苦於手中可用之人不多。我回來的時候，他還請我找你借人，希望能助他一臂之力。忠伯前去，他若敢有半點怠慢，我必不饒他。對了，可否再借他幾人？」

曹朋聽聞，啞然失笑，「姐姐，妳可真是嫁出去的姑娘潑出去的水，吃烙餅捲丸子，妳這是架炮往裡打……怎麼一個勁兒的從我這裡挖人？」

曹楠臉一紅，旋即杏目圓睜。

「你是我兄弟，叔孫是我丈夫，我不幫丈夫從兄弟手裡挖人，難不成還要從丈夫身邊挖人嗎？再說了，叔孫那邊有人幫襯，他也能輕鬆一些。難道你想要小艾、小全和小望將來說，他們的舅舅是個小氣之人？」

這小全，名鄧全，小望，名鄧望。一個是郭昱所生，一個是曹楠所生。大的鄧全，今年四歲，小的鄧望，不過兩歲。

曹朋連連擺手，「也罷也罷，那我就再介紹一人……廉長賈逵，本就是河東人氏，當年郭援作亂，他逃離河東。此人頗有民望，而且性情堅韌，有大局，是個人才。他在廉堡也有多年，是時候動一下，委以重任。我此次本想把他調至長安，可既然姐姐要人，那就讓他去河東，幫姐夫做事吧……這個人，可以大用，能獨當一面。」

曹楠這才露出了笑臉。

隨著曹朋進武鄉侯，加前將軍，新武亭侯府正式更名武鄉侯府。不過，對於曹朋的真正任命，遲遲沒有消息。曹朋倒也不著急，在家裡陪著嬌妻美眷，倒也過得快活。

三月初八，曹操派人告訴曹朋，同意曹迪和曹節的婚事。

不過有一個條件，那就是曹迪必須改回原姓。

古人有同姓不婚的說法，曹迪若想要迎娶曹節，就不能姓曹。好在，曹迪常年在浮戲山書院，知道他改姓的人不多，所以在婚書上，仍沿用曹迪原來的名字，也就是蔡迪。

對此，蔡琰倒也沒有什麼意見，甚至還很歡喜，畢竟蔡迪是延續蔡邕的血脈，若姓了曹，老蔡家就斷了根。當時答應，也是為了一家人和睦相處，如今復改姓為蔡，蔡琰也沒有抵觸……

卻可憐了蔡迪，剛改姓曹，又改回來。他倒是沒什麼不適應，只是覺得老娘和他這個新老子太能折騰。

蔡迪訂婚，自少不得親自前來許都。而他這一來，鄧艾也忍不住跑回來為他慶賀。

「舅舅，聽阿娘說，你要回西北？」

「嗯！」

「那帶我去，好不好？」

鄧艾一到許都，連家門都沒有進，便跑到武鄉侯府，找到了曹朋。

章十七

新紮西北王

「這件事，你可告訴他人？」

「沒有！」鄧艾連忙說：「連務伯我也沒有告訴。」

務伯，就是杜畿之子杜恕，年十三歲，和鄧艾一起，在浮戲山書院求學。

曹朋點點頭，而後上上下下打量鄧艾。突然，他話鋒一轉，沉聲道：「我聽人說，你這兩年和你那小婢女打得火熱？」

「啊？」鄧艾這臉，騰地一下子紅了。

小婢女，名叫張菖蒲，也就是當初曹朋往南陽赴任，鍾繇送他的婢女。

不過曹朋沒有把她留在身邊，而是讓她照顧鄧艾。沒想到，這一照顧……

曹朋苦笑搖頭，「你這些狗屁倒灶的事情，我不想管。但我告訴你，你若是敢拉下了功課，我可不會手下留情。到時候，先砍了那張菖蒲，再把你送到你老子身邊……我的話，你聽明白沒有？」

久居高位，曹朋的氣度非同小可，這臉一沉下來，把鄧艾嚇得小臉發白，如小雞啄米般連連點頭。

「你也不小了……」曹朋想了想，沉聲道：「回去和你娘說一下，把那小丫頭先收過來吧。不過我告訴你，正妻不可能。你爹娘都不可能同意……你娘前日和我說，想要把阿眉拐許配給你。這件事我問過你舅娘，她也沒什麼意見。你呢，願不願意？」

「我可告訴你，阿眉拐雖不是我親生骨肉，但我對她，勝過親生。你要是不願意，我就找你娘回了這件事，但你若願意，就要好好待她……日後，若被我發現你敢欺負阿眉拐，我可把醜話說明白，扒了你的皮。」

「我……」鄧艾小臉一紅，期期艾艾，又開始結巴起來。

老天，他真的是歷史上那個鄧艾嗎？怎麼覺得這小傢伙成了一個花花公子！

不過想想，也很正常。阿眉拐是個混血，卻又繼承了蔡琰的美貌，帶著異國風情，頗為撩人。她從

七、八歲時，便住在滎陽，可以說和鄧艾是青梅竹馬。人很聰慧，也很懂事……曹楠第一眼看到阿眉拐，就非常喜歡。

而日久生情這種事，真不太好說。鄧艾和阿眉拐相處甚久，有些喜歡也非常正常。

最重要的是，這肥水不流外人田。阿眉拐而今姓曹，與曹朋卻無任何血緣關係。所以，曹楠有這心思很正常，而對蔡琰來說，她也希望進一步和曹家融為一體。

「好了，我知道了！」

曹朋搖著頭，背著手走了。

鄧艾仍有些腦袋發懵，可片刻之後，他突然醒悟過來：我求舅舅的事情，舅舅好像沒有給出答案吧？再說了，舅舅你都三妻四妾了，怎能說我？

「舅舅，等、等、等等我！」

鄧艾高呼著曹朋，撒腿就追上前去。

建安十四年三月中，曹操下令，征伐並州。

命河東太守鄧稷屯兵通天山；壺關守將李典出兵銅鞮，逼近羊頭山；北中郎將、烏丸校尉曹彰，以及遼東太守張遼，西進並州。張遼駐紮彈汗山，以抵禦鮮卑兵馬援救高幹；曹彰則率部出幽州，攻打雁門關，占領樓煩。三路大軍並進，同時更有冀州牧程昱開始行動，準備糧草輜重，隨時送往前線。

歷經兩載，冀州已恢復了元氣，特別是去年豐收，更使得冀州屯糧無數。

正是暮春，按道理不該發兵。然則，為了徹底摧毀高幹以及南匈奴實力，曹操已經決定，哪怕並州一年顆粒無收，也在所不惜。

戰爭機器隆隆開響，又讓許多人感到吃驚。

七十章 新紮西北王

西北動盪尚未平定，就要攻打並州？這次序，好像錯了吧！

於是，就在這一聲聲質疑中，曹操離開許都，前往王都鄴城，一方面是為了休養身體，另一方面則有督戰之意，大戰氣氛，籠罩邊塞。

四月的關中，驕陽似火。

古都長安，繁華喧囂……

馬超攻占隴關之後，數次試圖突破曹洪防線。

然則，曹洪得了曹操之命，堅守不出，死活不肯與馬超交鋒。這也使得馬超開始為難起來。曹洪不出兵，這就讓馬超失去了用武之地。

參狼羌、白馬羌，集結五萬大軍，出湟中，兵臨隴西。

面對著來勢洶洶的羌兵，曹汲聽從徐庶意見，不與之爭鋒。實行堅壁清野的戰術，將隴縣讓出，屯兵朱圄山，憑藉朱圄山地勢堅守不出，令羌兵止步不前。

「白馬、參狼羌人勇猛，可惜是烏合之眾。若順暢時，如下山猛虎；但若遭遇抵禦，久無戰果，必人心思歸，惶惶不安。這一戰，打的是一個持久。老大人無須擔心，伯道被公子讚為鐵壁將軍，又豈是兩羌烏合之眾能夠戰勝？而今關鍵在於河湟氐王竇茂，咄咄逼人。雖然蘇太守已出兵援救，可是羌氐聯手，聲勢甚大。若應對不得當，涼州必然動盪。」

在徐庶的勸說之下，曹汲多多少少安下心，便一面努力穩定局勢，一面抽調兵馬抵禦羌氐。

就是在這種情況之下，西北戰事呈現出一種焦灼態勢。馬超攻城掠地，看似戰果輝煌，卻沒有任何收穫；曹軍堅守城池，拒不應戰，想要取得勝利，也不是一樁容易的事情。

衛覬也頗為頭疼。曹洪在前方督戰，長安還需要穩定，本來他想從河東借兵，哪知道曹操突然發動了對並州的攻勢，令河東也抽調不出兵馬。這樣僵持下去，恐怕也非是一件善事。

衛覬一方面努力維持關中局勢平穩，另一方面依舊設法抽調兵馬支援。忙碌一整日，衛覬回到府中。正要用飯，忽聽下人來報：「老爺，門外有許都來人求見。」

「哦？」衛覬一怔，忙起身道：「快快請來。」

他顧不得吃飯，便來到花廳。不一會兒的工夫，就見從外面走進來數人。

「敢問……」衛覬見來人氣度不凡，連忙拱手詢問。

為首的青年，大約二十七、八的模樣，生得清秀俊朗。他上前朝衛覬一禮，而後示意身後隨從取出一卷錦帛，雙手呈給衛覬。

衛覬茫然接過，打開來一看，頓時露出驚喜之色。

「閣下，便是曹武鄉？」

河東衛氏，和曹朋有密切的生意往來。不過衛覬和曹朋卻從未見過。說起來，曹朋當初在河西時，衛覬赴任。一晃許多年過去，關中大治，與衛覬有著密不可分的關係。正是因為衛覬的存在，才使得關中世族沒有太大抵抗便接受了曹操存在。

「此次朋秘密前來，只為平羌氏之亂。伯儒公即將前往鄴城高就，然還望能配合一二，在短時間內，莫走漏風聲。」

曹操詔令，衛覬任侍中，並趕赴鄴城。

衛覬自然高興，一來高升，二來可以擺脫西北這一攤子亂局，也能輕鬆許多。若換個人來，衛覬未必會放心離去，但曹朋前來，卻讓衛覬無半點憂慮。昔日曹朋可謂單人獨騎，平定了涼州，如今羌氐雖亂，馬兒雖勇，但衛覬卻絲毫沒有擔心。曹朋既然來了，則西北從此無憂。

他忙請曹朋上座，而後奉來酒水。

曹朋這才向衛覬說明了此行的目的……

章十七

新紮西北王

曹操密令曹朋出任司隸校尉，使持節都督西北軍事。但按照曹朋的要求，這個命令最好是在並州之戰開始的時候，再向天下公布。這樣，可以給他迎來充足的準備時間。

曹操自無異議，並使典滿、許儀二人隨軍聽令，河洛兵馬盡歸曹朋調遣。

而後，曹朋密令典滿率部進入關中，同時又使許儀大張旗鼓在河洛徵召兵馬，屯兵於函谷關外，做出隨時可能入關的態勢，迷惑馬超耳目……

「馬兒出兵，絕非偶然。」

在途中，法正與曹朋分析。

曹朋府內四位文士，只有法正隨行。張松和蔣琬，隨同龐德前往廣陵，而鄧芝則被曹朋舉薦給曹操，出任丞相府主簿、參軍師，其性質類似於參謀，但相比之下，更能入曹操的法眼。對此，鄧芝倒沒有意見，他本就希望能夠多一些閱歷，增長見識。能夠入丞相府擔任要職，對鄧芝而言，也是一樁磨練。

「孝直此話怎講？」

「昔年馬兒慘敗，退走武都，憑張魯支援方得喘息之機。羌氏不可為依持，想來他很清楚。而今大張旗鼓用兵，無異於以卵擊石。難道他不清楚嗎？可他卻偏偏在這時候出兵，毫無疑問是得知丞相將對並州用兵的消息。這個消息，知曉人並不多，可是馬兒卻能準確的捕捉時機。正以為，關中豪強之中，必有人為他通風報信，暗中勾結。」

「你是說……」

曹朋倒是沒有往這方面想過，聽法正這麼一說，倒是頗有可能。

雖說曹朋和關中世族已經緩和了關係，卻不可能得到所有人的認可。衛覬認可了他，皇甫堅壽認可了他，但關中豪門眾多，又怎可能讓所有人滿意？

法正見曹朋不說話，也不急著往下說。作為謀主，他必須要學會留給曹朋一個思考的過程。

片刻後，曹朋突然抬頭，看著法正問道：「孝直以為，當如何為之？」

「只看公子，有膽略乎？」

「講！」

「馬兒出兵，於正看來，並無威脅。真正的威脅，只在羌氐叛軍，和漢中張魯。羌氐可定，然漢中卻終究為禍。馬兒占據武都，為漢中守門之犬。打了馬兒，於張魯並無太大關聯，可如果取了漢中，則馬兒於西北從此無立足之地，公子以為如何？」

這好端端的，怎麼突然說到了漢中？

曹朋不禁愕然，半晌說不出話來。

「孝直之意，莫非要去漢中？」

「正是！」法正笑道：「漢中，西川門戶，馬兒之後援。昔日高祖自漢中起，乃龍興之地。公子為禍西川，然漢中並未受到影響。張魯又是個暗弱之輩，非能成大事之人，只須兵臨城下，則張魯必不敢再戰，出城受降……」

「得漢中後，馬兒失了後援，難成大事。到時候公子只需要守住西北，切斷馬兒後路，再誘使其入關，使其成孤軍，可一舉消滅。只是如此一來，費時甚巨，只看公子如何決斷才是。」

曹朋陷入了沉思。

「如何取漢中？」

法正聽聞這句話，頓時笑了。

這也說明曹朋心動了！

奪取漢中是一個極為關鍵的步驟，只要漢中告破，張魯歸附，則馬超也就大勢去矣。

法正深吸一口氣，在曹朋耳邊低語幾句，卻讓曹朋臉色一變，透著古怪的表情。

「孝直當知，此事極凶險。」

「正自然知曉！」法正笑道：「不過，正亦有把握，只看公子敢不敢冒這個風險。」

「這個嘛……」曹朋顯得有些猶豫。

法正的計策，歸納總結只有三個字：子午谷！

曹朋可是清楚的記得，歷史上諸葛亮兵出岐山，魏延曾獻計，兵出子午谷，直取長安。這是一條險策，生性沉穩的諸葛亮最終沒有選擇這一計。

但後世對此，評論頗多。

如果當時諸葛亮採納魏延計策，只須通過子午谷，便可以直接攻打長安。說不定，三國結局，就會變成另一個模樣。當然了，這只是後世人紙上談兵，畢竟當時的狀況，誰也不清楚。魏延獻計，有他的考慮，諸葛亮拒絕，也有他的主張。真相早已被湮沒在歷史長河中，只能為後人所猜想。

而今法正獻策，居然是兵進子午谷。

與魏延的計策恰好反其道而行之，一個是出，一個是進，但性質相同。

說穿了，就是出奇兵，斷後路。

曹朋查過漢中地圖，這些年來，河西商會透過在西川的貿易，也打探出一個詳細的漢中沙盤出來。

漢中地域不小，卻並不是想像中的繁華。

根據永和六年，也就是西元一四〇年的一次人口普查記載，漢中治下，領九縣，有人口五萬七千三百四十四戶，共二十六萬七千四百零二人。這個數字中，不算當地土著，還有被漢中豪強所隱藏的那些家僕奴婢數量。

如今已過去近七十年，七十年裡漢中雖無大戰出現，可是戰火卻一直未平息。至張魯領漢中以來，與西川衝突不斷，所以人口估算，二十萬左右。也就是說，偌大的領土，城鎮不多，許多地方處於荒涼。

法正如果兵進子午谷成功，便可以沿沔水，直抵南鄭。

這聽上去似乎很簡單，可做起來，卻並不容易。荒山野嶺，蟲蛇密布，道路難行……有很多地方甚至沒有道路，所以想要順利抵達南鄭，絕非易事。

這其中所蘊含的凶險，曹朋可以猜測到。

他看著法正，沉聲道：「孝直，何以勝券在握？」

法正壓低聲音道：「公子可還記得，我曾與公子言，昔年隨一好友入川？」

有嗎？

曹朋努力回憶！

想起來了，法正當初曾說過，他在西川有兩個好友，一為張松，二為孟達。難道，他說的是孟達？

「正是！」

得到法正肯定答覆之後，曹朋反而更擔心了。

那孟達，可是一個反覆無常之人。歷史上他先叛劉璋，後叛蜀漢……最後呢，又想背叛曹魏，結果被司馬懿覺察，最終被司馬懿殺掉。

這麼一個人，又如何能被曹朋信任？

「孟達此人，真可信邪？」

法正一愣，旋即正色道：「子度此人，孤傲自矜，然與正卻推心置腹，可算知己。他在西川無甚根基，憑藉勇武，方得以今日地位。而今名為葭萌關主將，卻受副將所制，駐紮白水關，甚不得意……我此前與之通信，言語間曾透露出邀他為公子效力之意，他對此也甚為意動。不過，正最後還是勸他，安心留在西川……」

「為何？」曹朋愕然問道。

法正苦笑一聲，「他日大王，豈能坐視益州在外？早晚必出兵征伐。子度和我不一樣，我孑然一身，不過一落魄之人，可他是葭萌關守將，拜廣漢都尉之職。他貿然來投，公子未必看重。公子帳下，人才濟濟，勇武若漢升，忠直若令明，更不要說西北之地尚有無數部曲。他過來了，公子能重用嗎？」

這個……是真不會重用！

不過不是因為他的才能，而是因為他的名氣。

「他日若公子取西川，子度可為內應，此大功一件。到時候，他也可以順利得一席之地，則公子也不會小覷他，此方上上之策。」

曹朋沉默了！

法正是真心為孟達考慮，是一個貼心的朋友。

換一個角度想，如果法正一直活著，孟達會像歷史上那樣反覆嗎？

然則，法正死於建安二十五年，也就是西元二二〇年。於孟達而言，他失去了知己好友，更失去了一個為他指明方向，可以讓他相信，甚至是言聽計從的導師。也許正是因為法正的離去，才有了孟達的反覆？

曹朋不得不這麼想，因為法正這一番話，讓他觸動很深。

人生得一知己死而無憾！

孟達曾有知己，奈何造化弄人……

「子度，如何回覆？」不知不覺中，曹朋改變了對孟達的稱呼。

法正頗為驕傲一笑，「正出言，子度焉敢不聽？」

我說的話，他敢不聽嗎？

就衝著法正這一句話，曹朋信了孟達。

「我可書信子度，請他作勢出兵，佯攻漢中，吸引漢中兵馬向漢水集結。而後，我乘勢兵進子午谷，輕裝直取南鄭，將那張魯一舉擒獲，則漢中可定。」

「此計，甚凶險。」

「公子，兵法有云：兵者，詭道也。正因凶險，方須行事。那張魯必不會提防，於正而言，倒也沒甚凶險可言。」

「那你需要我做什麼？」

「其一，正須一支人馬，須勇力之將協助。」

曹朋想了想，道：「此乃情理，孝直不說，我亦與之。但不知孝直以為，誰可為將？」

「圓德即可！」

典滿武藝，日漸成熟。得典韋真傳不說，更在早年間隨曹朋打下堅實基礎，故而已晉超一流武將之行列。得家傳本領，卻換長戟為巨斧，使一口好刀法，連典韋也要為之稱讚。能擲一手好戟，十步之內，戟無虛發，甚至比典韋還要厲害。

而典韋的雙鐵戟，更被他用得出神入化……

最重要的是，他和許儀不一樣。

曹朋當年來到許都，典滿是第一個和他成為朋友的人。兩人的關係，在小八義當中，除王買之外，最為密切。其密切的程度，甚至要高於鄧範。只是後來典滿從軍，和曹朋接觸也就減少，但是他對曹朋的信賴和尊敬，卻遠非許儀可比。

這裡面有典韋的功勞！

典韋曾對典滿說過：「萬事只須聽從阿福安排即可。」

曹朋，對典韋有救命之恩。這一點，又非許褚可比……曹朋和許褚，說穿了是利益的聯合。但是曹朋和典韋，那是過命交情，性質絕不相同。

而且，許儀比典滿有心計。這一點也和他們的父輩相同……

許褚比典韋聰明，但正是因為這樣，曹操更喜愛典韋，而非許褚。

讓典滿隨行？倒也不是不可以……

「既然如此，我會與三哥說明……第二個要求呢？」

法正笑了，「我須等待時機，一旦公子將此事託付於我，莫催促，我自有主張。」

「可！」

「第三個要求，我需要一個嚮導。不過這一點對公子而言，並不困難。所以，我希望公子能秘密前往涼州，牽制馬兒和張魯的注意力。在合適之機，我當出兵，到時自會與公子知曉。」

這就是要全權指揮，不要曹朋插手。

若換個人，斷然不會同意法正的要求；偏偏曹朋深知法正本領，聽聞一笑，旋即應下。

法正而今，方三十有三，無論是閱歷還是心智，包括眼界在內，正處成熟階段。

曹朋自認，他想不出兵進子午谷的計策。隨著歷史的變幻，他那所謂的『大局』，已漸漸當不得用，所以倒不如聽從法正的主意。會用計，不如會用人！兩千年的歷史，無不闡明了這麼一個道理，曹朋非常明白。

就這樣，與法正商議妥當之後，法正隨同典滿，悄然入關。

而曹朋呢，則領文武、王雙二人，帶著四個小拖油瓶，來到了長安……

四個小拖油瓶，分別是鄧艾、蔡迪、杜恕和孫紹。

本來，曹朋是不想帶他們過來，可也不知道這四個小傢伙是怎麼得到了消息，竟串通一處，偷偷的

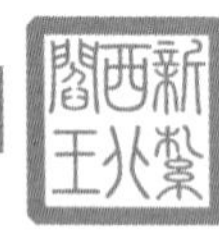

跟上。直到在澠池，曹朋才發現四人相隨，想要把他們趕走，卻有些晚了……

隨後，胡昭又寫信過來，勸說曹朋：蔡迪、鄧艾、杜恕三人，在書院也算學有所成，而孫紹雖然是剛剛進入書院，但一身武藝，確實不俗。讀萬卷書，不如行萬里路。而今他們心思已動，再強迫他們回去讀書，也靜不下心，倒不如讓他們歷練一番。

胡昭說：「友學你當年十五歲便為雒陽北部尉。十六歲時，已經參與官渡之戰，立下赫赫戰功。這些孩子，與其保護著，倒不如讓他們去歷練一下。唯有這樣，他們才可以認識到自己的不足。」

與後世填鴨式的教育，或者那所謂的『素質』教育相比，曹朋覺得胡昭的這種做法，才是真正的素質教育。

既然來了，他也不好趕走，於是便帶著四個孩子。

同時，一同來到長安的，還有一個特殊人物——諸葛均！

諸葛均本是奉司馬徽之命，來長安置業。

司馬徽準備在終南山修道，諸葛均作為弟子，自當先行。

可隨著法正的離去，曹朋身邊就沒有一個可以從事文案工作的人。雖然杜恕可以分擔一些，但畢竟年紀太小。所以曹朋和諸葛均商量後，便讓諸葛均暫時為他的主簿，分擔一些壓力。

想到曹朋收留自己一家人，諸葛均也很感激。他對入仕沒太大興趣，可既然曹朋提出來，他也不好拒絕，便答應下來。

當然了，諸葛均的身分不可能暴露。他假託葛均之名，說是曹朋在荊州招攬的幕僚，倒也沒什麼人會留意。

聽罷曹朋所言，衛覬有些擔心道：「如此說來，友學要往隴西？」

「正是！」

「可這隴西的局勢……」

曹朋微微一笑，「正因隴西局勢緊張，我才更要前往。家父當初本就是不得已來涼州赴任。而今，在西北苦寒之地已有六年，他身子不好，我又怎能讓他繼續留在那裡，擔驚受怕，強自支撐？過些時日，涼州牧將會抵達長安。朋希望伯儒公能夠在長安多留幾日，與我三哥配合，以威懾關中一些人老實下來。待文和抵達長安之後，伯儒公再前往鄴城，不知可否？」

賈詡將出任涼州牧！

曹操倒是沒有隱瞞這個消息。

衛覬想了想，便答應下來。他是聰明人，從曹朋的話語中，自然能聽出端倪。而且，近來關中有些不太平靜，表面上看去歌舞昇平，但實際上卻是暗流洶湧，異常詭異。

衛覬也猜到，這裡面恐怕有一些關中豪強在推波助瀾。

如今曹朋把話出來，更讓他確定了這種想法。

他心裡面有些苦澀，只怕這關中又要有一場波折。到時候，也不知道會是哪一家在這場動盪中消亡……不過，到那時候與他已經沒有關係，真要見分曉的時候，恐怕他已經到了鄴城。

衛覬雖是關中豪強的一分子，可是只要不觸及他河東衛氏的利益，就不會有太大的問題。這一點，衛覬把握得非常準確！否則當初曹朋殺了韋端、韋康父子，他也不會中途停止追究。說到底，這和他衛氏無甚關聯。

慢著！

衛覬送走了曹朋之後，突然激靈靈打了個寒顫。

京兆，韋氏？

會不會是他們在裡面搗亂？

韋端、韋康父子被曹朋所殺，作為關中老牌世族的韋氏，自然不會善罷甘休。當時要追究曹朋，叫囂最響的便是京兆韋氏家族。可後來，由於曹朋讓出河西商路，加上皇甫堅壽和衛覬，以及似平陵竇氏這種老牌關中豪強的壓制，令韋氏最終不得不低頭，不再追究。

但他們，能真的甘休嗎？

韋端、韋康之死，令韋氏利益受到了巨大打擊。特別是韋氏在涼州的利益，幾乎被曹朋連根拔起，可謂是元氣大傷。這種情況下，韋氏要是能心甘，也就不是關中豪強了！

站在門階之上，衛覬長長出了一口氣。

一方面，他為自己將從這漩渦中跳出，而感到開心；另一方面，又隱隱感到可惜。

但願得韋氏能聰明一點，莫捲入是非。否則，以那曹閻王強橫凶殘的手段，京兆韋氏，恐怕時日不多矣……

「夫君，剛才是何人來訪？」身後，一名端莊女子走上來，挽著衛覬的手臂，輕聲問道。

這女子，便是衛覬的妻子。說起來也是豪門之女，出身於河東另一世族，裴氏。平日裡，裴氏很少過問衛覬的公務，她好讀書，喜女紅，更擅長書畫。

衛覬與裴氏琴瑟相合，頗為恩愛。

聽到裴氏詢問，衛覬想了想，扭頭回答道：「西北王，真真正正的西北王。」

「啊？」裴氏愣住了！

從未聽說過有西北王這樣的封號。

不過，裴氏極端聰慧，一下子反應過來，似乎明白了衛覬話中之意……

西北王？

或者用西北之主來稱呼更為妥帖。

這滿朝中，誰人能擔得這三個字呢?只有一個人，也唯有那個人可以!定西北，開絲綢之路，令羌胡臣服，令關中富庶……

「他回來了?」

「嗯，回來了。」

衛覬不會隱瞞裴氏，因為他太瞭解裴氏的性子，那是個能守住秘密的人。

「他此次來，將接替司隸校尉。不過，咱們還要在長安繼續逗留一段時間，配合他一些動作。呵呵，此人一回來，只怕會讓許多人心驚肉跳。但於咱們而言，卻是好事一樁。」

「嗯?」

「夫人，煩妳立刻書信，通知丈人，可以繼續加大對西北的投入，之前停頓下來的商事也可以繼續進行。這西北，有他坐鎮，馬兒鬧不出什麼動靜。」

裴氏聽聞，點了點頭，不再追問。衛覬把這個消息透露給她，已經足夠了……想必家族會因此再謀得更多利益。

建安十四年四月，曹操正式詔令，向並州發動攻擊。

河東太守鄧稷，以黃忠為將，蔣濟為先鋒，兵出通天山，十日裡行軍六百里，連克三鎮，兵臨離石……兵鋒之盛，若摧枯拉朽，無人可敵。

黃忠更親披重甲，率部先登。

西河太守不敢抵抗，當黃忠抵達離石之時，便立刻開城獻降。

而此時，鄧稷的主力人馬才剛剛越過通天山。得知離石歸降的消息之後，鄧稷竟有些不知所措，好半天他才反應過來，不禁仰天大笑……

「此阿福與我之老廉頗！」

旋即，鄧稷通知羊衜，率部火速趕赴離石。

與此同時，李典和曹彰兩路並進，並州狼煙四起……

而曹朋也在此時繞道街泉亭，於神不知鬼不覺間，來到了臨洮城外！

章十八　馬如風

進入四月以來，臨洮氣溫陡升。

可是曹汲仍穿著厚厚的衣服，臉色煞白，形容憔悴，臉頰瘦得顴骨都凸了出來，看上去猶如骷髏一樣。曹朋乍一見，也是大吃一驚。他知道曹汲病了，可是卻沒想到居然病得如此嚴重，讓曹朋根本無法想像。

記憶中的曹汲，是個強健壯碩的人。可現在……

「父親！」曹朋緊走幾步，來到病榻前。

曹汲正準備坐起身，見曹朋來了，他臉上露出一抹笑容，只是頗有些難看。

「阿福，你來了。」話語中，帶著無盡的疲憊之意。

曹朋聽著，心裡不禁發酸，連忙用力點頭。曹汲之所以會這個樣子，他多多少少能夠猜出端倪。其實，曹汲的病情原不是很嚴重，可由於戰事發生，狼煙四起，讓曹汲不免憂心忡忡。

他本就不是個能治理一州之地的人，當初赴任，也是趕鴨子上架，想著兒子一手打下來的西北，總要幫著兒子守住。一開始，也的確如此。曹朋給曹汲留下了強大的班底，根本不需要曹汲費心。有時候雖然也會感到辛苦，可大部分事情自有徐庶等人解決，而在地方上，步騭、石韜、龐統等人，也不需要他太費心思。然而，隨著曹朋心腹不斷調離涼州，曹汲感受到的壓力越來越大……

特別是步騭離開，蘇則執掌武威。即便蘇則和曹朋有交情，但並不是很密切。說到底，蘇則不是曹朋的心腹，曹汲自然也不會太過於放心。趙衢出任西域都護，鄧範和潘璋離開涼州……一連串的人事調動，令曹汲頗為揪心，卻偏偏又無可奈何。

也就是在這時候，馬超起兵，羌氐作亂。

曹汲所承受的心理壓力，甚至比他的病情還要嚴重。他沒有打過仗，更不懂如何打仗。若非石韜、徐庶、孟建、郝昭出手拒敵，曹汲恐怕早已支撐不住。西北局勢，一日壞似一日，讓曹汲憂心忡忡，所以身體也迅速垮了下來。

好在，一切都過去了！

曹朋回來了，也讓曹汲放下了心。

「父親只管安心將養，等身子好一些之後，孩兒就送父親返回中原。姐姐臨盆在即，母親也在家中翹首期盼，父親可一定要多保重才是……大王已經下詔，任父親為大司農，到時候在許都就任。咱家的宅子也擴建了許多，人也增加不少，都需要父親操心呢。」

與曹汲說多少石糧食，國庫收入多少，沒用！他就是個小農思想，喜歡聽自家田產增加多少、宅子擴大多少……之類的話題。

果然，曹朋說完，曹汲就樂了。

他疲憊的躺下，拉著曹朋的手，輕聲道：「阿福這一來，我可以安心睡上一覺了。」

「嗯，孩兒就在這裡。」

曹汲慢慢閉上了眼睛，很快就進入了夢鄉。

看得出，他是真的很久沒有睡一個好覺了……馬超起兵以來，他承受巨大的壓力，又怎可能做到高枕無憂？如今兒子來了，這心裡也有了主心骨。感受著曹朋在身邊，曹汲格外輕鬆，這一覺，睡得也很香甜。

曹朋等曹汲睡熟，為他蓋好了被褥。

走出房間，曹朋招手示意醫生上前，低聲詢問道：「家父的身體狀況，如何？」

「曹涼州的身子並無大礙，主要還是擔驚受怕，以至於夜不能寐，茶飯不思，整日裡擔憂，以至於身體越來越差。不過，曹涼州的身體底子好，只要好生將養一段，便可以恢復元氣。」

曹朋這才算如釋重負般，長出一口氣：既然如此，我也就放心了……

他沉吟片刻，低聲道：「那就煩勞先生多多費心，讓家父好生調養……我會告訴其他人，不許任何人來打攪。入秋之前，要調理得當，我將送家父返還中原。我不管你用什麼辦法，總之要家父身強體健，恢復原來模樣。」

這時候把曹汲送回去，不是一個最好的選擇，且不說山高路遠，道路顛簸……就曹汲如今的模樣，送回許都，老娘非瘋了不可。所以，曹朋思來想去，還是決定讓曹汲多休養一段時間。

那醫生猶豫了一下，「將軍，非是小人拒絕。其實這將養並不難，可臨洮而今的環境，實在不適宜曹涼州將養。以小人之見，最好讓曹涼州離開臨洮，換個安靜的環境，更有益於身體恢復。」

想想也是！臨洮距離前線太近，每日戰報不斷。在這樣的環境下，曹汲想要養好身體，的確不是一件容易的事情。

曹朋想了想，「如此，就傳告隴西太守，讓他準備一下，送家父過去休養。事不宜遲，我會儘快安排。你也準備一下，隨家父一同前往狄道。」

「喏！」

醫生不會有什麼異議，立刻下去準備。

當曹朋回到偏廳的時候，還沒等坐下來喘口氣，就聽到王雙傳報：「秦亭校尉郝昭，涼州別駕徐庶，涼州從事闞澤等，在府外求見。」

「請！」曹朋深吸一口氣，沉聲喝道。

不一會兒的工夫，就見徐庶、郝昭等人來到了廳堂。林林總總，近十餘人，全都是曹朋的親信。看到徐庶等人，曹朋臉上也止不住露出了一抹微笑，他抬手示意眾人不要多禮，讓大家坐下。

「我等前來請罪。」

「元直，何罪之有？」

「我等無能，累得老大人憂慮，才有今日之病症。庶（昭）（澤）有負公子所託，未能好好照應老大人，請公子責罰。」

十餘人同時跪在堂上，齊聲請罪。只看得在一旁伺候的鄧艾等人，好生羨慕。

大丈夫生當如斯啊！

曹朋大笑，上前把眾人一一攙扶起來。

說實話，一開始他是有些不太高興。

你說你們這些傢伙……我把我老子託付給你們照顧，你們就照顧成這副模樣？

可轉念又一想，曹朋也就釋然。那馬超終究不是等閒之輩，事出突然，也怪不得徐庶等人。

「本來，王都尉也要過來，可是因為病體不適，無法下榻，只得讓我等前來告罪。」

「虎頭也在臨洮？」曹朋聽聞，頓時一驚。他知道王買受了傷，卻不清楚王買已來到了臨洮。

這說明王買的傷勢恐怕不會太輕，否則的話，以虎頭的性子，怎可能輕易離開龍耆城？也就是說，龍耆城如今是趙雲在鎮守嗎？曹朋心裡不由得一咯登，連忙問道：「虎頭也在臨洮？他傷勢如何？可嚴重嗎？」

「王都尉三日前，返回臨洮養傷。傷勢倒是已經控制住，可身子還有些虛弱……河湟朔風猛烈，最壞人身體。王都尉的病情，也因此而來。好在老大人一力將他召回，才算穩住。」

曹朋皺了皺眉，點點頭，表示明白。

他招手，示意鄧艾過來：「士載，把我從許都帶來的老參拿出十條，立刻給你虎頭叔送過去。你就在那邊陪著他，告訴你虎頭叔，我這邊事情辦完了，就立刻去看他。」

鄧艾和王買並不陌生，連忙拱手答應。

曹朋這才再次讓大家落坐，沉默片刻之後，突然展顏一笑。

「諸君，曹某又回來了！」

廳堂上的氣氛，原本有些壓抑，不論是徐庶還是郝昭，莫不感到有些沉重。可隨著曹朋這一句話出口，眾人不由得都笑了……

「恭喜公子，重返西北。」

「此次，我奉詔任司隸校尉，都督西北軍事。所要做的事情，剿滅馬超，平定河湟，令西北重新穩定。此非我一人可以做到，還須諸君幫忙。此前種種，我也知道，怨不得諸君。但是，我要求你們，從現在開始，不得再失一城一地，要迅速穩定住局勢。」

「末將明白！」

曹朋道：「我在途中，已命人前往河西，召士元前來。但在此之前，我有些人事，需要重新安排。德潤大哥，我年初時在廣陵，與周靖海見面。他而今執掌東陵島，獨領水軍，頗有些辛苦……在我回來的時候，周靖海向我請求調派幫手。他點了你的名，不知你可願往？」

闞澤如今已經三十多，近四旬年紀。與當初那吳郡的驛卒相比，整個人也發生了巨大變化。為人沉冷、端莊，卻依舊溫文儒雅。

乍聽後，闞澤一怔，旋即笑道：「此事，須公子安排，澤自無異議……不過這老周，還真是不肯放過我。當初我離開海西的時候，他喊著早晚要讓我回去……沒想到，他竟然真的做到了！只是，公子要我去東陵島，恐怕不僅僅是協助老周那麼簡單吧？」

闞澤果然聰明！

曹朋一笑，點了點頭，「不瞞德潤大哥，老周而今倍感壓力。去歲末，孫權將他身邊重臣魯肅魯子敬調往丹陽，出任丹陽太守之職。那魯肅，是個極有手段的人，加之身邊還配有呂蒙、蔣欽、丁奉等人，絕非周叔一人可以應對。陳矯雖說是個人才，可惜不重兵事。我已奏報大王，將陳矯調離廣陵，安排了令明出任廣陵太守。但相比之下，仍有些不足。令明善戰，可是能給周叔的幫助不多，故而才想到德潤大哥。」

闞澤想了想，「公子須澤何時啟程？」

「越快越好！」

「那澤即刻準備，三日後前往東陵島。」

闞澤是個極乾脆的人，二話不說便答應下來。

曹朋微微一笑，也不再贅言。他很清楚，闞澤此去，定能幫助周倉分擔壓力。有闞澤在，再加上龐德和蔣琬等人襄助，以及滿寵的支持，東陵島在短時間內可高枕無憂。

閉上眼睛，曹朋突然間又陷入了沉默。

也不知為何，徐庶等人的心為之一緊。隨著曹朋年齡的增長，官位越來越高，身上那種無形的威壓也越來越重。徐庶不由得暗自感慨，眼前這個青年，已經不是當初他剛至許都時，那個還略顯青澀的少年可比。

殺伐果決，心狠手辣！

曹閻王一怒，千個人頭落地，白蘆灣血流成河……

曹朋的故事早已傳到涼州，徐庶等人更耳熟能詳。從前，曹朋雖有威望，卻總讓人有一種和善的感受。單許都斬殺兩千多個叛黨，讓他背負了巨大的罵名之外，更在他身上平添了一股殺氣。如今若再有人想挑戰曹朋，就不得不考慮一下結果會如何……這曹閻王可是個殺人不眨眼的主兒！

如此結果，也出乎了曹朋的預料。一場殺戮固然讓他背負罵名，但也好像給他帶來了巨大的好處。

「伯道，朱圄山戰況如何？」

郝昭連忙起身，恭敬回道：「參狼羌、白馬羌最初攻勢極猛，然損兵折將之後，已暫時停戰。」

「甚好！」

曹朋想了想，扭頭對祝道說：「辛苦一趟，去白馬羌，告訴滕子京。收兵，我既往不咎；不收，待老子殺入湟中之後，白馬羌從此除名，一個不留。」

「啊？」祝道一怔，愕然看著曹朋。他和白馬羌倒也不算陌生，之前河西商會行走湟中，和白馬羌有些往來。只是這最後通牒，也太生硬了吧！滕子京，那可是個脾氣火爆的人，會接受這種言辭嗎？

「放心，那傢伙是個聰明人，知道該如何選擇。」

既然曹朋堅持，祝道自然不會拒絕，於是拱手應命。

「竇茂，何以作亂？」

「這個……目前尚不清楚。」徐庶露出慚愧之色，輕聲道：「竇茂起兵，極為突然。可在此之前，他並未流露半點反意，才使得老大人措手不及。此徐庶之過，請公子責罰。」

「誒，不要動輒責罰。」

曹朋一擺手，在屋中徘徊起來。

「馬如風，何人？」

「這個……」

「給我打聽清楚這兩件事情，特別是馬如風！來時，我曾仔細查閱過此人卷宗，卻發現毫無記載。馬如風……哼哼，想來也是個假名字。虎頭的本事我知道，能使虎頭中計，此人倒是頗有心機。這個人，絕不可能是無名之輩。此前我們從未聽說過有這麼一支馬賊肆虐河湟，連燒當老羌王都不知道，怎地突然就竄出來？」

「公子的意思是……」

「查！」曹朋停下腳步，沉聲道：「這個人，和馬家必有密不可分的聯繫，我甚至懷疑，竇茂造反與此人有莫大關聯。給我查清楚這個馬如風的來龍去脈……要儘快將他除掉。至於竇茂那邊，傳令武威太守蘇則、張掖太守孟建，命他二人集結兵馬，屯兵於張掖縣，隨時聽候我的調遣。再命護羌校尉賈星、姑臧統兵校尉竇虎，即刻至狄道候命，我另有重任。」

「喏！」

「命漢陽太守石韜，北地太守楊阜，征羌中郎將、武亭校尉夏侯蘭，各自徵集兵馬，隨時聽候命令。再從河西軍抽調四府精兵，秘密至龍耆城。」

一旁的杜恕飛快記錄，把曹朋的這些命令一一書寫之後，再由曹朋蓋下印鑑。

「元直，朱圄山之戰，我就交付給你和伯道。我不管你用何種手段，秋季之前，給我把他們牢牢拴死在朱圄山，不得令其前進半步。」

「卑職，遵命！」

徐庶和郝昭紛紛領命。

在這一刻，他們不復之前的種種憂慮。似乎隨著曹朋的到來，一切問題都迎刃而解。

曹朋深吸一口氣，臉上突然露出了笑容，「走，陪我去虎頭家中探望。」

朱圍山曹軍，突然變得極為強硬。

郝昭下令，不留俘虜，一改先前略有些軟弱的手段，所有羌人俘虜全部被斬殺朱圍山下。如此，令兩羌大怒，同時又感到了一絲莫名恐懼。

曹軍，似乎來真格的了！

與之前曹汲主持政務時，凡事留一線的作風相比，如今的曹軍可謂是大開殺戒。

「此，絕非曹汲作風。」

隴縣縣衙裡，馬超面露沉思之色。在他下首，端坐一個青年，正是當初救馬超脫險的胡遵。馬岱則坐在上首，臉上同樣透出了緊張之色。

「恐怕，涼州主將，已經更換。」胡遵開口道：「而且如此強硬作風，我懷疑，很有可能是那曹閻王來了。」

「曹朋？」馬超抬頭，愕然看著胡遵。

別看胡遵年輕，但是很穩重，也很聰明。最重要的是他讀過兵書，所以謀略也不錯，分析事情頭頭是道，顯示出不同尋常的能力。馬超相信，假以時日，胡遵必然會成為謀主。

所以，平日裡馬超也在刻意的培養胡遵。

胡遵點點頭，輕聲道：「從前，曹朋歸化羌狄，所有人都只留意他做事留有餘地，可沒有人發現，他在對西羌之戰中，是如何處置那些羌兵俘虜——全都殺了，一個不留！只不過因為他處事公正，所以大家才沒有留意到他的強硬。」

「戊子之亂，這傢伙大開殺戒，親自監斬兩千餘人，可見其心腸狠毒……而且我覺得，在此種態勢

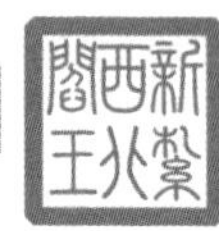

下，曹操面對西北之亂卻毫不理睬，反而開啟了並州戰事。什麼緣故？我想一定是他認為，西北之亂不足為慮。何以曹操有此信心？無非兩個原因，要麼他是自大，要麼就是他已經派出了合適人手，接手涼州。而在這種時候，最適合接手涼州的人，恐怕只有曹朋。」

「曹友學！」

馬超不由得咬牙切齒，一拳砸在案上。堅硬的紅木長案被他砸得四分五裂，散落一地。

若說馬超最恨什麼人？

恐怕除了曹朋，再無第二個人選。

馬岱遲疑了一下，輕聲道：「大哥，竇茂又派人過來了。」

「他又有什麼事？」

「還不是討要糧草輜重……不過他這次來，還有另外一個要求。我……」馬岱言語中略顯猶豫，吞吞吐吐。

馬超眉頭一蹙，沉聲道：「他又有什麼要求？」

「他……想要迎娶小妹為妾。」

「什麼？」馬超勃然大怒，「竇茂欲尋死乎？」

馬超對他的妹妹馬文鷺，是極為疼愛。當初曹朋斬殺馬氏族人，唯獨這個馬文鷺逃走。馬文鷺顛沛流離，好不容易到了武都，找到了馬超。當時那憔悴的模樣，讓鐵石心腸的馬超硬是哭了！

而今竇茂居然提出要娶馬文鷺，而且只是小妾，這讓馬超如何能夠忍受？

在馬超的心裡，馬文鷺應該嫁給一個疼愛她的好男人。

可那竇茂，好色如命。當初為了後母，不惜殺了老氐王，繼位氐王後，把後母納入帳中，更將兄弟的老婆一併娶來。雖說這在羌氐而言屬於正常，可馬超卻無法接受。

那傢伙，就是一個爛人！

「此事，斷無可能。」馬超二話不說，立刻拒絕。

馬岱苦笑道：「可竇茂說了，如果大哥不答應，他就與破羌撤兵……」

「混蛋！」馬超氣得臉通紅。

不可否認，這羌氐如今對他來說，有著極其重要的意義。

竇茂不退兵，就可以牽制住涼州大部分兵馬，這也使得馬超後顧之憂大大降低，可以全心全意攻打關中。可如果竇茂撤兵，馬超到時候就要面對曹軍主力。他心裡很清楚，自己這次雖說是傾盡武都之兵力，可想要和曹軍主力對抗，並不簡單。竇茂的威脅讓他惱怒，卻又讓他無可奈何。

「子敬，你怎麼說？」

馬超口中的『子敬』，不是魯肅魯子敬。他說的子敬，就是胡遵。

胡遵臉上露出苦澀笑容……這可是馬超的家事，他一個外人，又如何參與？

一旁的馬岱，也顯出不快之色。

大哥，這是咱的家事！我知道你看重這個胡遵，我也清楚他曾經救過你的命！可你不能什麼事都問他，聽取他的主意吧？這是事關小妹的終身大事，你怎麼可以讓一個外人指手畫腳？難道說，自家這許多弟兄，竟比不過一個外人？

馬岱心裡有怨言，也屬正常。

想他怎麼說，也是馬家軍的核心成員，還是馬氏族人，對馬超更忠心耿耿。

可現在呢？馬超對那個胡遵言聽計從，事事請教。這也使得馬岱的地位漸漸降低。

好吧，他是你救命恩人，而且確實有些本領，我沒有意見。但你現在讓他插手到自己家事裡，未免有些過分。

馬岱很清楚馬超的脾氣，他心裡有氣，卻不敢說出。

而胡遵呢，被趕鴨子上架，在這種情況下，似乎也不能保持沉默……

沉吟片刻之後，胡遵輕聲道：「大小姐天之驕女，豈能下嫁竇茂？」

「不錯！」

「可竇茂而今兵強馬壯，實力頗為強橫，乃將軍臂助。如果他撤兵，將軍數年籌謀，也要毀於一旦……所以，遵思來想去，何不假意應下，言攻破隴西，就使大小姐成親。如此一來，可以令竇茂攻擊更加凶狠，牽制更多兵力。只要將軍拿下了關中，又豈懼一竇茂？」

「嗯……」馬超陷入了沉思。

半晌後，他輕輕點頭，「子敬所言有理，就依子敬所言。」

建安十四年四月，並州戰事如火如荼。

曹軍推進極為順利，勢如破竹。曹彰攻克樓煩，斬斷了烏丸與高幹之間的聯絡，形同斷去高幹一臂。

而李典同樣推進迅猛，在四月底占領太原郡，兵臨羊腸倉。高幹的屯糧，幾乎都囤積在羊腸倉，如今羊腸倉被占領，高幹驚慌失措，聯合了南匈奴王劉豹，試圖奪回羊腸倉。

哪知道李典來了一個狠招，讓出羊腸倉，卻把羊腸倉存糧一把大火化為灰燼。高幹數萬大軍面對一片廢墟，欲哭無淚。而李典則屯兵汾水以東，擺出決戰的架式……

高幹，慌了！

更讓他感到恐懼的，還是曹彰占領樓煩之後，和李典形成了夾擊之勢。

同時，鄧稷先鋒大將黃忠，連克藺縣和臯狼兩地，正迅速向太原逼近……若河東兵馬抵達，則高幹就將身陷死地。無奈之下，高幹和劉豹慌忙撤離太原郡，退守谷羅城。

章十八
馬如風

然而，太原郡丟失，則使得並州局勢發生巨變。

原本就人心惶惶，甚至是各懷心機的袁氏部將，如群龍無首般，各自尋找出路。

谷羅城位於長城以外，高幹撤離，就如同放棄了長城以南的控制權。鄧稷在占領了皋狼之後，立刻將西河郡轉手託付給了羊衜。旋即，他調集兵馬，兵分兩路，馮超和黃忠各領一部兵馬，向西瘋狂挺進，直逼上黨。

與此同時，河西郡武亭校尉、中郎將夏侯蘭，自漠北八鎮徵召八千兵馬，自西部殺入上黨郡。上黨太守眼見大勢已去，五月初下令停止抵抗，舉郡獻降。鄧稷幾乎是兵不刃血便奪取了上黨郡，屯兵於龜茲。

並州，在一個月裡，失去四郡之地。

高幹只能憑藉五原、朔方、雲中三郡之地，與曹軍勉強周旋。劉豹見勢不妙，於是建議高幹臣服鮮卑王軻比能，並向鮮卑借調兵馬。可是，去卑和檀柘所部，卻在這時候向鮮卑發動了攻擊。

檀柘找到了檀石槐幼子，立鮮卑王，以抗衡軻比能。

在河西郡的支持下，檀柘迅速得到西部鮮卑的支持，與軻比能糾纏不休。如此情形下，軻比能雖有心救援，卻無力發兵。倒是鮮卑東部大人燕荔游想趁此機會討些便宜，不想卻在白山遭遇張遼伏擊，燕荔游戰死白山腳下，張遼則趁勢北進，對軻比能部形成了極為有效的牽制……

進入五月，並州戰局呈現出緩和趨勢。

也就是在此時，曹操在鄴城傳令，任曹朋為司隸校尉，使持節都督西北軍事。

消息一出，涼州震盪！

曹朋在來到隴西之後，並沒有馬上顯露身分。巡視了朱圄山前線之後，他便把臨洮戰事全部託付給徐庶、郝昭兩人。

曹汲因病不得不離開臨洮，前往狄道休養。然則他的撤離，並沒有使軍心產生動搖。畢竟在此之前，隴西戰事都是由徐庶和郝昭兩人主持，曹汲在更多時候，還是擔當一個後勤大隊長的職責。

不得不說，涼州真的是曹朋一手打下來。

曹汲坐鎮涼州時，雖然各方都服從命令，聽候調遣，可難免還是會有陰奉陽違的情況出現。然而當曹朋抵達隴西之後，在短短十天之中，發出二十餘道命令。武威太守蘇則、漢陽太守石韜、安定太守楊阜、河西太守龐統、張掖太守孟建……各郡太守立刻改變了先前的態度。

石韜等人自無須多說，一直都在給予曹汲大力支持。但武威太守蘇則，以及安定太守楊阜，則未必會完全聽命於曹汲調遣。

特別是楊阜，對曹汲一直不太滿意。當然他的不滿，更多是源自於當初曹朋在狄道斬殺韋端父子。不過隨著時間的推移，涼州日益繁榮，楊阜雖有不滿，卻還是藏在了心裡。曹汲在位，戰戰兢兢，極為勤勉，可是楊阜總覺得曹汲比不得韋端父子。

然而，當曹朋一封書信送抵案頭之後，楊阜二話不說，立刻從安定徵召六千郡兵，派往漢陽。

這就是曹朋和曹汲的不同之處。如果是曹汲，楊阜可能會找各種理由拖延。但曹朋卻不一樣，那書信上之上，紅彤彤的大印，讓他不敢怠慢，更不要說曹朋的心狠手辣，可是天下聞名。

楊阜不得不考慮，如果他激怒曹朋的話，曹朋會毫不猶豫將他斬殺。

從前，曹朋不過是一介太守，就敢斬殺州牧。如今他都督西北軍事，想要殺自己並非難事。只須找個由頭，就可以讓自己家破人亡。

在歷經了諸多波折以後，楊阜已不是當年那麼衝動的人。他必須要考慮後果，也要考慮前程……

想當初，好友趙衢遠不如他，如今卻已經成為西域都護，位高而權重。而他呢？當初是韋端的心腹，名聲也比趙衢響亮。若非張既一力舉薦，說不定現在還閒賦在家，為衣食而擔憂。

楊阜名聲雖響，但由於之前得罪了曹朋，所以還是受到了不小的影響。比如先前張既有心征辟楊阜為幕僚，卻被人勸阻，說你這樣很有可能令曹朋不快。哪怕當時曹朋還在滎陽服刑，張既也不得不慎重考慮。直到後來，曹朋在許都奉命接待呂氏漢國，張既派人試探了一下口風，才征辟了楊阜。

那時候的曹朋，與如今的曹朋，截然不同。楊阜再心高氣傲，也是個曉輕重之人，哪裡敢怠慢？

至於蘇則，更不會和曹朋作對。他接到曹朋書信之後，立刻調集兵馬，依照曹朋書信所言，一方面加強對西羌的控制，另一方面出兵集結於張掖縣，與張掖郡兵馬會合。

曹朋並沒有立刻用兵，而是在私下裡瞭解各地的情況。

總體而言，此次氐羌造反，造成影響最大的還是在金城和隴西兩地。相比之下，其他各地受到的影響並不多，如安定、河西、北地三郡，幾乎沒有任何波動。漢陽雖因為馬超出兵而受到了影響，可是石韜應對得當，也使得漢陽依舊保持了平靜態勢。

隨後，曹朋在狄道，與奉命前來的賈星、龐統會合。

「公子，別來無恙？」

即便是高傲如龐統，見到曹朋之後，一改以往的隨意，恭恭敬敬行禮。只是，那張依舊有些醜陋的臉上，卻閃過一抹興奮之色。

闊別六載，龐統已年過三旬，正步入中年。與從前那份飛揚兔脫相比，六載扎根河西，讓他多了幾分沉穩幹練之氣。一雙眸子，眸光深邃，令人感到難以揣測。而臉上，更因歲月流逝，留下了一些淡淡痕跡。

曹朋看到龐統，卻不管那許多虛禮，上前一步，用力擁抱了一下。

「士元，怎地還是這副模樣？」

換個人，龐統必然發怒。可面對曹朋，這一句看似調侃的言語，卻讓他感覺無比親切。

「若公子待在河西六年，恐怕比我更加不堪。」

說罷，兩人相視，忍不住哈哈大笑。

歲月的流逝，並沒有讓兩人的友情淡薄。相反，卻因為各種各樣的原因，變得更加純粹。

不是什麼人，都會心甘情願留在河西這苦寒之地，一熬就是六年。

而今步騭返回中原，石韜接掌漢陽，從某種程度上，都得到了升遷；唯有龐統，依然留在河西郡。把當年只有五個縣的河西郡，治理發展成為如今十三個縣的規模。漠北八鎮的建立，使得河西郡的面積擴張三倍有餘。人口從最初的十餘萬，發展到如今已超過了五十萬之巨。

如此功勞，換任何一個人，至少也會換一個好一些的地方。可是龐統卻一直留在河西郡，任勞任怨，從無二話。這裡面，更多是源自於和曹朋的友情。

他弟弟龐林，如今衣錦還鄉，風光無限。可他呢？依然待在河西郡！

如果不是那份友誼的支撐，又怎可能堅持？

「士元，換個位子吧。」

「嗯？」

「河西而今已初具規模，你還是回來幫我吧。」

「那河西郡，由誰接掌？」

「我已經有了打算，準備舉薦黃忠，接手河西。」

「黃忠……你說的是，那南陽黃漢升嗎？」

龐統是道地的荊州人，自然知曉黃忠的名號，更清楚這位老將軍是何等勇猛。

曹朋點點頭，「漢升老將軍而今在我姐夫帳下效力，據說已累積無數戰功。他曾協助劉磐治理長沙，

八十章 馬如風

精通兵事。我思來想去，讓他接手最合適。」

龐統想了想說：「若漢升老將軍接掌河西，我倒沒什麼意見。不過，老將軍一人……」

曹朋微微一笑，輕聲道：「放心吧，我已經為他物色好了助手。」

「誰？」

曹朋在龐統耳邊低聲說了一個名字，卻讓龐統一怔。

「他？」

「是啊……你覺得如何？」

「若以才具而言，他確實很合適。只是他的身分未免有些……再說了，他能答應嗎？要知道，他兩個兄長，可都是什麼人。」

「這個，我自有謀劃。」

曹朋說的這個人，便是諸葛均。他輕聲道：「德操先生在我離開許都的時候，曾派人送給我一封書信，拜託我幫襯他一把。還說，以他的本事，若是隨德操先生入山修道，未免可惜。只是他身分敏感，不適合留在中原。我思來想去，河西倒是一個好去處。」

「嗯！」龐統說：「河西郡而今已步入正軌，小均能力是有的，而且做事穩重，更適合而今的河西郡狀況。河西需要一個平穩的發展，五年到十年間，不適宜繼續擴張。這個時候讓他過來，的確是極佳的選擇。」

不管怎麼說，龐統和諸葛家，還是有些關係。且不說龐山民娶了諸葛亮的姐姐諸葛玲，就說龐統自己，當初和諸葛一家也關係密切。早年間，諸葛瑾給予他諸多幫助，這份情意，龐統也銘記在心。能夠為諸葛家留下一脈，保持諸葛家的昌盛，也算不錯。

見龐統沒有異議，曹朋也鬆了一口氣。

「而今我前將軍府，須長史兩人。法正擔當其中之一，另一個位子，我專門為你保留。只是比起之前一郡太守的位子，這長史之位恐怕有些委屈，士元勿怪。」

龐統笑了！

「為你操勞六載，也該讓我歇息一下。說好了，俸祿不能少一錢……呵呵，我也正好趁機偷懶，好好逍遙一段時日。」

「逍遙？」曹朋搖頭，正色道：「恐怕沒那麼容易。」

他把和法正約定的事情，一一告知龐統。龐統聽聞『兵進子午谷』，頓時露出凝重之色。

「友學，是要圖謀西川嗎？」

曹朋鄭重其事點頭，「孝直之計，我亦贊同。西川民生糜爛，劉璋若勉力為之，可能還需要些幾年時間才有機會。然而他請來劉備，無疑引狼入室。你也知道，孔明非是那種屈居人下之輩，他必會為劉備籌謀奪取西川的計畫。如此一來，最遲一年，西川必亂。也正是我攻取西川的時機！」

龐統愣了許久……半晌後，嘆息一聲，「孔明，心過於大。」

「好了，這件事先放在一邊，漢中之事，自有孝直負責。我需要在年底之前，徹底令西北平定。無論河湟羌氏，抑或是湟中兩羌，包括那馬超，以及所有圖謀不軌之輩，都要一一清除，確保我來年進擊西川。」

龐統半晌無話，最後還是點頭，表示認可：「而今西北之力，已足矣令友學攻取西川！」

不過，他又想了想，道：「西北之亂，亂於氐王竇茂。河湟羌氐，始終是心腹之患，當年你未能將之剷除，著實有些可惜。馬兒之亂不足為慮，湟中兩羌也當不得大事。只要能平地河湟羌氐，則西北之亂十去六七，馬兒和湟中兩羌難成氣候。」

曹朋聽聞，頓時大喜：「士元所言，與我不謀而合。」

「只是王都尉身受重傷，不得不返回臨洮休養。那趙雲，果能成事乎?還有一件事，虎頭當初中伏，我心中一直奇怪。虎頭不是莽撞之人，而且他行軍路線極為隱秘，怎會遭遇伏擊?這裡面，一定存有蹊蹺。你最好還是讓那小毒蛇好好查證一下，而後再動。」

龐統這一番話，說得曹朋心裡一緊。

聽他這話中意思，好像是在懷疑趙雲。而事實上，王買出事之後，正是趙雲接手龍耆城。本來曹朋根本沒有往這方面去猜想，可龐統的提醒，令他感受到一種莫名的緊張。

趙雲?不會吧!

曹朋打死也不會相信趙雲在這裡面搞鬼。

不管怎麼說，趙雲以忠義而聞名於世，在後世，關於他的傳說實在太多。對於蜀漢五虎上將，各有各的看法，然而趙雲，確始終為人稱道。

「士元之意……」

「此事，最好還是去龍耆城，一探究竟。」

不管曹朋內心裡是多麼相信趙雲，但龐統的話也不是沒有道理。王買遭遇伏擊，的確存有疑點……如果不能查清楚，曹朋心裡也難安定。

「既然如此，過兩日咱們就去龍耆城!」

就在曹操正式任命曹朋為司隸校尉、使持節都督西北軍事的時候，曹朋已會合了前來狄道的賈星，而後踏上了前往龍耆城的道路。

賈星此次前來，還帶來了八百頭白駱駝。此前白駝兵在中原鏖戰，損傷不小，後來返回涼州，一直加緊訓練。

八百白駝兵，六百飛駝兵，以及一百鬧士，合計一千五百人，便是曹朋的護隊。

沙摩柯身長體胖，披上重甲，持兵器上陣，普通戰馬難以承受。而獅虎獸這樣的神駒，並不是那麼容易得來，這也讓沙摩柯一直苦惱。八百白駝送至狄道，立刻解決了這個問題。沙摩柯一眼就看中了那頭白駝王，在披掛之後跨坐白駝，猶若如虎添翼。他那根一丈八尺長的鐵蒺藜骨朵，配合白駝王的身高，更顯威力。

曹朋見沙摩柯對白駝兵甚愛，索性將白駝兵交給沙摩柯統帥。而飛駝兵，則是由曹朋自己統領，龐統和賈星兩人隨行，另有文武和王雙以及四小將，一同前往龍耆城。

這一次，曹朋沒有再隱瞞身分，一路行來，他大張旗鼓，擺明是告訴西北那些心懷叵測之人：我曹朋，回來了！

對於曹朋的返回，涼州治下也頗為震動。

當年曹朋橫掃涼州，消滅馬騰，震懾羌狄，可謂是聲名遠揚。更重要的是，曹朋給涼州帶來了從未有過的繁華，使得許多涼州人都對他心懷感激。一些蠢蠢欲動，想要趁西北之亂而獲取好處的豪強大戶，立刻偃旗息鼓。

如今這涼州當家的，不是曹汲。

曹汲畢竟是性情所致，比較溫和，在處理問題上，大都是用一種溫和手段解決。

但曹朋……這傢伙可是殺人不眨眼，凶殘至極的主兒。落到他手裡，肯定不會似曹汲那麼好說話。到時候別好處沒有撈到，反而家破人亡，卻得不償失了。

在這種情況下，曹朋一路暢通無阻。甚至連他都沒有想到，僅僅是因為他的到來，竟使得涼州一下子變得穩定下來。

龍耆城，又作龍支城、龍夷城。在新莽時代，龍耆城是西海郡郡治，其目的也是為河湟之地所設。

在東漢和帝時，重新修築，改名為龍耆城。後此地，便成了西部都尉駐地。

曹朋一行抵達金城，就受到了熱烈歡迎。

金城太守，本應是徐庶擔當。可由於馬超起兵，使得徐庶根本無法動身，最後只得臨時改變，由曹洪舉薦一人，假金城太守之職，暫領金城事務。

而賈星呢？

本來按照郭嘉的意思，讓他出任張掖太守。可賈詡卻不同意，認為賈星才具不足以為一郡太守，最終由孟建出掌張掖郡。

如今曹朋來了，金城太守自然要來歡迎。且不說曹朋自身的職務，單只說他和曹洪的關係，就容不得金城太守怠慢。

在允吾歇息一日，曹朋繼續趕路。

當一行人抵達安夷縣的時候，賈星突然將一份情報遞交給了曹朋。

這賈星，不愧是深得賈詡親傳。他在涼州六載，也建立了一個情報體系。

按照賈星的說法，在這張情報網下，所有的間諜都稱之為『蛾子』。而西北地方的蛾子，多達千人。這在東漢末年而言，絕對是一個了不得的成就。

「趙雲自來到涼州之後，便被雋石公安排在龍耆城，協助王都尉駐守。一直以來，都表現的非常優秀，甚得王都尉所重。不過在他剛至涼州的時候，曾託人將一男二女，還有一個孩子，送到了酒泉定居，如今在淵泉落戶。除此之外，他沒有任何出格的行為，做事也非常勤勉。」

「在去年十月，他在龍耆城大婚。迎娶的是一個羌女，據說是他在河湟巡邏時，解救下來的一個女子，兩人倒也非常恩愛。只是我詢問了一下，那羌女所說的部落，在兩年前被人吞併，早已不復存在……」

曹朋聽聞一怔，詫異道：「子龍，已經成親了？」

「是！」

「確是一樁喜事。」曹朋倒沒有在意許多，而是隨口問道：「那羌女叫什麼？」

「龍耆城的人，都稱之為趙娘子，據說本人沒有姓名。」

在羌族部落，女人地位低下，沒有姓名也很正常。

曹朋搔了搔頭，與龐統道：「卻不曉此事，早知道應該準備些禮物才是。但願子龍莫要因此而怪罪。」

從賈星的這份情報來看，趙雲沒有問題。

至於那一男二女和一個孩子，想來就是麋竺、甘夫人、麋夫人以及阿斗劉禪吧。曹朋知道這件事情，所以也沒有計較。從麋竺等人的行為來看，他們並沒有居住在武威郡，而遠赴酒泉，在玉門關外定居……從這裡也能看出，麋竺已無心再返中原。

而今麋芳隨孟建在張掖郡為官，有他照顧，問題也不會太大。回頭讓賈星再加強一下對麋竺等人的關注就是了，不需要太費心神。

只是曹朋沒有發現，當賈星說到那趙娘子的情況時，龐統卻露出了一種詭異的表情……

龍耆城，位於湟水盡頭。一行人離開安夷縣之後，順湟水而上，三日後抵達木乘谷。

龍耆城，依稀可見。而城頭上，旗幟飄揚。

當曹朋一行距離龍耆城還有二十里的時候，便有探馬來報：「龍耆城的趙將軍率領龍耆城眾將，於正前方恭迎將軍到來！」

章十九 趙娘子

距離長阪坡那一夜，眨眼間有一年半了。

趙雲赴任龍耆城，也有一年光景。不過從外表看去，龍耆城的朔風，並沒有給他帶來什麼影響。他依舊雄健，依舊風度翩翩，不顯半點老態。

「子龍近來可好？」在龍耆城都尉府中，曹朋坐下來，頗為關切問道。

趙雲連忙坐直了身子，恭恭敬敬回答道：「啟稟公子，雲在龍耆甚好。」

「那就好，那就好……」

曹朋看著趙雲，目光中帶著關切之色。

「來的路上，我聽人說你打了幾個漂亮仗？」

「啊……賴公子之威名，方有小勝，當不得『漂亮』二字。」

「與我有什麼干係？」曹朋不禁笑了，「那幫羌氏，恨不得我死，哪裡會在意我的名聲。子龍勇猛，每戰爭先，殺敵無數，實我軍中之楷模。我來龍耆城時，王都尉曾對我說，由子龍你接掌龍耆城，是最合適人選。」

「你也知道，王都尉這次受傷頗重。我本想讓他在狄道休養一段時間，再與妻兒一同返還許都。可是他連狄道都去不得，估計要在臨洮休養兩至三個月，才可以勉強行動……」

「王都尉這次若返還許都，估計很快會另有委任。你也知道，他在龍耆城近五年，妻兒甚至沒有去過許都。連他的婚事，我也未能參加，心裡十分愧疚。他此次身受重傷，也好趁機將養休息。只是他一走，這西部都尉之職將空缺下來。王都尉推薦了你，於我而言，也頗為贊同。但你現在功勳尚有不足，想要正式接掌，還須努力。」

言下之意就是告訴趙雲：我準備讓你來出任西部都尉。不過呢，你的功勞還不夠，你得多立功才是。

西部都尉的品秩不低，而且是專設軍職，責任重大。整個西北，共設置南部都尉和西部都尉，分治於隴西和臨洮兩郡。如果單以品秩而言，不遜色一個下郡太守的位子。或者說，在金城僅次於太守的存在……

其隸屬金城太守治下，卻又不為金城太守所轄，其職責便是都督河湟，治理羌氐；與西部都尉性質相同的南部都尉，則專治湟中羌胡異動。

總之，這是一個極其重要的職務，特別是在西北大治、河西商路繁榮之時，西部都尉和南部都尉還有維護商路安全、維持胡漢貿易的職能。所以，如果以所治範圍而論，猶勝於金城郡太守。

趙雲一怔，旋即大喜：「雲必效死命，不負公子之厚望。」

卻不知，曹朋的目光顯得很複雜。

片刻之後，他沉聲道：「子龍，我會在此停留數日，暫屯駐木乘谷。」

「啊？」趙雲忙說：「公子既來龍耆城，何不屯駐龍耆城內呢？」

曹朋微微一笑，「無妨，我屯駐木乘谷，另有原因。子龍無須費心，且先整頓兵馬，穩住軍心。過些日子，將會有大戰來臨，到時候望子龍能奮勇當先，建立戰功。我自會靜觀子龍之威風，並為子龍你請功。」

「趙雲，遵命。」

趙雲有一個好處，該問的時候問，不該問的時候，他絕不會多問。

午飯後，曹朋在趙雲的帶領下，巡視了龍耆城的狀況。

這座小小邊城，卻頗為繁華。這是一座軍鎮，有人口大約三萬餘人，不過每日往來的羌漢行商卻不計其數，也使得邊城熱鬧非凡。西域胡商、羌氏部落、關中行商，幾乎都聚集於此，進行貿易。河湟盛產馬匹、牛羊、皮毛等物資，最受關中商人所喜；而從中原販運的茶、鹽、酒、絲綢等各式奢侈品，則是羌氏包括西域胡商的最愛。

據統計，龍耆城集市裡，每天的交易量達百萬錢。而隨著曹操大力推行建安重寶流通，龍耆城也設立了一家銀樓，以保障和方便貿易所用，極受龍耆城商人所愛。

曹朋巡視了龍耆城銀樓，詢問了銀樓的經營狀況。而後，他在龐統和杜恕的陪同下，與龍耆長一起進入集市，查看狀況。

「這馬匹，可是敞開供應？」

「回將軍話，馬匹有專設馬市，交易也必須經由官府報備和審驗……相比之下，河湟的牛羊家畜，倒是完全開放。去年一年，從河湟進入關中的牛羊，近八萬餘……但今春開戰，生意比之去年要冷清不少。」

「駑馬可以開放，戰馬需加強監控。從龍耆城流入中原的每一匹戰馬，都須登記造冊……嗯，最好專門開設馬市，以加強管理。」

戰馬，是這個時代的重要物資。而河湟又是一個產馬的重要地區，必須要小心謹慎。

龍耆長連忙應下，並使人記錄下來。

巡視完集市，天將晚。

曹朋拒絕了趙雲的邀請，率部離開龍耆城，在城三十里外的木乘谷，安營紮寨。

「士元，果真要如此嗎？」

龐統咬著嘴唇，苦笑道：「非是我要懷疑子龍將軍，實則他那個妻子太過於神秘。公子今日巡視龍耆城的時候，我與小毒蛇私下打聽了一下，那位趙夫人並不在龍耆城。」

「據說這位趙娘子好行獵，經常會帶著些部下，在外面行獵，有時候一去就是十餘日。子龍將軍對這位娘子卻是非常疼愛，從來不予過問。可每次趙娘子行獵，河湟馬賊必然出現……在旁人看來，或許只是巧合，但我與小毒蛇都覺得這件事頗有蹊蹺。」

「我不負子龍，子龍亦不負我。」

曹朋在大帳裡徘徊，看得出他心情有些焦躁。

本來，他並沒有在意趙娘子的事情，畢竟是趙雲的夫人，他又何必關心太多？可問題是，龐統和賈星都認為那位趙娘子頗有嫌疑。

最可疑的便是，趙娘子經常會離開龍耆城，這不是一個普通女人的作為。而每次趙娘子離開，必有馬賊出沒河湟。

趙雲也曾詢問過趙娘子，她說是尋找她的族人，想要把失散的族人重聚起來。這話乍聽在理，可細一想，卻又有些不太正常。種種跡象表明，王買遭遇伏擊，是被人走漏了風聲，以至於才險些喪命於河湟……

是趙雲故意為之？曹朋斷然不信……

一個可以為自家主公家小，不惜忍辱負重、屈膝投降的人，怎可能做這種事？

趙雲？

曹賊 章十九

趙娘子

一口唾沫一個釘的主！

他既然歸附自己，就絕不可能做對不起自己的事情。話是這麼說，可自己真就瞭解趙雲嗎？

曹朋對趙雲的瞭解，大都是源自於後世的傳說。但真實的趙雲是什麼樣子，曹朋並不清楚。

他願意相信趙雲，但不代表龐統等人會相信趙雲。

「那你說，該怎麼辦？」

「這個……」龐統沉吟片刻，走上前，在曹朋耳邊低聲道：「公子，真真假假，忠抑或奸，一試便知。該來的，怎麼也躲不過……我也知道公子對子龍將軍甚為看重。可如果能試出真假，於公子而言，豈不是更好嗎？」

「怎麼試？」

龐統在曹朋耳邊低聲細語了一陣，令曹朋輕輕頷首。

半晌，他深吸一口氣，下定了決心，「既然如此，試一試吧。此事，就由你負責，讓小毒蛇盯著龍耆城，多加留意城裡的動靜才是。」

「公子放心，龐統明白！」

曹朋接掌司隸校尉，衛覬調任鄴城。

當賈詡抵達長安之後，衛覬正式離開了關中。不過曹朋卻出現在隴西，讓人頗感疑惑。

曹朋是司隸校尉，當留守長安；賈詡是涼州牧，當前往隴西赴任……偏偏這兩人調換了，本該留守長安的，去了涼州；本應去涼州的，卻留守長安。

可也正是這麼一個調換，卻使得西北頓時平靜下來。

賈詡在西北的威望，絕對沒有曹朋的高。哪怕他是涼州人士，也比不得曹朋殺出來的威風。而且，

面對複雜紛亂的局勢，賈詡也不適合前往涼州。於軍事上他可以出謀劃策，卻統帥不得那些驕兵悍將。

說到底，賈詡是謀士，而曹朋卻是實打實，打出來的威望。

所以坐鎮長安，賈詡最為合適；而征戰涼州，無疑曹朋才是最佳人選。

建安十四年六月，涼州酷熱。

而並州戰事，卻又發生了變化。

鄧稷在占領了上黨郡之後，按兵不動。李典則兵進長城下，做出隨時出征的態勢。

在高幹和劉豹集結兵馬，準備抵禦曹軍進擊之勢，曹操一道詔令，命曹彰為使匈奴中郎將，率部出擊。曹彰旋即集結兵馬，更從樓煩徵召兩萬烏丸突騎，自雁門郡殺入雲中……劉豹很明顯沒有想到，曹操竟然用一個只有十九歲的少年為主將。他把所有的精力，都集中在了鄧稷、羊衜、李典三人身上，哪料到曹彰居然會是主力？猝不及防之下，劉豹倉促應戰。

匈奴三萬大軍，集結於河水西岸。當曹軍抵達的時候，劉豹下令焚毀舟船，試圖憑藉河水，阻攔曹軍進攻。哪知道曹彰早有準備……

兵臨河水東岸，曹彰連夜發動攻擊。三萬張早已準備好的羊皮筏子，載著曹軍強行渡河。

時值夏季，河水顯得並不是很湍急，饒是如此，曹軍仍死傷數千人，損失慘重。然則，如此慘痛損失的結果，卻是曹軍強渡黃河，攻克了沙南。旋即，曹朋命牛剛和典存兩人駐守沙南，並用五天時間，指揮兵馬通過河水。

待劉豹覺察，為時已晚，他立刻調派兵馬，想要復奪沙南。一場血戰，隨之展開……

沙南之戰，也是整個並州之戰中，最為慘烈的一仗。匈奴兵瘋狂攻擊，而牛剛和典存則沉著應戰，抵住了匈奴大軍。

五日後，烏丸突騎渡河成功，在曹彰的指揮下，從兩翼出擊。匈奴三萬大軍幾乎全軍覆沒，劉豹落

趙娘子

荒而走，逃回美稷，重新集結兵馬。

可是，沙南失守，也使得南匈奴引以為天塹的黃河天險，不復存在。曹軍源源不斷，自沙南進入南匈奴。

與此同時，上黨鄧稷再次動手，依舊是黃忠為先鋒，越長城攻占白土縣直逼平定。平定，距離谷羅城不過八十里路程。而夏侯蘭則率部攻克朔方大城塞，在河套地區打開了一個巨大的缺口。去卑率領南匈奴自大城進駐河套，令劉豹三面受敵。

高幹私下裡派人，與曹操請降，卻不想走漏了風聲，使得劉豹率部偷襲。雙方在谷羅城發生內鬨，高幹被匈奴兵亂刃分屍，慘死於谷羅城內。

當曹操聽聞高幹死訊，不由得仰天長嘆。

「本初從此，血脈斷絕！」

旋即，曹操下令，五路大軍齊進，務必在八月前，結束並州之戰。

而這個時候，並州的抵抗幾乎蕩然無存。南匈奴本身陷入了一片混亂，劉豹在火拚高幹的時候，也身受重傷。面對曹軍的攻擊，還有去卑的步步緊逼，劉豹無奈之下，只好做出了與高幹相同的選擇，求降！

這在以前，是南匈奴生存的不二法寶，打輸了就請降，打贏了就攻城掠地。反正這朔方，始終是南匈奴的地盤。

只是這一次，劉豹打錯了主意。

曹操表現出了前所未有的強硬態度。在給曹彰、鄧稷、李典的書信裡，他用了『亡我祁連山，使我六畜不蕃息，失我焉支山，使我婦女無顏色』這句民謠。

休為此而生憐憫之心，匈奴豺狼之性，不可以姑息。昔年霍驃騎未能竟全功，今日孤不會重蹈覆轍。

著令三軍，攻擊不止，但凡抵抗，男女老幼，格殺勿論……今日之憐憫，將為他日之災禍！

這封信，是一封密信，只有鄧稷、曹彰和李典三人收到。

意思就是：給我殺乾淨……

歷史上，曾有冉閔殺胡令為後世人所稱讚。可事實上，曹操這一封書信，絲毫不遜色於殺胡令的威力。

隨著密令發出，鄧稷率先響應……

平定城中，血流成河。六萬匈奴人，被鄧稷屠殺殆盡。

甚至當李典渡河抵達平定的時候，被那濃濃的血腥味衝得忍不住就想嘔吐。

白衣飄飄，獨臂而立的鄧稷，在李典看來，有點可怕。

之前有個曹閻王在許都大開殺戒，砍了兩千餘人頭，面不改色心不跳。李典當時就覺得曹朋心狠手辣。可如果和眼前的鄧稷相比，曹朋是心狠手辣，那鄧稷又算得什麼？

怪不得我出戰之前，程仲德派人告訴我，千萬不要得罪鄧稷。這傢伙少了一隻胳膊，可是卻比那曹閻王更毒辣。這廝，分明就是個殺人魔王嘛！

本來，李典對鄧稷率先攻占平定，有些不太服氣。可現在，看到被鮮血染成了紅色的平定城之後，李典心裡的不舒服頓時煙消雲散。

算了，不過是些許小事，何必掛記心裡？反正那曹友學一家，都不是什麼正常人……

鄧稷在平定祭起了屠刀之後，夏侯蘭在大城塞隨即祭起屠刀，短短數日，接連消滅十二個匈奴部落，殺戮近三萬餘人……若非去卑苦苦哀求，夏侯蘭才有所保留，否則的話，這一場殺戮不曉得會有多少人人頭落地。

鄧稷、夏侯蘭動手之後，李典旋即在谷羅城坑殺五萬匈奴人。

章十九 趙娘子

不出十日，朔方匈奴人口，銳減三分之一。許多匈奴人紛紛逃亡鮮卑，請求鮮卑庇護。而去卑見此情況，哪裡還能不清楚曹操的真實意圖？

六月末，去卑派遣使者，懇請曹操歸化南匈奴。朔方南匈奴，凡歸化者，盡數遷移內地，如冀州、青州等地區；而不服歸化者，與去卑無關。

建安十四年七月，曹操接受了去卑的請求。

旋即，曹彰下令，三軍齊動，向武都發動最後的攻擊……

劉豹的末日，即將到來！

并州戰火重燃，而西北卻是靜悄悄，鴉雀無聲。

或許是曹軍打得太狠的緣故，竟使得馬超感受到了莫名的恐懼，不敢再輕舉妄動。

也就在這時候，曹朋卻突然密令趙雲，自龍耆城出兵，偷襲西海鹽池。

西海鹽池，也就是破羌所在。

面對著突如其來的命令，趙雲也是非常疑惑。難道曹朋是要先斷氐王竇茂一臂，而後再滅氐人？想想倒也有可能，所以趙雲並沒有太激烈的反應。與妻子告別後，趙雲連夜動身。

而龍耆城的防務，則暫由龍耆長接替。

事實上，也無須龍耆長接手，曹朋就在距離龍耆城以東三十里處的木乘谷。如果真有什麼事情發生，曹朋會在第一時間接手龍耆城軍務。因此，龍耆長沒有任何壓力。

就在趙雲離開龍耆城的第三天，曹朋突然接到了龍耆長的消息：龍耆城外，發現了匪賊蹤跡，請曹朋前往龍耆城商議，決定是否出兵剿滅。

曹朋隨即回覆那龍耆長：他將接手龍耆城軍務。

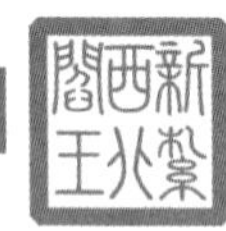

當晚，曹朋帶著孫紹和王雙兩人，來到了龍耆城。

此時城中一派緊張氣氛，匪賊的突然出現，讓居住在龍耆城以及那些在龍耆城經商的人們，都感受到了一絲莫名的壓抑。城中，戒備森嚴！

「可曾查清楚，是何方匪賊？」

龍耆長回答說：「還不清楚……不過觀其動靜，卻有些似馬如風匪。」

「馬如風，來了嗎？」

曹朋瞇起眼睛，沉聲道：「傳我軍令，龍耆城即刻關閉城門，全城宵禁。待明日，我將率部出擊，尋找馬如風的蹤跡，將其一舉消滅。區區馬匪，也敢犯我城池，真是不知死活……卻要看看，這叱吒河湟的悍匪馬如風，究竟有什麼本領。」

曹朋言語中，輕描淡寫，帶著對那馬如風的不屑之意。

龍耆長聽聞，也算是放下了心。

龍耆長退出了官驛之後，長出一口氣。

不得不說，馬如風的馬賊，給龍耆城帶來的危害實在不小。先是劫掠商戶，後竟然發展到伏擊西部都尉。雖然馬賊還沒有出現，可是卻讓人感覺到萬分的壓抑。但願得曹將軍能夠將之一舉擊潰，還龍耆城一個太平。

「前面，可是唐大人？」

龍耆長名叫唐方，聽聞有人喚他名字，連忙停下腳步，轉身看去。

「啊，是趙娘子。」

一個年紀約二十出頭，容顏秀美，但衣著卻極為樸素的美婦人，正朝他走來。

趙娘子

唐方忙上前拱手行禮，「趙娘子怎地會在這裡？」

「夫君出征，妾心中有些掛念。又聽人說，龍耆城外有馬賊出沒，所以不免壓抑，便出來走走。」

這趙娘子生得甚美，卻帶著極為明顯的羌人痕跡。說起話來，也有羌人特有的口音，無不顯示著她那羌人的身分。

唐方聽聞，旋即釋然，「不過些許馬賊，跳梁小丑耳！夫人也不必擔心，這些馬賊，早晚被滅……呵呵，今年龍耆城的天氣，較之往年炎熱，出來走走也好，透透氣，免得在家中一個人心煩，挺好，挺好！」

「唐大人這是從哪兒來？」

「哦，剛在官驛裡，拜見了曹將軍。」

「曹將軍？」趙娘子露出一抹好奇之色，「可是那位威震涼州的曹朋曹將軍？」

唐方哈哈一笑，「這龍耆城，而今除了他，誰還敢自稱將軍？」

「他不是在木乘谷嗎？」

「呃，這不是發現了馬賊蹤跡，自然要通報將軍。將軍來，也是為了消滅那馬賊……明日曹將軍將領兵出征，今晚就留宿城內。」

「原來如此！」趙娘子臉上露出一抹擔憂之色。「不過外面有馬賊，城裡怕也不安寧，要多加小心才是。」

唐方聽聞，搔搔頭笑道：「我也這麼勸說過，但曹將軍說不用……夫人不曉得，曹將軍也是個身手高明的猛將，尋常人根本不是對手。再說了，他還有二百親隨，哪裡需要我去保護？夫人只管放心就是……」

「那就好，那就好！」趙娘子輕輕拍了拍胸口，與唐方告辭。

看著趙娘子離去的婀娜背影，唐方搖了搖頭，自言自語道：「也不知那趙子龍究竟什麼好，被曹將軍看重不說，連出門巡查都能撿來一個如此美貌的娘子，真真個讓人羨慕。」

說完，他轉過身，便往縣衙走去。

黑夜，在不知不覺中，籠罩了龍耆城。

城中百姓早早關門閉戶，甚至吹熄了燈火。整座城池，陷入難言死寂……

夜晚，來臨了！

【曹賊　第二部卷九　新紮西北閻王　完】

敬請期待【曹賊第二部卷十】精采完結篇

《曹賊第二部卷之捌》內文勘誤

第三百五十四頁原文：

「是大妹還是小妹？」

「是二小姐。」

曹操如今有三個女兒，長女曹憲，次女曹節，幼女曹華。其中曹華的年紀還小，如今方才兩歲。曹憲十五，而曹節十二。

曹朋感慨，曹節這一嫁給孫紹，日後恐怕是難以善終。而今曹、孫尚未反目，可一旦反目，她又豈能有好果子吃？政治聯姻的結合，最終都不會有好結果。

修訂為：

「是大妹還是小妹？」

「是**大小姐**。」

曹操如今有三個女兒，長女曹憲，次女曹節，幼女曹華。其中曹華的年紀還小，如今方才兩歲。曹憲十五，而曹節十二。

曹朋感慨，**曹憲**這一嫁給孫紹，日後恐怕是難以善終。而今曹、孫尚未反目，可一旦反目，她又豈能有好果子吃？政治聯姻的結合，最終都不會有好結果。

曹操與孫權聯姻，嫁入孫家的是長女曹憲。前後集角色設定有誤，特此勘誤。

狂狷文庫019

曹賊(第二部) 09- 新紮西北閻王

出版者■典藏閣
作　者■庚新（風回）　繪　者■超合金叉雞飯
總編輯■歐綾纖
製作團隊■不思議工作室
郵撥帳號■50017206 采舍國際有限公司(郵撥購買，請另付一成郵資)
台灣出版中心■新北市中和區中山路2段366巷10號10樓
電　話■(02) 2248-7896　傳　真■(02) 2248-7758
物流中心■新北市中和區中山路2段366巷10號3樓
電　話■(02) 8245-8786　傳　真■(02) 8245-8718
ISBN■978-986-271-396-9
出版日期■2013年9月
全球華文國際市場總代理／采舍國際
地　址■新北市中和區中山路2段366巷10號3樓
電　話■(02) 8245-8786　傳　真■(02) 8245-8718
新絲路網路書店
地　址■新北市中和區中山路2段366巷10號10樓
網　址■www.silkbook.com
電　話■(02) 8245-9896
傳　真■(02) 8245-8819

曹賊. 第二部 / 庚新作. — 初版. — 新北市：
華文網，2013.01-
冊；　公分. —(狂狷文庫系列)
ISBN 978-986-271-372-3(第7冊：平裝). —
ISBN 978-986-271-388-4(第8冊：平裝)
ISBN 978-986-271-396-9(第9冊：平裝)
857.7　　101024773

☞您在什麼地方購買本書？☜

1. 便利商店（＿＿＿＿市／縣）：☐7-11　☐全家　☐萊爾富　☐其他＿＿＿＿＿＿＿

2. 網路書店：☐新絲路　☐博客來　☐金石堂　☐其他＿＿＿＿＿＿

3. 書店（＿＿＿＿市／縣）：☐金石堂　☐誠品　☐安利美特animate　☐其他＿＿＿＿

姓名：＿＿＿＿＿地址：＿＿＿＿＿＿＿＿＿＿＿＿＿＿＿＿＿＿＿＿＿＿＿＿＿

聯絡電話：＿＿＿＿＿＿＿＿　電子郵箱：＿＿＿＿＿＿＿＿＿＿＿＿＿＿＿＿＿＿

您的性別：☐男　☐女　　您的生日：西元＿＿＿＿＿年＿＿＿＿＿月＿＿＿＿＿日

（請務必填妥基本資料，以利贈品寄送）

您的職業：☐上班族　☐學生　☐服務業　☐軍警公教　☐資訊業　☐娛樂相關產業

☐自由業　☐其他＿＿＿＿＿＿

您的學歷：☐高中（含高中以下）　☐專科、大學　☐研究所以上

☞購買前☜

您從何處得知本書：☐逛書店　☐網路廣告（網站：＿＿＿＿＿＿＿）　☐親友介紹

（可複選）　☐出版書訊　☐銷售人員推薦　☐其他＿＿＿＿＿＿＿＿＿＿

本書吸引您的原因：☐書名很好　☐封面精美　☐書腰文字　☐封底文字　☐欣賞作家

（可複選）　☐喜歡畫家　☐價格合理　☐題材有趣　☐廣告印象深刻

☐其他＿＿＿＿＿＿＿＿＿＿

☞購買後☜

您滿意的部份：☐書名　☐封面　☐故事內容　☐版面編排　☐價格　☐贈品

（可複選）　☐其他

不滿意的部份：☐書名　☐封面　☐故事內容　☐版面編排　☐價格　☐贈品

（可複選）　☐其他

您對本書以及典藏閣的建議＿＿＿＿＿＿＿＿＿＿＿＿＿＿＿＿＿＿＿＿＿＿＿＿＿＿

＿＿＿＿＿＿＿＿＿＿＿＿＿＿＿＿＿＿＿＿＿＿＿＿＿＿＿＿＿＿＿＿＿＿＿＿＿＿＿

＿＿＿＿＿＿＿＿＿＿＿＿＿＿＿＿＿＿＿＿＿＿＿＿＿＿＿＿＿＿＿＿＿＿＿＿＿＿＿

✌未來您是否願意收到相關書訊？☐是　☐否

✍感謝您寶貴的意見✍

印刷品

請貼
3.5元
郵票

235 新北市中和區中山路二段366巷10號10樓

華文網出版集團 收

（典藏閣－不思議工作室）